ハヤカワ文庫 JA
〈JA1580〉

小さき王たち　第三部：激流

堂場瞬一

JN160141

早川書房
9111

目次

小さき王たち　第三部：激流

登場人物

高樹健介…………東日新聞新潟支局記者。県警担当
田岡愛海…………新潟のテレビ局・ＮＢＳ記者。県警担当
高樹治郎…………健介の祖父。東日新聞顧問
田岡総司…………愛海の祖父。民自党顧問
高樹隆子…………健介の祖母で治郎の妻
田岡尚子…………愛海の祖母で総司の妻。元女優
高樹和希…………健介の父。東日新聞会津若松支局長
田岡稔……………愛海の父。新潟一区選出の民自党代議士
高樹美緒…………健介の母で和希の妻。東京の化粧品会社勤務
田岡明日花………愛海の母で稔の妻
三田美智留………東日新聞新潟支局長
直江美花…………東日新聞新潟支局県政キャップ
星川………………東日新聞新潟支局県警キャップ
村井………………東日新聞社長。治郎の社会部時代の後輩
野村玲奈…………愛海の同期のＮＢＳアナウンサー
大堀………………新潟の東日新聞系列局・ＮＴＳ報道部長。和希の同期
桜木………………総司の新潟事務所の元私設秘書
原田………………稔の新潟事務所の元運転手兼鞄持ち
大田原……………稔の新潟事務所の元私設秘書。父親が県議
峰岸勝……………稔の新潟事務所の元スタッフ
笹本………………稔の新潟事務所のスタッフ。元警察官
三波智枝…………稔の対立候補。無所属政友党推薦の元弁護士
木原………………元新潟県警捜査二課長
松永光正…………元検事の弁護士。治郎の友人

第一章　スキャンダル

1

しかし、堂々とやるもんだな……東日《とうにち》新聞新潟支局の記者・高樹《たかぎ》健介《けんすけ》は呆れて、デジカメの操作を忘れるところだった。慌ててバッグの向きを微調整し、リモートボタンを押して動画撮影を始める。バッグに特殊な加工を施し、中に隠したデジカメで撮影できるようにしてあるのだ。問題は、モニターを見ながら操作できないことで、勘の勝負になる。しかし上手く動画が撮れれば……4K対応で画質もいいから、静止画として切り出せば新聞の印刷にも耐えられる。手ブレ防止のために、直立不動の姿勢を崩さないように注意する。

一緒にホテルのロビーに出て来た二人は、調子を合わせたように左右を見回してから、男の方が先にホテルを出た。女——三十代半ばぐらいだろうか——は、一瞬だけロビーのソファに腰を下ろす。左腕を上げて腕時計を確認し、さらにスマートフォンを取り出して画面を見詰めた。しかしすぐにハンドバッグに戻してしまう。一つ溜息をついて立ち上がると、ゆっくりした足取りでホテルを出て行く。健介は女の姿が完全に見えなくなるのを待って、バッグに入れたままデジカメを操作し、撮影したばかりの動画を確認した。なかなか綺麗に撮れている。ピントはＯＫ、ブレもなし。ロビーは明るいので光量も十分だった。

取り敢えず上手くいったのでほっとした。張り込みにはどうしても気を遣うのだが、ホテルは不特定多数の人が利用する場所だから、意外にバレることはない——とジイさんが言っていたのを思い出す。あのジイさんも、ホテルで張り込みなんかしたんだろうか、と健介は首を捻《ひね》った。

もっとも、現職代議士の不倫現場を押さえても、それが東日の紙面に載ることは絶対にない。ジイさんの狙いは分からないでもないが、これはあまり重みがない取材だ、と健介は疑問に思っていた。これぐらいのネタでは、相手を倒せないだろう。

午後十一時。長岡市内では一番格式が高いこのホテルは、本当なら遅くまでビジネスマンや観光客、それに地元の人たちの宴会などで賑《にぎ》わっているはずだが、コロナ禍の今、ロビーは閑散としている。七月に入ると新潟でも感染が急拡大し——これが第五波だ——八月になって県内の累計感染者数は五千人を超えた。首都圏に比べれば、数は大したことはないが、やはり緊張した日々が続いている。取材に関しても、万全の対策で続けるようにと厳しい指示が出ていた。直接の取材は避け、できるだけ電話やリモートで……とはいえ健介は、ほぼ通常の取材活動を続けていた。警察《サツ》回りなので、毎日県警の記者クラブや所轄に顔を出さねばならないし、事件や事故があれば現場へも急行する。ただし、新潟支局のデスク・花形《はながた》に言わせると、コロナ禍が本格化した去年からは、明らかに事件は減っているという。人流が減れば、その分平和になるわけか。

健介は動画をクラウドに保存してからホテルを出た。車はこのホテルではなく、近くのコイン式駐車場に停めてある。金は出ていくばかり……この件は支局の仕事ではないから、金がかかっても経費では落ちない。だいたい自分は今、夏休み中なのだ。社会人になって初めての夏休みに何をやってるんだ、と自分でも呆れてしまうが、ジイさんの指示だから仕方がない。何と言うか……ジイさんは数少ない、頭が上がらない相手なのだ。しかしあれこれ文句を考えながらも、気持ちは高揚している。

これから新潟市まで戻るのは、少し面倒臭い。長岡から新潟までは、普通は高速道路を使って一時間弱。この時間帯は空いているから、四十分ぐらいで着くかもしれない。車の運転は嫌いではないが、まだ県内の道路に慣れていないせいもあって、常に緊張して肩が凝るのが困る。そもそも昔は——自分たちの二代前までの新人記者は、入社後半年間は車のハンドルを握れなかったという。正式採用になるのは十月、それまではあくまで試用期間ということで、運転は許されなかったのだ。しかし去年からは、コロナ対策もあって、支局に赴任してからすぐに自分で車を運転していいことになった。少しでも感染リスクを減らすためには、マイカーでの移動が一番いいだろう。公共交通機関やタクシーだって、完全に安全とは言えないわけだし。

去年の二月から一年以上、健介はコロナ禍の中で暮らしている。東京で通っていた大学は三年目末から四年目、ほとんどキャンパスに行かなくなり、リモート講義が続いた。自分たちはともかく、一年生は大変だったと思う。健介は、大学で長い歴史を持つ「マスコミ研究会」でずっと活動していたのだが、去年はまったく顔を出せず、一年生とは一度も顔を合わせていなかった。

そんな中、東日新聞の入社試験を無事突破し、今年四月後半には新潟支局に赴任してきた。新潟は、首都圏ほどは感染者数が多くなかったのだが、「東京から来た人間」ということで、最初の頃はしばしば警戒の目で見られた。特に警察を取材し始めたばかりの頃は、「二週間ぐらい隔離してから仕事を始めた方がいいんじゃないか」と何人もの警察官にからかわれたぐらいである。その都度「ＰＣＲ検査で陰性でした」と真面目に反論したのだが、後に警察官たちの言葉は、彼ら独特の嫌味な冗談だと分かった。分かっても、その趣味の悪さにはむかつく……しばらくして親しくなった新潟中央署の副署長から「あんたは守られてるから大丈夫だよ」と言われたのだが。「守られている」——父も祖父も、駆け出し時代に新潟支局に勤務していたことを指摘されたのだ、とすぐに分かった。さすがに今、一九六〇年代後半から七〇年代頭にかけて勤務していた祖父の現役時代を知っている人はいないが、父——新潟支局は腰かけのようなもので一年しかいなかった——が警察回りだった頃につき合いがあった人はいる。そもそも、三代も続けて新聞記者、しかも同じ新潟支局に赴任してきたのが珍しがられたようだった。警察官も二世は多いが、三世となると数が限られる。

しかし、腹減ったな……いつも健介を悩ませているのが、この空腹感である。初めての一人暮らし、それに学生の頃と違って動いている時間が長いせいもあってか、とにかく腹が減る。今日も張り込みを続ける前、午後七時頃にちゃんと夕飯は食べたのだが、もう空腹を感じていた。どこかで夜食でも食べていきたいところだが、この時間に食べられる店はほぼない。新型コロナのせいで、新潟県内の飲食店も営業時間を短縮しているのだ。コンビニでサンドウィッチだな、と諦めた。本当は生姜醬油が特徴の長岡ラーメンでも食べたいところだが、そもそも店も開いていないし、あと一時間で日付が変わる時間帯にラーメンはまずい。乱れた食生活のせいで、最近、少し体重が増えてきたのも気になる。

長岡インターチェンジ手前にあるコンビニに入り、サンドウィッチ二つと野菜ジュースを買う。サンドウィッチ二つだと、カロリーはラーメンとあまり変わらないはずだが……野菜ジュースを選んだのは、せめてもの気休めだった。一応、栄養バランスを考えているということで。

さっさとサンドウィッチを食べ終え、車に乗りこむ。この車も結構ガタがきている。東日への入社が決まった後に手に入れた、スバル・フォレスターの先代モデル。カジュアルなSUVで、健介はあまり気にいっていないのだが、祖父が「新潟に行くならスバル一択だ」と強く勧めたのだ。それもおかしな話で、入社が決まっただけで赴任先も分からないのに、何故か「新潟に行くなら」という話になって……しかしその後、祖父から「お前が新潟に行くことは前から決まっていた」と告げられた。子どもの頃から聞かされていた「最後の戦い」がついに始まると分かり、一気に気合いが入ったものだ。こういう正義感――というか復讐心は青臭いかもしれないが、この件については祖父の言い分が全面的に正しいと思っている。所属していた大学のマスコミ研究会でも、最近のマスコミと政治の不適切な関係は主要な討論課題になっており、健介も常々疑問を抱いていた。そして、マスコミと政治の関係がどう捻《ね》じれていったのか、その歴史を祖父から聞かされて得心したものだ。

自分がそれを正せるなら――そのきっかけを作れるならそれでいい。今ならまだマスコミは、立ち直れるかもしれないのだ。政治も。

車に乗りこんでエンジンをかけようとした瞬間に、スマートフォンが鳴る。ジイさん……こんな時間にまだ起きてるのかよと驚いたが、あの人は呆れるほど元気だ。今年七十六歳になるのだが、見た目も六十代と言っても通用しそうだ。頭もはっきりしているし、睨《にら》みも効く。現在の肩書きは東日新聞顧問――名誉職で、実質的な権限はないはずなのに、実際にはかなりの影響力を持っているらしい。そういうのも何だかな、と思う。ジジイがいつまでも会社に関わり続けるのはどうなんだろう。老害は排除しないと、日本は駄目になる一方ではないか？

「どうだ」前置き抜きで、祖父の高樹治郎《じろう》が切り出す。

「動画はバッチリ撮った。クラウドに上げたから、後で確認してよ」クラウドの使い方は、きちんと説明しておいた。その説明も一発で呑みこんでしまう――ＩＴ系の話にも楽々ついてくるわけで、ジイさんは今でもきちんと勉強しているのだと分かる。あの年代の人には珍しいのではないだろうか。

「分かった。お前の目から見て、二人はどんな感じなんだ？」

「間違いなくできてるね」

「ほう」祖父が声を上げて笑う。「お前も、そういうことはちゃんと分かるわけだ」

「伊達に『週刊ジャパン』でバイトしてたわけじゃないからね」健介も声を上げて笑った。

あれは大学一年から二年にかけて……ジャーナリズムの世界に興味を持ち始めた健介は、一種の「職場体験」として『週刊ジャパン』で半年、バイトをしていた。編集部内の雑用はともかく、記者の真似事はなかなかきつい体験で、実際に張り込みや尾行を経験したこともある。『週刊ジャパン』が狙う相手は、芸能人の時も政治家の時もあった。芸能人の不倫密会の現場を押さえて話を聞いたこともある。深夜、あるいは徹夜に及ぶ張り込みは肉体的にも精神的にも厳しかったが、今の仕事には生きていると思う。下世話な話に詳しくなったのも、あのバイトのおかげだ。

「男と女のことも任せておけ、か」

「雰囲気で分かるんだよ」

あの二人は……距離感が微妙だった。エレベーターから降りて来た時はぴったりくっついていたのに、出た瞬間に素早く距離を取り、その後は男の方がさっさとホテルから出てしまった――部屋を出て、エレベーターに乗っている短い時間の間に、逢瀬の甘い時間から平常運転に切り替えたのだろう。

「まだ関係は長くないと見たね」

「そうか？」

「長くなると、警戒心が緩むんだ。まだつき合い始めたばかりで、気が緩んでいない。警戒している感じもする」

「なるほどねえ」祖父が感心したように言った。「お前、『週刊ジャパン』にいたら、今頃はエース記者になっていたかもしれないな」

「それはないね」健介はあっさり言った。「俺はやっぱり新聞記者だよ。芸能人の不倫なんかどうでもいい……それで、どうする？ もう少し調べることもできるけど、こんなこと、記事にできないんじゃないかな」

「女性関係はな……それをどう活かすかは、もう少し考える」

「決定打にはならないぜ」健介は念押しした。

「分かってる」

「思うんだけどさ……今、政治家相手に遠慮なく書いてくるのは『週刊ジャパン』ぐらいじゃないか。だけど、週刊誌には限界がある。結局、詰めが甘いんだよ。週刊誌の記事で、政治家を追い落とせたケースはあまりない。そこは、新聞がやらなくちゃいけないことじゃないかな。それができれば、新聞はまだまだ生き残れる」

「その通りだ」祖父の声は力強い。「お前は記者になったばかりで、まだ先は長い。お前が辞める頃まで、しっかり新聞が存続していくためには、きちんと事実を伝えることが大事なんだ」

「当然だよ。メディアで一番大事なのは事実だ。人が知らない事実をきちんと伝えることこそ、メディアの役目じゃないかな」

「お前がそう言うのを聞くと、心強いな。俺の方でも次の作戦を考える。お前も頑張れよ」

「ジイちゃんは、考えるだけにしておけよ。自分で動くのは、さすがにもう無理だぜ」

「ほざけ」

豪快に笑って、祖父は電話を切ってしまった。

健介はニヤリと笑い、ガムを忙《せわ》しなく噛み始めた。きついミントの味が口中に広がり、サンドウィッチの味が押し流されていく。ジイさん、相変わらずだな……東日の地方支局を転々としてきた父の和希《かずき》に代わって、東京で自分の面倒を見てくれたのは祖父だ。子供の頃から高樹家の歴史を延々と聞かされ、ジャーナリズムの基礎を叩きこまれれば、嫌でも自分の使命を思い知ることになる。

自分は高樹家の最終兵器。そして、新聞ジャーナリズム復興の責任も自分にかかっているのだ。

「よし」声を上げて、車のエンジンをかける。フォレスターもいい車とはいえ、中古で買って、オドメーターはもう三万キロに達しており、結構へたっている。一冬越したら、さらにダメージを受けるだろう。田舎では、移動に車は必須だが、ずっとこの車に乗り続けていくかどうかは分からない。新潟支局にいる間に乗り潰してしまうか、途中で買い換えることになるのか……この六月に本社へ異動した入社五年目の先輩は、新人の時に新車で買った車で、七万キロの距離を刻んだという。

高速に乗ると、すぐに運転席と助手席の窓を全開にする。空気はまだ熱いものの、風が体を激しく叩く快感はなかなかだ。新潟は夏の暑さと湿気もかなりきついが、もう慣れた。冬は当然厳しいだろうが、何とかなるだろう。

それにしてもあのオッサン、お盛んというか脇が甘いというか——考えただけでまた呆れてしまう。やり方が何とも危なっかしい。プライベートなどないに等しいはずなのに、地元で、しかもわざわざ時間を作ってまで密会するとは。厳密に言えば長岡はあの男の地元ではないのだが、顔を知られていないわけではあるまい。もしかしたらコロナ禍は、彼にとってはラッキーな状況なのかもしれない。ホテルを利用する人も少ないから、誰かに見られる可能性は少ないと計算しているのではないか。

まったく、他にやることがあるんじゃないか。

こんなことをしていると、いつかは足をすくわれる。いや、俺がすくってやる。そして王座から引きずり下ろすのだ。それが巨大な雪崩の第一弾になるだろう。

田岡《たおか》稔《みのる》。新潟一区選出の民自党代議士。そして祖父と父を貶《おとし》めた男。自分が生まれる前の話なのだが、幼い頃から聞かされてきて、二人の恨みは自分のことのように身に染みついている。

復讐の時は来た。全てをリセットし、流れを大きく変える。そのタイミングは今しかないと思った。

2

パンクかな。

田岡愛海《まなみ》は、ハンドルを右に切った。レッカー車を追い越す瞬間、載せられている車の車種とナンバーを確認して、急いで自分の車を路肩に寄せる。バックミラーを覗くと、渋い表情を浮かべた男が、何か書類にサインしていた。

高樹健介。

ハンドルを指先で叩きながら、しばし思案した。別にここで声をかける必要もないし、かけるのはかえって不自然かもしれない。しかし何だか気になる……エンジンを切り、ドアを開けて歩道に回った。八月の新潟の暑さは強烈で、ちょっと歩くだけで汗が滲《にじ》み出てくる。これで冬は猛烈に雪が降るのだから、実に四季が豊かな県と言える――住んでいる人間としては大変なのだが。

書類を受け取った男がレッカー車に乗りこみ、去っていった。一人取り残された健介は周囲を見回している。タクシーを探しているのだろう。この辺は、流しのタクシーが摑まりにくい場所なのだが。

「高樹君」

声をかけると、健介がこちらに顔を向ける。愛海に気づいた途端に、どこか嫌そうな表情を浮かべる――いや、元々こんな顔なのだが。常に凶暴というか不機嫌というか、笑顔を見たことがない。それにしても、そこにいるだけで暑苦しい。確か身長百八十五センチ、体重八十五キロ――県警記者クラブでの自己紹介の時にそう聞いた。高校時代にはアメフトの選手で、全国大会でベスト4に入ったという話だが、そもそも愛海は、高校生のアメフトに全国大会があることも知らなかった。それを聞いて、ちょっと個人的な情報を調べてみようと思ったのだが――最近は、知り合った人の情報をＳＮＳでチェックするのが習慣になっている——彼のSNSは見つからなかった。用心して、裏アカを使っているのかもしれない。

「どうしたの？」

「パンク」

「こんなところで？」

「釘か何か踏んだみたいでさ」

「スペアタイヤ、なかったの？」

「ない」健介がぶっきらぼうに答える。

「そうなんだ……で、タクシー待ち？」

「まあね」

「これからどこまで？　支局？　県警本部？」

「まあ、本部かな」

「乗せていこうか？」

「大丈夫だけど」健介が首を横に振った。

「別にいいわよ。私も本部へ行くところだから」嘘。本当はこのまま、本社に上がる予定だった。もっとも、愛海が勤める地元テレビ局・NBSは、県警本部のすぐ近くなのだが。

「そうか……タクシー、全然通らないな」健介がまた左右を見回した。

「この辺、走ってないわよ」

「じゃあ――お願いしようかな。暑くて死にそうだ」

実際健介は汗塗《まみ》れで、額は濡れ、白い半袖シャツも肌に張りついている。この人、下着を着る習慣がないんだ……健介豆知識が一つ増えた。役に立ちそうにない情報だが、少しでも「敵」を知ることも大事だろう。

「どうぞ」

声をかけると、健介は愛海の愛車・トヨタC-HRの助手席に乗りこんだ。長い手足を持て余して、シートを後ろに下げようと四苦八苦している。愛海がシート調整の方法を教えると、一気にシートが後ろに下がった。

「高樹君、無駄に大きいよね」愛海はつい軽口を叩いた。

「社会人になると、でかくても何の役にも立たないな」健介が気楽な口調で応じた。「これでも、体重はずいぶん落としたんだけど」

「八十五キロあったら十分重いでしょう」

「高校時代は百キロあった」

「そんなに？」

「タイトエンドとしては、それぐらいはないと。飯食って筋トレして……ずっとその繰り返しだった」

タイトエンドがアメフトのポジション名であることは想像がついたが、愛海はこの話題をこれ以上広げないことにした。健介が、得意分野になるとマシンガンのように喋《しゃべ》りまくる男だということは分かっている。自分に自信があるのはいいことだと思うけど、少しばかり鬱陶《うっとう》しい……。

「今日は、西署?」愛海は訊ねた。ここは、新潟西署から二キロほどのところである。

「ああ。最近顔を出してなかったから、挨拶回り」

新潟市内には九つの警察署がある。このうち新潟署、新潟中央署、東署が市内の中心部を管轄する署で、事件も多く、各社の記者も毎日のように顔を出す。一方西署、江南署、北署は中心部から遠く、管内は比較的平和なので、何かなければ記者が取材に行くことはない。

この暑いのにまめな人だ、と思う。

健介がワイシャツの胸元を引っ張って、エアコンの涼気を導き入れた。本当に暑そう……額の汗は、今や顔に流れ落ちている。

「高樹君、ハンカチとか持ってないの?」

「もうびしょびしょだよ。今日、三十二度だぜ」

「二枚持ちか、タオルにすればいいのに。新潟の夏を舐《な》めてると、痛い目に遭うわよ」

「もう十分に遭ってる」健介が手の甲で額の汗を拭った。その後で体をよじって、ズボンのポケットからくしゃくしゃになったハンカチを取り出す。午後四時、まだ暑さが激しい時間に、レッカー車を待って路肩で立ち尽くしていたら、汗だくになるのも当然だろう。

「高校野球の取材で、暑さには慣れたと思ったんだけどな」健介が愚痴を零《こぼ》した。

「最近、七月の方が暑い感じ、しない？」愛海は軽い調子で応じた。

「そうだな。八月の方が暑い今年が異常なのかな」

「そうかもね」

「それで、天気原稿が一本書けそうだ」

「高樹君、真面目だよね。仕事にしか興味ないみたい」

「仕事してないと、暇でしょうがないじゃないか」

「新潟、そんなに暇？」

「どうかな。他の支局は経験していないから分からないけど、首都圏の支局なんか、大変じゃないかな。コロナに加えてオリパラで……」

「それぐらい忙しい方がよかった？」オリンピック、そして今開催中のパラリンピックは、愛海にとってはテレビで観るだけの世界だ。新潟出身の選手も活躍しているから、家族や友人の反応を取材したことはあるのだが、特に思い入れはない。

「動いてないと死ぬんだ」

本気で言ってる？　ハンドルを握った愛海は首を傾《かし》げた。今時、仕事ばかりの人間なんて、想像もできない。でも実際、私生活が見えない人ではあるけど。ただしそれは、自分も同じようなものだ。

「君は？　こっちで何かあったっけ」

「私？　グランセナの取材」地元のサッカークラブだ。新潟西署のすぐ近くに、フルコート二面のかなり立派な練習場──スタジアムと称している──がある。

「何かある？」健介が警戒するような口調で言った。

「暇ネタで特集を作るから、その下調べ」警戒し過ぎ、と愛海は笑いながら答えた。

「あ、そう」健介が急に興味をなくしたように言った。

「高樹君、心配性だよね。何か抜かれたと思った？」

「そういうわけじゃないけど。それに、スポーツネタで抜いたも抜かれたもないよ」

「今はそんなこと、ないよ。新潟にはプロスポーツチームもあるんだし、ネタには事欠かないでしょう」

「俺の興味の埒外《らちがい》だな」

「アメフトで全国大会に出たのに？」

「それは、高校の時の話だから。一生、その話を自慢しながら生きてくつもりはない」

「そう？　高校時代の部活って、結構命懸けじゃない？」愛海は中学、高校とテニスをやっていた。全国大会に出られるようなレベルではなかったが、当時の仲間とは今でもやり取りをしている。厳しい時間を共にした、大事な仲間たちだ。

「そんなこともなかったよ」

「じゃあ、何でアメフトなんかやってたの？」

「先輩に脅されて」

「え？」

「そんなでかい体で、部活もやらないつもりかって……それでしょうがなく、アメフト部に入った」

「高校に入った頃から大きかったの？」

「百八十二センチあった。アメフトで、あんなにぶつかり合わなかったら、もう少し身長は伸びていたかもしれない」

「それ以上伸びたら困るでしょう」

「困る。服がない」健介があっさり同意した。「君だって、それ以上小さかったら困るんじゃないか」

「私、そこまで小さくないわよ」百五十二センチ。むっとして言い返したものの、実際にはあと五センチぐらいは身長が欲しかったと思っている。

「何センチ？」

「百五十二センチ」サバ読んでもよかったのだが、つい本当の身長を告げてしまった。

「女子で百五十二センチは、そんなに小さい方じゃないよな」

何だか言い方が一々引っかかる。上から目線というわけではないが、こちらの言葉に素直に反応しない。まあ……ライバル社の記者同士だから、心を許していないのは当然なのだが。

記者会見や現場でよく一緒になるが、今までほとんど話したことはない。健介は大きいからとにかく目立つのだが、それで興味を惹かれるわけでもなかった。だいたい、高樹健介という人間は、愛海にとって——田岡家にとって要注意人物だと、家族から散々警告されている。関わってはいけない相手。そう言われると逆に気になるものだが、わざわざ自分で機会を作ってまで話そうとは思わなかった。

「あのさ、NBSのアナウンサーの野村《のむら》さん、いるじゃないか」健介が唐突に切り出した。

「野村玲奈《れな》？」

「よく知ってる?」

「うん、まあ。同期だから」

「ふうん……」

「紹介して欲しいの?」

「アナウンサーの人とは、なかなかお会いする機会がないからね」

玲奈は、大学のミスコンで準ミスに選ばれるぐらいのルックスで、ファッション誌で読者モデルをやり、学生フリーアナウンサーとしても活動していた。局アナは最近、このパターンが多い……六月からはウィークデー午後のローカル枠のワイドショーで、アシスタントを務めている。そのまま、夕方のニュースで天気も担当していた。人気急上昇中、と言っていいだろう。ワイドショーで、彼女がリポーターを務めるコーナーの視聴率はいいし、インスタグラムのフォロワー数もNBSの全アナウンサーの中でトップだ。

「高樹君、彼女みたいなのがタイプなんだ」

「そういうわけじゃないけど」

「背が高い方がいいとか?」玲奈は百六十五センチある。

「身長なんか、どうでもいいよ」

「紹介してもいいけど、紹介料、取るわよ」

「それは薄給の身にはきついなあ」

「天下の東日が？」

「君が考えているより、東日の給料はずっと低いんだ」

「そうなんだ」意外な話だ。確かに新聞の部数は減り続けており、今や危機的な状況だと言われてはいるが、社員の給料が減らされるほどまずい状態なのだろうか。

「何しろ不況でね。最近、広告の質が変わってきたの、分かるか？」

「確かに、ちょっと前までは見なかったような会社の広告が多いわね」

「以前からおつき合いしていた会社には、切られてるんだよ……部数が減ると、広告主も逃げるよな。それで、何とか新規開拓しようと必死になってる」

テレビも同じようなものだ。ＮＢＳの場合、正社員が百人ぐらいしかいないから、会社の財政状況なども自然に耳に入ってきてしまうし、営業担当から愚痴を聞くことも多い。新聞にしろテレビにしろ、広告に依存する今までのビジネススタイルは、限界に来ているのかもしれない。

景気が悪い話をしているうちに、県警本部に着いてしまった。庁舎の前にある駐車場に車を乗り入れた瞬間、このまま二人で記者クラブに入って行くと、他社の連中にうるさく言われそうだと心配になり、一芝居打つことにした。

「ごめん、私、やっぱりこれから本社へ行くから」

「ああ……悪いね」健介がドアに手をかける。「今度、飯でも奢《おご》るよ。ここまで乗せてきてもらったお礼で」

「そう？　じゃあ、高いお店にしてね。ボーナス、出たんでしょう？」

「そんなに大したことないって」健介が苦笑した。「俺はまだ、正社員じゃないんだ。社員試用だと、ボーナスなんか雀《すずめ》の涙ほどしか出ないんだぜ」

「でも、美味しいご飯ぐらいは食べられるでしょう」

「まあ……ご希望には沿いますよ。新潟の店は、君の方が詳しいんじゃないか？」

　愛海は言葉を呑んだ。この男は、自分のことをどれぐらい知っているのだろう。確かに愛海は、幼い頃から新潟と東京を行ったり来たりしていたが……。

「それなら、高い店、推薦しちゃうけど」

「『鍋茶屋』とか、滅茶苦茶高いのは勘弁してくれよ……じゃ、ありがとう」

　健介がドアを開けて出て行った。車から降りる時にも、頭を下げて一苦労している。馬鹿でかい背中を見送りながら、愛海は溜息をついた。彼とこんなに話したのは初めてだ。だけど……ご飯はないな、と思った。

　やはり、近づいてはいけない相手はいる。愛海は両家の諍《いさか》いをあまり深刻に考えてはいなかったが、何もわざわざ危ないところに首を突っこむ必要はないだろう。

ローカル局の記者は忙しい。人数が少ないから、新人の愛海は県警記者クラブに籍を置きながら、市役所や県庁を取材することもあるし、街ネタも拾う。このところ県内のニュースはコロナ関係が中心で、県庁の取材をカバーすることが多かった。

六時前に本社に上がり、報道部で夕方のニュースを確認すると、昼間の仕事は終わりになる。その後で夜の取材が入ることもあるし、警察官の家に夜回りに行くこともあるが、今夜は予定がない。ご飯はどうしようかと考えて会社を出たところで、スマートフォンが鳴った。画面には「おばあちゃん」と浮かんでいるが、相手は「おばあちゃん」と呼ばれると臍《へそ》を曲げるので、気をつけないと……。

「尚子《なおこ》さん——どうしたの？」

「ご飯、食べた？」祖母の声はいつもながら耳に心地好い。

「まだだけど。今、会社を出たところ」

「じゃあ、今晩、一緒に食べない？」

「そっちで？　おじいちゃん、いるの？」

「今日はいないわよ。東京」

「じゃあ、尚子さん一人？」

「そうよ。たまには二人水入らずでいいじゃない」

「そうしようかな」これから自分で食事を作るのも面倒臭いし、コロナ禍で外食もままならない。東京ではもっと大変なはずだが――今年の春までは愛海もそういう世界にいた――新潟でも第五波の拡大で、ぴりぴりした雰囲気が広がりつつある。祖母と一緒の食事はありがたい。

「三十分ぐらいで来る？」

「それぐらいかな」

「じゃあ、用意して待ってるわ」

「あの、尚子さん？　今日そっちに泊まっていい？」

「いいけど、どうかしたの？」

「家まで帰るの、面倒臭いから」

祖母が声を上げて笑い、「あなた、ずぼらなところがあるわねえ」とからかった。こういうのはずぼらでも何でもないと思うのだが。祖母の家――新潟の実家は、中央区西大畑《にしおおはた》町《ちょう》にある。市内では屈指の高級住宅地で、家の隣には曾祖父から代々使ってきた地元事務所がある。一方愛海が一人で暮らすマンションは、局への通勤に便利な東区の紫竹《しちく》にある。

祖母の家から車だと二十分ほどしかかからないが、満腹で車を運転して帰るのも面倒臭い。それに明日は、朝からもう一度グランセナに行って、カメラを入れて取材しなければならない。実家から向かう方が、多少は近くて楽だ。

祖母の手料理も久しぶりだ。何かと忙しい政治家一家の中で育ち、家庭の雰囲気をあまり味わってこなかった愛海だが、祖母の料理だけは「家庭の味」と言える。久々にそれを味わうのは楽しみだった。

祖母は七十五歳——今年七十六歳になるのだが、未だに若々しい感じがする。髪はすっかり白くなっているが豊かで、顔には皺一つない。そのせいか、若い人がわざと髪を白く染めているのでは、と思えるぐらいだった。背筋もピンと伸びて、シンプルな服がいつも映えている。こういう七十五歳はなかなかいない、といつも誇らしく思う。

思えば昔から自慢の祖母だった。祖父の選挙区ではむしろ、祖母の方が人気が上だったと聞いたことがある。それも当たり前か……ずっと昔の話だが、結婚する前に祖母は女優をやっていた。そのキャリアは祖父の選挙にも確実にプラスになったはずである。女優さんが、代議士の妻として気さくに接してくれる——地元のおばさんたちは大感激してプッシュしてくれたはずだ。実際、祖父の現役時代には、後援会の婦人会は「雪椿《ゆきつばき》の会」という名前で活動していて、実質祖母のファンクラブのようだった——祖父の古い秘書から聞いた話だから本当だろう。

「おかえり」

祖母のよく通る明るい声に迎えられると、ほっとする。台所に顔を出すと、祖母は料理の仕上げ中だった。一瞬振り向いた祖母が、ぎょっとしたような表情を浮かべる。

「あなた、焼けた？」

「そんなことないけど」つい自分の腕を見てしまう。

「ちゃんと日焼け対策しないと駄目よ。日焼けはお肌の大敵だから。若いからって油断すると、後で大変よ」

「ちゃんとやってる」確かに祖母は、今でも「美白」という感じだ。選挙の度に新潟のきつい自然に晒《さら》されたので、肌の手入れには人一倍気を遣っていた、と聞いたことがある。

「手、ちゃんと洗ってきなさい」

「はい」コロナ禍の前から、祖母は感染対策には異常にうるさかった。マスクも常用していて、十一月から三月ぐらいまでは、外へ出る時は必ずマスクを着用していたぐらいである。それも、喉を大事にしていた女優時代の名残かもしれない。

昔から教えられていた通りに、肘まで洗う。外科医でもないのにここまで洗う必要があるのかな、と毎回疑問に思うのだが、習慣は簡単には抜けない。しっかりうがいも済ませて、準備完了。

　ダイニングルームに戻ると、食事の準備が整っていた。おばあちゃんの料理というといかにも田舎料理になりそうだが、祖母はモダンな料理も得意だ。今日はイタリアンで揃えてきた。既にサラダと冷たいパスタが、テーブルに並んでいる。

「あ、これ好きなんだ」愛海はつい頬が緩むのを感じた。祖母のカッペリーニは、夏の定番料理だ。細い麺の喉越しが心地好く、トマトの酸味がよく合う。これだけを、そうめんのように延々と食べたいぐらいだった。

「メーンはミラノ風カツレツにしてあるから、今日はパスタは控えめよ」

「カツレツかあ……」正直、今日はあまりにも暑過ぎて食欲が失《う》せている。祖母のミラノ風カツレツは、チーズが効いていて香ばしいのだが。

「こういう暑い時こそ、ちゃんと食べないと。ここに泊まるなら、お酒、呑む？」

「いい？」

「何にする？」

　愛海は立ち上がって、自分で日本酒を持ってきた。越乃寒梅の一升瓶。それを見て、祖母が苦笑する。

「うちの一家で、あなたが一番酒呑みになるとは思わなかったわ。でも、イタリアンに日本酒はどうなの？」

「越乃寒梅は万能よ。何にでも合うから」初めて呑んだ時に驚いたのだが、日本酒特有の重たさがない。実際、どんな料理でもしっかり引き立ててくれる。愛海はうんと冷やして、白ワイン感覚で呑むのが好きなのだが、今日はそうしている暇がなかった。

トマトの酸味と、越乃寒梅の淡い味わいの組み合わせはぴったりだ。ミラノ風カツレツにはさすがに少し重いかもしれないが、メーンは酒抜きで食べてもいい。

「最近、どう？」食事しながら祖母が聞いてくる。

「まあまあ忙しいわ。でも、コロナの話ばかりだから、ちょっと飽きてきた」

「新潟に来るとほっとするわね。東京の第五波は大変よ。これから陽性者数はまだ増えるんじゃないかしら」

「お盆の帰省で、結構人が動いたから」

「去年は、新幹線なんかガラガラだったけどねえ」

愛海は、去年のゴールデンウィーク前後の渋谷を思い出していた。当時は大学四年生で、講義は全てリモートになって家に閉じこもるしかなかったのだが、どうしても渋谷に出なければならない用事があって、久々にスクランブル交差点を渡った時に仰天したものだ。

人っ子一人いない——東京の「混雑」の象徴としてしばしばテレビに登場し、「世界で一番有名な交差点」と言われる場所から人が消えたことで、愛海は世界が滅びるとこうなるのではないかとさえ想像した。その後、東京は徐々に日常を取り戻してきたのだが、新潟に来たら、また別の世界が待っていた。こちらの方が、よりかつての日常に近い感じだったが、「東京」を異様に警戒しているのが奇妙だった。帰省や出張も遠慮して欲しい——それが原因で家族や取引先と揉めた、という話もよく聞いていた。

「尚子さんも気をつけてね。頻繁に新潟に来てたら、いろいろ危ないでしょう」

「新幹線は安全だと思うわ。それに、さすがに昔ほどしょっちゅう、行ったり来たりしてるわけじゃないから」

不思議な家族だ、と思う。祖父は四年前の選挙に出馬せず引退するまで、長い間政治の世界に関わった。やはり民自党の代議士だった曾祖父の秘書から始まり、連続九回当選。文科大臣、厚労大臣などを歴任し、党では幹事長、政調会長、総務会長と、いわゆる党三役も全て経験した。若い頃から「将来の総理候補」と言われたものの、結局手が届かず……前回の選挙で引退したのは少し早過ぎたと、孫から見ても思う。七十一歳といえば、政治家としては総仕上げにかかる年齢なのに。もちろんその背景には、自分の息子に早く議席を譲り渡して、新潟における田岡家の血脈を残したいという意図があったのだろうが。

その後、この新潟の家の主は父になった。前回の総選挙で初当選を果たした後、平日は東京、週末は新潟という生活を続けている。母はほぼ一緒に移動して、生活と政治活動を共にしている。その結果、愛海は大学生活の途中から、東京で半ば一人暮らしになった。引退した祖父母は、生活の基盤をほぼ東京に移している。もっとも祖父は、衆院議員としては引退したものの、未だに「民自党顧問」の肩書きを持って政治活動はしている。講演会などに講師として呼ばれることもあるし、党の要職の人たちとの会合も頻繁で、まるで現職議員のような忙しさだ。体調もいいようだし、まだまだ現役でやれたと思う。

田岡家は結婚が早いからこういうことになるのよね、と愛海は常々思っていた。親子の年齢が近いが故に、どこで禅譲するかが難しくなる。まだまだ頑張ると親が議席にしがみついているうちに、子は歳を取って、政治家としてのスタートが遅くなってしまう。

「仕事はどう？　全般的な意味で」あらかた食事が終わったところで、祖母が切り出す。

「うーん、想像していたより忙しい。その割に地味だし」

「アナウンサーの方がよかった？」

「それはないから」愛海は思わず笑ってしまった。

自分が政治の道へ進むことは、既定路線になっている。地元・新潟のテレビ局に就職したのもその一環だ。父も祖父も、親の秘書から政治活動をスタートさせたが、自分は別のルートから始めるのがいいのではないか、と愛海は主張したのである。卒業後すぐに父の秘書をするのは気が進まなかったし、政治の世界に閉じこもってしまう前に、世の中を見ておきたかった。それを聞いた祖父は即座に、「地元のテレビ局」を勧めた。あそこなら社会経験もできるし、コネも作れる。愛海自身も、どうせなら新潟で少しでも顔を売っておいた方がいいだろうと判断して、NBSを就職先に選んだのだった。

——というのは机上の空論で、自分が政治の世界に本当に飛びこむのかどうか、今のところはまったく現実味がない。既定路線は引かれているがまだレールが見えない、というところだろうか。今は猶予期間、という感じがしないでもない。

「あなた、お婿さんを取る気、ない？」

「今時？」

「あなたは勉強もできるしいい子だけど、政治の世界に飛びこむには、女性であることが大きなハンディになるのよ」

「そういう考え、さすがにもう古くない？」

「理想と現実の違いね。女性が女性がって言っても、それはかけ声だけだし」祖母が苦笑した。「お婿さんを取って、その人を政治家に育て上げる方がまだ楽よ」

「でも、私が選挙に出るとしても、何十年も先じゃない。その頃の日本の政治がどうなっているかなんて、誰にも分からないでしょう。もしかしたら、国会議員の半分は女性になっているかもしれないし。むしろ、そうでないとおかしいでしょう」

「でも、あなたが政治家になるのは、そんな先の話じゃないかもしれない」

「何で？　パパはまだ、一期目じゃない」間もなく二度目の選挙がある。任期満了で、十月か十一月……当選回数を重ねる度に、父の基盤は盤石になるだろう。

「稔はねえ……まあ、いいわ」祖母が溜息をついた。

「何かあるの？」

「息子の悪口は言いたくないから」

言いたくないと言いながら、言ってしまっているも同然だ。昔から祖母は「あの子はねえ……」とよく溜息をついていた。その先まではっきり言ったことはないが、政治家としての息子を買っていないことは、愛海には分かっている。そういうのは、政治家になる前から分かるものだろうか？

「尚子さん、パパを買ってないわよね」

「決して悪い子じゃないのよ。でも、政治家として大事な何かが足りない。覇気なのか、根回し能力なのか、ずるさなのか、私には分からないけど」

「おじいちゃんには、そういう素質は全部揃っていたの？」

「もちろん。総理にはなれなかったけど、それはあの人の能力のせいじゃないわ。政治には波があるでしょう。その波に乗り切れるかどうか……難しい時代に政治家をやっていたから、仕方がないと思うわ。時代が違っていたら、大宰相になっていたかもしれない」

「それは大袈裟じゃない？」

「私が大袈裟なのは昔から」祖母が微笑んだ。

「女優だったから？」

「今でも気持ちは女優だけどね」

祖母が女優として活動していたのは、六〇年代から七〇年代頭にかけてだ。映画、テレビドラマなどに数多く出演し、「ヒロインの親友」「主役の妹」的ポジションが多かったという。ＤＶＤなどで残っている作品もあるので、愛海も何度も観たことがある。いつも自分に接している祖母と、画面の中の女優が同一人物だという実感はなかなか湧かなかったが、今も確かに、祖母が「女優だ」と感じることがある。祖父の選挙で応援演説に立った時など、祖父よりも堂々と話したぐらいなのだ。それが、政治家特有のアジ演説とは違い、まるで舞台上から客席に向かって柔らかくかつ力強く語りかけるような……まさに演技という感じだった。

「総理夫人になるのが夢だったんだけどねえ」祖母が首を横に振る。「総理大臣の母親も無理でしょうね。総理大臣のおばあちゃんは、さすがに年齢的にあり得ないわね」

「尚子さん、百歳まで楽勝で元気でいそうだけど」

「この歳になると、いつ何が起きるか分からないのよ。元気だと思っていたのが、ある日突然がっくりきたりするから」

「でも、尚子さんもおじいちゃんも元気じゃない。おじいちゃんなんて、パパより元気に見えるわ」

「今はね……でも、私は少し嫌な予感がするの」

「どんな？」

「それは、まあ……」祖母が口を濁《にご》す。「今言ってもしょうがないわね。そのうち話すわ」

「そう言われると気になる」

「まあまあ……桃、食べる？　桜木《さくらぎ》さんからいただいたんだけど」

「桜木さん、お元気？」既に引退したが、桜木は祖父の古くからの秘書だ。

「元気よ。去年はちょっと入院したけど、今はすっかり元気になって」

「桜木さん、何歳だっけ？　おじいちゃんと同い年？」

「桜木さんが一歳年上。だから、今年七十七歳ね」

「政治に関わる人って、皆元気よね。何でかな？」

「政治家は、人の生き血を吸って生きてるからよ」祖母が真顔で言った。「若いエネルギーをもらってるから、病気もしないし歳も取らない。怖いわねえ」

そういうことをさらりと言う祖母の方が、よほど怖いのだが。

3

「……はい、じゃあ確かに千円ね」県政キャップの直江美花《なおえみか》が、健介から受け取った千円札をひらひらさせた。

「だけど、本当に閉店するんですか？」

「八月一杯だって。あそこのお父さん、もう八十歳なのよ」

「そうは見えませんけどねえ」健介は首を捻った。支局の近くにある洋食屋『養生軒《ようせいけん》』。新潟に来る時、祖父から「あの店のポークソテーは絶品だぞ」と聞かされていた。実際、開店から五十年以上、支局員の胃袋を支えてくれた店である。健介も新潟に来てすぐに食べて、確かな味に驚かされた。その後、週一は使っている。しかしとうとう閉店が決まったので、支局から記念品を送ることになったのだ。「最後にもう一回食べに行かないと」

「そうね。でも、あの店がなくなると、うちは一気に食糧難になるわね」

「ですね」支局の周辺には飲食店が少ない。『養生軒』は出前もしてくれたので、泊まり勤務の時には特に貴重な存在だった。ただし今は、出前するのは東日の支局だけだという。店主が年老いて、無理が利かなくなったのだろう。

「それと高樹君、原田《はらだ》さんを知ってる？」

「原田？　どの原田ですか」

「田岡の運転手の原田さん」美花が、声を潜めて言った。

「すみません、代議士のスタッフの名前までは押さえていません」本当は知っておくべきなのだが。

「辞めたみたいよ」

「辞めた？」

「詳しい事情は分からないけど、パワハラがひどいっていう噂があるわね。田岡さん、かなりのパワハラ体質らしいから」

　本当にそうだろうか、と健介は内心首を捻った。田岡は、スタッフに対して怒鳴り散らすようなタイプには見えなかったのだ。むしろ、気が弱くて言いたいことも言えないような印象を抱いている。もちろん、スタッフと一緒にいる時にどんな様子かは知る由もないのだが。

「もしかしたら、話、聞けるんじゃない?」

「そうかもしれません」

「何だったら、私が取材しようか?」

「いえ、それは……はい。俺が自分で聞きます」

「だけど、変な話よね」美花が、加熱式の煙草をくわえた。「何で田岡事務所の話をあなたに集中させなくちゃいけないのか。ちゃんと取材してるの?」

「まあまあ、何とか……」不倫の現場を押さえることが、新聞の取材とは思えなかったが。

「支局長命令だから仕方ないけど」

「俺もよく分かりません」健介はとぼけた。これは支局長‐本社‐ジイさん直結の事案なのだ。支局の普段の仕事とは、直接関係ない。「どうせ記事にはならない仕事でしょうけどね」

「だったら尚更、あなたに情報を集中させる意味はないでしょう」

「何なんですかねえ」健介は白《しら》を切り通した。先輩であっても、支局員に事情は明かすべきではないと思っている。あまりにも多くの人を巻きこむと面倒なことになりかねない、というのがジイさんのアドバイスだった。

それにしても、今の情報は使えるかもしれない。運転手といえば、秘書と同じように代議士と長く接する仕事で、表には漏れない話を知っている可能性もある。もしかしたら、先日の長岡での密会で、田岡をホテルまで送迎したのも原田かもしれない。

とはいえ、今日はすぐには動けない。泊まり勤務で、午後六時から翌日の十時ぐらいまでは支局にいなければならないのだ。他社の支局では、既に泊まり勤務をやめてしまったところもあるというのに……今はどこにいても連絡が取れるから、その日の当番を決めておいて、夜中に支局にかかってきた電話やメールは転送で受けるのだという。泊まりや夜勤の手当も軽減できるわけで、斜陽産業になっている新聞業界にとっては、当然の措置だろう。東日の支局でもいずれそうなるのでは、と健介は予想していた。ただ警戒のために、支局に人を置く必要はないだろう。

支局での毎日の地方版作りは、基本的に午後十時過ぎには終わる。最終締め切りが午後九時前。記事を本社に送ると、整理部が紙面を組み上げ、ゲラをファクスで送ってくる。そのゲラを、執筆した記者がそれぞれ確認し、必要なら直しを入れて作業は終了――こういうやり方も効率が悪いな、と思う。本社からメールで送ってきて、全部ＰＤＦで確認すればいいのに。

最終的な出力が十時前。この時間を過ぎると紙面は印刷に回るので、もう新しい記事は入らないし修正もできない。十時を過ぎると支局はほぼ無人になる。

今日もデスクの花形や美花が引き揚げて、一人きり……各版の締め切り前に警察や消防に警戒電話をかけ、午前一時過ぎには仕事が終わって眠れる。明朝は午前七時、県警本部の当直に一発目の警戒電話を入れて仕事スタートだ。

慣れてはきたものの、こういうやり方全てがどうにも古臭く思える。そもそも警察は、事件事故の発生については隠さない。一刻も早く伝えるのが記者クラブとの約束になっており、確実にファクスで第一報が届くのだ。本当に大事件なら、直接警察回りの携帯が鳴る。何もわざわざ、新聞側の締め切り時間に合わせて電話をかける必要はないのだ。記者の数はどんどん減っているのだから、効率よく取材しないと、てんてこ舞いになってしまう。そもそも地方支局を減らして、取材網を縮小している日本新報などは、どうしているのだろう。例えば新潟と長野の場合、両県を統括する信越支局が新潟にあるが、長野には二人の記者が「通信員」として常駐しているだけだという。たった二人で、あんなに広い長野県をカバーできるものだろうか。選挙の時などどうしているのだろう。

さて、午後十一時過ぎに警戒電話をかけるまで、少し暇――週刊誌でも読んで時間を潰そうかと考えていると、支局のドアが開き、支局長の三田美智留《さんだみちる》が帰って来た。東日ではまだ珍しい、女性支局長。元々外報部で海外特派員志望だったというが、実際にはずっと地方部勤務。地方支局と本社の勤務を繰り返し、新潟支局が二ヶ所目の支局長だそうだ。五十三歳、独身。支局の上にある支局長住宅で暮らしている。猫を飼っているという噂があるが、本当かどうかは分からない。

「どう?」

「異常なしですね」

美智留が自席につき、地方版のゲラを確認した。この支局長は、よほどの事件や大きな選挙でないと、紙面作りには一々口を挟まないタイプだ。ゲラを見ても、明確な間違いでもない限り何も言わない。もっともこの時間だと、間違いが見つかっても修正は利かないのだが。

「ちょっといいですか」

「どうぞ」美智留はペットボトルに直接口をつけ、ミネラルウォーターを飲んでいる。全国紙の支局長というのは地元の名士でもあり、何かとつき合いが多い。彼女もしばしば夕方から支局を空け、帰りが遅くなるのだが、そういう時はだいたい、支局長住宅に戻る前に一度支局に顔を出す。しかしコロナ禍のこのご時世にどこで酒を呑んでいるのか、不思議だった。新潟でも、飲食店は時短営業を強いられている。実際には要請を無視して遅くまで開いている店も少なくないのだが、そういうところで会食しているのがバレたら、「マスゴミが」とうるさく騒がれそうだ。ちょっと意識が低いんじゃないか……。

「田岡のところですけど、運転手が辞めたようです。パワハラ情報がありますよ」

「それは、あなたが引っかけてきた情報？」

「直江さんです」

「直江に頼っているようじゃ、まだまだよ」

「すみません、普段は警察回りですから」みっともないと思いながら、つい言い訳してしまった。「それより、この運転手には接触しておいた方がいいですね」

「そうね。やれる？」

「何とかします……それより支局長、この件、最終的にはどこへ行き着くんですか」

「それは、あなたの取材次第かな」美智留がペットボトルのキャップを閉めた。「あなたには、東日の四半世紀の恨みが全部かかっているのよ」

「それを俺に全部背負わされても」健介は苦笑した。

「あなたは事情を知っている。取材する権利も義務もある。あなたがきちんとこの件を仕上げれば、東日の報道は復活するかもしれない」

「責任重大ですね」

「この件に関しては、密かに全社的にシフトが敷かれているの」

「知ってます」健介はうなずいた。

「矢面に立つのはあなたかもしれないけど、最終的には私たちがきちんとバックアップするから」

「そうですか……でも、例の不倫ネタは使えないでしょうね」実際、東日の紙面で書ける内容ではない。もちろん、これがきっかけで事件でも起きれば別だが、その可能性は低いだろう。

「そういうナンパなネタじゃなくて、もう少しがっちりした材料が欲しいわね」美智留が要求する。「運転手の線から何か出てくればいいけど」

「パワハラ問題があったとしても、やっぱり新聞ネタじゃないですよね。そこから訴訟でも起きれば別ですけど」

それはあり得ない話ではない。解雇された、あるいは辞めざるを得なかったスタッフが代議士を訴える――コンプライアンスがうるさく言われる今、思い切って勝負に出る人もいるだろうし、そうなったら新聞も無視はできない。

これら一切合切のトラブルを、東日で扱うのではなく、『週刊ジャパン』に持ちこんでしまう手もある。あそこなら政治家のスキャンダルを喜んで書くだろうし、健介にはまだ個人的なつながりもある。しかし週刊誌の記事は、瞬間最大風速はかなりのものだが、長続きはしない。政治家を辞任に追いこむまではいかないものだ。

「単なるスキャンダルではなく、しっかりしたネタを摑むことね。そうしないと、政治家はすぐに逃げる」

「見当違いの謝罪をして、ですね……最近の謝罪は、謝罪とも言えませんけど」

特に政治家に顕著なのが、「言い方に問題があった」「認識が間違っていた」など、事実関係を認めず、表面的な言い訳に終始するやり方だ。根本的な問題にまで踏みこんで頭を下げることなど、まずない。こういうのが謝罪だと思って育った子どもは、将来トラブルを起こしがちではないだろうか。政治家なら、SNSで叩かれるぐらいで済むが、普通の人は謝罪の仕方を間違うと、暴力沙汰に巻きこまれることもある。

「見当違いな謝罪って、五十嵐《いがらし》辺りから始まったのよね」

「ああ……謝罪王ですね」

美智留が声を上げて笑った。健介は中学校に入った頃から、祖父に言われて新聞の政治面をよく読むようにしてきたので、元総理の五十嵐がどれほど上辺《うわべ》だけの謝罪をしてきたか、よく知っている。何かあればすぐ謝るが、あまりにも誠意が感じられない。そのため、テレビのワイドショーやネットなどでしきりにコケにされてきた。あれほど馬鹿にされた民自党総裁、首相はいないだろう。

　五十嵐が総理大臣になったのは十年前。本人の力というわけではなく、派閥力学で決まった人事――当時、五十嵐はもう七十五歳で、首相就任時の年齢としては最年長記録に迫るほどだった。元々党人派で、大臣としての行政トップ経験がほとんどなかったせいもあるかもしれないが、就任時からとにかく失言が多かった。その度に繰り返される、あまりにも軽い謝罪……最後は支持率が急落して、辞任に追いこまれた。当時は「SNSの影響で辞任した最初の首相」などと言われたものである。

「まあ、私たちも他山の石にした方がいいわね」美智留が話をまとめにかかった。「新聞の評判も下がる一方だから。言葉の力を、もう一度取り戻さないと」

「そうですね」

「そういうこと……じゃあ」

　美智留が立ち上がる。健介はふいに、これまで胸に呑みこんでいた質問を口にしてしまった。

「支局長、四半世紀も同じ問題に縛られていて、きつくないですか？」

　美智留が立ち止まり、椅子に座った健介をじっと見下ろした。ほどなく、ゆっくりと首を横に振る。

「私もね、責任を感じてるのよ。当時は下っ端で、取材には参加していただけという感じだったけど、東日が駄目になるきっかけを作ってしまったような気がする」

「それは考え過ぎじゃないですか」

「当事者意識がないと、記者は駄目よ」

言い残して、美智留は消えて行った。当事者か……そもそも自分はまったく当事者ではない。祖父から散々聞かされたあの出来事が起きた時は、まだ生まれてさえいなかったのだから。しかし、高樹家に生まれたからには、あの問題から逃れられないことは理解している。家の呪縛——令和の時代にそんなことは流行らないと分かっているのだが、ここで何とかしないと、前へ進めそうにない。

美花が、原田の住所と連絡先を教えてくれた。日常的に田岡を取材する中で、彼女はとっくに把握していたらしい。まめな人だ……それを頼りに、健介も取材を進めていくことにした。

まず携帯に電話をかけて——あるいはショートメッセージを送ってと思ったが、無視される恐れもある。一番確実なのは、直接家を訪ねることだ。泊まり明けの翌日、健介は早速原田の家を訪問することにした。

原田の家は、北区の三軒屋町《さんげんやちょう》にある。阿賀野川が近い、元々は漁師町だった一角だ。古い一戸建てが建ち並ぶ住宅街の中で、原田の家はまだそれほど古くなっていなかった。美花に聞いた話だと、まだ四十歳。それなりに安定した職業を捨てて、これからどうするつもりだろう。

家の前の駐車スペースには、車が二台停まっている。その奥にある家は二階建て。午後九時、まだ家の灯りは灯っていた。念のため、二台の車のナンバーをメモしてから玄関に向かう。ドアの脇には、まだ新しい三輪車が置いてあった。ということは、子どももまだ小さいのだろう。他人《ひと》ごとながら、原田の将来が心配になった。

深呼吸してから、インタフォンを鳴らす。すぐに女性の声で「はい」と返事があった。

「東日新聞の高樹と申します。ご主人、いらっしゃいますか」

「――少々お待ち下さい」妻だろうか、声には戸惑いが感じられる。

しばらく待たされた。家の中で夫婦が揉めている様が容易に想像できる。何で東日？話すことなんかないから、追い返してくれ――しかし一分後、ドアが開いて、Tシャツにハーフパンツというラフな格好の男が姿を表す。頭を丸刈りにしているので、少し強面《こわもて》の感じがしたが、健介は引く気はなかった。『週刊ジャパン』でアルバイトしていた時には、顔面の凶暴さレベルがはるかに高い暴力団員と、対面で話をしたこともある。

一方で向こう——原田も強気には出られない感じだった。こういう時、自分の身長が物を言うと思う。日本では、百八十五センチあると、大抵の人を圧倒できるのだ。

「東日新聞の高樹と申します」

健介は名刺を差し出した。原田は左手でドアを押さえたまま、右手で名刺を受け取った。視線を落とし「高樹……」と消え入るような声で言う。その名前が引っかかったのか、と健介は警戒した。高樹家と田岡家の因縁の始まりは、そもそも五十年も前に遡《さかのぼ》る。田岡家、そしてその関係者の間では、代々言い伝えられているのではないだろうか。

「田岡代議士の運転手をされていた原田さんですね」

「もう辞めたよ」名刺から視線を上げ、原田が力なく首を横に振った。

「辞めた経緯、教えていただけませんか？」健介は前置き抜きで切りこんだ。「スタッフに対するパワハラがある、という情報を聞きました。あなたも被害者ではないんですか？」

「それは——」原田が声を張り上げかけたが、すぐに口を閉ざしてしまった。

「今は、パワハラに対しては世間の目が厳しいんです。特に公職にある人には……お話ししていただけませんか」

「話せません」

「あなたもパワハラに遭って辞めたんじゃないですか」健介はさらに迫った。「何人もの人が事務所を辞めたと聞いています。今年の秋には確実に選挙がありますし、事務所内は厳しい雰囲気になっているんじゃないですか」

「私からは何も話せません」原田が繰り返す。

「正直、今回の選挙は危ないと言われていますよね？」健介は普段事件取材しかしていないが、記者になる前から新潟の政治状況はたっぷり勉強してきていた。今も新聞は隅から隅まで読み、県政担当ともよく話をして、常に最新の情報にアップデートしている。そう、田岡は二回目の選挙で、間違いなく苦境に立たされている――。「そういう状況は、事務所にも影響を与えているんじゃないんですか」

「私は辞めた人間です。選挙のことについても何も言えません。知りたいんだったら、事務所に取材して下さい」

「私は選挙の取材はしていないんです」

「はあ？」

「事件記者ですから」そう言う時、健介は誇りで胸が膨らむのを意識する。今や、胸を張って「事件記者です」などと言える人間は絶滅寸前だろう。自分は、祖父の時代に先祖返りしたようなものではないか……。

「とにかく、話すことはありません」

「話したくなったら、いつでも電話して下さい。話したくなると思います」

「どうしてそう思うんですか」

「顔に書いてありますよ」健介はハッタリをかました。

「まさか」

「不満を持って抜け出した人は、本当は誰かに話したくてたまらないんです。あなたは、まさにそういう顔をしています」

「馬鹿な……」

「無理強いはしませんけど、いつでも話は聞きます——あの、辞めて今、どうしているんですか」

「ああ、それはまあ……」原田が曖昧に答える。「家族四人が食べていくぐらいは何とかなりますよ」

「そうですか。すみません、余計なことを聞きました」健介はさっと頭を下げた。顔を上げると、原田の顔を正面から見据えて、真顔で告げる。「田岡さんは、このままでいいんですか？　問題のある代議士は……それは、私が言うことじゃありませんね」

原田が健介の顔をまじまじと見詰める。もう少し押せば喋る、と確信したが、健介はここでは一度引くことにした。敢えて無理しないことで相手を迷わせ、最終的には「話した方が得だ」という結論に至らせることもできる。

　これは祖父から教わったテクニックだった。新聞記者の取材テクニックなど、一々整理して書き残しておくものではなく、祖父も自分の経験を折に触れて話してくれただけだが……祖父が実際に取材の現場にいたのは、もう何十年も前――社会部でデスクになる前だから、一九八〇年代の半ばぐらいまでである。その頃に比べれば社会も人も変わったはずなのに、祖父の「話を聞き出す」テクニックは今でも立派に通用する。逆に言えば、人間の本質はあまり変わっていないのかもしれない。

　丁寧に礼を言って家を辞した。車は離れたところに停めてあるので、ハンカチで汗を拭きながら大股で歩いて行く。途中、振り返ると、原田はまだドアを押さえたまま健介を見ていた。

　よし、引っかかった――絶対に連絡は来る、と健介は確信した。

　何となく、県警記者クラブに足を運んでしまった。健介は、用がなくてもここへ来ることが多い。警察取材の中枢部――この空間に身を置いていると、不思議に気持ちが落ち着くのだ。

この時間になると、さすがに各社の記者は引き揚げ、灯りも落ちている。大部屋の手前がソファとテーブル、巨大なホワイトボードが置かれたスペースになっており、それを囲むように各社のボックスが並んでいる。完全な個室ではなく、二畳ほどに区切ったスペースに、西部劇でよく見るようなスウィングドアがついているだけで、上下は開いている。なので、内密の話をする時には気を遣う。ソファでは、家に帰りそびれた記者がいびきをかいていることもあるのだが、今日は無人だった。

運転中嚙んでいたガムを捨て、途中で買ってきた缶コーヒーのタブを引き開ける。一口飲んで、地元紙の夕刊をもう一度読み返そうと手元に引き寄せた瞬間、ドアが開いた。

「あれ」愛海だった。

「ああ」健介もつい、間の抜けた声を出してしまう。彼女は、一応県警記者クラブが「本拠地」なのだが、地元局は記者が少ないので、あちこちの取材に駆り出される。今はコロナ関係の取材中心で、隣の庁舎に入っている県政記者クラブに応援に行っていることが多いはずだ。

「飯……」健介はぼそりと言った。

「今日？」愛海が目を見開く。

「いや……今日じゃなくても。どうする？」

「本気で奢ってくれるつもり？」

愛海が向かいのソファに腰を下ろした。濃紺のパンツに白い半袖のブラウス。荷物は馬鹿でかいトートバッグ……だいたいいつもこんな格好だ。お洒落よりも実用優先。化粧っ気のない顔は、しかし隠せない育ちの良さを感じさせる。何が育ちの良さだよ、と健介は頭に浮かんだ言葉を押し潰した。間違っても、彼女の家柄を持ち上げるような考えをしてはいけない。だけど……まあ、可愛いことは可愛いんだよな。

「一応、お世話になったからさ」

「車、大丈夫だった？」

「何でもないよ。ただのパンクだからね。とにかく、プラスマイナスで言えば俺のマイナスじゃないかな。借りは返したい」

「でも今は、入れる店が限られてるわよ」

「そうだな。どうしようか」

現在、県から新潟市に対して「特別警報」が出されている。首都圏の緊急事態宣言と同じような措置で、飲食店の営業は午後八時まで、酒類の提供は午後七時までになっている。

愛海が「認証制度を申請している店なら、九時までＯＫだけど」と言って、スマートフォンを取り出した。

「例えば、土日の早い時間にお店に入れば、そんなに時間を気にしないで食べられる」

「そうか……でも、フランス料理のフルコースとか、勘弁してくれよ」

「お肉がいいな」

「肉か……」焼肉かステーキか。どちらもちょっといい店に行くと、フランス料理のフルコースを食べるぐらいの値段にはなってしまうが、まあ、いいだろう。ちゃんとしたフランス料理店で食べて肩が凝るより、焼肉屋でいい肉をどんどん焼いた方がいい。

「ええと」愛海がスマートフォンを操作した。すぐに顔を上げると、ぱっと明るい笑みを浮かべる。「ステーキ、かな」

「どこ?」健介は、新潟市内の飲食店にはさほど詳しくない。仕事が忙しい上にコロナ禍のせいもあり、外で食べたり呑んだりという機会がほとんどなかったのだ。昔は、各社の記者同士で仕事終わりに一杯呑んで……というのが普通だったそうだが、今はそういうわけにもいかない。

「『五島《ごとう》グリル』って知ってる?」

「いや」

「いかにも老舗っぽいイメージでやってるけど、まだ新しい店よ。認証制度も申請しているから、九時まで大丈夫」

「行ったこと、ある？」

「ないけど、チェックはしてた」

「スポンサーができたら食べようと思って？」

「まあ、そんなところ」

　本当だろうか？　彼女は子どもの頃から、東京と新潟を行ったり来たりの生活をしていたはずで、市内の飲食店にも精通しているのではないだろうか。金持ちの親と一緒に……と想像すると何だかむかつくが、とにかく借りを作ったままでは気が済まないのだ。

「予約、入れようか？　高樹君のスケジュールは？　週末とか」

「ああ、ええと……」健介は自分のスマートフォンを取り出した。幸い、今週は土曜日が休みだ。今は支局員が順番に夏休みを取っているので人手が足りず、週末も潰れがちなのだが。「今週の土曜日は休みだけど」

「じゃ、土曜日ね」愛海がさらにスマートフォンを操作した。「時間は……六時とかでいい？　その時間なら、予約取れるわよ」

「ＯＫ」

「じゃあ、二人で予約……と。はい、完了」

「現地集合でいいかな」

「まさか、迎えに来てくれるとか?」

「いや、デートじゃないんだから」健介は顔の前で手を振った。「店に六時集合にしよう」

「何もないといいけどね」

「ないんじゃないかな。県内の交通事故や事件の発生数は、相当減ってるらしいよ。去年からは、やっぱり人の流れが減ってるんだろうな」

「あなたは事件のことだけ見てればいいから、楽よね」愛海が溜息をついた。「私、最近ほとんど県庁詰めだから」

「コロナの取材は大変だよな」

「高樹君も、首都圏で働いてたら地獄だったでしょうね」愛海がうなずく。

「ま、俺たちは働く場所を自分では選べないからな」

「じゃあ、土曜の六時に現地集合で……ちょっと、ごめん」

スマートフォンが鳴り、愛海が自分の社のボックスに入って行った。夕方のローカルニュースもとうに終わっているのに、まだ仕事かよ……言われてみれば、自分は事件事故しか取材していないから楽なものである。密かな取材は続けているが、あれは趣味というか生き甲斐というか、高樹家の人間としてやらねばならないことである。

彼女が戻って来るのを待とうと思ったが、そういうのも何だか自分には合わない気がする。今夜は引き揚げるか……健介はまだ中身がたっぷり入った缶コーヒーを持って、記者クラブを出た。

愛海は、いわば敵。ライバル社の人間だからだけではなく、これは家と家との問題だ。彼女に対して個人的な恨みはないが、いずれ自分が彼女の人生を滅茶苦茶にしてしまうかもしれない。

それが正しいことかどうか、一瞬分からなくなった。しかし駐車場へ向かう足取りは軽い。

愛海と食事の約束をしたから？

自分は何でこんなことをしているのだろう。

4

高樹治郎は自宅のソファに腰を落ち着け、ぼんやりとテレビのニュースを見ていた。昼前は次々とチャンネルを切り替えて、民放の昼のニュースをチェックする。正午からはN

HKだ。現役ではないのだから、もうこんなことをする意味はないのだが、ニュースを必ず確認しておくのは、何十年も続く習慣だった。主要紙も全紙購読しているので、朝、一時間かけて目を通す習慣も変わらない。もっとジジイになって、自分の足で歩けなくなっても、こういう習慣は抜けないのかもしれない。

しかし、七十六歳になって一人暮らしはきつい。ずっとこの状態が続くわけではないのだが、今は妻の隆子《たかこ》が退院する日を指折り数えて待つしかなかった。隆子は、入院生活も心配なことばかりだったが、むしろ退院してからの方が大変かもしれない。隆子は、長年痛みを訴えていた膝の手術に踏み切り、手術自体は成功したものの、この後には長いリハビリが待っている。高樹も、担当の医師に散々脅されていた。「今まで以上に積極的に歩くようにしないと、いずれは車椅子のお世話になりますよ」と。

しかし隆子は、若い頃から運動が好きではなかった。リハビリはきつい運動のようなものだから、彼女が積極的に取り組んでくれるかどうかは分からない。しかも今はコロナ禍で、高齢者はなかなか外へ出にくい。だからこそ、自分がサポートしないといけないのだが、隆子が言うことを聞いてくれるかどうか。歳を取って、自分も次第に気が短くなってきたことを意識している。しかしここは我慢、我慢……人生百年時代、自分たちの老後はまだ続く。ここで一度、しっかり健康と生活を立て直さないと、老人二人で共倒れになってしまうだろう。

妻が入院してから購入した本を手に取った。老老介護の関係が何冊も……純粋に「どう介護するか」に焦点を当てた本、公的支援をまとめた本、介護を続ける中でメンタルをどう保つかに主軸を置いた本。これだけ本が出ているということは、老老介護は極めて一般的な問題で、悩んでいる人が多い証拠だろう。ちゃんと読んでおかないといけないのだが、ページを開くとうんざりしてしまう。

テーブルに置いたスマートフォンが鳴る。松永《まつなが》……この二十年以上、弁護士として第一線で活躍してきた松永も、最近はぐっと仕事を減らしている。自分より年上の七十八歳で、少し耳が遠くなってきた以外は元気そのものである。仕事を減らして暇になってきたのか、最近は頻繁に電話がかかってくる。去年、コロナ禍が本格的になる前は、週に一度は一緒に食事をしていた。最後に会ったのは、今年の二月だっただろうか。年末年始の第三波が一瞬落ち着いたタイミングでランチを食べたのだが、その後は一度も会っていない。互いに二度目のワクチン接種は終えたので、そろそろ会おうかという話はしていたのだが、八月になってから陽性者数が爆発的に増えてしまったので、それは果たせていない。

「あんた、奥さんが入院中で、ちゃんと飯食ってるのか」松永がいきなり切り出した。

「まあ、今は食べるものはいくらでもありますからね」とはいっても、恐る恐る外出して近所で買い物を済ませるだけ——最近一番多く食べているのはコンビニの弁当だろう。実際、自宅に一番近いコンビニの弁当はコンプリートしてしまった。どれもなかなか美味いのだが、食べていると情けない気分になってくる……結婚してからずっと、食事に関しては隆子任せだったのだと実感させられる。

「どうせコンビニの飯だろう」

「いやいや……」見透かされている、と苦笑した。

「隆子さんがいないと、あんたは戦力半減だからな」

「そんなことはない」

「俺はあんたら夫婦を五十年も見てるんだぞ。高樹家の主役は、あんたじゃなくて隆子さんだよ」

「まあ……それは否定できませんけどね」

「それよりどうだ、そろそろ飯でも食わないか」

「今は外に出にくいですよ」高樹は即座に言った。ここは勇気を持って断らなくては。

「ランチでマスク会食だよ。さっと食べてさっと別れる——そのためには、うちに来ればいいじゃないか」

「大丈夫なんですか？」

「夫婦ともども、ワクチン接種から二週間経ったよ。一応今が、一番安心できる時期じゃないか」

その誘いは魅力的だった。去年から外出の機会がぐっと減って、気分が滅入《めい》ることが多くなっているのは事実である。顧問なので、会社に定期的に行く必要もない――というより会社の方から「必要な時以外は来ないで下さい」と申し渡されていた。その扱いにはむっとしたが、会社側が自分に気を遣ってくれているのだと解釈することにした。老人が無駄に出歩いて新型コロナに感染したら、目も当てられない――東日が、コロナ禍を異常に気にしているのは、高樹にはよく理解できた。コロナ禍に対する報道も大変なのだが、社員が新型コロナに感染しないようにするのが何より重要である。最近は、マスコミが少しでもヘマをしたら叩こうとする風潮が強い。紙面で、コロナ対策を怠っている人や政府に対する批判をしているのに、社員が感染かよ……という声が上がるのは、高樹にも容易に想像できる。実際、テレビ局などでは、緊急事態宣言下に社員が宴会を行ってクラスターが発生し、大ブーイングを浴びるケースがあった。

「あんたもワクチン接種、終わってるんだろう？」

「もちろん、とっくに」東日は職域接種に取り組み、OBやその家族も対象になっていたので、高樹は早々に、妻と一緒に会社でワクチン接種を受けた。隆子の入院が決まっていたため、院内感染を予防するためにもワクチン接種は必須だったのだ。

「外で食べるよりは安全じゃないか？　うちは換気もしっかりしているし、夫婦二人しかいないから、密にならない」

「まあ、確かに少人数で家の中でなら安全ですかね」誘われると気持ちが大きく動く。まともな食事もしたいし、松永にも会いたい。このコロナ禍は、老人にはきつい状況だ。歳を取ると、とかく家に閉じこもりがちになってしまうのだが、コロナ禍でその傾向にはさらに拍車がかかってしまった。自分が住む世界が、どんどん狭くなっているように感じている。

「じゃあ、決まりだな。明日、どうだい？」

「明日はね……」高樹は頭の中で予定をひっくり返した。「三時ぐらいまでは空いてますよ。その後、病院に行かないといけないので」

「見舞いかい？」

「見舞いというか、着替えを持っていかないと」

「そいつは大変だ」松永が、心底同情した口調で言った。彼は自分より二歳年上だし、老人特有の悩みも抱えているだろう。ただし、それをはっきり口にすることはない。何かと強気な人間なのだ。「ま、うちでゆっくり栄養補給していってくれよ」

「十二時ぐらいでいいですか？」

「了解、十二時な。待ってるよ」

厄介だな、という気持ちが一瞬生まれる。隆子の着替えは結構な荷物になるので、それを抱えてあちこち移動するのは面倒だ——面倒だ、という気持ちが出てくるのも歳を取った証拠なんだろう、と情けなく思う。七十六歳になったからこそ、積極的に動き回らないと。ただし高樹は、近所を散歩したりするのは好きではない。都心に出て本屋を冷やかし、東日に出向いて新聞作りの現場に顔見せして後輩と話す——そうやって歩数を稼ぐのが、ちょうどいいトレーニングだと思っている。

しかも自分の「仕事」はまだ終わっていない。最後の戦いがいよいよ始まるのだ。まあ、この誘いは僥倖《ぎようこう》だと考えよう。明日はダブルマスクでしっかり感染対策をして出かける。面倒だという気持ちは消え失せ、何だか心が沸き立ってきた。

「やあやあ」ドアを開けた松永は、機嫌のいい笑みを浮かべていた。

「お元気ですか？　副反応は？」最近は人と会った時の定番の挨拶だ。

「それが、夫婦ともほとんどなくてな。やっぱり歳を取ると、いろいろな反応が鈍くなるのかね」

「右に同じくですね」

「ま、入ってくれ。今日は副反応の話はなしだぞ。そんなことに時間を使うのは馬鹿馬鹿しい」

松永とのつき合いは、実に五十年以上になる。彼は元々検事だったのだが、二十五年前の事件をきっかけに退職し、その後は弁護士として活躍している。やはり公務員よりも弁護士の方が金になるのか、十五年ほど前には月島にタワーマンションをキャッシュで購入した。検事時代はずっと官舎暮らしだったので、金も貯めていたのだろうが。

リビングルームの窓からは、銀座の街並みが一望できる。銀座には高い建物がないので、二十五階のこの部屋からは、東京一の街を見下ろす格好になるのだ。そこには、松永が今も拠点にする事務所もある。松永の実家は老舗《しにせ》の紳士洋服店で、今は三代目――松永の甥が社長になっている。彼はその本店の二階に弁護士事務所を構えているのだ。日本で一番地代が高い場所にある弁護士事務所かもしれない。

副反応の話はなしと言いながら、食卓の話題はやはりコロナ禍が中心になった。今は、誰と話していてもこうなる。そんな状態がもう、一年半も続いているのだ。高樹の経験では、こんなことは一度もなかった。そういう意味では、コロナ禍は戦争とほとんど同じだと思う。

松永の妻が用意してくれた食事は、さっぱりとした和食だった。茗荷《みょうが》とワカメの酢の物が美味い。コンビニ弁当のしつこさに慣れていた舌が喜ぶような爽やかさだった。

「ビールはいらないか？」松永はいかにも呑みたそうだった。昔から酒好きで強かった……さすがに最近は量は減ったが、それでも食事の時には酒がないと不機嫌になるタイプである。

「今日はやめておきます。この後病院に行かなくちゃいけないので」高樹は、妻の着替えを入れた大きなバッグを見下ろした。

「ああ、そうか……しかしあんたも大変だよな。他の家族は当てにならないし」

「まあ、女房の面倒は基本的に病院が見てくれていますから。家で介護になると大変でしょうけどね」

「息子さん夫婦と同居は……できないか」

「それは最初から諦めてますよ。だいたい、息子に頼るようになったらおしまいでしょう」

「相変わらず意地っ張りだねえ」

「老人の自立は大事ですよ」

松永が声を上げて笑った。そういう松永も、夫婦二人暮らしである。二人の息子のうち一人は外資系の製薬会社に入って、今はアメリカで研究開発に関わっている。もう一人は商社勤務で大阪暮らしだ。

「最近はどうですか？　毎日銀座に行ってるんですか？」

「仕事は基本的に後輩に任せているけど、ウォーキングを兼ねてだいたい顔を出すよ」

「結構きつくないですか？」ここから銀座の事務所までは二キロ……三キロぐらいあるかもしれない。

「片道、四十分ぐらい歩くのかな？　ちょうどいい運動だよ。最近は毎回タイムを測ってるんだ」

「アスリートじゃないですか」

「オリンピックに触発されてね——いや、実際はジジイがだらだら歩いてるだけだよ」勝《かち》鬨橋《どきばし》か佃大橋《つくだおおはし》か、どちらかを渡って銀座方面を目指すのだろう。街の表情はがらりと変わって、散歩には最高のはずだ。

「オリパラは、何か仕事に影響あるんですか」

「いや、俺の行動範囲では特に影響はないな。選手村がすぐ近くだから、相当騒がしくなるかと思ってたけど、こんな風に限定された大会になったから、普通に歩けるよ」

「まともにやってたら、この辺、観光客で大変だったでしょうね」

「外人さんに、もんじゃの味が分かるとも思えないけどな」

「日本の宣伝にはなったでしょう」

「ま、ジジイとしては、街が静かでほっとしてるよ。前回の東京オリンピックの時は、相当大変だったからな」

「ですね」

二人には東京生まれ東京育ちという共通点があり、一九六四年の東京オリンピックの記憶は共通している。大会期間中もいろいろ騒がしかったのだが、高樹はむしろ、その直前の変化を強烈に覚えていた。首都高が都内の空を走り、新幹線が開通し、街が見る間に変貌していった——それでオリンピックというイベントの大きさを意識したのである。いずれにせよあれで、東京は「戦後」から完全に脱出した。

今考えると、それが良かったのか悪かったのか。

食事が済むと、松永が自分でコーヒーを淹《い》れてくれた。検事時代は、お茶さえ自分で用意しなかったのだが、弁護士になってからは、コーヒーを淹れるのを趣味にしている。時間に余裕ができたというより心の余裕だな、と松永は以前説明してくれた。

「ご家族は？　奥さんの話は聞いたけど、他の連中はどうなんだ」松永が切り出した。

「ま、皆ぼちぼちやってますよ」この話がしたかったのだな、と高樹は悟った。特に弁護士になってからの松永とは、家族ぐるみのつき合いを続けている。それに二人とも、過去の痛みを共有していた。

「和希君は？　まだ会津若松にいるのか」

「ええ。異動するにしても来年じゃないですかね。コロナのせいで、通常の異動は予定がずれてきているので」

「彼は大丈夫なのか？　精神的にきついんじゃないかね」

「それは間違いなく、きついでしょうね。ただ、もう先が見えているから、覚悟もできているはずです」

「残念だよ。彼には申し訳ないことをした」

「あれは松永さんのせいじゃないですよ」

二十五年前、新潟三区選出の新人代議士に絡む献金事件――違法な投資セミナーからの金が選挙資金として流れていた事件を、東日と東京地検特捜部が同時にキャッチしていた。しかし結果的に、地検特捜部は事件を立件できず、東日が書いた記事も誤報になってしまった。それをきっかけに高樹も松永も九州に異動――明らかな左遷だった。松永はそれで、検事を続けていくのを諦めて弁護士になったが、高樹は会社にしがみついて権力を取り戻し、最後は副社長にまで上り詰めた。それでも、あれが二人にとって共通の嫌な経験だったのは間違いない。東日と特捜部に失敗させて影響力を削ごうとした田岡総司――高樹にとっては五十年来の因縁がある相手だ——の陰謀だったのである。

　それで一番貧乏くじを引いたのが、当時東日の新潟支局で新人記者だった高樹の息子、和希だった。最初にネタを引いてきたためか、実質的に誤報の責任を取らされた。本来、「書斎派」の記者として、朝刊一面のコラムを担当できるぐらいの筆力はあったと思う。しかし所属はずっと地方部で、記者生活のほとんどを地方支局で送ってきた。二度本社に上がったものの、いずれも二年ほどの短期勤務で、後は地方回り。引っ越しばかりの四半世紀だったと思う。高樹も露骨に介入するわけにはいかず——和希には「余計なことはしないでくれ」と言われていた——息子が引っ越しと異動を繰り返して年齢を重ねていくのを見ているしかなかった。

　それは、和希の家庭生活にも大きな影響を及ぼしたと思う。新潟支局にわずか一年いただけで、宮城県へ異動させられた和希は、当時つき合っていた女性——仙台出身で大学の同級生だった美緒《みお》——とすぐに結婚し、孫の健介が生まれた。しばらくは家族揃って転勤生活を送っていたのだが、健介が小学校に上がるのをきっかけに、母子は東京に家を構えて暮らし始めた。和希は基本的に単身赴任——本社で勤務した四年間だけ、家族一緒に暮らした。結果的に高樹夫婦も、健介の子育てにかなり手を貸すことになった。

そして健介は、東日で三代目の新聞記者になっている。世襲が当たり前の政治家や医者の世界ではよくあることだが、新聞記者で三代の世襲は珍しい。しかしそれは、高樹が仕組んだことだった。

「健介は？　元気でやってるか」

「もちろんですよ」

「探偵の真似事をさせてるそうじゃないか。それはどうなんだ？」松永が疑義を呈した。

「何で知ってるんですか？」

「この前、あいつからメールがきたよ。あんたの気持ちは分かるけど、俺の感覚ではあまり褒《ほ》められたことじゃないな。健介がそれを嫌がっていないのも問題だ」

「高樹家には、絶対必要なことなんですよ。健介は、高樹家の最終兵器なんだ」

「戦争じゃないんだぜ」松永がゆっくりと首を横に振る。

「いや、戦争ですよ」

「百年戦争、知ってるか」

「世界史ですか……古い話ですね」

「あんたらは、もう五十年も争ってる。そろそろ潮時じゃないのか。向こうだって引退したんだし」

「ただし、その息子が政治家を継いでるんですよ。あんないい加減な家の人間が政治家をやっている——政治家の資質に重大な疑問のつく人間が、です。それは許されてはいけない」

「厳しいな」松永が顔をしかめる。「あんたはまったく枯れてない」

「ジイさんになったからって、何かを諦める必要はないでしょう」

「しかしあんたは、一度失敗してる。今度は大事な孫の健介まで、厄介な目に遭わせるのか？　やめておいた方がいい」松永が真剣な表情で忠告する。

「健介は失敗しませんよ。高樹家の最終兵器ですから」繰り返し言って、高樹はコーヒーを一口飲んだ。以前呑んだ時に比べて、渋みが増している感じがする。豆を替えたのか、淹れ方——松永は手でコーヒー豆を挽く——が変わったのか。

「そりゃあ、あんたがゼロから仕込んだんだから、間違いなく優秀だろう。俺も時々メールをやり取りしたり、電話で話したりするけど、生き生きしているようだな。記者の仕事に向いてるんだろうよ。生まれながらの事件記者と言っていいかもしれない。だけどそういう能力は、真っ当な取材のために使うべきじゃないのか」

「これも真っ当な取材ですよ」高樹は反論した。「田岡たちのせいで、マスコミは牙を抜かれた。しかし頑張れば、牙はまた生えてくるんです。今それをやらないと、本当に手遅れになってしまう。私は、ごく普通のことを言っているだけなんですよ。いいことをすればきちんと評価する、間違ったら批判する——それができる新聞を復活させたいんです」

「あんたの理想はよく分かるがね……」松永がコーヒーを飲む。顔をしかめて、珍しく砂糖を加えた。「基本は私怨《しえん》、だろう。だいたい、健介を新潟支局に送りこんだのはやり過ぎじゃないのか」

「健介も了解してますよ」実際には会社も、だ。密かに反撃のプロジェクトが進んでいる。

「いやいや、そういう意味じゃなくて」松永は、この一件に違和感を抱いているものの、それをどう正していいか分かっていない様子だった。「もしもあんたの思惑通りに田岡退治が成功したとして、その後はどうする？」

「その後とは？」

「例えば、田岡一家を政界から駆逐することができたら、その後、健介は何を取材していくんだ？ 確かにこれはでかい話で、新人記者が取り組む材料としては最高だろう。逆に言えば、新人の頃に大きな仕事を成し遂げてしまうと、その後の人生が辛くなるんじゃないか？ 社会人の始まりにピークがきてしまうと、その後が厳しい」

「そんなことはない」高樹は思い切り首を横に振った。「こういう経験を積めば、その後の記者生活に絶対生きるんですよ。自分が好きなテーマを取材して記者生活を全うするためには、出だしが肝心なんだ」

「しかし、健介はそもそも、新聞記者になりたかったのかね」

「それは間違いないでしょう」

「あんたが誘導したからそうなったんじゃないか？　例えば、大学でもアメフトをやらせていたら、また全然違う人生になっていたかもしれない」

「松永さんは、あいつが赤ん坊の時から知っているから、気を遣ってくれているのは分かりますけど、これはあくまで高樹家の問題です」高樹は自分を納得させるようにうなずいた。

「うーん……あんたも意固地だねえ」松永が腕組みをして唸《うな》った。

「歳を取ると、意固地にも拍車がかかるんですよ」

「意固地なジイさんは可愛くないぞ」

「そういうところは目指していませんから」

「健介は、普通に幸せに生きさせてやれよ。家のことを何もかも押しつけるのはどうかと思うぞ」

「健介なら、きちんとやるべきことをやって、その後自分の力で幸せになりますよ。あいつには、俺にも和希にもないものがある」

「それは?」

「根性」

5

総理大臣と会うと、微妙に嫌な緊張を覚える。若い——六十二歳というのは、田岡の感覚ではまだ若造だ。しかしこれも党としての流れである。民自党は前回の総選挙後に「若返り」を公言し、七十歳以上の議員が新規に役職につくのを「遠慮するように」との通達を非公式に出してきた。そういうせいもあって、現在の内閣の平均年齢は歴代最年少になったのだが、田岡から見ればどうにも頼りない。総理は四年目、このまま今年の衆院議員の任期満了までは続けることになるだろうが、既に「レイムダック」と言われている。去年からのコロナ禍では対策が失敗続きで、有権者の不満は沸点に達しようとしているのだ。「他の国に比べればまし」と平然と言い放つ議員もいるのだが、そんなものは方便に過ぎない。感染症対策で、他国と日本を比較しても意味はないのだ。下を見て「自分たちはまだこんなに高いところにいるから我慢しろ」と考えるのは、政治家特有の勝手なロジックである。

有権者は甘くない。マスコミ各社の世論調査では、内閣支持率は二十パーセント台まで落ちてきている。いわゆる危険水域であり、総選挙前に内閣総辞職の可能性も出てきた。

総理との面会を終え、田岡はハイヤーに乗りこんだ。

「事務所へ戻られますか?」顔馴染みの運転手が、低い声で聞いてくる。

「いや、吉原《よしはら》先生のところへ頼む」

「分かりました」

吉原は先々代の総理で、田岡と同じように、前回の総選挙に出馬せず引退した。これも若返り対策……吉原は既に七十八歳なのだが、少し前までは八十代の議員も珍しくなかったことを考えると、本当に年寄りを排除したのだと実感する。

吉原は田岡と同じく、永田町に個人事務所を構えている。実を言うと、田岡の事務所からは歩いて五分も離れていない。現役時代だったら、一度自分の事務所に寄ってから歩いて行くところだが、さすがにもう歩くのは面倒臭い。政治家というのは、議員の肩書きがなくなると一気にやる気をなくすものだと思う。健康のためには、もっと体を動かした方がいいと分かっているのだが、気持ちがついていかない。

吉原は、田岡を歓迎してくれた。この男との関係も長い……当選回数では吉原が三回先輩で、年齢も上。二年続いた吉原内閣では、田岡は文科大臣を務めた。政界の盟友と言っていい。

「総理はどうだった」

「かなり参ってますね」

「それは、テレビで見ただけでも分かるがね」吉原が喉の奥で笑った。「目の下の隈《くま》がひどい。あれは、ろくに寝てないな」

「確かにこの状況だと寝られないでしょうね」田岡はうなずいた。

「しかし、逃げ道を完全に塞《ふさ》いだら駄目だ。あくまで名誉ある撤退ということにしないと、後々禍根を残す」

民自党は、次回総選挙での大幅議席減を警戒している。実際、最低で三十、状況によっては五十議席減という予想も出ているぐらいだ。民自党の選挙予測はかなり正確なので、危機感はかつてないほど大きい。四十議席減らすと、単独過半数を維持できなくなる。

吉原がパイプに葉を詰め、慎重にマッチで火を点けた。総理になる前、六十歳を機に禁煙したのだが、総理を引退してからは、どういうわけかパイプに凝っている。本人曰く「パイプはふかしているだけだから、まったく体に悪くない」。それはそうかもしれないが、臭いが強烈なので、周りの人間は煙草以上の迷惑を受ける。田岡も未だに慣れなかった。ひどい時は頭痛がしてくるぐらいだ。

「となると、このまま選挙まで続けてもらいますか」

「本人の政治キャリアはそれで終わりになる可能性が高いがね」吉原が皮肉っぽく言った。

民自党総裁としての任期は、まだ二年ある。総理総裁として総選挙を戦っても、大敗したら当然、その責任を取って退陣という流れになるだろう。マイナスの状況で退陣すると、党内での影響力を残せなくなる。当然、将来「顧問会」にも入れないはずだ。

吉原が主導して作った「顧問会」は、「党三役を経験した議員ＯＢで作る会」という名目になっている。別名「元老院」。公的な権限はないものの、「総裁に直接アドバイスできる」と決められていた。実際に顧問会のメンバーになってみて初めて、田岡は吉原の真の意図を悟った。現職にしがみつき、「老害」批判を浴びるのは馬鹿馬鹿しい。「顧問」の肩書きで活動できることを党則として決めておけば、実質的に党の上層部に干渉できる。しかも既に議員ではないから、有権者の批判を浴びることもない。党全体の若返りの方針を邪魔せず、かつ自分たちの権力を温存する方法を上手く思いついたものだと思う。

「やはり、辞めてから総選挙に持っていきたいですね。新内閣で選挙に臨めば、かなりリカバリーできるでしょう」

「タイムリミットは」吉原がスマートフォンを見た。「今月末だな。九月の終わりまでに新総裁を決めて、臨時国会冒頭で首班指名、新内閣が発足したタイミングで衆院を解散、だ。鉄は熱いうちに打て、ということだな」

「仰る通りです」田岡はうなずいた。意見が一致しているのはありがたい限りだが、このパイプの煙は何とかならないものか。今日も頭痛がしてきた。

「総理が辞めるかどうか、あんたの感触はどうだ？」

「迷ってますね。元々決断力がない人ですから」

「とはいえ、もう政権浮揚の策はないだろう。既に万策尽きた、という感じだ」

「問題は、このタイミングで内閣総辞職となると、コロナ対策を投げ出したと取られる恐れがあることです。民自党としての責任を問われるかもしれません」

「なに、そこは心配あるまい。マスコミを巻きこんでおけば、総裁選は盛り上がって、コロナ禍は忘れられる。日本人は結局、選挙が大好きだからな」

民自党総裁選は、普通の選挙ではない。民自党員以外には投票権がないのだから、普通の人は完全に「外野」なのだ。しかし、実質的に日本のトップを決める戦いだから、マスコミは通常の選挙以上に熱を入れて報道する。結局、有権者もその熱に巻きこまれるのは間違いない。

「新内閣が発足すれば、しばらくは効果がある。その勢いのまま総選挙に突入すれば、議席減は最小限で食い止められるだろう。二十マイナスだったら御の字だ」

「問題は、最終的に誰が総理の首に鈴をつけるかですね」

「あんたの忠告じゃ駄目か」

「私はそれほど重量級ではないですからね。重石《おもし》になりません」自虐気味に田岡は言った。

本当なら、吉原が総理になったタイミングは、自分のものだったかもしれないのだ。総裁選への出馬を決め、推薦人も確保して、政策綱領を発表するまでになっていたのに――当時所属していた派閥の長から「今回は泣いてくれ」と言われた。そこには様々な力学が働いていて、田岡も「次」を待って一度は納得したのだが、結局その後、チャンスは巡ってこなかった。党への貢献を考慮されて、顧問会には入ることができたのだが……やはり政治の世界では、引いた人間は負ける。どんな障害があっても強引に出ていかないと、生き残れない。

「いざとなったら、吉原先生に耳打ちしていただくしかないでしょう。その前に、総理の方から頭を下げてくるかもしれませんが」総理は、元々吉原派の人間で、総理に据えたのも吉原である。

「最近は、連絡もないよ」吉原が鼻を鳴らす。「顧問会を舐めてるんじゃないかね」

「今こそ、吉原先生の力を見せつける時じゃないですかね」

「分かった」吉原が膝を叩く。「老骨に鞭打って、我が民自党のために頑張りますかね」

「よろしくお願いします」田岡はさっと頭を下げた。

「それより、あんたのところの息子さん、大丈夫なのか？」

「……なかなか厳しいですね。今は、地元に張りつくように言ってありますが、敵は強い」

「こっちにとっては悪いタマだからねえ」吉原が顔をしかめた。

確かに「悪いタマ」だ。

三波智枝《みなみともえ》。元々弁護士として、新潟で活躍していた。弁が立つのでローカル局へ頻繁に出演し、それで顔を売った経験を活かして政界に転じた。一時民自党と連立政権を組んでいた日本みらいの会から出馬、二回連続当選している。しかし日本みらいの会は内紛の絶えない政党で、選挙の度に議席を減らし、最後は空中分解した。前回の選挙では、智枝は無所属で政友党の推薦を受け、同じ新潟一区から出馬したものの落選している。しかし地元人気は未だに絶大で、次の総選挙での返り咲きを狙っている。前回、何とか当選した稔にとっては強敵だ。

「あの女は、何とかならんのか。何であんなに地元で人気があるか、分からんな」

「ずっと新潟で弁護士活動をしてましたからね。企業の後押しもあります」

「企業選挙か……今回も、特定の企業が出てくる可能性はあるか」

「表立っては、そうはいきませんけどね」

「しかしうちも、企業への締めつけが緩んできている」深刻な表情で吉原がうなずいた。

「昔のように、そこで完全な票読みはできない。選挙も難しくなったもんだよ」

「無党派層の扱いには、本当に困りますよね」田岡も同意した。「結局、地道にいくしかないと思います。基礎票を徹底して固めていかないと」

「そうなるな。稔君も大変だと思うが、そこはあんたがきっちりハッパをかけてくれ。政治家にとっては、二回目の選挙が一番大事だからな」

「肝に銘じておきます」

そう言ったものの、田岡としては不安でしかなかった。稔には結局、政治家として一番大事なもの——胆力が欠けている。ここ一番で自らに気合いを入れられない政治家は、勝てないのだ。


その日の夜、田岡は早速稔に電話を入れた。今日も一日挨拶回りをこなしたというので疲れ切っていたが、それもまた情けない話だ。政治家に一番必要なのは胆力だが、次に大事なのは体力である。一日中歩き回り、多くの人に会っても削られない体力がないと、選挙は戦えない。

「お前の手応えとしてはどうなんだ?」

「企業の方が、ちょっと厳しいな。父さんの時代みたいにはいかない」

「弱気になるな。確実に計算できるのは企業の票なんだから」

「頭を下げ続けてるよ」

「無党派層に関してはどうなんだ?」

「そこはどうしようもないな。辻立ちを徹底するぐらいしか、対策の立てようがない」

「三波陣営は?」

「向こうも辻立ち中心だな。SNSの発信も盛んだ」

「それはお前も、積極的にやらないと駄目だ。お前がというか、スタッフが。そこはしっかり指示しろ」

「ああ、分かってる」分かってると言いながら、稔の声には覇気がなかった。

田岡は思わず溜息をついた。この覇気のなさは、昔から変わらない。もう少ししっかりしてもらわないと、ここで田岡家の血脈は絶えてしまう。

稔は所詮《しょせん》、つなぎなのだ。

本命は、孫の愛海である。あの子は頭が切れるし、それこそ胆力もある。これからは女性議員の進出が大きな課題になるわけで、その波に乗ることも可能だろう。稔に関しては……早いうちに、参院にでも鞍替えさせるか。その後釜に愛海が座れば、田岡家はまだまだ安泰だ。そもそも愛海の方が政治家に向いている。

電話を切り、両手で顔を擦《こす》る。稔と話した後はいつも、脂汗をかいているような気分になるのだった。

「どうかした？」妻の尚子が向かいのソファに座った。

「ああ、いや……稔と話していた」

「なかなか厳しそうね」

「君もそう思うか」

「伊達に五十年近く、選挙を見ていないわ。今回は、相当頑張らないと厳しいわね」

「ああ」一年生議員は国会での実績もないし、有権者にアピールできる部分が少ない。とにかく顔と名前を覚えてもらい、後は人柄で投票してもらうしかないのだが、稔の場合はその人柄が……どうにも地味で暗いのだ。五十になるのに、まだ子どものようにおどおどしている面もある。自分のところに長く置き過ぎたな、と後悔することもあった。外の世界で修業しておけば、ずっとタフになれただろう。

「愛海はどうだ？」先日、尚子は久々に新潟に行って孫に会ってきた。

「仕事は大変みたいよ。でも、あの娘《こ》はタフだから」

「選挙の話はしたか？」

尚子が微笑む。未だに娘時代の面影が残っているのが田岡には不思議だった。この微笑みには、本当にやられた……。

「あの娘も、簡単には決められないわよ。何しろまだ二十三歳なんだし。でも、これから段々その気になっていくと思うわ。何しろあなたの孫ですからね」

「俺たちの、だ」田岡は軽く訂正した。

「はいはい……お茶でも飲む？」

「ああ」

尚子が淹れてくれたお茶をゆっくり味わう。まだまだ忙しいものの、議員時代に比べれば時間に余裕はある。最近は、二人でゆっくりお茶を飲みながら話す時間を多く取るようにしていた。尚子だって疲れている。自分が議員になってから三十年近く、新潟と東京を行ったり来たりしながら、地盤を固めてくれたのだ。自分の選挙の五十パーセントは、尚子の力に負っていると思う。その恩を、まだまったく返せていないのが心残りだった。そろそろ、穏やかな老後を考えてもいいのだが。

老後と言えば——田岡は座り直し、「イギリス行きはどうするかな」と尚子に訊ねた。

「それはもう、私としては大歓迎よ」尚子が大きな笑みを浮かべた。「今度はロンドンじゃなくて、もっと田舎の方がいいわね。田舎にこそ、イギリスの本質があるって言うでしょう」

「そうだな。多少不便かもしれないけど」

「今は、どこへ行ってもそんなに不便じゃないでしょう。ネットがあれば何とかなるはずよ。でも、実現したら五十年ぶりね。イギリスも変わったでしょうねえ」尚子が膝に手を当て、背筋をぐっと伸ばした。

「確かに半世紀だな。あの頃のロンドンはなかなかすごかったけど……ヒッピーがたくさんいたな」

「本場のヒッピーね」尚子が声を上げて笑う。「ああいう人たち、どうしちゃったのかしら。まだ生きてるのかしらね」

「どうかね。社会保障の網から、自分で抜け出た人たちだからな」

五十年前、田岡は選挙違反の容疑から逃げるために、二年ほどイギリスに行っていた。表向きの理由は留学で、結婚したばかりの尚子との長い新婚旅行も兼ねていた。田岡の人生では、最も穏やかな二年間と言ってよかった。しかしあまりいい印象はない。とにかく毎日曇っていて、しょっちゅう雨が降り、太陽を拝める日など数えるほどしかなかった。しかも飯が不味い——イギリスに滞在していた頃は楽しかった記憶がないのだが、その後急遽呼び戻されて本格的に政治の世界に入ると、あの二年間の暮らしが懐かしく思い出されるようになった。それは尚子も同じようで、いつしか、ことあるごとに想い出を語り合うようになった。そして議員を引退した時に「近いうちにイギリスに長期滞在しよう」と二人で決めたのだ。ただし何かと仕事は続き、しかも去年からのコロナ禍のせいで、その夢が叶うのがいつになるかは分からない。

しかしこれは、自分にとっては天の合図だと思う。完全引退して、妻と二人、イギリスでのんびりした生活を送るのはもう少し先だ。これからも仕事があるんだぞ、休んでいる暇はない、と誰かにせっつかれているような気がしてならなかった。

第二章　事件へ

1

「原田です」

電話の相手が名乗るのを聞いて、健介は思わず「ビンゴ」と声を上げそうになった。いずれ電話はかかってくるだろうと楽観視してはいたが、こんなに早いとは……原田は相当揺れていたのだろう。話す相手がいたら、すぐにでも打ち明けたいと思っていたに違いない。

それにしても金曜日でよかった。明日は愛海とデート――いや、借りを返すための食事の約束がある。今日中に原田に会って話が聞ければ、明日は予定通り休みが取れるはずだ。原田はすぐに「話したいことがある」と打ち明けた。ただし家はまずいので、外で――しばし話し合った末、彼の自宅からも近い「阿賀野川ふれあい公園」の駐車場で午後八時、と話が決まった。公園のような開けた場所だと話はしにくいのだが、どちらかの車に乗ればいいだろう。一種の密室になるし、夜なら誰かに見られる恐れも低い。

その日の夜、健介はさっさと支局を抜け出した。現地へは、新潟と新発田《しばた》をつなぐ新新バイパスで三十分ほどしかかからない。あの辺りには食事を摂れる店もないが、まだ腹も減っていない――まあ、終わってからゆっくり食べようと決め、現地へ急ぐ。途中、コンビニエンスストアでペットボトルのお茶を二本買った。約束の時間の十分前に、現地到着。野球場などもあるかなり広い公園で、南北に細長い駐車場には、車が百台ぐらい停められそうだった。今は一台もない……中央付近にフォレスターを停め、自分の分のお茶に口をつける。芝生広場の向こうには阿賀野川が広がっているはずだが、夜なので川面は見えない。川の向こうの東区――一日市《ひといち》の住宅街の灯りがかすかに視界に入るだけだった。

健介は冷たいお茶をちびちび飲みながら、時々腕時計を眺めて約束の時間を待った。オメガ……就職祝いにと祖父からもらった時計は、あまり気に入っていない。機械式時計なのでかなり重く、時には筋トレをやっているような気分にさえなる。健介たちの世代ではスマートウォッチが多数派だし、そもそも手首には何もはめていない人間も少なくない。常にスマートフォンを持っているから、時間を確認するにはそれで十分なのだ。

午後八時、車が近づいてくる音が聞こえてきた。車から出て、相手を出迎える。ホンダ

・ヴェゼル。雪道でも便利な、カジュアルなＳＵＶだ。ヴェゼルは健介の向かいに停まり、すぐに原田が出て来る。青い長袖シャツの袖を肘のところまで捲《まく》り上げ、下はジーンズという軽装である。ひょこりと頭を下げると、健介の方へ近づいて来た。周囲はほぼ完全な暗闇だが、緊張しているのはシルエットの歩き方を見ているだけでも分かる。健介は顎まで引き下ろしていたマスクをきちんとかけた。

「どうも」二メートルほど手前で立ち止まると、原田がまた頭を下げた。マスクのせいで、声は少しくぐもっている。

「ご連絡いただいて、ありがとうございます」健介も一礼した。「立ち話も何ですから、車に入りますか？」

「いや、それは……」原田が嫌そうに目を細める。

「だったらこっちのベンチに座りませんか？」

「そうですね」

二人は、駐車場と芝生広場の境目にあるベンチに並んで腰かけた。端と端――間隔は一・五メートルほど開いているが、これぐらいの距離があった方が話しやすいし、ソーシャルディスタンスとしてもちょうどいい。

「お茶、どうぞ」

「ああ……」健介が腕を伸ばして差し出したペットボトルを、原田が素直に受け取った。

「煙草、いいですか？」

「どうぞ」健介はまったく吸わないのだが、外なので吸われても気にならない。ライターのカチリという音が聞こえたと思った次の瞬間、香ばしい香りがかすかに漂ってくる。

健介もお茶を一口飲み、膝に両肘をついて体の力を抜いた。少しでも体を小さく見せようという狙いもある。向こうから連絡してくれたとはいえ、このでかい体は原田を緊張させてしまう恐れがある。

しばらく無言が続く。水の気配はほとんど感じられない。阿賀野川は、河口に近いこの辺りだと、信濃川よりも幅が広い大河なのだが。

「それで、お話というのは？」健介は丁寧に切り出した。

「録音してないでしょうね？」原田が疑わし気に言った。

「してません」健介はさっと両手を広げた。そんなことをしても、録音していない証拠にはならないのだが。

「そうですか……田岡先生のところを辞めた理由は、あなたが疑っている通りです」

「パワハラ？」

「あの人の態度は……一番困るやつですよ。乱暴そうに見える人が乱暴にするならまだ分かる。普段は大人しそうなのに、怒るとキレる人が、一番扱いに困るんです」

「田岡さんがそういうタイプなんですか？」実際に見た目は、非常に大人しそうだ。整った顔立ちだが、それは野性味がないことの裏返しでもある。「市役所の課長」と紹介されても信じられるルックスで、政治家特有のアクの強さやカリスマ性は一切感じられない。

「最低一時間ですね」

「一時間？」

「道を間違ったりすると、すぐに説教が始まるんです。それも路肩に車を停めさせて、延々と……他の車の邪魔になるし、たまったものじゃないですよ。しかもナビを使わせないんです」

「今時ナビなしですか？」

「選挙区の道路ぐらい全部覚えておけ、という理屈なんですが、滅茶苦茶じゃないですか？」原田の声には怒りは感じられない。むしろ呆れ返っている様子だった。

「何でそういう発想になるんですかね」

「さあ……でもとにかく、そんなことがずっと続けば嫌になりますよ」

「田岡さんのところでは、どれぐらい働いていたんですか？」

「かれこれ六年。先代の頃からです」

先代の田岡総司は、前回の総選挙に出馬せず、息子の稔に議席を譲った。七十一歳での引退は、最近では早過ぎる感じがするが、当時は民自党が若返り策を積極的に打ち出していて、田岡はそれに巻きこまれたようなものだった。ただし今も「顧問」として、民自党内の人事などに隠然たる力を振るっているという。

これも嫌な話だ。形を変えただけで、長老政治が続いていることになる。

「そのまま現職の方へ移行したわけですね。先代の時はどうだったんですか？」

「特に何もありませんでした。余計なことは一切言わない人でしたから、こちらはいつも緊張していましたけど、稔先生よりはましでした。怒られることもなかったです」

「運転手以外の仕事はしていなかったんですか？」

「鞄持ちはやっていました。雑用係みたいなものですけどね」原田の声に自嘲の気配が滲む。

「プライベートでも運転手はしていたんですか？」

「そういうこともありました。プライベートなんか、ほとんどありませんでしたけど」

「そうですか？」健介は一歩踏みこんだ。「選挙区でもない長岡に行ってませんでしたか？」

「何の話ですか」原田の声のトーンがぐっと落ちる。顔に押しつけるようにマスクをかけ直す――余計なことを言わないようにと、自分に言い聞かせているようでもあった。

「噂ですけど、愛人がいるとか……長岡辺りの女性じゃないんですか」

原田が黙りこむ。健介は無理に攻めず、マスクを素早く下ろしてお茶をぐっと飲んだ。八月、夜八時になっても気温はあまり下がっておらず、お茶の冷たさがありがたい。原田はうつむいたまま、両手でペットボトルをこねくり回していた。

「別にそれを、記事にしようとは思っていません。そういうのは、週刊誌の仕事です」

「そう……ですね」原田が顔を上げる。「何でそんなことを知ってるんですか」

「こういう商売をしてると、いろいろ噂は耳にしますよ」

「あの女性とは、一年ぐらい前からですよ」原田が唐突に打ち明ける。

「どういう人なんですか？」

「水商売の人です。長岡じゃなくて、新潟の店」

「でも、会うのは地元ではなく長岡……選挙区の人に見られるとまずい、ということでしょうね」

「そういう場所へ送って行くのは、精神的にしんどいですよ。自分の仕事が馬鹿らしくなってくる」原田が溜息をついた。

「分かります」話は上手く進んでいる、と健介は内心ほくそ笑んだ。しかし表情は一切変えないように気をつける。「そんなの、仕事じゃないですよね」

「田岡さんは何も言わないんですよ。もちろん、『愛人に会いに行く』なんて言うわけはないですけど、何度も同じことをしていたら、自然に分かるじゃないですか」

「どれぐらいの頻度で会っていたんですか？」

「月に二回か三回……忙しいのに、そういう時間を作る余裕はあるんですよね」

原田が皮肉を吐いた。よほど腹に据えかねているのだな、と健介は推測した。上手く押せば、何でも喋ってくれるだろう。

「その件については、田岡さんは何か言っていましたか？」

「何も言わないけど、分かりますよ」原田が鼻を鳴らす。

「その女性を見たことは？」

「あります。三十代半ばぐらいかな……すらりと背の高い、スタイル抜群の人ですよ」

健介が見た女性の姿と一致する。写真を見せて確認しようかと一瞬考えたが、思い止《とど》まった。この件をあまりにもしつこく突っこむと、怪しまれるかもしれない。自分はあくまで噂として聞いただけ、にしておこう。しかし彼が知っているということは、他にも知っている人間がいるのは間違いない。その気になれば、確認を取るのは難しくないだろう。

「事務所の方ですが……」健介は話題を変えた。「他にも、辞めた方はいらっしゃるんですか？」

「います」原田があっさり認めた。「当選からだと七人かな……最近特にひどくて、この一年では四人辞めています」

「それは、東京と新潟、両方合わせてですか？」

「いや、新潟だけです。東京の方でも何人か辞めているはずですよ」

「全員がパワハラで？」

「私の感覚では、田岡先生のストレス解消じゃないかって思うんですよね。先生もいろいろ大変でしょう？　次の選挙は危ないって言われているし」

「ライバルの三波さん、強いですよね」

「選挙も、女性の方が強い時代になったんですよ。そもそも今は、女性だというだけで追い風が吹いているし」原田が溜息をついた。「それで焦って、ストレスが溜まってるのは間違いないでしょうね。だけど、私らに当たられてもねえ」

「立派な態度とは言えませんね」

「後でメールしておきますよ」

「メール？」

「あまりにも何度もキレられたんで、録音したんです。音声ファイルがありますから」

「助かります」まさに週刊誌ネタになってきた。音声ファイルの内容をそのまま書けば、トップ記事が一本完成しそうだ。田岡を追い落とすためには、そういう手もある……『週刊ジャパン』には伝手《つて》もあるし。しかし健介は、できればそういう手は使いたくなかった。あくまで新聞で勝負。それを、新聞復活の狼煙《のろし》にしたい。

「この仕事、オヤジから言われて始めたんです」原田が打ち明けた。

「そうなんですか？」

「オヤジは小さな運送会社をやってましてね。田岡後援会でずっと活動してて……私も高校を出てからオヤジの会社で働いていたんだけど、田岡先生のお役に立てってって、送りこまれたんです」

「今回の件、お父さんは……」

「オヤジに相談したら殺されるかと思ったけど、あっさり納得しましたよ。オヤジの耳にも悪い噂が入ってたみたいです。先代はともかく、今は……来月からオヤジの会社に再就職ですよ」

食うに困らないから、田岡の悪行を打ち明ける気になったわけか……この男はまだ喋りそうだ。

「それにしても、いろいろ大変でしたね。田岡家も三代目になると、劣化してきたんでしょうか」

「オヤジたちに言わせると、確かにそんな感じがするな。元々田岡家はそんなに選挙に強いわけでもないし、今回は特に大変じゃないかな」

「そうでしょうね」

「もう、結構動いてるんですよ」

「田岡さん、辻立ちも頻繁にやってますよね」その現場は健介も取材していた。何となく頼りない……喋りが下手なせいか、人も集まらない。現職というより、泡沫《ほうまつ》候補の必死のお願いのように見えなくもなかった。

「人の流れを止められなくてねえ。まあ、辻立ちでできることなんか、たかが知れてるんじゃないですか。票を集めるには、もっと効果的な方法がある」

「買収とか？」

原田が黙りこんだ。前屈みになり、ペットボトルを指先で叩いている。生暖かい風が吹き抜け、健介は額に滲んだ汗を指先で拭った。

「田岡家では、先代も選挙違反に関わっていたんですよ」健介は話を先へ進めた。もう五十年も昔の話だが、高樹家と田岡家の因縁はそこから始まっているのだ。

「伝説としては知ってますよ。まだ若かった先代が、他の民自党候補の応援のために金をばらまいたっていう話でしょう」原田があっさり言った。

「そうです」やはり地元では有名な話なのだろう。しかし先代――田岡の父親は、支援者には「許された」はずだ。そうでなければ、その後九回も当選を重ねることはできない。

「いかにも先代らしい話っていうか……あの人、裏で画策するのが得意そうな感じがするじゃないですか」

「でしょうね」

「五十年前の選挙違反では、先代は責任を問われなかった。県議が逮捕されて、先代を守ったんですよ。しかし、そういうのは繰り返されるものなんですかねえ」

「田岡さんが、もう選挙違反を始めていると？」

「普通、ああいうのは選挙が迫ってから始まるもんじゃないかな」原田が首を捻る。「金を渡すのに効果的なタイミングはあるでしょう？　まだ投開票日も決まっていないのに金をばらまいても、意味がないと思うんだけどねえ」

「実際に、そういう現場を見たんですか？」

原田が黙りこむ。つい調子に乗って喋って、まずいところまで踏みこんでしまったと自覚したのだろう。いきなり立ち上がると、二、三歩前に進んで立ち止まった。背中をぐっと伸ばして、腰に両手を当てる。川の方を向いたまま、静かな声で続けた。声が聞こえにくなったので、健介は意識を尖《とが》らせた。

「私、鞄持ちをやってたって言ったでしょう」

「ええ」

「その鞄の中に何が入っていたか、ですけどね」

「現金？」

「まあ……」原田が振り返る。バツが悪そうな表情を浮かべていた。「喋ると、私もまずいことになりますから」

「あなたを巻きこむことはしませんよ」

「そんな訳ないでしょう」原田の顔が引き攣《つ》る。「もしもこんなことが記事になれば、情報の出どころが分かってしまう」

「あなたしか知らないことじゃないでしょう。事務所の人たちは皆知っているんじゃないですか」

「それは……」

健介も立ち上がって彼の横に立った。身長差がかなりあるので、見下ろす格好になってしまう。これで原田が怯えなければいいのだが、と心配になった。背が高い上に顔が凶暴だ、と子どもの頃から散々からかわれていたのである。この顔が役立ったことは一度もない。アメフトの試合中はヘルメットで顔が隠れているから、相手を威圧することもできないし、一方で女子には敬遠されるし……。

「何人も辞めたんですよね？　今、事務所にいる人たちは喋りにくいかもしれない。でも、あなたのように辞めた人なら、喋ってくれるんじゃないですか？　喋ってもらわないと困ります。違法なことを、そのまま放置しておくわけにはいかないでしょう」

「違法と言われても……よくある話ですよ」

「よくあっても、違法は違法なんです。原田さん、あなたはどう考えますか？　田岡さんがこのまま当選したら、問題があると思いませんか？　そもそも田岡さんに、代議士としての資質があるかどうか」

「それは、私には何とも言えません」

「力を貸してくれませんか？　女性と不適切な関係を持っている、選挙のために金をばらまく――そんな人を代議士でいさせていいんですか？　いさせてはいけないと思う」

「新聞がそんなことしていいんですか？　特定の候補を不利にするような情報を流してはいけないでしょう」

「選挙がどうなるかは、あくまで結果の問題です。不祥事があれば書く――単純な話ですよ」

原田はすぐには納得しなかった。田岡を庇っているというより、自分に累が及ぶことを心配しているのだと分かる。彼にすれば、片棒を担いだというより、言われるままに物を運んだだけ、という意識だろう。それなのに、罪に問われでもしたらたまらないと思っているはずだ。

しかし健介は、簡単には引かなかった。こういう相手に対しては、とにかく押して押しての攻撃を続けるに限る。防御一辺倒でも体力を削られるもので、いつかは首を縦に振ってしまうはずだ。

健介の予感は当たった。

これで田岡を追い落とす材料ができた。ジイさんがどれほど喜ぶかを考えると、気持ちが沸き立つ。しかし……同時に気が重くなるのだった。こんな話を聞いた翌日、愛海と食事をしなければならない。どんな話をしたらいい？

2

健介は妙に警戒した様子で、店の前で待っていた。夜になっても暑いのに、きちんとマスクをしている。外にいる時ぐらい、外しても大丈夫だろうに……それか、冷房の効いた店内で待っていればいい。愛海は不審に思いながら、タクシーを降りた。

「何で中で待ってないの？　暑いでしょう」つい訊ねてしまう。

「そういう風に教育された」

「教育？」

「待ち合わせている時には、相手が来るまで立って待ってること」

「お店なのに？」

「外で待ってる方が、礼儀正しいと思うけどね」

「私に対して礼儀正しくする意味、あるの？」

「一応、お礼だから」

「どうも……入ろう？　今日、全然涼しくならないし」愛海は掌をひらひらさせて顔に風を送った。

「そうだな」

健介の額は汗で光っていた。こんな人だったのかな、と愛海は内心首を捻った。待ち合わせの相手が遅れたら、一時間でも二時間でも立って待っているつもりなのだろうか？　そういう人とつき合うと、嬉しい反面、重く感じるだろうな……いや、別につき合うつもりはないけど。

予約した愛海が店員に声をかけると、個室に通された。

「わざわざ個室？」健介は疑わし気だった。

「個室の方が安心じゃない？　他のお客さんと一緒だと、ちょっとね。密になりそうでしょう」

「面倒臭いな。こういうの、いつまで続くのかね」

「さあ」何とも言えないのが息苦しい。

通された個室には四人がけのテーブルが一台あるだけで、スペース的には広々としていた。密になっていないだけでも、気分が楽になる。愛海は座るとすぐにマスクを外したが、健介はそのまま。かなり用心している様子である。

「普通、お店に入ったら外さない？　他にお客さんもいないし」

「それは用心が足りないな」健介の目が細くなる。「マスクを外すのは、食べる時だけだよ」

「高樹君、持病でもあるの？」

「ない」

「じゃあ、そこまで心配しなくても」そう言いながら、愛海もマスクをかけ直した。

「用心しても損はないだろう？　ワクチン接種もまだだし」

「新潟市は特に遅れているのよね。東日は、職域接種とかないの？」

「本社ではやってるけど、支局は対象外なんだ。東京に移動してワクチン接種を受ける方が危険だからなんだろうけど、何だか見捨てられたような感じもする。島流し的な？」

「まさか」

愛海はメニューに目を通した。かなり高級なステーキ店で、コースで頼むと最低が七千円から……一番安いのでいいかな、と思った。奢る奢らないの話になると揉めそうだから、今日は素直に払ってもらうつもりでいたが、あまり高いとこちらの気が引けてしまう。

「俺、ヒレにしたいんだけど」

健介が切り出した。ヒレのコースは一万円……ちょっと高いな、という感じだ。やはり金離れはいいのだろうか。いくら給料が下がってきているとはいえ、彼が新聞業界では最高レベルの年俸をもらっているのは間違いないのだから。東日に続いては東経新聞。夕刊発行をやめてしまった日本新報の給料は、今や東日の半分、とも言われている。あるいは、いい家の子だから、元々金回りがいいのだろうか。

「何で？　太らないように？」

「それはある」

「別に太ってないじゃない」体が大きいのは間違いない。ただし胸板が厚く、腹は全然出ていないので、体重のほとんどが筋肉だと分かる。いかにも体育会系の筋肉馬鹿、という感じ。「馬鹿」は、凶暴な顔から勝手にイメージしていることだが。

「脂の誘惑に負けるのは、もっと歳取ってからでいいよ」

「普通、歳を取ると、食材に気を遣うようになるんじゃない？　逆でしょう」

「若いうちにいいものを食べて、バランスよく体を作るんだよ……田岡もヒレでどうだ？」

「そう、ね」微妙に気を遣っているのだと分かった。予約なしで食べられるコースは三つ。その中で、ヒレのコースは値段が真ん中だった。一番高いコースで見栄を張るでもなく、安いコースで取り敢えず義務を果たすでもなく――無難と言えば無難なチョイスだ。

「だいたい女性は、ヒレの方が好きじゃないか？」

「あら、そっち方面のベテランみたいな言い方」愛海はついからかった。

「そんなんじゃないけどさ」健介の耳が赤くなる。

意外に純情なのかもしれない、と愛海は想像した。照れたふりをすることはできるが、自分の意思で耳を赤くするのは無理だ。この男がどんな育ち方をしてきたかは分からないが、女性にはあまり縁のない人生を送ってきたのではないだろうか。人生っていうほど長くはないけど。

近づいてはいけないと分かっていた。しかし、この無骨な男に関する興味が少しずつ湧いてくる。そう……結局記者は、普通の人より好奇心が強いのだ。誰かと一緒にいれば、それが初対面の人間であっても、相手の人生を丸裸にしたいと本能的に思う。互いの家が対立しているのは分かっているが、健介の家——家柄には興味を惹かれる。旧男爵家の一族って、どんな感じだろう？

「ヒレ、好みじゃない？」遠慮がちに健介が訊ねる。

「そんな風に言われちゃったら——私もヒレにする。本当はサーロインの方が好きだけど」

「じゃあ、そっちでも……」

「太りやすいのよ」

「全然そんな風に見えないけど」

気を遣ってくれているのだろうか？　しかし、素直には喜べなかった。本当に、体重管理には苦労しているのだ。特に気にしているのが二の腕……軽い運動はしているのだが、筋肉をつけて太くしてしまったら本末転倒だし、今日も腕が出る服を着てくるかどうか迷った。仕事だったら、機能優先で服を選ぶのだが、今日は仕事ではない。結局暑さに負けて、ほとんど肩がむき出しになるブラウスを選んだのだが、これが正解だったかどうかは分からない。

「とにかくヒレにするわ」

「了解」

そこで、店員が注文を取りに来た。飲み物は……赤ワイン、と愛海は決めた。前菜はあっさりしたものが多く、白ワインが合いそうだが、途中で白から赤に切り替えてたっぷり呑むつもりはなかった。酒が弱いわけではないが、健介に隙は見せたくないし。

愛海が赤ワインをグラスで注文すると、健介は炭酸水を頼んだ。

「呑まないの？」アルコールNGの人だっただろうかと思い出そうと思ったが、分からない。コロナ禍がひどくなる前は、ライバル社の記者と酒を呑む機会も多かったそうだが、今はそういう機会はほとんどない。愛海も入社してから数えるほど……健介と酒席で一緒になったことも一度もない。

「車なんだ」

「元々呑まないわけじゃなくて？」

「今日は、一応さ……送るまでは恩返しかなって」

これは微妙な対応だ。食べ終わったら家まで送るつもり？　それは少し図々しくないだろうか。私を狙っている——わけがない。この話題を口にしたことはないが、互いに微妙な立場であることは分かっているはずだ。

しかし、互いの家の事情については、突っこんで話をすることもできない。まあ、取り敢えずこの食事を楽しんで、終わってからのことは後で考えよう。

前菜は、白身魚のカルパッチョに夏野菜のマリネ、モッツァレラチーズとトマトのサラダで、いずれも量がたっぷりだった。味は上等……新潟と言えば、江戸時代から続く料亭文化の街なのだが、食材が新鮮なだけに、最近はいいレストランも増えている。

健介は豪快に食べているが、そんなに下品な感じがしないのが不思議だった。やはり育ちはいいということだろうか。

スープは冷たいヴィシソワーズ。普通、カップなどで少量出てくるようなものだろうが、これも大きめのガラスの器にたっぷりだった。

「量的には大サービスよね、この店」

「多いだけじゃなくて美味いけど」

「それは認める……でも、高樹君って、もっと食べそうだよね」

「そうだな……でも、そんなに味にこだわりはないんだ」

「そうなの？」

「馬鹿舌なんだよ。味音痴っていうか」

「でも、ここが美味しいのは分かるでしょう？」

「普段の食生活が食生活だから、舌が混乱して騙されてるのかもしれない」

「素直に美味しい、でいいじゃない」

「最初にそう言った」

　会話は転がっているような、嚙み合っていないような……しかし、不快感はない。愛海は生来の好奇心から、つい健介のことを深掘りして聞いてしまった。ＳＮＳで情報が得られなかったせいもある。基本的に健介について——健介の家について知っている情報は、祖父たちから聞かされたマイナスの話ばかりだ。

「子どもの頃からそんなに大きかったの？」

「中三の時に一気に伸びたんだ」

「スポーツは？　高校の時はアメフトよね」

「ああ」

「高校でアメフトは珍しいわよね」

「だから、全国大会に出たからって、あまり自慢できないんだ。野球やサッカーと違って、アメフト部がある高校は少ないからさ。少数精鋭ってわけでもないし」

「アメフトって大学の方が盛んじゃない？　何でやめたの？」

「スポーツは、高校の時だけって決めてたんだ」

「じゃあ、大学では何してたの？」

「バイトと……あと、一年間留学してたから」

「そうなの？」俄然興味が湧いてきた。愛海も大学時代、一年間のアメリカ留学を経験している。「どこ？」

「アメリカ」

「アメリカのどこ？」

「カリフォルニア──ペパーダイン大学って知ってる？」

「嘘」思わず目を見開く。

「嘘って、何が？」健介が不機嫌そうな表情を浮かべる。

「ごめん」本気で不快になったかと思い、愛海は頭を下げた。「私もそこにいたから」

「嘘だろ」

「嘘じゃないわよ。まさか、同じ時期にいた？　私、二年生の夏から一年間だけど」

「マジかよ……同じ時期だ」健介は心底驚いている様子だった。

「そうなんだ……」

「あそこ、日本からの留学生が多いけど——しかし、びっくりしたな」

こんな偶然があるのかと驚くと同時に、そもそも留学の話は嘘ではないかと愛海は訝《いぶか》った。自分のことはリサーチ済みで、適当に話を合わせているだけとか……しかし話しているうちに、実際に住んだ人でないと分からないような内容が出てきて、本当だと確信する。

「大学の周りって、何もなかったよな」

「高級住宅地だから、大きな家を見るのは面白かったけど」

「俺は、サーフィン、覚えようと思ったんだ」

「サーフィン？　それは、あなたのイメージじゃないな」愛海は声を上げて笑った。

「あそこは一応、そういう街じゃないか。アマリロビーチに時々通ってたんだけど、サーフィンに関しては、決定的に才能がなかった。元々、運動はそれほど得意じゃないから」

「でも、アメフトをやってたんでしょう？」

「アメフトは、そんなに運動神経はいらないからさ」

健介は自分のポジション——タイトエンドについて熱く説明した。オフェンス側のポジションで、パスプレーの中心になる。背が高いと、やっぱりパスを受ける時に有利になるから——そう言われてもピンとこない。そもそもアメフトの試合を観たこともないし、ルールやポジションについての知識も皆無だ。

「それが新聞記者ね……あなたも、結構いろいろやってるんだ。留学は、新聞記者になるため？」

「そういうわけでもないけど。まあ、将来的には役に立つかな」

「特派員とか？　英語は大丈夫なんでしょう？」

「仕事に使えるぐらいは。君もだろう？」

「私は、仕事には関係ないかな」愛海は軽く肩をすくめた。「留学は、一年間の休暇みたいなものだった」

「向こうでは何か面白いこと、あった？」

「講義についていくだけで精一杯だったから、そんなに楽しい想い出はないわね。友だちはできたけど」

「今もＳＮＳでつながってる？」

「つながってない」愛海は首を横に振った。「ＳＮＳは、就職したタイミングで全部卒業したから」祖父に言われてのことだった。将来、余計なことを掘り起こされないように……まずいことは書いていないが、ＳＮＳ疲れしていたのも事実である。今は会社の公式ツイッターなどで、時々「中の人」をやるぐらいで、個人情報は一切発信していない。慣れれば楽なもので、もう「ＳＮＳ中毒」からは脱したと言っていいだろう。

「あ、俺もだ」健介が言った。「どうせやってる暇もないだろうし、幽霊アカウントにしておくのも嫌だから、全部削除した。ＬＩＮＥだけだな」

「あれはＳＮＳじゃないでしょう」

「まあな……もしかしたら、俺のこと、調べた？」

「一応ね。あなたもでしょう？」

「ＳＮＳをチェックするのは基本だから」健介がうなずく。「だけどこういう商売をしてると、ＳＮＳなんかやってる暇、ないよな」

「マウント合戦になって疲れるし」

「だな」

「アメリカ時代の友だちとは今でもワッツアップでつながってるけど、アメリカと日本だと事情も違うし、同じような仕事をしている人もいないから、今の話はあまりしないかな」

「そりゃそうだよな」健介がうなずく。「テレビ局で記者をやってる人なんて、珍しいだろうし……そもそも、どうして記者になろうとしたんだ？」

「テレビ局で働きたかったから」

「アナウンサーではなく？」

「私、アナウンサーっていうルックスじゃないでしょう」それは自覚していた。身長があまり高くないのはともかくとして、自分には今時のアナウンサーに絶対必要なもの――華やかさが欠けている。時々、現場からのリポートや特集で画面に出ることはあるが、確認のためであっても見る気にはなれない。しかもネットでバズることもない。つくづく地味なのだと実感している。悪口を書かれるよりはましだと思うが。

「そう言えば」先日の会話を思い出し、つい口にしてしまった。「野村玲奈に興味あるの？」

「ない、ない」健介が慌てて顔の前で手を振った。

「この前、紹介して欲しい、みたいなこと言ってたじゃない」

「俺じゃないよ。キャップの星川《ほしかわ》さん」

「マジ？」思わず聞いてしまった。東日の県警キャップ、星川は、何とも冴えない人なのだ。まったく節制できないタイプらしく、二十代半ばにしてもうでっぷり太っているし、煙草もひっきりなしに吸う。記者として優秀かどうかは分からないが、話して楽しそうなタイプでもなさそうだ。「星川さん、本気で玲奈を狙ってるの？」

「そうなんだよ」健介が困ったように言った。

「あまり人の悪口は言いたくないけど、星川さん、玲奈とは釣り合わない感じがする」

「だよな……」真剣な表情でうなずき、健介が腕を組んだ。「俺もそう思う。だけど星川さん、結構マジになってるから困ってるんだ。こんなご時世なのに、合コンをセッティングしろってうるさいんだよ」

「コロナ禍でマスコミの人間が合コンなんかしてるのがバレて、SNSで拡散されたら、全員謹慎よ」

「謹慎で済めばいいけど」

「合コンはともかく、星川さん、何かストロングポイントはあるの？」

「うーん……ない」

愛海はつい笑ってしまった。見た目通りということか……ふいに、健介をからかってみたくなった。

「本当はあなたがつき合いたくて、星川さんをダミーにしているっていうことはない？」

「俺さ、ああいう派手な顔の人はあまり好きじゃないんだ。背も高いんだろう？　それもちょっとね」

「でも、背が高くないと、あなたの身長と釣り合わないじゃない」

「どっちかっていうと、小柄な女性がいいかな」

健介が胸のところで右手を左右に動かした。それぐらいの身長――三十センチ差ぐらい？　たぶん、自分が彼と並んで立ったら、ちょうど頭のてっぺんがあれぐらいの高さになる。これって、何かの示唆？　しかし健介の顔を見ただけでは分からない。

　会話の材料に詰まった時、ちょうどステーキが運ばれてきた。ヒレ肉は小さいが高さがあり、既にかなり満腹感を覚えていた愛海には厳しそうな量だった。赤ワインのせいもあるだろう。アルコールと共に食事をしていると、どうしてもすぐにお腹が一杯になってしまう。健介は平然としている……この肉を少し切り分けて彼の皿に移したら不自然だろうか？　何か勘違いされても困るけど。

　健介は満足そうに肉を食べていた。豪快だが下品ではない、という印象がさらに強くなる。ひどく不思議な感じ……どんな育ち方をしたのだろう？

　かなり頑張って食べたものの、結局ヒレステーキは三分の一ほど残ってしまった。愛海がフォークとナイフを置いたのを見て、健介が「終わり？」と遠慮がちに訊ねた。

「ごめん、ちょっとキャパオーバー」

「もったいないな」

「……食べる？」

　皿を五センチだけ押しやると、健介が肉にフォークを突き立て、一口で食べてしまった。

　何だか、子どもみたいな顔……呑みこむと、「美味いものは口一杯に頬張らないと分からないよな」と言った。

「何、それ」

「ブリア＝サヴァラン」

「『美味礼讃』？」

「そう――台詞《せりふ》は嘘だけど」

「何よ、それ」

からかわれたと思ったが、何故か怒る気にはなれない。そして健介は、嬉しそうな表情を浮かべていた。

「まさか、ブリア＝サヴァランがすぐに分かる人だと思わなかった」

「馬鹿にしてる？」

「そういうわけじゃないけど。ま、ちょっと嬉しいかな」

「ああいうのが好みなの？」何が「ああいうの」か分からなかったが、つい訊ねてしまう。

「一応、文学部だからね」

「『美味礼讃』って、別に文学作品じゃないでしょう」

「雰囲気だよ、雰囲気……さて、デザートは選べるけどどうする？　もう食べられない？」

「……それは別腹」

「よかった」何がよかったか分からないが、健介は笑っている。

二人ともアイスクリームの盛り合わせを頼む。食後の飲み物も、同じコーヒー。

「高樹君はコーヒー派なんだ」

「本当は紅茶の方が好きなんだけど、こういうところのお茶は、だいたいティーバッグなんだよな。変なものを出されるぐらいなら、ティーバッグの方がいいかもしれないけど」

「ああ……」私も同じ、と言いかけて言葉を呑んだ。嗜好が合う部分を探して、何かいいことがあるだろうか？

「何？」

「何でもない」愛海が首を横に振った。

口と胃をさっぱりさせるつもりが、アイスクリームは濃厚で、かえって苦しくなってしまった。濃いコーヒーを飲んで、ようやく落ち着く。

「どうも、ごちそうさま」

「お粗末様」

「それ、お店の人に失礼だから」

「そっか……しかし、落ち着かないな」

「そう？」

「皆で飯を食いに行ったりとか、そういう普通のことができなくなってる。食べる時もマスクを外したりつけたり……こういう状態、いつまで続くのかな」

「高樹君が新潟にいる間は無理かもね」

「そいつは長いなあ」健介が頭を掻いた。「でも、東京へ戻っても、まだ続いてたりしてね」

「その可能性もあるわね。コロナって、戦争よりもひどいかも」

「そうか？」

「戦争は、人間の意思で終わらせられるでしょう。でもコロナに関してはどうしようもない。何だか、がっかりしちゃった」

「最先端の医療技術もこの程度かって？　コロナを抑えることもできない？」

「そういうこと。今、専門家に対する不信感、すごく高まってるわよね。東日本大震災の後からだと思うけど」

「確かに……技術者、医療関係者、政治家」

最後の言葉が、小さな痛みを伴って胸に刺さった。健介も当然、自分のことを知っているはずだ。知っていての皮肉？　だとしたらタチが悪い。

「でも、人類は伝染病で全滅したことはないんだよな」

「というより、現生人類はどんな原因でも全滅していない。だから私たちはここにいる、でしょう？」

「そうそう」

　健介が嬉しそうにうなずく。何がそんなに嬉しいのだろうと、愛海は疑念を感じた。しかし自分も、胸の奥に小さな炎が灯るような感覚を味わっていた。

　自分の立場が非常に微妙なことは自覚していた。新潟市を含む新潟一区を長年地盤にしてきた、政治家一家の跡取り。将来は父を継いで政界に出ていく可能性が高い——まだはっきり決まったわけではないが。その下準備として、地元のテレビ局に就職したのは事実である。基本的に東京で生まれ育った人間として、学生時代まで仲が良かった友人たちと離れるのは辛かったが、自分には家を継いでいかなければならないという自負がある。自分の代で、田岡家のキャリアを途切れさせるわけにはいかないのだ。

　しかし知り合いがあまりいない街で暮らして半年近く、日々かすかな寂しさを感じているのも事実である。学生時代までの友人たち——余計なことを考えず、本音で話したり笑い合ったりできるような相手が、この街にはいない。会社でも同じ……普通に仕事の話はできるが、一番近い関係である同期の玲奈とは基本的に仕事が違うので、それほど頻繁に話をするわけでもない。コロナがなければ、一緒に食べ歩き、呑み歩きもできただろうが。

「高樹君って、新潟には縁はないでしょう？」

「俺個人はね」

分かっていて敢えて聞いてみたのだった。健介の父も祖父も東日新聞の記者で、新潟支局で取材人生をスタートさせている。そして田岡家との間にできた因縁は、自分たち三代目にまで持ち越されている。

「そろそろ出ようか」健介が唐突に言って、立ち上がった。「送るよ」

「いいよ。タクシー摑まえるから」

「この辺だと、流してないよ」

「じゃあ、呼ぶし」

「そうか……いや、別に家に上がりこみたいわけじゃないし、住所が知りたいわけでもないけど」

健介は何だか寂しそうだった。それを見て、微妙に心が動く。何だろう、こういう大男が寂しそうにしていると、ちょっと可哀想になってくる。これが演技だとしたら、なかなかのものだけど。

「もしかしたら、私を送るために車で来て、呑まなかったの？」健介は酒が呑めないタイプには見えない。いかにも大酒をかっくらって、大騒ぎしそうな感じだ。

「いや、別に下心があるわけじゃないよ。さっきも言ったけど、送るまでは恩返し」

「家に帰るまでが遠足みたいな感じ？　そういう風に教わって育った？」

「まあ、いいじゃないか」

健介はどこか悲しそうに見えた。何だか、大型犬が叱られてしょげてるみたい……。

「分かった。それじゃ、家の近くまで。でも、あなたに家を教えるつもりはないからね」

「了解」

いきなりスウィッチが切り替わったように健介の表情が変わった。それで愛海もほっとしてしまったが、次の瞬間には気を許しちゃ駄目、と自分に言い聞かせた。こういうのも含めて全部計算かもしれないし、何より健介と親しくなるのはリスクが大き過ぎる。

健介のフォレスターに乗ると、さらに冷静さを取り戻せた。助手席にはちゃんと座れるが、後部座席をちらりと見ると、まるでゴミ箱である。コンビニの袋や新聞、雑誌などが放り出してある。そう言えば、かすかに異臭もするような……もしかしたら健介は、この車の中で暮らしているのではないか？

「高樹君さ、車はもう少し綺麗にしていないと、モテないよ」

「そういうのには興味ないんだ。この車はあくまで、仕事のための道具だから」

「じゃあ、デートの時はどうするわけ？」

「デート？　考えたことないな。今は相手もいないから」

本当だろうか？　健介のような全国紙の記者にとって、地方勤務はあくまで腰かけである。大学時代につき合っていた恋人を東京に残して、短い一人暮らしに耐える人が多い、という話を聞いたことがあった。中には、地元で知り合った人と結婚し、一緒に東京へ引っ越していく人もいるのだが。

「でもまあ……今日はありがとう」車を出してすぐ、健介が礼を言った。

「何が？　奢ってもらったの、私なんだけど」

「いや、仕事と関係ない話をしたの、久しぶりだった」

「何、その寂しい人生」愛海はわざと声を上げて笑ったが、実際は彼の言葉は胸に刺さっていた。要するに彼も、自分と同じではないか。恋人も友人もいない街で一人きり……これでは生活も精神も荒《すさ》まない方がおかしい。今のところは何とか無事に日々を送っているが、夜中に突然、押し潰されるような圧迫感を覚えることがある。

「昔はさ、うちの支局も新人が二人、三人一緒に赴任してくることもあったんだってさ。でも今は、基本的に一人だ。下手すると、二年に一回しか新人が来ないこともある。同僚でも、同期ってちょっと違うだろう？　友だちに近い感じになるというか」

「ああ、それはあるかも」玲奈をそう呼んでいいかどうかは分からないが。

「でも俺は一人だし、基本的には仕事しかしていない。遊びに行くにしても、今は制限が多過ぎる。休みだって、寝るぐらいしかやることがないんだ」

「そっか」

愛海の場合は、そこまで孤独ではない。母が東京と新潟を行ったり来たり、半々で生活しているし、父も週末には毎週のように顔を出す。祖父母も時には泊まりにやって来る。とはいえ、こちらも仕事をしている身であり、そんなに頻繁には会えない。それに最近、父に対してちょっと遅い反抗期、という感じなのだ。政治家になって、父はすっかり性格が変わってしまった。いつも何かに悩んでいて、それを誰にも言えない感じ。駆け出しの政治家というのはいろいろ大変だろうが、それにしても昔に比べてずっと暗くなったのは間違いない。話しかけてもちゃんと答えが返ってこない時もあり、次第に話すのも嫌になってしまった。大変なのは分かるけど、家族にまで当たらないで欲しい……この状況は、これからさらにひどくなるのが容易に想像できる。この秋には確実に総選挙がある。そして、父の二度目の選挙は、一回目よりもずっと厳しくなりそうだ。二度目で落選というのはいかにもみっともないし、今後の政治活動に間違いなく悪影響を与えるだろう。

「何か……ありがとう」健介が素直に礼を言った。

「え？……ええと、こっちもありがとう」

「何で？」

「私も、仕事と関係ない話をしたの、久しぶりだったから」

「こういうの、悪くないと思わないか？」

「こういうのって……会って食事したり、話したりすること？」

「ああ……どっち方面へ向かえばいい？」健介が話題を変えたが、誤魔化したわけではないだろう。どこへ行くか分からなければ、このまま市内をドライブして夜が明けてしまう――それでもいいかもしれない、と一瞬考えた。

何考えてるの？　自分を叱咤《しった》したが、その考えはなかなか消えなかった。何というか……誰かとこんなに落ち着いて話をしたのは、新潟へ来て以来初めてだったかもしれない。そして、健介との間では、何の淀《よど》みもなく話が流れる。そんな相手は生まれて初めてで、小さな驚きだった。

絶対に近づいてはいけない。近づいたら大変なことになると分かっていたが、理性で抑え切れる気持ちには限界がある。だけどここは、理性に頑張ってもらわないと。

「ええと、萬代橋《ばんだいばし》から明石通り。で、栗ノ木バイパス」

「近くまで行ったら教えてくれ」

「分かった」

急に言葉が少なくなる。別れの時間が迫っている――今夜別れた後は、こんな風に二人で話すことはもうないかもしれない。だけど……愛海は道順を指示し、健介は丁寧に運転を続けた。いかにも乱暴な運転をしそうなのに、見た目と中身は結構違うものね、と感心する。安心して助手席に座っていられるタイプだ。ただし、後部座席はちゃんと片づけてもらわないと困るけど。

いつの間にか、家のすぐ近くまで来てしまった。どうする？　ここで停めたら、家がバレてしまう。まさか健介がストーカーになるとは思えないが、彼が本当は何を考えているかは分からない。何しろ田岡家と高樹家は対立している――自分のプライベートな部分を教えてしまったら、後々都合が悪いことが生じるのではないだろうか。

「ごめん、ここで」

「ああ」健介が路肩に寄せて車を停める。

「じゃあ……本当にごちそうさま」

「あのさ」

「何？」

「これからも、たまには飯でも食わないか？」

「本気で誘ってるの？」

「誘ってるって言えば誘ってるけど……別に変な意味じゃない。飯を食べる相手ぐらいは欲しいなっていうだけの話で」

「そうなんだ」

「気に食わなければ、今のは忘れてくれてもいいけど」

ずいぶん弱気なんだ……しかしここで一歩を踏み出す気にはなれず、愛海は「考えておく」とだけ答えた。何を考えておくのか、自分でもよく分からなかったが。

ドアを開けて歩き出す。健介は車を出す気配がなかった。となると、家に入るところを見られてしまう――それもいいか、と考えた。一つプライバシーを明かしても、それで危なくなることはないだろう。大きな犬みたいな男が危ないとは思えない。

私の家はここだけど、どうする？

3

こういう誘いには乗ってこない相手だと思っていた。しかし高樹の予想は外れ、彼女は今、自分の目の前にいる。場所は銀座——松永の事務所。古いビルだが中は広々としており、松永の弁護士事務所も、スペースには余裕がある。高樹はその事務所の小さな会議室を借りた。今日は松永はいない。意図を話した時に、微妙な表情を浮かべて「俺はその時間、事務所にいないようにするから」と言った。まるで台風から避難しようとするように。

三波智枝は、人目を引く女性だった。現在は浪人中だが、代議士の経験は見た目、それに態度にも影響を及ぼしたようである。堂々としていて、常に笑みを絶やさない。これに惹かれる有権者は間違いなくいるだろう、というのが高樹の第一印象だった。

「銀座の真ん中に事務所があるのはすごいですね」心底感心したように智枝が言った。

「元々、ここの一階にある洋服店が家業なんですよ。松永先生は、家業を継がずに検事になったんですが」

「それで、二階に事務所を開設、ですか。さすがに東京の弁護士さんは違いますね」

「場所の違いだけだと思いますよ。三波先生も、新潟で大きな事件をいくつも手がけられた。地元の人にとっては、頼りになる弁護士でしょう」

「でも、この前の選挙は落ちましたけどね」智枝が皮肉っぽく言った。

「それはしょうがないでしょう。選挙は時の運だ」前回選挙で、無所属で出馬した智枝は、初出馬の田岡稔に敗れた。

「なかなか厳しい選挙区ですよね。一区はやはり田岡王国ですから」

「分かります」高樹はうなずき、お茶を一口飲んだ。「もう何十年も、田岡家で議席を占めているんですからねえ。しかしそれは、決して健康的なことではない。一つの家族が特定の地域を支配しているようなものだ。それは、民主主義の理念にも反している」

「仰る通りですが、やはり歴史の重みはありますよ」

智枝は、最初は保守系の日本みらいの会から出馬したのだが、今はみらいの会自体が消滅してしまっている。前回総選挙後、みらいの会の「残党」はほとんど民自党に合流した。無所属になった智枝は政友党の推薦を受け、田岡稔に迫る得票を記録したものの敗れた。そして今年になって正式に政友党入りを表明し、早々に公認を得ている。政友党は、党としての支持率がまったく上がらず苦境に立たされているのだが、それでも智枝個人の人気は今でも高く、今回の選挙でも田岡稔の議席を脅かすのではないかと噂されていた。人気に溺れず、地道に辻立ちやミニ集会などの活動を続けてきた成果でもある。

「それで……東日新聞の顧問の方が私に会いたいというのは、どういうことですか」

「わざわざ東京で会っていただいて、申し訳ない」高樹は頭を下げた。新潟で会うのは難しい……選挙区では様々な人の目が光っており、誰が誰と会っていたか、すぐにバレて問題になったりするのだ。東京ならそういう心配はまずない。高樹は二ヶ月も前から智枝に面会の申し入れをしていて、八月も終わる今になって、ようやく予定が合ったのだった。

「選挙はどうですか。かなりの接戦が予想されているようですが」高樹は慎重に切り出した。

「今回も厳しい戦いだと思います」

「先ほども申し上げましたが、田岡家が新潟一区をずっと支配し続けるのは、健全なことではない。そろそろ、今の体制を崩すべきではないかと思っています」

「それは私も同じ考えですが……」智枝の顔に戸惑いが浮かぶ。「そういうことを高樹さんが言われるのは、どういう意図があってですか？　新聞社の方としてですか？」

「私は今も顧問の肩書きを持っていますけど、新聞作りに手を出すわけではない。ただの名誉職です。ただし、今でも社内にある程度の影響力はあると自負しています」

「副社長までやられた方ですから、当然そうでしょうね」

おっと、さすがに抜け目がない。俺の経歴もちゃんと調べてきたのかと、高樹は警戒した。知られて困る経歴ではないのだが、何となく腹をさぐられている気分になる。

「田岡家は、五十年も前から様々な不正に手を染めてきた。この辺でそろそろ、退場願おうかと思っています。そのための第一歩は、あなたが当選して、田岡代議士が落選することだ。いや、そもそも選挙に出られないようにできればベストですね」

「それは選挙妨害では？」

「法的な意味での選挙妨害にはならないと思います。我々は、事実関係を伝えるだけですから」

「高樹さんは、今は新聞作りには手を出されていない、と言われましたよね？」智枝が指摘した。

「仰る通りですが、実際に取材して新聞を作っている記者と話をすることはできます。しかもこれは、新聞として何の問題もない——むしろ積極的に記事にしなければならない案件なんです」

「まあ」智枝が座り直した。お茶には手をつけようとしない。まだ緊張——警戒している様子だった。「問題がない選挙はないと思います。私には何もありませんが」

「それは分かっています。選挙に関して問題があるのは、常に民自党なんです。特に田岡家には何かと黒い噂が多い。民主主義の敵と言っていいでしょう」

「今回も問題があるんですか？」

「もう、金が動いているようです」

智枝の眉がぴくりと動いた。今や、表情は非常に厳しくなっている。法廷で相手を追い詰めるような雰囲気を滲ませていた。

「買収、ということですか」

「有権者レベルには金は流れていません。そういう買収は、実際に選挙戦が始まる直前か、始まってから行われます。今は、有力者の支援を固めるために、金を動かしているようです」この情報は、孫の健介から入ってきたものだった。さすが我が孫——健介は事件記者としては、自分より優秀かもしれない。入社して半年も経っていないのに、しっかりと情報を入手している。自分の一年目は、ここまでスムーズに仕事はできなかった。

「なるほど……そういうことがあってもおかしくないですね」

「これは東日としては記事にはできない情報なんですが、女性との不適切な関係もあるようですね」

「田岡さんの奥さんのご実家は、藤島製菓ですね」

「ええ」新潟市に本社を置く菓子メーカーで、商品は全国展開している。そして社長——稔の妻の兄は、田岡後援会の幹部に名前を連ねている。だから稔にすれば、妻には頭が上がらないはずなのだが……もしかしたら、長年頭を下げ続けて疲れ切り、他の女に走ったのかもしれない。

「その情報、確実なんですか」智枝が眉をひそめる。

「まず間違いないですね」

「週刊誌ネタみたいですけどねえ」智枝が首を捻る。

「週刊誌に売れれば、いい金になるかもしれません」

「そんなこと、するんですか？」

「冗談ですよ」高樹は笑みを浮かべた。売りはしないが、タダで提供することはある……記者をやっていれば、政治家や官僚の下半身にまつわる噂を耳にすることは珍しくないのだ。完全に犯罪である場合を除いては記事にしないのが暗黙の了解だが、こういう話は週刊誌にとっては美味しいネタである。つき合いのある週刊誌の記者に情報を流すことはたまにあった。「しかし週刊誌なら、喜んで書くでしょうね。政治家の下《しも》の話も、今はコンプライアンス的に許されないですし」

「昔は許されたんですか？」智枝がいじわるそうな表情を浮かべた。

「昭和四十年代……五十年代までは、そういうのはよくありましたね。そこそこの立場の男は愛人を持つのが当然――戦前の風潮がまだ残っていたのかもしれません。今では当然許されませんが」

「そうですか」

智枝が淡々とした口調で言ったが、興味を惹かれているのは顔を見れば分かる。ようやく湯呑みを取り上げ、お茶を一口飲んだ。そのまま湯呑みを両手で包みこみ、お茶に視線を落とす。

「噂として流すことはできます。この手の下世話な話は、あっという間に広がりますからね」高樹は畳みかけた。

「なるほど」

「女性スキャンダル、そして金の問題。これを上手く使えば、あなたは確実に選挙に勝てる。それ以前に、向こうを立候補断念に追いやれる可能性もあります」

「それはそうかもしれませんが、あなたのような立場の方がそんなことを言うのは、おかしくないですか？　新聞は、不偏不党であるべきでは？」

「私の立場は顧問です」高樹はソファに座り直した。「今現在、東日から給料はもらっていません。肩書きはありますが、実質的には東日の人間ではないということです。だから私がどんな政治活動をしても、それは新聞の不偏不党の原則に反するものではない。そもそも情報収集は、政治活動とは言えないでしょう」

「本当にそうですかね」智枝が首を傾げる。「私は、民自党のオッサン政治家のように、裏で根回しするのは好きではありません。政治は公明正大、表の議論で行われるべきだと思います」

「仰る通りです」高樹はうなずいた。日本社会において、根回しが不要な場所はどこにもないのだが、ここは話を合わせておくことにした。「ただし、選挙は戦争です。違法でなければ、どんな手を使ってでも勝たなければならない。それはあなたもお分かりでしょう」

「勝ちますよ。議席のない政治家はただの人――ただの人以下です」

「頼もしいお言葉です」

実際、目の前の智枝は非常に頼り甲斐のある人物に見える。四十七歳、独身。弁護士として、若い頃から刑事事件、さらに大規模な国家賠償訴訟の弁護団にも名前を連ね、名前を売ってきた。故郷の新潟ではなく東京で活動していたら、メディアへの露出もさらに多くなって、政治活動を始めるにも有利だったかもしれない。しかし彼女は、故郷で活躍する道を選んだ。その根っこにあるのが、父親の存在である。やはり弁護士だった智枝の父親は、新潟水俣病の弁護団で長年戦い続けた。それを間近で見ていた智枝は、虐《しいた》げられた人たちのために戦う決意を子どもの頃から抱いていた――東日の記事で読んだ情報である。新聞の地方面は、選挙の度に候補者の人となりを詳しく紹介するので、面識がない人でもよく知っているような気になってしまう。

「それにしても、銀座に事務所はすごいですね」智枝が話題を蒸し返した。「でも、特捜部の副部長までやられた方が、辞めて弁護士ですか？　そこまで出世されたなら、最後まで検事としての仕事を全うしそうな感じがしますけど」

「これは言いにくいんですが……あなたの年齢では覚えておられるかどうか」

高樹は、二十五年前の事情を説明した。話が進むうちに、智枝の表情が暗くなる。

「要するに……事件のでっち上げですか」

「それに近いものでした。そして特捜部と東日は、まんまとそれに引っかかったんです。まことにお恥ずかしい話です」

「今回の件は、その復讐なんですか」

「一人の議員を叩き落としたぐらいでは、大きな影響はないかもしれません。でも、これが一つのきっかけになるかもしれない。このところの民自党のあり方については、どうお考えですか？」

「新型コロナ対策などで、失政続きだったのは間違いありません」智枝がうなずく。「しかし一番の問題は、民自党が日本人の倫理観を壊してしまったことだと思います。よく言われる恥の文化——民自党の最近のやり方は、そこから最もかけ離れたものではないでしょうか」

「謝罪が謝罪になっていない」高樹は指摘した。恥の文化が正しいものかどうかは分からないが。

「言い方が間違っていた、不快にさせたら申し訳ない——そういう言い分は、自分の責任を決して認めないもので、謝罪とは言えません。単なる詭弁《きべん》です」智枝の喋りには熱が入ってきた。「そして、絶対に辞めない。どんなスキャンダルが起きても、沈黙したまま騒ぎが収まるのを待つだけです。そういう風になってしまったのは、マスコミの責任でもありますよ」

「仰る通りです」厳しい指摘に、高樹としては苦笑するしかなかった。追及の手が甘い、あるいは忖度《そんたく》してそもそも追及しない——昔だったらありえない話だ。そしてそういう傾向は、二十五年前の一件からより顕著になった気がしてならない。あれは民自党が——田岡が、メディアをコントロールしようとして仕組んだ罠《わな》だったと、今では確信している。自分たちはそれにあっさり引っかかってしまったのだ。

「昔は、新聞記事で政治家が引きずり下ろされることもありましたね」智枝が指摘した。「今はマスコミの追及は甘いし、政治家は開き直る。いい傾向ではありません」

「開き直るような政治家には、降りてもらわなければならない。マスコミに政治家を引きずり下ろす力がないとしたら、選挙で何とかするしかないんです」

「しかし今までの話を総合すると——」智枝が高樹の顔を真っ直ぐに見た。「やはりあなたは、私怨で動いているとしか思えません」

「否定はしません」高樹は認めた。「こういうことを言うべきではないかもしれませんが、田岡の先代——田岡総司と私は、小学校から大学までずっと一緒だったんです」

「幼馴染みですか」智枝が目を細める。

「ええ。彼は父親の跡を継いで政治の道へ、私はマスコミの世界へ進みました。彼は若い頃に、民自党の新人候補の選挙を手伝っていて、大規模な選挙違反を引き起こしました。しかし本人は責任を問われることはなく、その後も順調に政治の世界で生きてきました。あの時も、我々の追及は甘かった。あれで田岡は、マスコミは簡単にコントロールできると思ったんでしょう。実際、そうなってしまったのは残念至極です」

「長い歴史がある話なんですね」

「確かに私怨かもしれません。しかし動機はともあれ、私がやろうとしていることは間違っていますか？　あなたを当選させることで、田岡という一家の命脈を断ち切れるかもしれない。そうやって一歩一歩頑張ることで、政界浄化——正常に戻せるのではないかと期待しています」

「模範解答に聞こえますね」

高樹はうなずき、皮肉めいた智枝の言葉を正面から受け止めた。本音と建前——政治の世界でもマスコミの世界でも、いや、日本の社会全体ではあらゆることに裏表がある。

「では、本音でいきましょうか。あなたには、とうに分かっていると思いますが」

「どうぞ」

「先ほど私が話した情報を使って下さい。どんな風に使うかは、あなたにお任せします。もちろんあなたは、正々堂々と選挙を戦う人だと信じています。しかし、情報戦も含めて、選挙の一部ではないですか」

沈黙……重苦しい雰囲気が満ちてきたと思った瞬間、智枝がふっと微笑んだ。

「高樹さん、あなたは悪い人ですね」

「それは心外ですな」高樹は笑いながら言った。「世の中の表も裏も見てきた人間、と言って下さい」

「一度落選を経験した人間は、弱気になるものです」智枝がお茶を一口飲んだ。「私は当然、死にもの狂いで議席を取りにいきます。私は弁護士ですから、どこまでが合法で、どこからが違法かは理解しています。その一線を越えない限り……そうですね？」

高樹は無言でうなずいた。この人はよく分かっている。田岡を追い落とすためには、何としても彼女に当選――しかも大差をつけて当選してもらわないといけない。

高樹は久しぶりに銀座の街を歩いた。去年のゴールデンウィーク、最初の緊急事態宣言中には、歩いている人がほとんどいない光景に仰天したものだが、今は人通りはそれなりに戻っている。裏道こそ閑散としているものの、中央通りの賑わいは、コロナ禍以前と変わらない感じがした。ただし、海外からの観光客の姿はまったくない。コロナ禍の直前は、中国人観光客を乗せたバスが店の前に横づけし、常に賑わっていたものだ。なので、コロナ禍以前というより、二十年ぐらい前の銀座が蘇《よみがえ》った感もある。

二年ほど前だろうか、東日の文化面に掲載された社会学者の寄稿を今でも覚えている。日本は本格的な人口減社会を迎え、これから経済的に成長する要素がほぼ見当たらない。今後は成熟した国として、「文化」を売り物にしていくしかないだろう。海外に日本文化をアピールし、観光客を呼びこむことでしか、日本が生き延びる術《すべ》はない。そのための最大の武器が、世界に誇る日本の「食」である——と、記事のその後のトーンは、食エッセイになってしまったのだが。

読んだ時は、少し寂しい気分になると同時に、妙に納得したものだ。自分がくたばる頃には、基幹産業は全て海外に流出し、「世界有数のサービス国」として生き残っているのではないか……しかしコロナ禍が、また全てを変えてしまった。今は日本の将来はまったく読めない。

銀座は、東日の本社がある街であり、現役時代は毎日のように歩いていた。飯を食べ、酒を呑み、買い物をし……この街で暮らしていたと言っても過言ではない。だから今も、都心に出る時は自然に銀座、ということになる。今日は特に用事があるわけではないが、少し散歩し、教文館で文庫本を二冊買った。本当なら並木通りの壹眞《かづま》珈琲店で、買ったばかりの文庫を読みながらコーヒーでも飲みたいところだが、少しでも人が集まりそうな場所は避けることにした。ワクチンの二回接種は終わっていても、やはり自分の年齢を意識せざるを得ない。

八月に入って、東京の陽性者数は連日最多数を更新し続けており、コロナ禍が収束する気配はまったくない。まさか、この歳になってこんなことに巻きこまれるとは、想像もしていなかった。高樹たち団塊の世代は、終戦後の混乱の中で生まれたのだが、成人したのは高度成長期の只中である。社会がここまで大きく変わるほどのトラブルに巻きこまれたことはない、と言っていいだろう。

社会を大きく変えてしまうのは、やはり戦争と疫病だと思う。よもや、これから戦争が起きるとは思えないが、新たな疫病が広がる危険性は否定できない。

いつの間にか、東日の本社に来ていた。銀座四丁目の交差点に近い一等地にあるこの建物も、かなり古びている。今の本社が完成したのが一九七二年で、間もなく五十年になる。東日本大震災でかなりダメージを受けて、建て替えも話題に上るようになったのだが、まだ具体化はしていない。

高樹にとっては、自分の記者人生を象徴するような場所だ。新本社ができた直後に最初の赴任地である新潟から異動してきて、以来ずっとここを本拠に記者生活を送っていた。離れたのは、二十五年前のトラブルで九州支社に飛ばされていた時期だけ……思い出すと未だにむかつく。当時は「福岡もいい街だ」「暮らしやすい」とよく言っていたのだが、今考えるとあれは、自分を鼓舞するための嘘だった。

実質的に権限のない顧問とはいえ、まだ社員証も与えられている。建物は古いが、出入り口だけは最新のセキュリティ設備に変更されているので、社員証をタッチしてゲートを抜け、エレベーターで最上階の一階下にある役員フロアに向かった。現在東日には顧問が二人いて、わざわざ「顧問室」も用意されている。もう一人の顧問は、高樹より一歳年長、長く販売を担当して副社長まで上り詰めた豊嶋《とよしま》だが、ここへ顔を出すことは滅多にない。去年、前立腺癌を手術してからは、さらに足が遠のくようになった。

顧問の仕事は限られている。会社の決まりとしては「役員会の求めに応じ」「適宜経営に関するアドバイスをする」というものだが、役員会が引退した人間にアドバイスを求めるような会社は、先が長くないだろう。時間潰し、そして古い知り合いに会うために来ることが多いのだが、社内の知り合いもどんどん少なくなっている。秘書室に顔を出すと、笑顔で挨拶された。こういうのはありがたいが、最近は、本当に笑顔なのかどうか分からなくなってきた。皆マスクで顔の下半分が隠れているせいだ。まあ、「目が笑っていない」という言い方があるぐらいで、目を見ればまず間違いなく判断できるのだが。

コーヒーを頼んで、久しぶりに顧問室に入る。不思議なレイアウトの部屋で、広いスペースを見えない線で斜めに区切るような格好で、什器が対角線上に配置されていた。高樹が使っているデスクは南西角の壁を背中にしており、窓からほぼ一日中陽射しが入ってくるので、デスクの上が常に明るい。その左右には書棚が置かれていて、狭いスペースに詰めこまれた感じになる。家で書斎を作るとしたら、こういう風にしたいものだ。狭い場所に入ると、普段より集中できそうな感じがする。

書棚から「東日新聞社史」の上巻を取り出して広げる。最近、ここへ来る度に社史に目を通しているのだ。特に上巻——明治から大正にかけての社史には、興味深い記述が多い。試行錯誤の時代、大先輩たちがどんな風に取材し、紙面を作ってきたか……ただし社史の記述はあまりにも淡々としていて、面白みには欠ける。具体的な光景がなかなか頭に浮かばない。新聞記者は実は文章が下手なのだ、と改めて思う。もちろん、必要な情報を正確に伝える文章は書けるのだが、それ以上ではない。作家ならもっとダイナミックに、時代の薫りが漂ってきそうな文章を綴《つづ》るだろう。

コーヒーが運ばれてくると同時に、卓上の電話が鳴ってびくりとした。自分がこの部屋にいる時にこの電話が鳴ったのは、初めてではないだろうか。

秘書室からで、社長が時間をいただけないかと言っている、ということだった。断る理由はない――今の社長、村井《むらい》は、社会部時代の後輩である。とはいえ十五歳近く年下で、高樹がデスクになった頃に、支局から社会部に上がってきた男だ。当時は、ただ真面目なだけで面白みのない人間だと思っていたが、記者として優秀だったのは間違いない。優秀であるが故に、社会部長をやった後、五十歳で秘書室長に抜擢され、その後は歴代社長の下で、経営者としての基礎を学んできた。編集局出身者から社長が出るのは暗黙の了解だが、部長から編集局長という出世ルートで役員になり、最終的には社長というパターンがほぼ百パーセントである。村井は編集局長を経験せずに社長になったが、高樹が知る限り、東日でこういう人事は初めてである。ただし今後は、こういうルートが主流になるかもしれない。新聞社は儲《もう》けなくてもいい――潰れず、無事に新聞を出し続けることだけが求められるとよく言われるが、昨今の厳しい状況下では、この「潰れず」の部分が重大な意味を持ってくる。いかに経営を安定させるかが、最重要課題になるだろう。しかし新聞記者には、決定的に経営マインドがない。なるべく早く、社長としての「帝王学」を学ばせ、プロ経営者を育成するのも一つの考え方だと思う。

村井はすぐに顧問室に入って来た。ずいぶん垢抜けた、と改めて思う。数十年前、社会部に赴任してきた時には、サイズが合わずに型崩れしたスーツ、襟が曲がったワイシャツ、食べ物の染みがついたネクタイという格好で、髪もぼさぼさだった。しかし今は、スーツは体型にぴったり合っており、目に痛いほど白いワイシャツ、そして夏らしい薄青の無地のネクタイを締めている。いかにもオーダーしたような服で、しかも常に体を動かしてコンディションを整えているのが分かる。今年六十一歳になるのだが、体型はさながら若者のようだった。一つの会社を背負うと、やはりしっかりするものだろう。

「すみません、お時間いただきまして」村井がさっと頭を下げる。

「いやいや、そちらこそお忙しいでしょう」だいぶ年下の社長に向かってどう話すかは難しいところだ。しかし高樹は、この男が社長に就任した時から、できるだけ丁寧に話そうと決めていた。社会部出身としては、ほぼ四半世紀ぶりの社長なのである。歳の離れた後輩が出世するのは嬉しいものだ。

二人は、部屋の中央にある応接セットに腰を落ち着けた。

「コーヒーでも？」高樹は勧めた。

「いや、今日は朝から飲み過ぎているんですよ」

「失礼して、私は飲ませてもらいますが」

「どうぞ」村井が爽やかに笑みを浮かべる。「最近、秘書室のコーヒーメーカーが変わったんですよ。前よりずっと美味い」

マスクをずらして一口飲んでみると、村井の言う通りだと納得した。苦味が控えめで、味わいがすっきりしている。もっとも、豆が違うのかもしれないが。

「最近、いかがですか」村井が切り出してきた。

「今、新潟一区の三波智枝と会ってきました」

「どうでしたか？　初対面ですよね」

「あれは、強い人ですね。理屈にも強い。いかにも弁護士出身という感じですよ」

「例の件は、話されたんですか」

「そのために会いましたからね……事情は呑みこんでくれたと思いますよ」

「やはり、自分の当選に必死なんでしょうね」

「彼女の目的はそうでも、その過程ではうちと狙いは同じですよ」

「お孫さん、大変活躍されているようで」

「高樹家の最終兵器ですからね」今は、健介を誇りに思う気持ちしかない。息子の和希は、四半世紀前の陰謀に巻きこまれ、早くに記者としてのメーンストリームから「脱落」した。その記者人生のほとんどを地方で過ごし、重大な取材にはまったくタッチしていない。その息子——孫の健介については、幼い頃から高樹が記者の基礎、そして田岡家との因縁について叩きこんできた。一年目から、あんな風にネタを取ってくることはなかなかできないが、それは自分の手柄だとも思っている。

「新潟支局にはいろいろご迷惑をおかけして」高樹が頭を下げた。

「いや、これは会社としての対田岡シフトですから」

「支局長はどうですか？」

「状況は全て理解して、きちんとやってくれています。健介君にも、ちゃんとアドバイスしているようですよ」

「何かで報いてやらないと……」

「それは当然、考えています」村井がうなずく。「この件が無事に終わったら、本社で然るべきポジションを用意しますよ」

「彼女も苦労したからねえ」

二十五年前の誤報騒ぎでは、取材に関わった多くの記者が冷や飯を食うことになった。正式な処分が下されたわけではないが、人事で冷遇され、将来の予定が狂ってしまった人間もいる。新潟支局長の三田美智留もその一人だ。本人は外報部希望だったのだが、ずっと地方部勤務で、本社と地方支局の異動を繰り返す生活を送っている。家庭を持たなかったのも、それが原因かもしれない。彼女に対しては、申し訳ない気持ちしかなかった。

「今回の件で、ようやく棘《とげ》を抜けるんじゃないですか」村井が刺激した。「本人、張り切って新潟へ赴任していきましたから」

「そろそろ、全員が肩の荷を下ろすべきですね。家と家との問題に、会社を巻きこんでしまって申し訳なく思いますが」

「いや、うちも被害を受けているわけですから」村井が苦々しげな表情を浮かべる。「私は直接関わっていませんでしたけど、あの後はひどいものでしたよ。社長は政治部からしか出なくなって、常に民自党の顔色を窺うようになった」

「今年は、若い連中が頑張ってくれましたけどね」

埼玉支局の若い記者とベテランの柏支局長が組んで、埼玉・千葉両県にまたがる連続殺人事件の闇を暴いた事件だ。民自党代議士の息子が犯人という衝撃的な事件——最終的には犯人の自殺で終わってしまった——だったが、あの件をきっちり記事にしたことで、民自党に対する東日の卑屈な態度は、少しは薄れたのではないかと思う。殺人事件さえも、忖度で隠されそうになったのだが……取材に当たった記者たちの頑張りを聞いて、高樹は久しぶりに満足した。コロナ禍でなければ、取材班全員を招いて祝勝会を開きたいぐらいだった。

「あれは大きい爆弾でした。今年の新聞協会賞を狙えるネタですよ」

「ぜひそうなって欲しいですな」高樹はうなずいた。

「続いて田岡潰しですか」

「この勝負には勝てますよ。田岡家の力も落ちた。党としては、何かあっても田岡家を守ろうとはしないでしょう」

「次の選挙が、確実に一つのきっかけになりますね」

「田岡家にとっては最後の選挙にしたいですな」

「しかし、田岡潰しはあくまできっかけですよ」村井が人差し指を立てる。「最終的には、民自党を正常な状態に戻したい」

「何をもって正常とするかは分かりませんが」

「昔の民自党は、派閥の力学が機能していたと思うんですよ。総裁が交代するのは、実質的に政権交代のようなものだった」村井の声が次第に熱を帯びてきた。「そもそも民自党の派閥は、政友党に近い左から極右まで、かなりバリエーションに富んでいました。だから、派閥による政権たらい回しという批判はあっても、バランスは取れていたんです。今はそれがない。派閥の色は薄くなって、誰が総理をやっても同じことになる。しかし選挙では強い」

「野党がだらしない証拠でもありましたけどね」高樹は指摘した。「しかし派閥力学も、悪いことばかりではないわけですか。極端な方向に振り切れてしまえば、別の派閥が揺り戻しをする……さすが、社長は政党もよく見ている」

「こんな話は好きではないんですけどね」村井が顔をしかめる。

新聞社の社長となると、時の政権とのつき合いも出てくる。しかし政治部出身でなく、政治の取材経験もほとんどない村井が、そういう会合をどうこなしているのだろうと高樹は不思議に思った。

「一つ、聞いていいかな」高樹は丁寧な口調をやめた。先輩として聞いておきたいことがある。

「もちろんです。先輩の追及は怖いですけどね」

「あなたは、東日史上初のプロ経営者だと思う。現場を離れて、もう十五年？」

「それぐらいになりますね」村井がうなずく。

「以来ずっと、取材ではなく経営の道を歩んできた。社会部時代のことなんか、もう遠い昔の記憶でしかないだろう。なのにどうして、今回の計画に協力してくれている？」

「高樹さん、社長になろうとして新聞社に入る人はいませんよね」

「それはそうだ」高樹はうなずいて同意した。「俺らの若い頃は、社長よりも記者の方がずっと偉いと思ってたからね。記者になって特ダネを書きまくろうと入ってくる人間ばかりだった。それは今でも変わらないだろうが」

「私だって同じでしたよ」一瞬、村井の目に寂しそうな色が過《よぎ》った。「元々は社会部の記者になりたくて東日に入ったんです。その夢は叶いましたが、中途半端で終わってしまった——でも今も、自分の出身は社会部だと思っています。二十五年前の一件以来、社会部がずっと厳しい状況にあったのは辛かった。これは、社会部復権のための戦いでもあるんです。政治部の時代は、もう終わりにしたい。政治が劣化するのに足並みを揃えるように、政治部も劣化してしまった」

「政治部が劣化したから、政治家も劣化したのかもしれない」

「阿呆な有権者からは、阿呆な政治家しか生まれないんです。だからこのところの失政も、我々有権者の責任でもある——そんなことは、新聞には絶対に書けませんがね」

「しかし、多くの人は気づいている」

「もちろん……とにかくここは勝ちにいきましょう。社会部対政治部という矮小《わいしょう》な戦いにしたくはありませんが、まず、新聞と政治の不健全な関係を正すきっかけにしないと」

「ぜひそうしたいですな」

　歳の離れた後輩が、今でも社会部を思ってくれていることが嬉しかった。この戦いは、東日全社を挙げて——にはならないだろう。上手くことを運ばないと、政治部の妨害を受ける可能性もある。

しかし高樹は、四半世紀前の失敗から学んでいた。あの頃は、新聞は新聞で単独で勝負しなければならなかった。しかし今は、使えるメディアはたくさんある。作戦は一つではないのだ。

この勝負は勝てる。影響は長く残るかもしれないが、元気に生き延びて結果を見届けよう、と高樹は決心した。

4

「高樹の孫?」

田岡は思わず顔をしかめた。ご注進に及んだのは、長年新潟で地元秘書を務めてくれた桜木である。七十を過ぎても頑張ってくれていたのだが、田岡が前回の選挙に出馬しないことを決めてから、ついに秘書を引退した。田岡としては、稔の選挙が心配で、選挙区の隅から隅まで知り尽くした桜木に面倒を見てもらいたかったのだが、桜木は頑《かたく》なだった。

「どんな人間にでも終わりはあります」——そこまで言われたら、それ以上の説得はできない。実際桜木は、少し体調を崩し、去年は入院したほどだった。

その桜木が、久しぶりに電話してきたのだった。病はすっかり癒えたという話は聞いていたが、本人の声も元気そうだったので安心する。しかし、話の内容はとんでもないものだった。

「ええ、東日新聞新潟支局の高樹健介。ご存じですね」

「もちろん」

その情報は、今年の春に聞いていた。因縁のある高樹の孫が、高樹の出身支局でもある新潟支局に赴任した——嫌な予感がして、すぐにこの若者のことを調べさせた。孫の愛海と同じペパーダイン大学に留学していたのには驚いたが、これはあくまで偶然だろう。心配なのは、留学する前に『週刊ジャパン』でアルバイトをしていたことである。スキャンダル記事が大好きなあの雑誌でバイトをしていたことに何か意味があるかどうか……いずれにせよ、好ましい状態ではない。警戒せよ、と愛海には忠告しておいたのだが。

高樹は現在、東日新聞の顧問である。顧問にどんな権限があるかは分からないが、社内に対する影響力がゼロというわけではないだろう。高樹家、それに東日は完全に潰したと思っていたのだが、高樹はまだ諦めていないのかもしれない。昔から——子どもの頃からしつこい人間ではあった。仲間内でゲームをやると、自分が勝つまで絶対にやめようとしない。度を越した負けず嫌いは、少し不気味なぐらいだった。

そういう人間が新聞記者になると、取材相手を鬱陶しがらせることも珍しくない。自分もそういう思いを味わっていた。

「その、高樹健介がどうした」

「愛海さんと会っていた、という情報があります」

「会っていた？」田岡はスマートフォンをきつく握り締めた。「どういうことだ？」

「新潟市に『五島グリル』というステーキ店があるんですが、ご存じですか」

「いや」市内のレストランはかなり把握しているが、その名前は記憶になかった。

「まだ新しい店なんですが、そこで一緒に食事をしていたようですね」

「確かな情報なのか？」

「お店の人の話なので、間違いないかと」

「ふむ……」

この情報は正しいだろうと判断する。新潟市は人口八十万人近い大都会だが、基本的に田舎の雰囲気が残っている。人々は噂話が大好きで、特に「誰と誰が会っていた」という情報は、当人たちが隠しておこうとしても、いつの間にか広まってしまう。

「それで？　まさか、つき合っているとか？」

「それは分かりません」

「だったら何の話を？」

「個室で会っていたので、内容までは分かりませんでした」

「そうか……いや、ありがとう。知らなかったら、面倒なことになっていたかもしれない」

「少し調べてみましょうか？」桜木が遠慮がちに切り出した。

「しかしあんたは、病気の方が……昔と同じようにはいかないだろう」

「何のために息子がいると思っているんですか」

　桜木の長男も、父親と同じように新潟事務所で稔の私設秘書を務めている。政治家と同じタイミングで、秘書も代替わりしたわけだ。

「それは秘書の仕事じゃない……まあ、耳を澄ませてもらっていればいいよ。何かあれば、噂は入ってくるだろう」

「承知しました。稔先生には――」

「あいつに言う必要はない。今は自分の選挙で手一杯だろう」

「あまりお気になさらないでもよろしいかと」

「いや、気にするさ。あんたも気になったから、わざわざ電話してくれたんだろう？」

「それはそうですが」

「わざわざありがとう」

電話を切り、サイドボードの上に置かれた写真を見た。家に写真を飾るような趣味はなかったのだが、これだけは例外——自分と尚子、それに愛海の三人で写った写真である。愛海は七歳ぐらいだろうか。当時習っていたピアノの発表会の後で撮った写真だった。田岡は子育てにはほとんど口を出さず、孫の愛海に関しては完全に稔夫婦に任せていたのだが、あの時は尚子から「たまには見てあげて」と言われて、初めて発表会に足を運んだのだ。ピアノの腕は……まあ、七歳だったから、ミスなく上手に弾けました、というレベルだった。しかし田岡は、その態度に驚いた。七歳の女の子が、ステージ上で非常に堂々としていたのである。まったく緊張もせず、弾き終わって客席に一礼し、さっと全体を見渡す様子が、奇妙なほど様になっていた。政治家でも、あんな具合に自信たっぷりにはできない。もしかしたら、女優だった尚子の血を濃く引いているのかもしれないと思った。

それを見て、この子は政治家にすべきだ、と確信した。二世、三世議員で女性は少ないのだが、もうそういう常識が通用する時代でもあるまい。女性も立場を上手く利用し、どんどん議席数を増やしていくべきである。稔がどうにも頼りない感じがするから、息子を飛ばして、直接愛海に議席を譲る手もあると、考えたくらいだ——さすがにいきなりというわけにはいかず、新潟での地盤を固めるために、地元テレビ局に就職させたのだが、それが裏目に出たのか？　マスコミ業界人同士だから、高樹の孫と知り合う機会もある——いや、普段から同じ場所にいることが多いのだろう。地元で影響力を持つ仕事としてテレビ局に愛海を頼みこんだのは、正解だったかどうか……地元に顔を売る商売なら、他にいくらでもあるのに。

尚子がさっと近づいて来た。電話の様子がおかしいことに気づいたのだろう。彼女は昔から、人の心の内を読むのが上手い。必死に本音を隠していても、あっさり見抜かれてしまう。

何か言われる前に、田岡は先に口を開いた。

「この前、向こうで愛海に会ったよな」

「ええ」

「どうだった？」

「どうって？　何を心配しているの？」

「男だ」

尚子が溜息をついた。力なく首を横に振り、「私は聞いてないけど、別に驚くようなことじゃないでしょう」と言った。「愛海も二十三歳よ？　恋人がいてもおかしくないでしょう」

「それが高樹の孫でもか？」

尚子が黙りこむ。しかしこの沈黙は……本当は事情を知っていたのではないか？　田岡は妻の本音を読もうと、真っ直ぐ顔を見た。ところが何を考えているか、さっぱり分からない。困っているようでもあり、驚いているようでもあり、しかしそれ以外の感情も見える。しかし、その「感情」を上手く読み取れないのだった。

「新潟へ行こうか」

「移動は自粛した方がいいんじゃない？　あなたもう、現役じゃないんだし」尚子は後ろ向きだった。

「君はこの前、行ったじゃないか」

「二人一緒でとなると、ちょっとどうかと思うわ」

「愛海が、危ない方へ行っているかもしれないんだ。引き止めないと、面倒なことになる」

「恋愛は自由ですよ」

「時と場合による」

「今回は……」

「絶対駄目な時だ」

結局田岡は、一人で新潟へ向かった。代議士時代なら、迷わず東京から出ていただろう。新潟へ向かうのは、あくまで公務だったからだ。しかし今回は完全な私用なので、やはり少し気が引ける。乗り慣れた新幹線のグリーン車も居心地が悪く、人の目が気になる。これならグランクラスを選べばよかった、と悔いた。料金は一気に高くなるが、乗っている人が少ないので、プライバシーは保たれる。

新潟駅に着いた時にはほっとした。改札を抜けても迎えがいない……しかし、三十歳ぐらいの若者がすぐに駆け寄って来た。鞄を受け取るつもりか腕を伸ばしてきたが、見覚えがない男に荷物を渡すわけにはいかない。

「君は？」

「新潟事務所の安西《あんざい》です」

「見ない顔だが……」

「一週間前に入ったばかりなんです」申し訳なさそうに頭を下げる。

「新人か……原田はどうした」稔の運転手兼鞄持ちを務めていた男だ。

「辞めました」

「辞めた？」田岡は目を見開いた。「聞いていないな」

「私には事情は分かりませんが」安西という男が、おどおどした口調で答える。「お迎えして、事務所までお連れするように言われただけですので」

「ああ……そうだな。頼む」

駅の構内を抜けて歩きながら、田岡は嫌な予感に襲われた。どういう訳か、稔のところにはスタッフがいつかない。代議士になってからほぼ四年、七人……いや、八人ぐらいは辞めているのではないだろうか。息子のことだからと黙って見ていたが、この状況は問題がある。自分の場合、スタッフが辞める時には必ず正当な理由があった。高齢、病気、実家の商売を継ぐ、結婚――そして、今回辞めたのが原田だということも気になった。原田の父親は長い間、陰に日向になり自分を支えてくれた。その縁で、息子が事務所にスタッフとして入ったのだが……どういう理由で辞めたのか分からないが、これだと原田家との縁も切れてしまうかもしれない。原田家の家業は運送業で、市内では古い家なのだ。選挙にも影響が出ないわけがない。後で稔にしっかり話を聞かないと。

新潟の事務所に来るのは久しぶりだった。代議士を引退してから、基本的に地元にはあまり足を踏み入れないようにしている。これは稔のためでもあった。親である自分が手を貸せば、稔は選挙で有利に戦えるかもしれないが、そんなことをしたら、ただでさえ自立心が足りない息子は、いつまでも本物の代議士にはなれないだろう。

事務所では桜木が待っていた。老けたな……昔から老生した雰囲気があったのだが、今は本当に老人だ。皺が寄った首は細くなり、その分頭が大きく見える。立ち上がって頭を下げた時も、体が小刻みに震えているのだった。

「どうも、ご無沙汰しておりまして」

「体調はどうだ？」

「おかげさまで……先生はお元気そうですね」

「そんなこともない。薬も二種類吞まされている」

「それは、先生のお歳では少ないぐらいですよ」桜木がニヤリと笑う。どこかとぼけた味わいのある男だったが、老いてもそういう雰囲気は変わらなかった。

二人は狭い会議室に入った。桜木が、バツが悪そうな表情を浮かべて切り出す。

「お孫さんのことですよね？　私が余計なことを言ったから、わざわざ新潟まで……申し訳ありません」

「いや、孫には久しく会っていなかったからな。それより、原田は辞めたのか？」

「そのようですね」桜木の顔が暗くなる。

「何があったんだ？」

「稔先生が……いや、私はもう辞めた人間なので、余計なことは言えませんが」

「分かっている範囲で教えてくれ」

「稔先生は、いろいろストレスが溜まっているようで……それをぶつける相手は、近くにしかいないということでしょうね」

「パワハラか」

桜木は何も言わなかった。マスクで顔が半分隠れているので、表情も読みにくい。しかし目を見ると、自分の疑問を認めているのが分かった。

「しょうがないな、あいつは」田岡は溜息をつき、椅子に背中を預けた。

「お察し下さい。選挙は大変なことですし、稔先生は大《おお》先生とは違う。余裕を持っては戦えないんです」

「俺だっていつも、選挙では余裕はなかった。とにかく、そのうち稔とは話しておくよ。人がいつかないのは、いいことではない」

「余計なことを言いましたかな」

「いや」田岡は首を横に振った。「余計なことを言ってくれる人間がいなくなると、人は裸の王様になるんだ。裸の王様になった代議士ほど惨めなものはない」

孫と二人きりで食事をするのはいつ以来かと考えて、田岡は緊張してしまった。子どもの頃から可愛がってきた孫だから、緊張することなどないはずなのだが、普段は必ず尚子や稔夫婦が一緒だった。

「いきなりどうしたの？」愛海は怪訝《けげん》そうだった。

「たまにはお前の顔も見たいじゃないか」

『イタリア軒』の洋食レストラン——ここはホテルだが、元々はレストランから始まったので、何を食べても美味い。田岡にとっては、自分の政治キャリアが始まった場所とも言えた。父の秘書になって少し経った頃、当時民自党幹事長だった増渕《ますぶち》に誘われ、ここで一緒に食事をしたのだった。彼とのつき合いはわずか数年だったが、返し切れないほどの恩を受けたし、自分の政治的ベースを作ってもらったと思っている。

久しぶりに来たせいか、何だか気分が上向く。老舗故にサービスも丁寧で、店内の明るい雰囲気も好ましい。田岡はさすがにもう洋食をたっぷり食べるような歳ではないが、愛海は食欲旺盛だ。昔からよく食べる子で、それなのに背が伸びなかったのが理解できない。本人は、この身長を少しコンプレックスに感じているようだった。

「美味いか？」

「うん」

愛海が嬉しそうに言って顔を上げる。孫はエビフライを食べていた。巨大なエビが二本。自分が食べたら、間違いなく膨満感に襲われるな、と田岡は思った。田岡自身はハヤシライスを選んだ。きちんとしたコース料理もあるのだが、愛海は忙しそうで、そこまで時間が取れないということだった。

「仕事は大変なのか？」

「このご時世だし、コロナ関連の取材ばかりだけど」

「十分気をつけろよ」

「東京よりは安全だと思うけど、ちょっと怖い時もあるわ。今日も病院で取材していたから」

「大丈夫なのか？」田岡は眉をひそめた。今、コロナ治療の現場がどうなっているか、自分で確かめたわけではないが、ニュースの映像などを見るとまさに戦場だ。

「取材の時の感染予防策は、相当厳しくやってるから。防護服を着ることもあるのよ。プロとしては当然だけど」

「だいぶ入れこんでるな。テレビの仕事は気に入ったか？」

「悪くはないわね」

「こっちの世界にくる気持ちは固まったのか？」

「早いよ。まだ被選挙権もないのに」愛海が苦笑した。「それに、ちょっと働いたぐらいで、新潟での地盤はできないでしょう。そもそもパパもまだ一期目なんだから」

そのパパ＝稔の選挙は危ない状況だ。しかもパワハラでスタッフが立て続けに辞めたとなったら、大問題になりかねない。実際過去には、それが原因で議員辞職せざるを得なかった民自党の代議士もいる。

「お前が早く選挙に出てもいいんだぞ。お前には、政治家に一番必要な素養がある」

「それって何？」

「胆力」

「胆力って言われても……」愛海が戸惑いを見せる。「だいたい、私が選挙に出たらパパはどうするの？」

「それはいろいろ、手は考える。他の選挙区や参院に転身するとか」さらに上位の作戦として、県知事を狙わせる手がある。代議士はあくまで選挙区の代表だが、知事は県全体を掌握する。今後、田岡家の立場をより強いものにするために、孫が代議士、息子が知事というのは万全の体制だ。

ただし田岡としては、やはり稔が心配だ。このところ弱気になっている息子は、この先まずい方向へ突っ走ってしまう可能性がある。このままパワハラが続いたら、本格的なスキャンダルに発展するかもしれない。この件は、後できちんと釘を刺しておこう。自分の失敗でもあるのだから……代替わりする時、田岡は長年支えてくれたスタッフのほとんどを交代させた。全体に高齢化してしまい、現場での戦力として少し頼りなくなったためだが、今思うとドラスティックに過ぎた。桜木のようなベテラン秘書を残しておいて、代議士の基礎をゼロから叩きこませるべきだったと思う。

しかも今、稔に強いことが言えるスタッフは一人もいないだろう。まさに裸の王様だ。

「ところでお前、結婚はどうだ」どうやって切り出すか、散々考えた末の質問がこれだった。

「なに、いきなり」

「その辺も考えておいた方がいい。お前自身が政治家として立つなら、それをサポートしてくれる旦那じゃないとまずい。あるいはその逆で、田岡家を継いでくれる相手がいるなら、お前がサポートに回る」

「私が選挙に出るかどうかも分からないのに、結婚のことなんか、分からないわよ。おじいちゃん、気が早過ぎる。私、まだ二十三歳よ」

「俺も稔も結婚は早かった。政治の世界を目指す人間は、早く結婚した方がいいんだぞ」

「だけど私、田岡家の五代目を産む機械にはならないから」

「今時、そんなことは期待していない」心配ではあったが。もしも愛海がこのまま政治の道に入り、結婚しない、あるいは子どもが生まれなかったら……田岡家の血脈はそこで途絶える。誰に言われたわけではないが、この血をつないでいくことこそ、田岡家の家長である自分の責任だと思っている。

「今、つき合っている相手はいないのか？」

「いないわよ」

即座に否定。それで田岡は少しだけほっとした。しかし本題はこれから……愛海がどんな反応を示すかが読めない。稔よりもよほどしっかりしているし、相手が誰であっても言うべきことは言う人間だからだ。

「東日の高樹という記者を知ってるな？」

「何、いきなり」

愛海の耳が赤くなり、田岡は一瞬で嫌な予感を抱いた。

「一緒に飯を食っていたそうじゃないか。まさか、つき合ってるんじゃないだろうな」

「冗談じゃないわ」愛海が真剣な口調で反論した。「って言うか、どうしてご飯を食べたのをおじいちゃんが知ってるの？　まさか、私に監視をつけてるんじゃないでしょうね」

「そう……これだから、田舎はいやなのよ」愛海が吐き捨てた。

「どこで何をしてたか、いつの間にかバレてる」

「そういうのが嫌なのは分かるが、慣れないと。お前はこれからずっと、この街とつき合っていくんだから」

「ちょっと考えちゃうわ」愛海が唇を尖らせる。

「それで――どうなんだ？　つき合ってるのか？」

「違う、違う」愛海が顔の前で手を振る。「ちょっと事情があったの」

愛海の説明は……まあ、納得できるものだった。車がパンクした高樹を助けたので、そのお礼――しかし田岡としては、愛海が高樹を助けたことも、そのお礼として食事を受けたことも納得できなかった。

「分かってると思うが、その男は高樹家の三代目だぞ」

「知ってる」愛海がうなずく。

「だから、絶対に近づいてはいけない。敵なんだ」

「そうね。それも分かってる」愛海がふっと視線を逸らす。

「お前……向こうは何か仕かけてくるかもしれないんだぞ。お前を罠にかけて、田岡家を破滅させようとしているのかもしれない」

「そんな器用なことができそうなタイプじゃないわよ」

「人は、見た目だけでは分からない」

「話しても同じだけど」愛海は納得できない様子だった。

「そんなによく話すのか？」

「それは……」

「とにかく、距離を置いておくことだ。何だったらお前は、他の仕事をしてもいいんだし」

「おじいちゃん」愛海が真顔になってナイフとフォークを置いた。「そもそもＮＢＳに私を入れてくれたのはおじいちゃんでしょう。私も、納得して今の仕事をしてるんだよ？　やっと面白さも分かってきたし、しばらくは続けるよ」

「そうか……」

「おじいちゃんの心配はごもっともだけど、心配し過ぎだから。私だって、二つの家の事情は分かっているわ」

「向こうは？　高樹の方は分かってるのか？」

「さあ」愛海が肩をすくめる。「そんな話、しないし。そういう関係じゃないから――お互いの家のことなんか話さないわ」

「それならいい」田岡はうなずいた。

しかし不安はむしろ膨らんだ。愛海は昔からしっかりした娘だが、男女関係については どうだろう。今まで、ボーイフレンドを紹介されたことはない。交際歴ゼロということは ないと思うが、変な男には引っかかって欲しくなかった。理想は、自分、あるいは近くに いる信頼できる人間の紹介で結婚することだ。いくら何でも高樹の孫というのはあり得な い……。

こんな話をきちんとしたことはないが、新潟で一人暮らしをしているうちに、孫娘は急速にしっかりしてきたようだ。それは悪いことではないが、どうにも嫌な予感がする。愛海は嘘をついているのではないか？　本当は、高樹の孫とつき合っているのではないか？

尚子を連れてこなかったことを後悔した。観察眼の鋭い彼女なら、孫が嘘をついているかどうか、すぐに見抜くだろう。自分は、こういうことはつくづく苦手だ……。

それにしても、かえって心配事が増えてしまった。愛海が本当のことを言っているとは思えないし、辞めた運転手の原田のことも気になる。稔の人望のなさはともかく、こういう噂が外に流れてしまうのは非常に困る。原田の件は知っているのか、と愛海に確認しようと思ってやめた。孫が本当は高樹の孫とつながっていたら——稔を巡るまずい情報は、東日新聞に流れてしまうだろう。仕事と私生活は別と割り切っているつもりでも、人はふとしたことから情報を漏らしてしまうものだ。

面倒だが……面倒な事態は、田岡が得意とすることである。久々に自分の出番がきた、と胸を張った。

第三章　接近

1

ひでえ話だ、と健介は呆れた。この声の主が本当に田岡なら、どうかしているとしか思えない。原田は「説教」と言っていたが、そんな生ぬるいものではなかったのだ。怒鳴り散らし、時には何かを殴りつけるような鈍い音が響く。こんな責め苦が一時間も続いたら、どんなにタフな人でも参ってしまうだろう。

イヤフォンを耳から引き抜き、溜息をつく。原田から送られてきたこの音声ファイルをテープ起こしすることを考えただけでストレスが溜まる。原田は自分の身を守るために録音していて、それが今、健介の取材を助けてくれているのだが……自分が責められているわけではないのに、聞いているだけでも気が滅入る。しかもファイルは二つあるのだ。

支局には、健介と県警キャップの星川、二人だけ。既に午後十一時近く。今日は何もない一日で、紙面作りの作業を終えた支局員たちはとうに引き揚げていた。あまりにも暇なせいか、泊まり勤務の星川はソファにだらしなく寝転がって、軽いいびきを立てている。この人は出世しないな、と健介は鼻を鳴らした。県警キャップとしての指示も曖昧だし、強いことも言わない……そして、NBSのアナウンサー・野村玲奈と合コンできないか、などと呑気なことを言っている。

ドアが開く。ちらりと見ると、支局長の美智留が入って来たところだった。ちょうどいい。今の音声ファイルを聞いてもらおう。

星川が起き出す気配はないが、健介は美智留に目配せしてから支局長室に入った。

「何？」今日も呑んできたようだが、美智留は相変わらずアルコールの影響を感じさせない。本当に酒に強い人はいるものだ。

「田岡がパワハラをしている証拠──音声ファイルを手に入れました」

「今、聞ける？」

健介は立ったままパソコンを操作し、スピーカーの音量を上げた。ファイルを頭から再生し、美智留に聞かせる。

「分かってんだろうが！　時間の無駄なんだよ！」

「これじゃ、学生バイトの方がましだ」

「俺の時間を返せよ。お前のせいで、俺の時間が無駄になってるんだ！　それがどれぐらいの損失になるか、想像できるか！」

「ちょっと、ちょっと……もういいわ」美智留が嫌そうな表情で首を横に振った。「ずっとこんな調子？」

「このまま一時間です」

「やられてる方、たまったものじゃないわね」美智留が肩をすくめ、支局長のデスクについた。

健介は再生を止め、パソコンを小脇に抱えてデスクの前に立った。

「不倫騒動もそうですけど、スタッフが相次いで辞めているのも問題です」

「こんな感じのパワハラで？」

「音声を入手できたのはこれだけですけど、同じようなことはいくらでもあると思います。選挙がヤバいので焦っている、という話です」

「確かにね」美智留が拳《こぶし》で顎を二、三度叩く。「でもこれだと、まだ弱いわよ。不倫話と同じで、週刊誌的なネタだわ。どうする？『週刊ジャパン』にでも渡して書かせる？」

「それだと効果は薄いでしょうね」

実際に週刊誌の編集部で働いてみて、健介には分かったことがある。週刊誌の原動力は、必ずしも社会的な正義感ではない。あくまで「スクープが販売部数につながるかどうか」だ。一方新聞は、社会正義のために「書く必要がある」という義務感がベースになる。「売るために適当なことを書いている」と批判する人もいるが、全国紙の場合は宅配が中心なので、どんなにすごい特ダネが出ても、売り上げがアップするわけではない。せいぜい、ネットで流した時のアクセス数が上がるぐらいである。

「あくまで揺さぶりの材料ね。本筋のネタが出てきた時に、相手を揺さぶるための補強材料」

「金絡みの話は使えるんじゃないですか？」

「この前報告してくれた件ね。もう、選挙に向けて金をばらまいているという話」

「ええ」

「ずいぶん早いわね」美智留がくっと眉を上げる。「普通は、選挙戦が本格的になってからなんだけど」

「それだけ焦っている証拠だと思います。ばらまきという言い方は間違っているかもしれませんが……有力者に金を渡して、支持を確実にしている、というところでしょうか。それでも問題にはなりますけど」

「間違いなく選挙違反ね」美智留がうなずく。「ところで、本社サイドから連絡があったわよ」

「ジイさん——顧問からですか？」

美智留が笑い出しかけた。うなずくと、ペットボトルから水を一口飲む。

「顧問は三波智枝本人と接触して、ネタを流している」

「それで、どうしろと……」

「三波陣営は、こういうネタをスキャンダルで使えるでしょう」

「うちが書かずに？」かすかに怒りがこみ上げる。

「三波陣営が騒ぎ出せば、それをきっかけに書けるかもしれないっていうことよ。三波陣営の動きを、起爆剤として使うわけ」

「何だか……マッチポンプみたいですね」

「でも、あなたの取材が正しければ、情報の真贋《しんがん》は疑う余地がない。どうする？　そろそろ誰か応援を出そうか？」

「いえ」健介は首を横に振った。「予定通り、一人でやります。そもそも今は人手が足りなくて、それどころじゃないでしょう。地方版は毎日作らないといけないし」

「頼もしいわね」美智留が微笑む。「だけど、無理はしないように。これはかなり特例の取材——本来の仕事とはずれているから」

「でも、最終的には書きますよ。それなら、結果的には普通の取材になる」

「とにかく無理はしないで」美智留が繰り返した。「まずいと思ったら、いつでもヘルプを要請していいから」

「そんなことにはなりません」健介は胸を張った。俺は、今ソファで惰眠《だみん》を貪っている星川とは違う。志も能力も……星川の応援をもらうぐらいなら、一人で苦労する方がはるかにましだ。

原田は、同じ時期に辞めた地元の私設秘書、大田原《おおたわら》を紹介してくれた。電話で話して、何とか直接会って話せることになり、新潟空港の駐車場で落ち合うことになった。奇妙な場所だと思ったが、市街地からは離れていて目立たないし、二十四時間営業なのでいつでも入れる。密会には便利だと納得し、自分のリストに入れた。今後、こういうことがあったらまた使うようにしよう。

指定されたA8の位置に車を停める。出口のすぐ近くで、話が終わったらすぐにでも立ち去りたいという大田原の本音が透けて見えた。

大田原の車はすぐに分かった。スバルのＢＲＺ——雪の多い新潟で後輪駆動の車は珍しい。トヨタとの共同開発車で、トヨタ側の兄弟車・86は街中をよく走っているが、ＢＲＺはあまり見かけない。大田原は水平対向エンジンにこだわるスバリストなのだろうか、と健介は想像した。いや、86も同じ水平対向エンジンを搭載しているはずだが。

向かいのスペースに自分のフォレスターを停めてエンジンを切ると、ＢＲＺのドアが開き、半袖の開襟シャツにジーンズという軽装の男が出て来る。若い——自分と同じぐらいの年齢に見えた。すらりと背が高く、スリムな体型だった。

「大田原さんですか」

呼びかけると、大田原が緊張した面持ちでうなずく。自分からは歩み寄ろうとしないので、健介は大股で彼に近づいた。それだけでさらに、大田原の顔が緊張してしまう。

「外だと何ですから、車の中で話しませんか？」

「いいですよ。私の車でいいですか？」

「もちろんです」

とはいえ、ＢＲＺに乗りこむのは、大柄な健介にとって一苦労だった。小型軽量のＦＲ車はスポーツカーの基本だが、当然室内もコンパクトで、体を押しこめるだけでも難儀する。ただし、一度シートに腰を下ろすと、体はぴたりと安定した。こういうドライビングポジションを取れれば、運転も楽しいだろう。

どうやらモデルチェンジしたばかりの新型のようだ。センター部には大型のタッチスクリーン。その下には、何を表示するのか分からないが三連メーターがある。インテリアは基本的に黒一色で、スポーティなイメージを強めていた。

「これ、新型ですか？」

「ええ」

大田原の答えは素っ気ない。この話を膨らませるつもりはないらしいので、健介はさっさと本題に入った。

「お時間いただきまして、ありがとうございます」

「いえ」

「田岡さんが、支援者に現金を配っているという話を聞きました」健介は余計な前置き抜きで切り出した。大田原から返事はない。健介も黙りこんだ。重苦しい沈黙が、狭い車内を埋め尽くしていく。

「それは——」大田原が口を開く。「事実です」

あっさり認めたので、健介は気取《けど》られぬようにそっと息を吐いた。普通、こういう際どい話を打ち明ける時、人はもう少し迷い、慎重になるものだ。こうもすぐに認めるということは、大田原も腹に据えかねているのではないだろうか。

「あなたは、現場にいたんですか」

「二度ほど」

「鞄持ちで？」

「そうです」

「そこに金が入っていた」

「当たり前じゃないですか」少し怒ったような口調で大田原が言った。「とにかく、冗談じゃないですよ。あんなことが本当にあるなんて、信じられない」

「選挙の度に、選挙違反は起きてますよ」健介は指摘した。

「私は、ちゃんと仕事しようとしてあの事務所に入ったんです」

「政治の仕事を志していたんですか？」

「親父が県議なんです」

「大田原弘大《こうだい》さんですか？」しまった、と健介は悔いた。大田原というのはそんなによくある苗字ではない。すぐに県議の大田原弘大の名前を思い浮かべて然るべきだった。

「そうです。親父の指示であの事務所に入って……だけど、あんなことが本当にあるとは思わなかった」

大田原は心底悔しそうだった。話を総合すると——大田原は新大《しんだい》法学部出身で、自らも政治の世界に入るつもりで、卒業と同時に父親の仲介で田岡の現地事務所に就職した。ちょうど田岡家は代替わりの時期で、彼が働き始めた年の秋の総選挙で、田岡稔は初当選した。その頃からしばらくは、普通に秘書業務を行っていたのだが、田岡は今年に入ってから明らかに行動がおかしくなったという。衆院の任期満了を待って選挙が行われるのが確実になってから、焦りを見せ始めたのだ。それまでもスタッフに対する当たりは強かったのだが、六月頃からは選挙区内の有力者に現金を渡すようになった。一人で会う時もあったし、スタッフを同行することもあった。大田原はそのうち二回で、現金授受の場面を目の当たりにしたのだった。

「金は、どんな感じで渡したんですか？」

「封筒に入れて、です。二回とも同じでした」

「額は分かりますか？」

「中身は見ていません。でも、厚みから見て百万かな、と」

「一万円札百枚の厚みは、ちょうど一センチになります」健介は親指と人差し指の間隔を開けて示した。

「だったら、百万だと思います」ハンドルをきつく握ったまま、大田原がうなずいた。

「相手は？」

一人は民自党の県議、もう一人は前回の参院選に出馬せずに引退した元参院議員の尾島《おじま》。尾島は既に七十八歳なのだがまだまだ元気で、新潟県民自党の「元老」的な立場で政治活動を行っている。まず大物を押さえた、という感じだろうか。とはいえ、あくまで引退した人物なのだが……実際にどれぐらいの影響力を持っているかは分からない。

「尾島さんに金を渡して、何か効果はあるんですか」つい疑念を口にしてしまった。

「尾島さんは今でも、強い影響力を持っていますよ」

「引退してもなお、ですか？」

「一声千人、って言われてるんです」

「軽く声を上げただけで、それだけの人が集まるということですか？」本当だろうか……。

「そういうことです。だから、尾島さんにはまだまだバックアップしてもらわないといけない……それは分かるんですけど、結局金かと思ったらがっくりきましたよ」

田岡家には常に胡散臭い金の話がつきまとう――田岡稔は、結局先代の田岡総司と同じようなことをしているわけだ。先代の田岡は、五十年前に大規模な選挙違反事件の中心にいた。それが、高樹家と争う原因になっている。いずれにせよ、田岡家の人間は、政治に金を絡ませることを何とも思っていないのだろう。

愛海も？

頭の中に入りこんできた彼女の顔を、健介は何とか追い出した。何というか……愛海という女性は癖になる。最初は何とも思っていなかったのだが、次第に気になってきていた。そしていつの間にか、忘れられない存在に——俺がちょろいのかもしれないな、と健介は自嘲気味に思った。

「最初に尾島さんのところへ行って、これはヤバいと思ったんですよ。私は、親父に散々言われてきたんです。金のかかる政治は、所詮理念が低いものだ、そもそも金がかかる方がおかしいんだって」

「お父さん、民自党一筋ですよね？」

「民自党の人間だからって、全員が金に汚いわけじゃないですよ」大田原が苦笑する。

「うちは貧乏続きで……家は抵当に入っているし、あちこちに借金もある。よく、『地盤・看板・鞄』っていうでしょう？」

「ええ」選挙に必須の三要素——地元の組織、知名度、そして金のことだ。

「親父は二世でもないんです。だから地盤も看板もなかった。ましてや鞄は……だからこそ親父は、汚い金は嫌いなんですよ」

「お父さんには相談したんですか？」

「しました」

「それで？」

「二度目に金を渡した時、その内容を録音しました。それを聞かせたら、親父は『さっさと辞めろ』って……角が立たないように、親父の政治活動を本格的に手伝うという理由で、田岡事務所を辞めたんです」

「その録音はありますか？」

健介は突っこんで聞いた。

「ええ……たぶん必要になるだろうと思って、持ってきました」

大田原がスマートフォンを取り出した。再生すると、車のスピーカーからくぐもった声が聞こえてくる。

「いつも応援ありがとうございます。しかし、二度目の選挙は苦しいことになりそうです」これは田岡の声のようだ。

「三波女史は、前回よりも必死になって、がっちりくるでしょう。しかし、政友党に鞍替えは納得できないな」相手——ひどいしわがれ声だった——が呆れたように溜息《したた》をついた。

「議席を確保するためには政党も利用する、ということでしょう。なかなか強かな人ですよ」

「しかも彼女には、個人ファンが相当ついてますからね。選挙が厳しくなるのは覚悟しています」

「そこを無事に乗り越えるためには、水沼《みずぬま》先生のお力が必要なんです。些少《さしょう》ですが、これをお受け取りいただければ」

間。ほどなく、相手の声が聞こえたが、何を言っているかまでは分からない。すぐに田岡が続けた。

「まことに些少で申し訳ないんですが……取り敢えず、先生にお願いするためのご挨拶ということです」

「もちろん、田岡先生のためなら尽力させていただきますよ。この金も、そのために使わせていただきます」

「百万の援軍を得た思いです」田岡は露骨にほっとしていた。「水沼先生には、父の代からお世話になっていますから、まず最初にお願いするのが筋だと思いまして」

「老骨に鞭打って、もう少し頑張らせていただきましょう。私が田岡先生の選挙をお手伝いするのは、さすがにこれが最後になるかと思いますが」

「いやいや、水沼先生にはまだ頑張っていただかないと。新潟県議会は、先生のお力で安定しているようなものなんですよ」

そこまで聞いて、「水沼」がベテラン県議の水沼八郎《はちろう》だと分かった。県議を掌握するのは、選挙の第一歩だろう。

「まことに恐れ入ります」

ところどころ聞き取れない箇所もあるし、あくまで音声だけなので、決定的な証拠とは言えない。しかし、水沼の「この金も、そのために使わせていただきます」という台詞は、決定打になるのではないだろうか。いかにも受け取った金の使い道――選挙の話をしている感じがする。

「このファイル、いただけますか？」

「そのつもりで来ました」

覚悟を決めてきたのか……健介は、意外な感動を味わっていた。政治家の中でも――民自党の政治家の中でも、金権政治に批判的な人間がいると考えるとほっとする。「昔からそういうものだ」「これが政治の実態だ」と、金権政治を実質的に認めてしまう人が多い中、露骨に批判するわけではなくても、そういうことから距離を置こうとする人がいるのは心強い。健介自身は、民自党を特に嫌っているわけではない。嫌っているのは田岡家に代表される、金塗れの卑怯な政治だ。

「では、私のメアドに送って下さい。先ほどの名刺に……」

大田原が無言でスマートフォンを操作した。すぐに健介のスマートフォンの着信音が鳴る。自分のスマートフォンで確認するのは後回しにして、健介は大田原の話を聞き続けた。特に重要なのは、金の受け渡しの日時、場所、その時の具体的な様子などだ。基本的な事柄については、大田原はスマートフォンのスケジュール帳にデータを残していたが、その場の雰囲気については彼の記憶頼りになる。そして大田原の証言は、非常に詳細だった。本人も戸惑い、怒りを感じていたはずだが、あくまで冷静さは保っていたようだ。

「ありがとうございます」気づくと既に一時間が経っていた。みっちり話を聞いたので、頭が痺《しび》れるように疲れている。しかしこの情報は、田岡家追い落としの第一歩になるはずだ。記事にする時には、五十年前の事件を蒸し返して詳細に伝えてもいい。昔から、田岡家は汚い金に塗れていたわけだ——新潟の名門一家とは言っても、実態は金で買った名誉のようなものではないか。

大田原に、先に駐車場を出てもらうように頼む。車は少なく、人気《ひとけ》はまったくないが、どこで誰が見ているか分からないから、できるだけ慎重に行動した方がいい。

健介は車に戻ると、窓を下ろした。大田原のＢＲＺが駐車場から出ていき、野太い排気音が遠ざかるのを耳で確認する。エンジンをかけてエアコンの温度設定を下げ、イヤフォンを使って、先ほどもらった音声ファイルをもう一度聞く。イヤフォンだと、会話の内容がもう少しクリアに聞こえる。時間は十五分ほど。最初に金の受け渡しがあって、その後は選挙情勢についての話し合いが続いていた。場所は水沼の事務所。長々と話し合いするわけではなく、用事を済ませてちょっと雑談してから出て行った、という感じだろう。水沼の事務所で会ったのは、正しい選択だったと思う。代議士が県議の事務所を訪ねても、何の問題もない。特に田岡のような当選一回の駆け出し代議士が、ベテラン県議のところへ挨拶回りに行くのは不自然ではない。

上手くやったな……だけど、裏切り者が出た。全ては田岡の焦りによるもので、彼は自分で墓穴を掘ってしまったと言える。この件は絶対上手くいく。記事にできる。

だがその先には——愛海。

今週の日曜に、また会う約束をしている。ごく自然に「食事をしよう」という話になり、健介はこの先の展開を夢想し始めていた。

しかし今の取材を続けていけば、こんな呑気なことは言っていられなくなる。

2

「ごめん、電話して」愛海は声を絞り出した。自分でも驚くほど、声がかすれている。

「その声、どうした？　まさかコロナか？」健介が仰天したような声を出した。

「分からない。急に……」

土曜の昼に取材に出て、夕方自宅に帰った途端に悪寒を感じた。これはまずいと思ってすぐにベッドに潜りこんで意識を失い、午後九時に目覚めた時の体温は三十八度……平熱が三十五度台なので、かなりきつい。

目が覚めて最初に考えたのは、健介に連絡することだった。明日、会う約束をしていたから……いや、その前に、会社に電話しないと。NBSでは、コロナのような症状が出た場合、すぐに上長に報告して指示を仰ぐことになっている。基本はしばらく待機し、熱が下がらないなどコロナが疑われる症状が続いた場合は、保健所の指示に従ってPCR検査を受けることになる。

とうとうきちゃったか、と情けなくなった。人と会うのが仕事だから、常にできるだけの対策はしてきたのに……不織布のマスクは八時間ぐらいで効果がなくなると聞いていたので、毎日二枚を使う。場合によっては、ナイロンマスクとの二枚重ねだ。元々肌が弱いのに、手が荒れるのを覚悟でアルコール消毒は徹底。うがいも一日に何度も繰り返した。ぼんやりする頭で考えても、どこで感染したかまったく分からない……二度目のワクチン接種が終わっていないから、仕方ないかもしれないが。接種率は県内全体でも五割を超えるか超えないかぐらいで、愛海たち若い世代が二度目の接種を終えるのはまだ先になるだろう。これは、行政側のミス――そんなことを考えながら、本来連絡すべき上長より先に、健介に電話してしまったのだ。

「明日はキャンセルしよう」健介の方から言い出した。

「そうだね。たぶん、PCR検査を受けることになると思うし、その結果が出るまでは自宅待機かな」

「今、どんな感じだ?」

「さっき測ったら、三十八度」

「普段は?」

「三十六度に届かないぐらい」学生時代までは体温など滅多に測ったことがなかったのだが、新潟に来てからは、朝起きた瞬間に体温計を使うようになっていた。これも、自分でできる簡単な対策である。少しでも熱が出たら外出しない――しかし今まで、三十六度を超えたことは一度もなかった。

「だったら、相当高いな。飯は?」

「食べてない。そんな余裕、なかった」

「食料の備蓄は？」

「あるけど、料理を作ってる体力も気力もないよ」

「分かった」

「分かったって？」

「これからそっちへ行くから」

「何言ってるのよ」愛海は慌てた。「それ、どういうことか分かってるの？」

「分かってる。あのさ、あまり褒められたことじゃないかもしれないけど、抗原検査キットを持ってるんだ」

「それって、正規のものじゃないわよね」

「薬局では時々売ってるんだよ。念のために買っておいたんだ。正確かどうか分からないけど、ある程度の目安にはなるんじゃないかな。ＰＣＲ検査を受けるにしても、結果が出るまで時間がかかるだろう？　少しでも安心できれば、さ」

「だけど……」

「分かってる。家には入らないから。玄関で渡すだけ」

「それじゃ悪いわよ。仕事は？」

「今日はもう終わった。二十分ぐらいで行けるから」

電話を切って慌てた。二十分では化粧もできない。でも、こんながさがさした声なのにちゃんと化粧していたら、かえっておかしいか……。

帰ってから、辛うじてジャージにTシャツという格好に着替えて寝ていたのだが、これだけでも何とかしないと。寝ているうちにTシャツは汗ですっかり濡れていたし……その前に顔を洗わないと。ああ、化粧も落とさないで寝てたんだ、と鏡を覗きこんで慌ててしまう。本当はシャワーも浴びたいぐらいだ。でも、健介は中に入らないって言ってたし、どうしよう？

こんなことで軽いパニックになってしまうのが情けない。向こうは親切心で来てくれるだけなんだから、丁寧にお礼を言えばいいだけじゃない。小綺麗な格好をしていれば、無礼にはならないだろう。

急いで化粧を落として顔を洗い、新しいTシャツとジーンズに着替えて、何となく準備完了。もう一度洗面台の鏡を見た時、呼び出し音が鳴った。来るのは分かっていたが、やはりどきりとしてしまう。モニターを見ると、白黒画面の中で健介が難しい顔をしている。

「今、開ける」

「ドアは開けなくていい。外に置いておくから」

「そこまで気にしなくても」

「今、どんな感じ？」

「うん……」急いで動いたせいか、また熱が上がった感じがするが、それでも何故か気分は悪くなかった。

「とにかく、抗原検査キット、渡すから」

解錠ボタンを押す。すぐに健介の姿がモニターから消えた。ほっとして、玄関まで出て待つ。エレベーターもあるのに、階段をダッシュで駆け上がる音が聞こえてきて、すぐにまたインタフォンが鳴った。うつしたら悪いなと思いながら愛海はドアを開けた。健介の大きな手が、ぬっと入ってくる。薬局のビニール袋をぶら提げていた。

「開けなくていいのに」

「大丈夫」ビニール袋を受け取る時、手が健介の手に触れてしまう。

「今、手、触った？」健介が訊ねる。

「うん」

「かなり熱いけど」

「後でまた熱を測るわ。ありがとう」

「使い方、分かるかな」

「大丈夫だと思う」

「腹減ったか？」

「うん……まあ……」何故か遠慮してしまう。

「何なら食べられそうかな」

「分からない。今ちょっと、判断力ないから」

「お腹は壊してない？」

「それは大丈夫」

「分かった。何か、すぐに食べられるものを仕入れてくるから」

「いいよ。悪いから」

「大した手間じゃないよ。コンビニ飯だけど……検査は十五分で結果が出るみたいだから、それまで寝ないでくれよ」

「すぐやってみる」

「じゃあ……」

健介が遠ざかる気配がした。ドアを閉めて施錠し、検査キットの取扱説明書を読む。小さなペン型の検査容器に唾液を染みこませてから十五分待つだけだった。鼻に突っこむやり方じゃなくてよかったと思いながら、さっそく洗面所で検査をしてみる。特に大変な作業ではなく、後は陰性の結果が出れば……寝室に戻り、ベッドに腰かけて、もう一度取説を読みながら結果を待つ。

十五分経過――健介はまだ帰って来ない。確認すると「陰性」を示すラインが浮かび上がっていた。ほっとしたらまた熱が上がってしまった感じがしたが、それでも気分はずっと楽になっている。インタフォンが鳴った時には、飛び上がるようにしてベッドを離れてしまった。

「陰性」

「ＯＫ」画面に映る健介はそれほど嬉しそうではなかった。まあ、喜ばれるのも何だか筋が違う気がするけど……。

「でも、ちゃんとＰＣＲ検査は受けた方がいいよな」

「たぶんそうすると思う。会社でもそういう決まりになってるし」

「飯、買ってきた」

「だけど……」

「買ってきちゃったんだから、受け取ってくれよ」

「……分かった」

またドアを挟んで、コンビニの袋を受け取る。顔も見えなかったが、それでも健介の優しさが伝わってくるようだった。

「好みかどうかは分からないけど、食べやすそうなものを買ってきた」

「ありがとう」

「食ったら寝ろよな。それで、また調子が悪くなったら、電話してくれればいいから」

「そんなの……自分で何とかできるから」

「君さ、コロナ患者や医療関係者の取材もしてるだろう？　何でもなかったのが、急に悪化することがあるって分かってるよな？」

「それは分かってるけど、たぶんこれ、違うと思うわ」

「自分で判断しない方がいい」

一瞬息を呑み「そうね」と同調した。自分も楽観バイアスにかかっているようだ。かかるわけがない、コロナと同じような症状でも実際は風邪——そんな風に思ってちゃんと治療を受けずに重症化した、という話は何度も取材したのに。

「ちゃんと様子を見て、保健所の指示に従うから」

「会社の方は？」

「これから連絡する。たぶん、週明けまでは自宅待機になると思うわ」

「そうだよな……明日の朝、電話するよ」

「大変だからいいよ。日曜の朝にわざわざ……」

から」

「本当は明日、飯を食う予定だったじゃないか。どうせ興奮して早く目が覚めちゃうんだから」

「本気で言ってる?」

「まあ……とにかく、ちゃんと寝てくれよ。ただの風邪だったら、寝てれば治るはずだから」

「うん──ありがとう」

「じゃあ」

今度は、健介の気配はすぐには去らなかった。ドアを開けて顔を見ようかと一瞬思ったが、そんなことをしたらうつしてしまう可能性がある。

結局、ゆっくりとドアを締めた。健介が飛びついて、無理矢理ドアを開けるのではと想像したが、そんなことはない。鍵をかけてリビングルームに戻り、袋の中身を検《あらた》める。まず、冷却シートが出てきた。さっそく額に貼りつけると、その冷たさで早くも気が楽になってくる。サンドウィッチとゼリーが二つずつ、スポーツドリンク二本、それにハーゲンダッツのアイスクリームもある。しかも一番好きなマカデミアナッツ。まさか、密かに私のことを調べたりしてた? いや、そんなことはあり得ないか。

でも、これは助かる。急に空腹を覚えて、すぐにゼリーを開けた。「果実まるごと」タイプで、桃がたっぷり入っている。それを一口食べてからお湯を沸かした。せめてスープぐらいは飲もう。インスタントのスープは、常備しているのだ。

ゼリーは口腔と胃に染み入るようだった。優しい甘味とひんやりした食感で、熱が抜けていくような感じがする。お湯が沸いたのでインスタントのコーンスープを作り、サンドウィッチと一緒に夕飯にする。一つでお腹が一杯になりそうだから、もう一つのサンドウィッチは残しておいて明日の朝ごはんにしよう。実際、ゆっくり食べたせいか、すぐに腹は膨れてしまった。ハーゲンダッツには食指が動いたが、これは後回し……シャワーを浴びて汗を流してからにしよう。

シャワーはさっと浴びただけだが、それでもだいぶさっぱりした。熱も下がった気がして、体温計を使ってみると、七度九分――まだ高い。解熱剤があるのだが、使っていいかどうか分からないから、やめておこう。冷却シートプラス睡眠で熱は下がる――そう信じたかった。

シャワーの後のハーゲンダッツは、天国の味だった。冷たいものが胃に入って、体温が下がった気がする。呑んでいいかどうか分からなかったが、この熱が続いたらきついので、やはり解熱剤を服用することにした。

ベッドに入るとすぐに眠気がやってきたが、このまま寝てしまうのはちょっと……健介のスマートフォンにショートメッセージを送った。返事はすぐにはこないだろうが、一応礼儀は果たしたことになるわね、と自分を納得させて布団に潜りこむ。すぐに意識が薄れ始めた。メッセージの着信を告げる音がしたような気がしたが、今は睡眠に抗《あらが》えない――。

スマートフォンが鳴る音で目が覚めた。頭が重い。しかし熱はないようだ。単に寝過ぎたのではないか？　スマートフォンを見ると、午前九時。十時間以上、一気に寝てしまったことになる。

電話は健介からだった。

「どう？」

「うん、生きてる。たっぷり寝たし」

「熱は？」

「今起きたばかりで、まだ測ってない。測ったら、こっちから電話していい？」

「もちろん」

電話を切って、すぐに体温計を腋に挟む。ゆっくり深呼吸しながら計測終了の電子音が鳴るのを待った――三十六度ジャスト。気が抜けてしまった。平熱よりはわずかに高いが、それでも「熱が高い」とは言えない。すぐに健介に電話をかけ直した。

「三十六度ちょうど。だいたい平熱」

「そうか……よかった」

健介の声には、本当に安堵している気配が感じられた。何だか胸の中が温かくなってくる。最近、人に心配してもらったことがあっただろうか？

「朝飯、大丈夫か？」健介がまた食事の心配をし始めた。人生における彼の優先順位は食べることなのだろうか、と訝った。

「昨日のサンドウィッチがまだあるから、それで朝ごはんにするわ」

「昼は？」

「そんな先のこと、分からないわよ」苦笑してしまう。

「じゃあ、昼過ぎにまた電話するよ。食えそうなもの、考えておいてくれ」

「もう熱も下がってるし、大丈夫よ」

「今日一日ぐらい、家で大人しくしてた方がいいんじゃないか？」

「でも、悪いから」

「別に……暇だから。今日の予定は飛んだし」

「それはごめん、本当に。今度は私が奢るから」

「そんなの、どうでもいいんだよ。とにかく今日は、家で大人しくしていてくれよな」健介が繰り返す。かなり真剣な口調だった。「知り合いがコロナで死んだりしたら、一生後悔すると思う」

「だから、陰性」

「確定したわけじゃない……じゃあ、また電話する」

本格的にベッドから抜け出すと、少しふらつく。熱で苦しんだ後遺症だろうか。しかし残りのサンドウィッチを食べ、シャワーを浴びて寝汗を洗い流すと、急に体がしゃきっとなった。これはどう考えてもコロナではなさそうだ。咳も出ないし、息苦しくもない。最近仕事が忙しくて疲れていたから、それでダメージを受けたのだろうか。

回復したと思うと、少し家の中のことをやっておこうかという気持ちになる。汗をかいたTシャツを洗濯機に放りこみ、床に掃除機をかける。動いているうちに、さらに体調はよくなってきた。これでもやはり、PCR検査を受けた方がいいのだろうか？　検査を受けると隔離状態が続くことになり、何かと不自由になる。でも、万が一を考えたら……周りの人に迷惑はかけられない。そうだ、結局上長――報道部のデスクに連絡を入れるのを忘れていた。これまでNBSでも何人かコロナ陽性者が出たが、今のところ大事には至っていない。とはいえ、自分がそのリストに仲間入りすることは避けたかった。

電話すると、取り敢えず明日、PCR検査を受けるように指示された。検査結果が出るまでは出社に及ばず。明日の朝一番で、会社が手配している病院に予約を入れよう。見通しが立ってきてほっとした。

洗濯物を干し終えると、午前十時。もう少し眠ってみようとベッドに戻ったが、たっぷり寝てしまったせいか、まったく眠くない。これはやっぱり、ちょっと風邪を引いただけなんだ、と素人判断した。コロナだったら、一晩寝たぐらいで治るわけがない。とはいえ、治ったつもりが急に症状が悪化することもあるから、油断はできない。

結局ベッドから抜け出し、溜まっていた新聞の整理をして時間を潰した。今時は、新聞各紙の記事もデジタルで整理しておくべきかもしれないが、スクラップすることで何故か内容が頭に入る。今は、事件事故と新型コロナ関係で分けてスクラップブックを作っていた。

整理に没頭していると電話が鳴った。壁の時計に視線を向けると、十一時五十五分。ちょっと気が早いんじゃないと思いながら、健介からの電話に出る。

「どうだ？」

「今、全然何でもないのよね。何だったのかしら」

「油断しない方がいいよ。何だったら食べられそうだ？」

全然考えていなかった。しかしふいに、味が濃い、ジャンクなものが食べたくなる。

「イタリアン」

「マジか」健介が驚いたように言った。「あんなしつこいもの食べて、大丈夫なのか？」

「好物なんだけど」少しむっとして愛海は言い返した。

「分かった。じゃあ、イタリアンを調達していくよ」

「ねえ、私、本当に大丈夫だけど」さすがに申し訳なくなって、愛海は控えめに言った。

「体調は戻ってるから。料理ぐらいできるし」

「油断大敵だよ……もう一個、ハーゲンダッツは？」

「太るから」

「どこが？」

「それ、結構失礼だから」

「ごめん」健介が素直に謝った。「三十分で行く」

健介は本当に三十分でやって来た。そう言えば、自宅近くのフードセンターにイタリアンの店が入っているのだが、健介はどこから電話してきたのだろう。家の近くで待機していた？　だったら、ちょっとストーカーっぽい……。

昨夜よりドアを少し広めに開ける。薄く化粧する余裕もあって、健介と顔を合わせた。

「顔色は悪くないね」健介が愛海を見下ろしながら言った。

「熱も全然上がってこないから、やっぱり一時的なものじゃなかったのかな」

「それならいいけど、ＰＣＲ検査は受けた方がいいよ。会社の方で、どこか紹介してもらえるだろう」

「うん。明日の朝、予約するから」

「じゃあ、これ」健介がビニール袋を差し出した。「ノーマル味で、ソース多め。ついでにポテトのＬ」

　健介はさらりと喋っているが、考えてみればイタリアンは不思議な食べ物だ。ベースは焼きそばで、そこにトマトソースをかけてある。新潟では昔からあるファストフードで、部活帰りの高校生などに人気だ。小学生の頃だっただろうか、最初に食べた時、愛海は思わず首を傾げたが、妙に舌に残る味だったのは間違いない。中学・高校時代を新潟で過ごしていたら、学校からの帰りに毎日寄っていたかもしれない。

「……ありがとう」余計な言葉のやり取りをするのも面倒臭く、愛海は素直に礼を言った。

「これ、何で返したらいいかな」

「別にいいよ。ついで……みたいなものだから」

「何のついで？」

「よく分からないけど、本当なら、今日は一緒に飯を食べる約束だったんだからさ。夜も何か調達してくるよ」

「それは大丈夫」さすがに断った。「いざという時のために、食料はちゃんと溜めこんでるから」

「料理する元気がないって言ってたじゃないか」

「それは昨夜の話で、もう大丈夫」愛海はうなずいた。急速に体力が回復している感じがする。気分がいいわけではないが、普通に家事はこなせそうだ。

「……そうか」健介は何だか残念そうだった。「あのさ、深い意味はないからな。裏の意味もない」

「どういうこと？」

「心配だったから——それだけだ。俺も一人暮らしだし、病気になる不安さは分かってるよ。こっちで、頼れる人もいないだろう」

「友だちが一人もいないみたいに言わないでよ」しかしそれは事実だ。いつも大勢の人の中で仕事をしているのに、何故か孤独を感じることが多い。知り合いはいる——父の事務所の人にヘルプを要請すれば助けてくれるだろうが、それも何だか嫌だった。

「悪い。でも、助けたかったんだ」

「実際、助かったわ」胸の奥がうずく。「一つ、聞いていい？」

「どうぞ」

「ハーゲンダッツ、何でマカデミアナッツ味だったの？」

「俺が好きだから——どうしてそんなこと聞く？」

「私も一番好きなやつだから、何で知ってるのかなと思って」

「共通点が見つかった」

健介が、いかつい顔に笑みを浮かべた。そのアンバランスさが妙に魅力的に見える。一種のギャップ萌えかもしれない。

でも私は、そんなにちょろくないけど。

「何かで絶対返すからね」愛海は力をこめて言った。プラスマイナスはゼロにしておかないと。

「気が向いた時に、飯でも奢ってくれればいいよ。冷めないうちに食べたら？」

「うん」

「じゃあ——夜、また電話していいか？」

「そんなに心配しなくても。私、そんなに頼りなく見える？」

「体が小さいからしょうがないよ」

「人のこと、ペットか何かと思ってない？」

「それはあるかも」

短く笑って、健介が「じゃあ」と言って去って行った。愛海は慌ててサンダルを突っかけ、階段の方へ向かう健介の背中に声をかけた。

「あの」

健介が立ち止まって振り向く。怪訝そうな表情を浮かべていた。

「ありがとう。本当に助かったわ」

健介が大きな笑みを浮かべる。ヤバい、と愛海は自分の顔が引き攣るのを感じた。惹かれたらいけない相手。お互いにそれは分かっているはずだ。だけど健介は……普通、こんなことはしてくれない。

3

高樹は、そわそわしながら病室に入った。妻の隆子が今日、退院する。しばらくは車椅子生活で、これからのリハビリも大変そうだが、とにかく妻が帰って来ると考えただけで気持ちが落ち着く。これで、ゆっくりとだが日常が戻ってくるだろう。

隆子は足がまだ不自由なのに、病室を片づけていた。荷物もまとまっていて、後は会計を済ませて帰るだけになっている。

「無理したんじゃないか？」心配になって高樹は訊ねた。

「積極的に動くように、坂本《さかもと》先生にも言われてるの」手術を担当した若い主治医だ。「動くと痛いけど、痛みはそのうち必ず消えるからって」

「ずいぶんスパルタだな」

「リハビリは、運動選手のトレーニングみたいなのよ」隆子の顔が暗くなる。彼女は若い頃から、運動の経験がまったくない。「私にやれるかしら」

「できるだけつき合うよ」

「それは見られたくないわ。みっともなくなりそうだから」

「リハビリに、みっともないも格好いいもないだろう」

　車椅子を押して病室を出る。会計を済ませ、正面出入り口で待っているタクシーを摑まえたが……そこからが大変だった。松葉杖を使えば何とか歩けるものの、車に乗りこむのが一苦労だったのである。姿勢を変える——立ったり座ったりが一番大変らしい。当然、手伝う高樹も無理を強いられる。何とか後部座席に座らせ、折り畳んだ車椅子をトランクに入れた時には、運転手が手伝ってくれたにもかかわらず汗だくになってしまった。

「車を処分しない方がよかったかな」額の汗を拭いながら高樹は言った。

「あの車、便利だったわよね」

高樹は長年車を持っていなかったのだが、六十八歳で副社長を退任して顧問になってから、数十年ぶりに車を購入した。高齢者の運転が何かと問題になっているご時世だったが、仕事の一線から退いたらドライブ旅行に行こうと、ずっと隆子と話していたのである。

隆子が言う通り、「あの車」は悪くなかった。ミニクロスオーバー。「ミニ」のブランドらしくコンパクトだったが、SUV風味を加味した一台で、車高が少し高く、視界が良好だった。取り回しも楽だったし、荷物もたくさん載せられたから、二人で旅して回るには最高の車だった。

ただし、三年前に手放してしまった。最初の頃は運転も楽しかったのだが、次第にハンドルを握るのが億劫になってきたのである。都心に住んでいるから、出かける時にはマイカーがなくても困らないし、旅行に行く回数も以前よりは減ってきていた。免許証は身分証明書代わりとして返納していないものの、今では運転することはない。

「何だったら、今から新しい車を買おうか？　リハビリで病院に通うのも、毎回タクシーだと大変だろう」

「車の値段一台分のタクシー代を使い切るまでには、普通に歩けるようになるでしょう」

隆子が苦笑した。

　病院から自宅までは、車で二十分ほど。家が近づくに連れ、隆子は饒舌《じょうぜつ》になってきた。入院は一ヶ月ほどに及んだが、彼女がこれほど長く家を空けていたことはかつてない。今の家は、九州支社勤務を終えて東京に戻った時に購入したマンションで、住所としては神宮前になる。渋谷、原宿、表参道の駅まで歩いて行ける一等地だが、それほど広くはなく、当時は不動産価格が底値に近かったこともあって、お買い得の物件ではあった。夫婦二人暮らし、老後を考えねばならない時期にきていたから、広い物件に住む意味はないという判断だったが、今考えてもそれは正解だった。広さを捨てて場所を選んだ——実際、交通の便がいいことのメリットの方が大きい。

　タクシーから降りる時は、乗る時ほど大変ではなかった。隆子も入院中に車椅子や松葉杖に慣れたようで、動きはスムーズである。建物の中に入る時、妻の軽さを意識した。車椅子を押すのに、さほど力がいらない。傾斜があったらきつそうだが、このマンションは共用スペースも室内もバリアフリーなので、さして困ることはないだろう。

　室内用には、別の車椅子を用意してある。隆子は「家の中では松葉杖で大丈夫」と言っていたが、最初の頃は車椅子を使った方がいいだろうと判断して、用意しておいたのだ。せっかくだからと、隆子も車椅子に乗ってくれる。リビングルームに入ると、隆子は「ああ」と吐息を漏らして笑顔を浮かべた。一人がけのソファを一つずらして、車椅子が入れるスペースを作っておいたので、そこに落ち着かせる。リビングルームの中で、テレビが一番よく見える位置だ。

「やっと帰って来たわね」隆子が笑顔を見せた。

「そりゃ、帰って来るだろう」高樹は気楽な調子で言った。「命にかかわる病気ってわけじゃないんだから」

「でも、一ヶ月も入院してると、このまま出られないんじゃないかっていう気にもなってくるわよ。今は、病院にいてもコロナが心配だし」

「そうか……俺も入院することになったら、そういう心づもりでいるよ。お茶でも飲むか？」

「大丈夫？」隆子が心配そうに言った。

「心配するなよ。お茶も飯も準備万端だ」

「ずっと自分でやってたの？」

「当たり前じゃないか」コンビニ弁当に頼り切っていたとは言えなかった。

「ご飯ぐらい、美緒さんに食べさせてもらえばよかったのに」

「息子の嫁さんに迷惑はかけられないよ」

「高樹家」と言いながら、今や家族はバラバラだ。夫婦二人で暮らしているのは自分たちだけ。息子の和希は地方勤務を繰り返していて、ここ十年ほどは東京へ戻って来ていない。嫁の美緒は目黒区内のマンションに住んでいるが、今は一人である。和希の地方勤務について いったこともあったが、孫の健介の学校の問題もあり、基本的には夫婦ばらばらの生活が続いていた。結婚前に勤めていた化粧品会社に契約社員として復職し、そちらの仕事が忙しかったせいもある。

「遠慮しなくてもいいのに」

「子どもに迷惑かけるぐらいなら、死んだ方がましだ」

「大袈裟よ」隆子が声を上げて笑う。家に戻って来て、ようやく本当にリラックスできたようだった。

この一ヶ月、いろいろなことがあった。隆子の手術とリハビリ。その間に新潟に住む隆子の兄が亡くなった。以前から患っていた癌のためだが、家族は高樹の葬儀への参列を「拒絶」した。首都圏などで緊急事態宣言が続いていたせいもあるが、実際には高樹を敬遠していたのだと分かっている。

そこにも複雑な歴史があった。隆子の父親は、地元の「新潟バス」の社長だったのだが、高樹が取材した選挙違反事件に絡んでいたことが分かり、それを記事にした結果、交際を猛反対された。隆子が家を飛び出してくれたおかげで結婚できたのだが、その後も隆子の実家との関係は微妙なままだった。父親以外は自分たちの結婚に反対していなかったので、隆子は密かに実家とつながっていたのだが、二十五年前、田岡家に絡む第二の事件で兄の名前が浮上し、それがきっかけで完全に関係は切れてしまった。葬儀への参列を拒絶されるのも当然だろう。向こうにすれば高樹は、何度も家に恥をかかせた相手なのだ。もっともコロナ禍の今は、親が死んでも葬儀に出られないという話もよく聞くのだが。まったく、とんでもない状況になったものだ……。

「新潟へ行かないとね」隆子が溜息をつく。「せめてお墓参りはちゃんとしないと」

「まだ無理しない方がいい。その足だと、新幹線の旅はきついと思うぞ。それにまだ、県境を越えての旅行は控えた方がいい」

「せっかくワクチンを打ったのにねえ」そこで初めて、隆子がマスクを外した。「いやね、病室でもずっとマスクをしてたから、これが普通になっちゃって」

「寝る時もマスクをしてたのか？」

「意外に慣れるものよ」

「大変だったな」

高樹は、お茶の準備をするために立ち上がった。やかんで湯を沸かし、急須と湯呑みを用意する。冷たいペットボトルの方がありがたい陽気なのだが、自宅では熱いお茶を飲みたいと思う。高樹は基本的に無精なので、自分ではお茶も淹れなかったのだが、やってみるとなかなか面白い。茶道のお茶とは違うが、安い緑茶でもお湯の温度、蒸らし方などで、味は簡単に変わる。あれこれ試すのは、むしろ楽しいぐらいだった。松永のコーヒーではないが、「お茶を上手く淹れる」のも、老後の趣味として最高ではないだろうか。

二人分のお茶を用意してリビングルームに戻ると、隆子はスマートフォンの通話を終えたところだった。

「美緒さん」

「ああ……」

「お見舞いにも来てくれたし、あなたの洗濯なんかもしてもらったから。あとで何かお礼をしないと」

「そうだな」

「美緒さんには迷惑をかけっぱなしだったものね」

そう言われると胸が痛む。和希が地方勤務を続けている原因は自分にもあるのだ。二十五年前に、実質的に誤報を飛ばしてしまった時の社内処分は陰湿で、高樹は九州支社に飛ばされ、和希はずっと地方回りを強いられている。それというのも、社内で政治部が主流派になり、高樹たち社会部の人間は隅の方に追いやられるようになってしまったからだ。確証はないが、その背後に田岡がいたのは間違いないと高樹は想像している。政治部を通じて東日の社内人事にまで首を突っこみ、高樹父子を排除したのだ。

また頭に血が上ってきたが、今は余計なことは考えないようにしよう。せっかく隆子が退院してきたのだから、せめて今日は美味いものを食べ、ゆっくり風呂に入ってもらって、今後のリハビリに備えるのがいいだろう。

その前に——。

「和希とオンラインで話せるけど、どうする？」

「あら、電話じゃなくて？」

「今は何でもオンラインさ」高樹は腕時計をちらりと見た。午後三時。支局ではそろそろ、今日の原稿を書き始める時間だろう。しかし五分や十分話したからと言って、仕事に影響が出ることもない。和希は新人の頃から筆力はしっかりしていたし、今やキャリア二十五年のベテランである。

和希のスマートフォンに電話をかけ、連絡を取り合う。用意が完了したところで、高樹はノートパソコンを持ってきて、隆子の前に置いた。オンラインでやり取りするにはスマートフォンでも十分なのだが、ノートパソコンの大きい画面の方がいいだろう。

十分後、会津若松支局にいる和希とつながった。それほど忙しい様子ではなく、表情には余裕が感じられる。それにしても、あいつも老けた……髪には白髪が目立ち、顔には皺が増えている。苦労が顔に出るタイプなのだ。

「元気そうじゃない」そう言う和希はあまり元気そうではない。昔から、張り切って仕事をするタイプではなかったのだが……。

「元気よ。手術は大したことはなかったわ」隆子は息子の顔を見て、元気が出てきたようだ。

「まだ車椅子？」

「本当は松葉杖で大丈夫なんだけど、お父さんが心配性だから。今も車椅子に乗ってるわ」

二人はその後、リハビリの話を続け、高樹は黙って横で聞いていた。

「見舞いに行きたいけど、今はちょっと行きづらいんだよな」和希が零す。

「東京の陽性者数も減ってきてるわよ」

「だけど、こっちの人は東京を警戒してるんだ。未だに東京へは出張禁止、東京からの出張も断っている会社もあるし。東京から実家へ帰省した人が、心ない言葉をかけられたっていう話もよく聞く」

「そっちから見たら、東京は大変な状況に思えるんでしょうね」

「テレビが煽り過ぎなんだよ。でも、用心に越したことはないから。もう少し落ち着いて、東京の緊急事態宣言が解除されたら、見舞いに行くよ」

「その頃には、私はもう普通に歩けるようになっているかもしれないわよ」

「じゃあ、全快祝いでいいじゃないか」

母子の会話がスムーズに進むのが羨《うらや》ましい。考えてみれば、昔から母子家庭のようなものだった。和希が幼い頃、高樹は社会部の若手記者で、夜回りを終えて家に帰るのは毎日午前一時や二時、それでいて朝は午前五時に迎えの車が来て朝駆けに行くような日々が続いていた。週末だからといって休みが取れることもなく、家で過ごす時間は極めて短かった。これでは、母親との距離が近くなるのは当然だろう。

話が一段落したところで、和希が高樹に呼びかけた。

「父さん、後で電話していいか？」

「構わないよ。何時だ？」

「原稿を出し終わってから……八時ぐらいかな」

「分かった。電話してくれ」

「じゃあ——母さん、あまり無理しないように」

「分かってますよ」

オンラインでの通話を終えると、隆子が溜息をついた。

「やっぱり、直接会うのとは違うわね」

「でも今は、取材もこんな感じでやるようになってるから」

東日でも、陽性者数が増えた去年の春先から、リモートワークを推奨してきた。そもそも新聞記者は、昔からあまり会社で仕事をしないのだが……省庁などを担当する記者は、本社へ上がらず、現地の記者クラブから原稿を送ってしまう。そういう担当者は、以前と同じように記者クラブを拠点に仕事をしているが、文化部などは、ほぼ完全にリモートでの仕事になっているという。取材には出かけるが、原稿を書いたり、ゲラを受け取ったりも自宅でできるから、会社へ行く必要がない——それで何の問題も起きていないというから、逆に言えば、今までの勤務体制は何だったんだ、という議論も起きているらしい。

夕飯には寿司を取った。自分でも少しは料理ができるようになってきたのだが、さすがに退院祝いに腕を振るうほどではない。せめてもと、お吸い物と具沢山のサラダを作る。見た目はなかなか華やかな夕飯になった。

「あら、お吸い物、上手にできてるわ」隆子が驚いたように言った。

「まぐれかな」高樹は遠慮がちに言った。「吸い物も味噌汁も、辛いか味がないか、どっちかなんだ」

「これだけできれば大したものよ。これからも頑張ってね」

「いやいや……」自立したジイさんになれ、と妻から励まされているような感じがする。

久々の二人での食事は、やはり落ち着く。基本的に、感染防止のために見舞いにはあまり来ないように病院側から指示されていたので、一ヶ月間、ほぼ一人きりの食事だったのだ。独身時代に戻ったようなものだ、気楽にやろうと自分に言い聞かせたが、そもそも結婚したのが五十年も前なので、独身時代がはっきりとは思い出せない。あの頃、普段は何を食べていたんだろう？

洗い物も済ませて、食後にはコーヒー。我ながら驚いたが、こういうことがあまり面倒でない。今後はなるべく、隆子に迷惑をかけないように家事を手伝おうと高樹は殊勝に心がけた。

午後八時、スマートフォンが鳴る。和希。高樹はそのまま書庫兼物置にしている部屋に移動した。2LDKなのだが、寝室で話をするのも気が進まない。

「何かあったのか？」

「父さん、またヤバいことを始めてるだろう」和希が指摘した。

「ヤバいとは？」

「この前、新潟の三田さんと話した」

「そうか」高樹はとぼけた。三田美智留は、二十五年前の事件で取材班に入っていて、駆け出しだった和希とは顔見知りである。

「まだ諦めてないのか？」和希が溜息をつく。「何も、健介まで巻きこまなくてもいいじゃないか」

「あいつには驚いたよ。今時、あんなに馬力をかけて取材できる若い奴がいるとは思わなかった。あいつは伸びるぞ。近い将来のエースになる」

「父さん！」和希が声を張り上げる。「そういうことじゃないんだ。あいつに何をさせてるんだ」

「――三田君から聞いたのか」

「……聞いた。父さんの指示で、無茶をさせてるそうじゃないか。普通の警察回りの仕事もろくにさせないで、田岡の周辺を嗅ぎ回らせている。まだ復讐するつもりなのか」

「俺は、一度受けた恥は忘れない。それに田岡の家は、排除されて然るべきなんだ。政治を正すために、あの一家は邪魔になる」

「それは新聞記者の仕事じゃない」

「そもそも俺はもう、新聞記者じゃない」

和希が深々と溜息をついた。和希の苦悩は、高樹にもよく分かる。子どもの頃からあまり積極的に前に出るタイプではなかったし、新聞記者になっても、特ダネを追うのではなく、格調高いコラムなどで勝負する「書斎派」になると思っていた。それが、二十五年前の事件で取材の面白さに目覚め、深入りしてしまったがために負った傷はあまりにも深かった——未だに立ち直れていないと思う。親としてはまことに申し訳ない限りだが、本音では自らの力で前へ進んで欲しかった。挽回するチャンスは何度もあったのに、その都度顔を背け、手を伸ばさなかった。

早々と人生を諦めてしまったのだ。しかし……手を差し伸べなかった自分にも、やはり責任はあるだろう。親として、そして記者の先輩として、何とかすべきだった。

「健介を厄介事に巻きこむのはやめてくれ」和希が懇願した。「あいつには未来があるんだ。今時、政治家を潰すような取材は流行らないだろう」

「流行り廃《すた》りでやるものじゃないんだ、取材は。新聞には、どんな時代でも変わらない役目がある」

「父さんの考え方はもう古いんだよ。今は、新聞はどうやって生き残っていくかという段階に来ているんだ。記事の内容をどうこう言っているような余裕はない」

「馬鹿言うな」高樹は吐き捨てた。「新聞は記事の中身で勝負するんだ」

「父さん、もうそんな時代じゃないんだ。今、経費と人員の削減がどれだけ厳しく言われているか、知らないわけじゃないだろう。そっちの方がはるかに大問題なんだ」

「この件は、社長案件でもある」

「社長……」和希が一瞬絶句する。「滅茶苦茶だぞ。経営者だったら、今の新聞が何をやるべきか、当然分かっているはずだ。新聞業界全体が、サバイバルの時期にきているんだ。そんな時にこんな危ないネタを追いかけて、もしも失敗したらどうする？　いや……仮に書けたとしても、それで田岡家に影響があると思うか？　日本人はもう謝らないし、責任も取らなくなった」

「そういう傾向を広めたのは、まさに政治家だ。だから、奴らを叩き潰せば、日本人の倫理観も取り戻せる」

「それは、新聞が口を挟むことじゃない」

「口は挟まない。記事によって、そういう影響が出るように期待するだけだ」

「話にならない。健介を潰す気なのか？」

「健介は潰れない。俺が一から仕込んだんだ。自分のことは自分で守れる」

「……とにかく、俺は警告したからな」

「お前もこの辺で、もう一度腰を上げたらどうだ？　会津若松でも、政治家の不祥事は摑めるだろう」

「父さんは、現場の支局が今どれだけ大変か、知らないんだろう」和希が溜息をついた。

「この支局には、俺一人しかいないんだ。実質通信局だよ。それでありとあらゆる事案をカバーしないといけない。父さんは、そういう取材の経験がないから分からないだろうけど」

この指摘は痛い。和希の言う通り、地方記者は基本的に「何でも屋」だ。事件から地方政治、地元の企業、話題ものまで何でも取材する。一人勤務の通信局になれば、まさに何でもかんでも一人でこなさなければならない。そして高樹にはそういう経験がなかった。

「健介だって、記者を続けていくなら、まずは地方支局で基礎をしっかり覚えないといけないんだ。こんなことに貴重な時間を使って……あいつは潰れるぞ」

「いや、健介は強い」

「父さんは、読み違えている。どんなに強く見えても、あいつはまだ二十三歳なんだ。圧倒的に経験が足りない」

「だったらお前は、この取材は辞めるべきだと言うのか」

「これは取材じゃない。父さんは戦争をしかけてるだけなんだ。そんなのは、新聞記者がやるべきことじゃない」

　和希は言うだけ言って、一方的に電話を切ってしまった。分かったようなことを……高樹は舌打ちして、暗くなったスマートフォンの画面を見詰めた。その時、廊下でガタンと音が響く。慌てて飛び出すと、隆子が倒れていた。傍には松葉杖。

「おいおい、無理するなよ」助け起こしながら高樹は諌《いさ》めた。

「すごい声がしたから」隆子が心配そうに言った。

「そうか？」

「和希でしょう？　どうして喧嘩してるの」

「喧嘩なんかしてないさ」高樹は否定したが、今のは喧嘩だったと認めざるを得ない。

「そんなことより、怪我してないか」

「大丈夫……です」

「お互い無理はしないようにしないと」

「そうですよ。あなたも、いつまでも現役のつもりでいたら……そろそろ静かに暮らしませんか？」

　聞いていたのか──身内にも味方がいない。自分のことを分かってくれるのは、もはや健介だけなのか？

隆子が寝ついた午後十一時半、高樹は書庫に入った。小さなデスクが置いてあり、本を読んだりパソコンで作業をしたりできるようにしてある。ノートパソコンを起動し、健介から届いたメールを確認した。

またも音声ファイルだった。最近は、こういう形で証拠が出てくることも多くなった……田岡稔本人から新潟県議への、金の受け渡し場面。健介がきちんとテープ起こしをしてくれていたが、自分でも聞いてみた。先日、田岡が運転手を怒鳴り上げている場面の音声ファイルを聞いていたが、その時とはまったく雰囲気が違う。前回の音声ファイルでは、田岡は完全にキレて、途中から何を言っているか分からなくなったぐらいだった。しかもその怒りが一時間も延々と続く。大したエネルギーだ、と逆に感心してしまった。そして今回の音声ファイルを聞くと、本当に同一人物かと首を傾げざるを得ない。低い声で、完全にへりくだっている。確かに相手は県政界の大物だが、現職代議士の態度とは思えない。

そう考えると、政治家も大変だと思う。

高樹は記者生活のほとんどを社会部で過ごしたが故に、政治家を日常的に取材する機会はほとんどなかった。選挙などで話を聞くことはあったが、そういう時の政治家の顔は、あくまで「表向き」のものだろう。何枚も皮を剝《は》いだ後にどんな素顔があるのか、知る由もない。いずれにせよ、表と裏、あるいはいくつもの顔を使い分けねばならないだろうということは容易に想像がつく。

日付が変わる直前、高樹は健介に電話をかけた。

「ジイちゃん、どうしたんだ？」健介がひどく慌てた様子で電話に出た。

「今、音声ファイルを聞いたところだ。いい証拠だな」

「ああ……ちょっと待って」

ごそごそと何かを擦るような音がした。こんな時間にまだ仕事中か？　高樹は椅子の背に体重を預けて背中を伸ばしながら、健介が戻ってくるのを待った。

「悪い」この気さくな喋り方が、高樹には嬉しい。孫に友だち扱いされるのは、この歳になるとありがたいものだ。

「大丈夫か？」

「うん、まあ……」

「仕事中だったら、かけ直すぞ」この時間でも、誰かの帰りを張り込んで待っていることもある。

「いや、大丈夫。それで、どう思った？」健介の口調がいきなり変わった。

「かなり具体的に喋ってるな。渡した金は――百万、か」メールの本文にそう書いてあった。

「それはまだ、確証はないんだ。勘っていうかな……本人は中身を見たわけじゃない――」

「おいおい、聞こえないぞ」健介の声は消え入るようで、誰かに気を遣っている様子だった。

「いや、今はちょっとでかい声で話せないんだ」

「誰かいるのか？」

「いや……まあ、そうだね」健介が渋々認めた。「でも、大丈夫。音声ファイル、使えると思う？」

「いい証拠になる。それにこの状況だと、まだ喋る人間が出てくるんじゃないか」

「たぶんね。数珠《じゅず》繋ぎで紹介してもらえそうだ。とにかく、あの事務所の中はかなりぐちゃぐちゃなんだ。不満が爆発しそうになっている。辞めた人間に話を聞いていけば、まだまだ材料が出てくるんじゃないかな」

「その線は絶対に切るなよ」高樹は忠告した。「ただし、百パーセント信じたら駄目だ。辞めて恨みを持っている人間は、話を大袈裟に膨らませがちだからな。相手を貶めるためなら平気で嘘もつく」

「あるいは、辞めたふりをしてうちを狙ってくるかもしれない」

「ああ」指摘され、高樹は胃に軽い痛みを感じた。「為にする情報、ということもある。とにかく、生のままで記事にするようなことはするな。できるだけ慎重にやれ」

「分かってるよ。書くタイミングは？」

「選挙直前では駄目だ。公示までである程度間隔が空いていないと、選挙妨害と言われる」

「実際、選挙妨害じゃないか」健介が声を上げて笑う。

「新聞は選挙妨害はしない」高樹はぴしゃりと言った。「妨害」は、三波陣営に任せてしまおう。

「ああ、そうだな。じゃあ――」

「ところでお前、今どこにいるんだ？」ふいに興味が湧いて聞いてみた。

「いや、それは……」

「女か？」

「いいじゃない、別に」

「女遊びは過ぎると駄目だぞ」

「いつの時代の話だよ」健介が笑った。「だいたい、遊びじゃないし」

「何だ、本気でつき合っている娘《こ》がいるのか」

「そんなの、分からないよ」

高樹は首を捻った。健介は率直なタイプで、ガールフレンドができると家にも連れてきていた。高校時代から大学まで、三人ぐらいいただろうか？ 隠し事をしないのは、健介のいいところだ。しかし今は、どんな女性とつき合っているのだろう。新潟で見つけたのか？ あるいは大学時代のガールフレンド――顔は覚えているのに名前が出てこない――を新潟に呼んでいるのか？

「まあ、その気になったら紹介しろ。結婚は早い方がいいぞ」

「いや、そんなんじゃないから」

「本気なら――」

「ジイちゃん、今日は少ししつこいぜ」

「最近、楽しみが少ないもんでな」高樹は小さく笑った。「それより、今日バアさんが退院してきた」

「そうなんだ――知らせてくれればよかったのに」

「退院したばかりは、どうしても疲れるんだよ。もう寝てる。明日にでも電話してやってくれ」

「分かった。具合はどうなの？」

「リハビリ次第だな。大変そうだけど、お前の声を聞けば元気が出るだろう」

「分かった。明日、電話するよ」

電話を切り、ゆっくりと目を擦る。今の健介の会話は、どことなく不自然ではなかったか？　もしかしたら、女とベッドに潜りこんでいるところに電話してしまったのかもしれない。慌ててベッドから抜け出して、別室に駆けこんで会話を続ける――それだったら、悪いことをした。

まあ、お盛んなのは悪いことではない。高樹家は結婚が早いから、あいつがいつ結婚しても特に反対する理由はない。そうやって家をつないでいく――それが一番大事なことなのだ。

男爵家の出だった父親は、それだけはしつこく繰り返し言っていた。日本にはもう爵位はないが、家の「格」は間違いなく残っている。高樹家をしっかり残すのは、この家に生まれたものの定めだ。

健介は、早くも次の代へつないでくれるのだろうか。

4

「そろそろ帰る」健介は、スマートフォンをワイシャツのポケットに入れた。

「ああ……日付、変わっちゃったね」愛海が壁の時計を見た。

「お茶、ごちそうさま」健介は何となくカップを動かした。洗い物ぐらいはするべきなのか？　それも逆に図々しい気がするが。

「さっきの電話、大丈夫だったの？」

「ジイさんだった」喉に何かが詰まるような感覚がある。この話は、愛海には知られたくない。「バアさんが、膝の手術で入院しててさ。今日退院したから、知らせてくれたんだ」

「こんな遅くに？」

愛海が疑いの視線を向けてくる。彼女は鋭いからな……確かに、そんな話なら昼間のうちにすればいい。慌てて部屋を出て、外廊下でこそこそ話していたのだから、疑われて当然だ。

「お祖父さんって、どんな人？」

「あー、そうだな……一口で説明できない」素直には話せない。彼女は全部知っているかもしれないが、自分の口から言うわけにはいかなかった。

「東日の副社長までやられた方よね？」

「その話、やめないか？」健介は少し乱暴に吐き捨てた。

「いいけど……」愛海が、未練を感じさせる口調で言った。

「とにかく、帰るよ。長居して申し訳なかった」

際どい一夜だった。

愛海は週明けにＰＣＲ検査を受け、「陰性」の判定を受けていた。一時的に熱が上がったのは過労か風邪だろう、という医師の診断が出て、仕事にも復帰している。そして今日、食事しようと誘ってきたのは彼女だった。やはり「借り」があると感じていたようで、一刻も早く返したいと思っていたようだった。

こっちは別に「貸した」意識はないのだが。

二人とも仕事が遅くなり、県庁近くのファミレスで顔を合わせたのは午後八時過ぎだった。閉店まで時間がなく、そそくさと食事を終えた瞬間、愛海の方から「まだ話すこと、あるよね」と切り出してきたのだった。

健介は、高鳴る胸の内を気づかれないように、「そうだな」とわざと軽い調子で言った。しかし今は、遅くまで開いている店がないから、場所を変えるにしても難儀する――しかし愛海は、「よければうちで」と遠慮がちに誘ってきた。

「いや、それはまずいだろう」

「変なこと考えないで」愛海が頰を膨らませる。

「考えてないけど、あまりお勧めのシチュエーションじゃないよ」

「じゃあ、その辺の公園で缶コーヒーでも飲みながら話す？　高校生みたいに？」

「今時は、高校生でもそんなことしないんじゃないかな」

押し問答は十分ほども続いただろうか。結局、押し切られる格好で、彼女の家に出向くことになってしまった。変なこと考えるんじゃないぞ、と自分に言い聞かせるほどに、変なことが頭に浮かぶ。フォレスターのハンドルを握りながらやけに緊張して、何度も深呼吸してしまった。

結局、「変なこと」は起きなかった。二人でお茶を飲み、だらだらと仕事の話、他社の記者の噂話に興じる。しかしふと気づくと、彼女を凝視している。閉まっているドアの向こうにはベッドがあるんだろうな……雑談の内容に集中できないほど妄想が高まってきたところで、祖父から電話がかかってきたのだった。これは、むしろありがたいと考えるべきだろう。頭から冷水をぶっかけられたようなものだ。

彼女に対する自分の思いが整理しきれていないし、彼女が何を考えているかも分からない。今夜誘ってくれたのも、どういうつもりなのか……とにかく、こういう時はあまり早急に話を進めてはいけないと思う。だいたい自分は、男女関係についてはいつも焦り過ぎで、それで失敗したことが何度もあった。そもそも愛海は、自分と一緒にいていい女性ではないのだし。

「じゃあ」健介は立ち上がった。愛海も立ち上がり、玄関まで送ってくる。外へ出たものの、何となくドアが閉めにくい。「もしかしたら、今夜――」

「そういうつもりじゃないから」愛海が硬い口調で言った。「あくまでお礼」

「そうだよな」健介もうなずいたが、自分でも分かるほど表情が硬くなってしまっていた。

「一つ、聞いていい？」愛海が遠慮がちに切り出す。

「どうぞ」

「何で先週、あんなに……面倒を見てくれたの？」

「そりゃあ、心配だったからだよ。君、体弱そうだし」

「そんなこともないけどね。体のサイズと頑丈さは関係ないでしょう」

「分かった、分かった。俺の勝手だよ。勝手に心配して、勝手に面倒見てた」

「うん」愛海が一瞬うつむく。すぐに顔を上げると「でも、ありがとう」と言った。素直な言い方に戸惑う。やはり彼女の本音が読めない。

「私、一人暮らしは初めてなのよ」

「俺もだよ」

「夜中にふっと目が覚めて、怖くなること、ない？」

「──ある」健介は認めた。彼女の感覚は痛いほど分かる。

「昼間は何でもないのよ。コロナは心配だけど、いつも周りに人がいて賑やかだし、仕事も忙しい。仕事で知り合った人も優しくて、新潟っていいところだと思う」

「それは間違いないな」健介はうなずいた。「こんなに暮らしやすくて便利な街だとは思わなかった。雪が降り始めたら、また違うかもしれないけど」

「うん……そういうことを考えると、ちょっと押し潰されそうになる時がある」愛海がうなずく。「一人でこの街で暮らしていくのって、冬はきついよ。でも数ヶ月後には確実にそうなるでしょう？　考えただけで、何だか落ちこんじゃって」

「案外、繊細なんだな」

健介はからかったが、愛海が真面目な表情を浮かべているので、すぐに「ごめん」と謝った。

「いいけど……自分がこんなに弱い人間だとは思わなかった。今回病気になった時には、本当にきつかったわ。体がきついというより、余計なことばかり考えて、一人で落ちこんで。だから、あなたが来てくれた時、本当に安心した」

「顔も見てなかったけどな」抗原検査キットを持って来た時は、ドアの隙間から受け渡しをしたのだ。あの時は不安に突き動かされ、いても立ってもいられずここへ駆けつけた。話した後も不安は消えなかった。立ってドアのところまで来られたのだから、最悪の事態でないのは分かっていたが、容態が急変するのが新型コロナの恐ろしさである。そのままドアの外で夜明かしした方がいいのでは、と考えたほどである。何か異変があれば、すぐに自分が救急車を呼べる。家を離れる時には、来た時よりも不安が大きくなっていたぐらいだった。

「それはいいの。高樹君の存在は感じていたから。でも本当に、どうしてあそこまでしてくれたの？」

「だから、心配だから。心配性なんだ」

「違うでしょう？　本当に心配性だったら、私と関わろうとしないはずよ」

愛海が一歩踏みこんできたので、健介は身構えた。ここから先はまずい。引くなら、まだ理性が感情をコントロールできている今しかない――。

健介はドアを閉めようとして手を伸ばしかけた。しかし愛海がしっかり押さえているので、それはできない。ドアを思い切り閉めて、彼女の手を挟んでしまったら……もしかしたら自分は、保護者意識のようなものを持っているのか？　身長差が三十センチ以上あるので、どうしても子どもを見るような目線になってしまう。だから心配になって放っておけなかった？　そう言えば、理屈は通っている。彼女も納得するかもしれない。納得した後で怒るのでは？

「とにかく――ごめん。こんな時間に部屋に来るべきじゃなかった。考えが浅かったよ」

「誘ったの、私だけど」

「それはそうだけど、断るべきだったと思う。別に、つき合ってるわけじゃないし」

「祖父が、あなたのこと、言ってた」

いきなり打ち明けられ、健介は心臓を鷲摑みにされたようなショックを受けた。

「それは……どういう……」自分でも驚くほど情けない声が出てしまう。

「私、監視されてるんだと思う。祖父は……あなたは分かってるでしょう？」

「ああ」そこでまた、理性が前面に出てきた。彼女の祖父、田岡総司は、自分が叩きのめすべき人間である。そのために、自分は東日新聞に入社し、新潟に来た。ジイさんと父親の恨みを晴らし、新聞の復権を狙うのは、自分に課せられた使命である。

「祖父は、私を後継にしようと思ってる」

「選挙に出るのか？」

「何十年か後には……もしかしたら、誰か政治家一家の人間と結婚させて、旦那を選挙に出すつもりかもしれないけど」

「そんなの、駄目だ」

健介は、自分でも驚くほど大きな声を出してしまった。愛海がびくりと身を震わせる。今のは……本音が漏れたが、何とか理性的な説明で彼女を納得させようとする。

「政治家の世襲は批判も多いんだぜ。そんな中で、わざわざ……あれこれ言われることは分かってるだろう？　それなのに跡を継ぐ？　無謀だよ」

「だから、何十年も先の話だって」愛海が苦笑いする。

「でも、君は政治の道を歩む」その道が正しければ……しかし田岡家の血を政治に残すことが正しいとは思えない。金と権力を、自分たちの地位の維持だけに使う、そういう体質は、簡単に修正されるものではあるまい。彼女が断ち切ってくれればいいのだが、彼女自身、その悪の中に落ちてしまう可能性もある。今はどういう風に考えているか分からないが、自分の父親や祖父が何をしてきたか、まったく知らないということはないだろう。

「あなたと会っていたこと——『五島グリル』で食事をしていたことも、祖父は知っていた。警告を受けたわ」

「俺と会うなって？」思わず唾を呑む。喉が細くなってしまったように、難儀した。

「適当に誤魔化しておいたけどね」そう言う愛海の表情は暗い。ドアを押さえる手が、かすかに震えているようだった。

「勝手なことを……」健介は吐き捨てたが、田岡の家が愛海を心配するのは当然だ。今のところ、愛海がたった一人の後継者である。しかも女性——悪い虫がつかないようにと心配するのは当たり前だろう。

そして俺は悪い虫——最悪の悪い虫だ。

「ごめん、今日言おうと思ってたんだけど、言えなかった」

「ああ」自分の声がかすれるのを健介は意識した。「だから——」

「もう会わない方がいいかもしれない」

「だったら、家に呼ばなければよかったんだ」健介は指摘した。

「ごめん」愛海が頭を下げて繰り返す。「どうしても……静かに話せる場所で、きちんと話したかった。でも、なかなか言い出せなくて」

「そうか」

「本当に、ごめん。もしもその気にさせちゃったら——」

「君はその気になってないのか？」

愛海は無言だった。何か言えば——本音を漏らせば、ここで二人の関係が非常に危険なものになると分かっているのだろう。

「俺も……事情は分かってる。君の家と俺の家の間には因縁がある。それも、五十年も続く因縁だ。これじゃ、上手くいくわけがないよな。傷が深くならないうちに——まだ何も起きてないけど、今までのことはなかったことにすべきかもしれない」

「あなたは、それが正しいと思う？」

「理性的には」

「感情では？」

答えられない。健介は黙って頭を下げ、階段の方へ向かった。逃げている——それは自分でも分かっているが、今この場所で結論を出したくはなかった。もう少し考える時間が欲しい。

階段のところまで来て、ドアの鍵がかかる音が聞こえなかったと気づいた。そもそも、ドアが閉まった気配もない。

ゆっくりと振り返る。

愛海は廊下に出て、ドアを押さえていた。健介はゆっくりと踵《きびす》を返して、彼女の部屋に戻った。

愛海が自分から飛びこんできたのか、自分が愛海を抱き寄せたのか——分からなかった。

分かっているのは、自分たちは破滅に向かって一歩を踏み出したということだ。

5

「何をやってるんだ、あいつは」

田岡はスマートフォンを握り潰しそうになった。電話の向こうでは、桜木が黙りこんでいる。これほど怒りを買うとは思っていなかったのだろう。

「いや、先生、あまりお怒りにならずに」桜木がようやく言葉を発した。「余計なことをしました。誠に申し訳ありません。年寄りのお節介でして……」

「分かってる。そもそも頼んだのは俺だ」

愛海の行動がどうしても気になり、きちんと監視するように桜木に頼みこんでおいたのだ。桜木は新潟事務所の若い連中を使って本格的に監視していたようで、昨夜、高樹の孫が愛海の部屋に泊まった、という情報を耳打ちしてきたのである。

「それで？　今はどうしてる？」

「向こうは朝六時ぐらいに出て来たそうです。その後は分かりません。愛海さんは、普通に出勤したようです」

「クソ野郎が……どういうつもりなんだ？」

愛海をたぶらかして、こちらに入りこもうとしている？　内部情報を狙っているに違いない。しかしそれだったら無駄——愛海は、自分や稔が実際に何をしているかは知らないのだ。ただし、知ることはできるだろう。愛海には、新潟事務所への出入りはフリーパスで許している。他の人間には見られないように——記者としての公平性が疑われるからだ——注意するようには言っているが、たまには顔を出しているようだ。となると、事務所の人間から、何らかの機密情報が漏れていてもおかしくはない。

——とにかく、危険因子は少しでも早く取り除いておかねばならない。

「何か手はないか」田岡はつい、桜木にきつく迫った。

「それは……私どもが何か言っても、愛海さんは聞かないでしょう」

「違う、向こうだ。高樹の孫を説得できる方法はないのか？　何とか上手く別れさせて——少しぐらい強引な手を使ってもいい」

「いや、先生、それは危険です」桜木が反論した。「いかに若い人間とはいえ、相手は東日の記者ですよ？　脅しをかけたりしたら、どんな反撃をしてくるか、分からない。しかもあの高樹健介という記者は、『週刊ジャパン』ともつながりがあるようです」

「確かにそうだな」田岡は舌打ちをした。高樹の孫については、ある程度キャリアを摑んでいる。『週刊ジャパン』ではバイトしていただけだが、人間関係がつながっていてもおかしくはない。

「学生の頃のバイト自体が、『週刊ジャパン』と関係を作るためだったのかもしれませんね」

『週刊ジャパン』は、今最も勢いのある週刊誌だ。他誌がだらしないだけかもしれないが、政界疑惑から芸能人の不倫騒動まで、毎週のようにスクープを飛ばして独走している。今、政治家にとっては目の上のたんこぶのような存在だ。もちろん最近は、『週刊ジャパン』の直撃を受けたぐらいで辞めるような弱い政治家はいないが……高樹健介という若造が、『週刊ジャパン』と東日をつなぐハブになっていたらどうする？　週刊誌と新聞がタッグを組んで攻めてきたら、これまでとはまったく違う対処法が必要になるだろう。

「それにしても、やはり早めに潰しておかないといけない」

「何かお考えが？」

「それは、これから考える」

新聞記者を騙すのは簡単だ。目の前に「特ダネ」という餌をぶら下げ、そこに嘘を紛れこませれば、誤報を誘発することができる。二十五年前にはそれで上手くいった。しかし高樹も、あの罠を忘れてはいまい。同じような手で迫っても、また成功するかどうか。かといって、暴力的な手法で健介を排除することもできない。

面と向かって「孫には手を出すな」と警告する？　意外とそれがいい手かもしれない。所詮若造だから、自分が出ていけば怯えて引いてしまうだろう。田岡は、自ら手を下すとも厭《いと》わない気持ちでいた。誰よりも大事な孫娘を、自分で守らなくてどうする？

「どうしたの、パパ」尚子が心配そうな表情で近づいて来た。「朝から、そんな大声出して」

「いや」田岡は首を横に振り、ダイニングテーブルについた。朝食後のコーヒーにまだ手をつけていなかった……少し冷めたのをがぶりと飲むと、気が静まる。「何というか、面倒なことになった」

「愛海のこと？」

「ああ」田岡は事情を説明した。話しているうちにまた怒りが募ってきたが、何とか自分を落ち着かせる。セルフコントロールは政治家の基本だ。

「それは困ったわね」尚子が頰を押さえながら、田岡の向かいに座る。

「一晩だけの関係なら、俺も細かいことは言わん。しかしどうも、そういう感じでもないようだ」

「よく監視できたわね」

「桜木が、優秀な人材を使ってくれたんだ……あれだけ警告したのに、愛海は人の言うことをまったく聞かない」

「私が言った方がいいかしら」

「いや、それも効果はないだろう。そもそも君は、愛海に甘い」

「愛海には、これまでの因縁についてはちゃんと話したのよね？」

「もちろんだ。高樹の孫については、特に警戒するように忠告しておいた」

「もう一度、きちんと説明した方がいいんじゃない？」

「愛海は理性的な娘だ。事情をきちんと理解すれば……いや、そう上手くいくかな」

「心配なの？」

「あいつは頑固だ。政治家としてはそれが大事な素養なんだが、政治以外で頑固になられたら困る」

「そうね」尚子がうなずく。「理屈っぽいし、議論になったらあなたでも勝てないかもしれないわね」

「これは、論理的な話じゃないんだけどな」むしろ感情の問題だ。だからこそややこしい……愛海は子どもの頃から感情を爆発させるようなことはなかったが、この問題ではどうなるかが想像もつかない。

「ここは、稔にきちんと話をさせるべきじゃない？　あるいは明日花《あすか》さんに。親がきちんと説明するのが筋よ。あなたも、いつまでも自分で前に出ない方がいいでしょう」

「俺は家長だぞ」

「それは分かるけど、いい加減、もう稔に譲り渡してもいいでしょう」

「あいつはまだまだ頼りない」田岡は首を横に振った。

「でも、任せないと、人は育たないわよ」

「それは分かっている」しかし、任せても育たない人間はいるもので、稔がまさにそういうタイプだ。とはいえ、あまり意地を張っても仕方がない。「いや……そうだな。あいつにきちんと話をさせよう。今、新潟にいるのか？」

「今は東京だと思うわ。今週末には新潟に行くと思うけど」

「だったら、その時がいいだろう。あいつも、娘一人説得できないようじゃ、本当に政治家として大成しないぞ」コーヒーカップを持って立ち上がる。込み入った話になるから、稔とは書斎で話そう。

「パパ」

尚子に呼び止められ、田岡は足を止めた。「座って」と言われて、つい従ってしまう。昔も今も、自分を完全にコントロールできるのは尚子だけだ。

「ここは冷静に、ね」

「俺は冷静だ」

「そうは見えないけど……でも、熱くなったら、愛海は説得できないわよ。あくまで冷静に、筋を通して話さないと」

「分かってる」

「深呼吸」

言われるまま、大きく息を吸って吐いてを繰り返す。しかしすぐに、笑ってしまった。

「開票日を思い出すな」

「そうね」尚子も笑う。

田岡は当選九回を重ねたが、選挙では毎回苦労した。投票日でもまだ勝利に確信が持てず、開票結果を待つ事務所では、毎回胃が痛んだ。その度に、尚子は「深呼吸」と言ってくれたのだが……これを聞くのは何年ぶりだろう。

「とにかく、稔と話してみる」

「電話で?」

「いや……直接会おう」思い直して言った。

「だったら約束を取らないと」

「陳情に行くわけじゃないぞ」田岡は再び立ち上がった。「――予定は確認しておいてくれないか」

「はいはい」

田岡は寝室に行き、すぐに着替えた。今日は気温がさほど上がらないようなので、きちんとネクタイを締め、夏物のスーツを着こむ。準備が整ったところで、尚子が入って来た。

「十時から空いてるそうよ。三十分後に車がくるわ」

「うちも、車と運転手を残しておけばよかったな。動きにくくてかなわん」

代議士を引退した後も、田岡は事務所を維持している。政治活動から完全に引退したわけではないから、サポートしてもらうスタッフも必要なのだ。しかし車と運転手は手放してしまった。普段はそれで不便を感じることはないし、ハイヤーやタクシーでの移動にも抵抗はないのだが……息子の事務所から車を回してもらうのは、何だか情けない。やはり自分は半引退の身なのだと実感する。

それでも今日は、強気に出なければ。万が一愛海に何かあれば、田岡家の命運は大きく揺らいでしまう。

「何ですか、いきなり」

議員会館で会った稔は、不安そうだった。昔から少し鈍いところがあり、いきなり予想していないことが起きると、固まってしまうこともしばしばだった。

「愛海のことだ」田岡はすぐに切り出した。「最近、会ったか？」

「いや」

「電話では？　話してもいないのか？」

「何かと忙しいんだ。選挙も近いもので」

「毎週新潟へ行くんだから、顔を合わせる時間ぐらい取れるだろう」

「今回の選挙が厳しいのは、父さんもご存じでしょう」

「厳しい状況になっているのは、そもそもお前本人にも原因があるんだぞ」

稔がむっとして黙りこんだ。こういうのもよくない。政治家は、感情の揺れを感じさせてはいけないのだ。場合によっては、人に強く訴えるために感情を露にしなければならない時もあるが、それはあくまで「故意」にやってこそ意味がある。通常は、相手に本音を読ませないように、淡々としているべきなのだ。それなのに稔には、今でも子どものようなところがある。失敗を責められると、すぐにいじけてしまうのだ。もう五十近いのに、実に情けない。どこで育て方を間違えたのかと溜息をつくこともしばしばだった。

「――とにかく、愛海と話せ」

「何があったんだ？」

「男がいるらしい」

「男……」

稔が眉をひそめる。それは一瞬で、すぐに表情を緩めたが、内心動揺しているのは田岡にはすぐに分かった。稔が脚を組み、ソファに背中を預ける。

「別に、男ぐらいいてもおかしくないでしょう。あいつももう、二十三歳なんだから」

「相手は高樹の孫だ。高樹健介。今、東日の新潟支局にいる」

「高樹？」稔が急に前屈みになった。「そんな馬鹿な」

「要注意人物が新潟にいる、という話はしただろう。どうしてきちんとケアしておかなかったんだ」

「それは……二十四時間監視はできない」

「そもそも、NBSに入れたのが間違いだったかもしれん」

田岡は顎を撫でた。孫の就職は、完全に田岡案件である。田岡は全国紙、それにネット局については、ある程度影響を及ぼせるように工作を展開してきた。ただし、全国に多数ある地方紙やローカル局全てを掌握することは難しい。地元の新潟だけは、何とか自分の影響力を残してきたが……愛海をNBSに押しこんだのも、地元メディア対策である。そこで顔を売り、コネを作れば、愛海の政治活動にも有利になる。その背景には、自分、そして稔の「失敗」があった。自分も稔も、大学を出て少しだけ外の世界を経験してから、秘書として政治活動を始めた。早くにスタートしたせいで、政治の世界には精通することができたが、ある種の世間知らずになってしまったのは間違いない。実際に政治の世界に入る前に、世の中を見ておいて損はないだろう。そしてそれが、政治の世界に近接する業界ならば、なおいい——という判断だったが、果たしてこれが正しかったかどうか。高樹の孫が新聞記者になり、新潟に赴任するというのは想定外だったのだ。急いで情報を収集し、愛海にも警告していたのだが……。

「愛海はまだ、働き始めたばかりだ」

「そうです。半年も経っていませんよ」稔が指摘する。

「面倒なことになる前に別れさせろ」

「いや、しかし——」

「娘ぐらいコントロールできなくてどうする」田岡は迫った。「それができなければ、NBSを辞めさせて、東京へ戻す。お前の事務所で面倒を見ろ」

「父さん、心配し過ぎじゃないのか？」

「高樹を舐めるんじゃない」田岡は押さえつけるように言った。「あいつは執念深い。五十年前からの因縁をまだ忘れていないはずだ。孫をわざわざ東日に入れて、新潟支局に送りこんだのも、復讐のためだろう」

「まさか」稔が鼻で笑った。「そんなに長い間、執念を持ち続けられる人間はいない」

「俺が知る限り、あいつよりしつこい人間はいない。長年かけて、復讐の機会を狙っていたんだよ——お前、何か後ろめたいところはないか？」

「まさか」

稔が即座に言ったが、目を合わせようとしない。何かあるな、と田岡は確信した。稔には、政治家として絶対必要な能力がやはり欠けているのだ——平然と嘘をつく図々しさ。そしてそれを、さりげなく後で訂正できる能力。

「そうか。それならいい」追及すれば喋りそうだが、今は追いこむつもりはなかった。今は別の話をする時なのだ。

「一体何を疑っているんだ？　俺は毎日必死に選挙のために動いてるだけだよ」

「それは分かっている。しかし、愛海のことはきちんとしろ」

「何か起きるとは思えない」

「高樹の家と関係ができる？　冗談じゃない！」田岡は思わず声を張り上げてしまった。

「それだけは駄目だ。そもそも高樹の孫は、愛海から何か情報を引っ張り出すために近づいてきたんじゃないか」

「まさか……」

「何がまさか、だ！」話しているうちに、田岡はまた激昂してしまった。最近怒りっぽくなっているのは自覚しているし、抑え切れないこともある。「高樹なら、それぐらいのことはやる」

「しかし俺は、その高樹の孫がどういう人間なのかも知らない」

「地元の記者だぞ？　顔ぐらい合わせないのか」

「その男は、県政担当じゃない」

「そうか……」そこで田岡は少しだけ冷静になった。「一年目だから警察回りか」

「だろうね」

「しかし、危険人物であることに変わりはない。十分注意しておく必要がある」

「今更高樹に何かできるとは思えませんがね」稔が馬鹿にしたように言った。「高樹治郎は東日の顧問だけど、実際に権力を持っているわけではない。息子の和希は会津若松支局長で、毎日土の上を這いずり回るような生活をしている。孫の健介はまだ駆け出しで何もできないはずだ」

「健介は、『週刊ジャパン』とつながっている可能性がある」

田岡が指摘すると、稔が黙りこんだ。しかしほどなく、「それで何かできるとは思えないな」とやんわりと反論する。

「いや、用心するに越したことはない。だいたいお前は、楽天的過ぎるんだ。選挙の方はどうだ？　今回はかなり難局だろう」

「三波女史は強敵だ」稔があっさり認めた。

「しかし負けるわけにはいかんのだ。あの女は、民自党にとっては裏切り者のようなものだからな」

民自党と連立政権を組んでいた日本みらいの会は、政党としては消滅した。しかし仮にもそこに所属していた議員が、野党第一党の政友党に鞍替えして出馬というのは、あまりにも節操がない。連立の経緯から、民自党に頭を下げて公認を狙うのが正しいやり方だったはずだ。民自党公認候補としてなら、良い戦力になったのに。

「しかし、彼女の個人人気は馬鹿にできない」

「それだけ、地元に根ざした活動をしてきた証拠だろう」お前にはそれができているか、と田岡は内心問いかけた。「しかし、そこまでまずい状況なのか？」

「民自党に対する風当たりが強いからね。政友党の支持が伸びているわけではないけど、新潟では事情は別だ」

「他人ごとのように言うな」田岡はぴしりと忠告した。「コロナ対策の失敗は、民自党全体で負うべきだ。お前もその一員なんだぞ」

「俺にできることなんかなかった」強張《こわば》った口調で稔が反論する。

「当事者意識の欠如が、今の民自党の問題だ」田岡は指摘した。「戦前と同じような状況になっている」

「まさか」

「過去の失敗に学べ。何故日本が戦争に突入したのか、何故負けたのか、そこを学ばないと、同じことが繰り返される――日本特有の無責任体制だ。誰が意思決定したか分からず、失敗しても誰も責任を取らない。こんなことでは、今度は戦争ではなくコロナに負けるぞ」

稔が黙りこむ。本当に、コロナ対策の失敗は自分の責任ではないと思っているのだろう。しかし政権与党にいて、まったく責任がないとは言い切れない。

「新潟は東京ほどひどくないが、コロナ禍に喘《あえ》いでいるんだ。選挙では、必ずコロナ対策について聞かれる。そこできちんと説明して、場合によっては謝罪、そして今後の見通しを喋れないと、票が逃げていくぞ」

稔は何も言わない。こんなことぐらいは、稔本人も十分理解しているのだろう。それをわざわざ人から指摘されるのが嫌なだけ……こういうところが、まったく成熟していない部分なのだ。

「三波は、かなり活発に動いているわけだな」

「ああ」

「要注意だ。三波に票を食われると、お前の当選が危なくなる」

「比例区が……」

「党が、お前の順位を上の方に持ってくると思うか？ それに、今回の選挙では、民自党そのものに対する票が間違いなく減る。不利な状況に変わりはないんだ。そもそも小選挙区で票が取れないと――」

「父さん、マイナスの話ばかりしないでくれ」稔が懇願する。

「少し大袈裟に思えるぐらい危機感を持て、ということだ。お前が落選したら、次の選挙では愛海を担ぎ出すことになるぞ」

稔の顔面が蒼白になった。背筋が曲がり、急に年老いてしまったように見える。それはそうだろう……当選一回だけで引退を強いられ、まだ若い娘に議席を渡すようなことになったら、稔の人生はまったく意味がなかったことになってしまう。

しかし、そういう線もあり得ないわけではない。田岡は愛海を買っている。稔にはない頭の切れ、度胸、決断力――全てが政治家向けである。愛海が議席を獲得すれば、田岡家の将来は安心だろう。ただし愛海には、まだ決定的に経験が足りない。政治の経験も、人生の経験も。だから、高樹健介のような若造に引っかかってしまうのだ。

「とにかく、愛海ときちんと話をしろ。深入りしないうちに手を引かせるんだ」

「そんなに問題になるとは思えない」

「そういうところがお前の問題だ」田岡は息子に人差し指を突きつけて厳しく指摘した。「お前は、常に楽観的に考えようとする。それは構わないが、実際は単に厳しい状況から逃げているだけだろう。この件をきちんとやらないと、お前の選挙にも力を貸せない。娘をコントロールできないようでは、選挙ではとても勝てないからな。何とかしろ。そして愛海を守れ」

言い捨てて、田岡は稔の部屋を出た。若いスタッフが慌てて追いかけて来る、「先生、お車は」と言ってくれたが、断った。一人になって、少し冷静に考えたい。

議員会館の中を歩いていると、知り合いによく出くわす。今回も何人もに挨拶をしているうちに、完全に冷静になっていた。稔は、上手く愛海を説得できないかもしれない。ここはやはり、自分がもう一度出ていって、孫と直接話すべきではないのか？　あるいはそれこそ、高樹の孫を脅すとか。

いや、それは危ない。今は、自分が政治の世界に足を踏み入れた五十年前とは違うのだ。

記者は誰でも、常に録音できる用意をしている。下手なことを言って、それが記録として残ってしまったら、田岡家は一気にピンチに陥る。

それだけは避けたい。稔の出方を見守りながら、何か上手い作戦を考えよう。なに、何とかなる。これまでも様々なトラブルに対面しては、きちんと乗り越えてきたのだ。今回も絶対に上手くいく——しかし一抹の不安は消えないのだった。今回は、自分の家族、しかも田岡家の将来を託す孫に絡んだ一件である。家のために、個人的な感情を押し潰すことを覚えてもらわねば。

残酷かもしれない。しかし、政治というのは基本的に残酷なものなのだ。

第四章　渦に呑まれる

1

はっと目が覚め、健介は急いでスマートフォンを取り上げた。いや、これは愛海のだ……改めて自分のスマートフォンの画面を確認する。午前六時。まずい。今日は早朝から人と会う約束がある。

できるだけ静かにベッドから抜け出したつもりだったが、愛海がもぞもぞと体を動かし、ゆっくり目を開けると「何時?」と訊ねた。

「六時」

「早くない?」愛海が目を擦った。

「朝から約束があったんだ」

「昨夜、そんなこと言ってなかったじゃない」

「そりゃあ、ライバル社に秘密は教えないよ」健介はわざとおどけた調子で言った。「起こしちゃってごめん。寝てて」

「これからだと……眠れないわよ」

「寝る子は育つ」

「それはもう無理」愛海がくすくすと笑った。「中学一年で伸びが止まったのよ。今さら……」

「とにかく、もう出ないと。顔だけ洗わせてくれ」

「ずいぶん早い時間の取材なのね。今日、何かあった？」

「いや、そういうわけじゃない。決まりものでね」健介は軽い嘘をついた。

「ふうん」

明らかに疑っている様子の愛海をベッドに残したまま、健介は洗面台を使った。彼女のタオル……顔を埋めれば、彼女の匂いが気持ちを癒してくれるかもしれない。しかしそれも何だか申し訳なく、健介は顔を叩くようにして水滴を拭い、くしゃくしゃになった自分のハンカチで顔を拭いた。

急いで着替え、荷物をまとめる。何か忘れ物は……なし。まだ彼女の部屋に、自分の荷物を置いておく気にはなれない。その辺はケジメをつけたかった。

結局愛海は、ベッドから抜け出して来た。

「何か食べていかなくていい？」半分閉じた目を擦りながら、愛海が言った。

「そんな時間もないんだよ。本当は、五時半に起きないといけなかったんだ」

「だったら、スマホで目覚まし、かけておけばよかったのに」

「起こしたら悪いからさ。気合いで起きるつもりだった」

「これがあなたの気合いの限界？」

「まあね」

「あの」愛海がおずおずと手を差し出した。「合鍵。持っていく？」

胸を撃ち抜かれたような気分になった。この部屋へ入るのはまだ三回目。しかし十日で三回だから、そこそこハイペースと言っていい。とはいえ、合鍵を持つほどの関係になったかどうか……受け取りたい気持ちはあったが、敢えて遠慮した。

「やめておく。何だか図々しい感じ、しないか？」

「でも、お互いに忙しいし。外で会うよりは家で会う方が確実じゃない？　家なら誰かに見られる心配もないし」

「だったら俺も、後で合鍵を持ってくるよ。それで交換しよう」健介は譲歩した。これでまた深く一歩を踏み出したと意識する。

「いいわよ」愛海が大きな笑みを浮かべた。しかしすぐに、溜息を漏らす。「何だか……私も軽いというか弱いというか、こんな風になるとは思ってもいなかった」

「俺も同じだ」健介はうなずいた。「でも……悪くないだろう？」

「悪くない」愛海が微笑む。自然な、いい感じの笑みだった。それこそ、気を許した人にだけ見せるような、緩んだ表情。「今夜、連絡して」

「もちろん」

こうやって互いの家に入り浸っているうちに、ずぶずぶと深入りしてしまうのだろうか。深入りしたい、と思った。しかし深入りすれば、絶対に地獄がやってくる。自分はそれに耐えられるだろうか。

この朝約束していた相手は、田岡事務所を辞めた人間――この立場の人に会うのは三人目だ――峰岸《みねぎし》だった。この男は、原田や大田原のように短期間勤めて辞めたわけではなく、先代の頃から長く仕えてきたベテランである。しかし結局、田岡を見限って辞めた――というのが原田の説明だった。こういう人間なら、裏の事情も相当詳しく知っているはずだと期待したが、峰岸はいきなりハードルを上げてきた。電話で話してアポを取った時、面会に指定された時間は午前七時。「何かと忙しいものでね」という言い分だったが、それは怪しい。自分の本気度を試すための「午前七時」ではないかと健介は疑っていた。早朝、家まで来られるかと挑発された気分になる。

指定された面会場所は、ＪＲ内野駅近くにある自宅だった。愛海の家からだと、新潟市の東から西へと横断するような格好になるので、かなり時間がかかる。朝のラジオを聴きながら、アクセルを踏みこみ過ぎないように注意する。気づくとついニヤニヤして、何だか足に力が入ってしまうのだった。

その都度気持ちを引き締める。今はいい。今この瞬間は……しかし愛海とつき合っていると、遅かれ早かれトラブルに巻きこまれるだろう。その件について、愛海とはまだきちんと話し合っていないが、いつまでも無視しているわけにはいかないだろう。いずれ、正面から向き合う必要がある。それを考えるだけで気が重かった。

指定された住所は完全な住宅街だった。新潟大学の最寄駅の一つでもあるのだが、まだ朝六時台とあって、学生の姿は見当たらない。サラリーマンが動き出すのももう少し先だろう。

まず自宅の場所を確認する。坂の途中にある古い大きな二階建て。外から見ている限り、人の気配は感じられなかった。かなり早く着いてしまったので、近くにあるコンビニエンスストアに入り、駐車場に停めた車の中で、サンドウィッチと缶コーヒーで忙しなく朝食を済ませる。それから歯磨き代わりにガムを二粒、口に突っこんだ。ハンドルに両手を預けながら、愛海に電話しようか、と考える。先ほど別れたばかりなのだが、そろそろ起き出す時間だろうし、モーニングコールということで……いやいや、今は峰岸にきちんと取材するのが先決だ。女に現《うつつ》を抜かして――というわけではないが、やはり仕事用の気合いでいかないと。

車を出して、峰岸の家から歩いて五分ほど離れた路上に駐車する。峰岸は「朝六時からウォーキングをしている」と言っていた。朝に一時間、夕方も犬の散歩を兼ねて一時間、毎日欠かさない日課なのだという。朝のルーティーンが終わって帰って来たところで話そう、というのが彼の説明だった。

六時五十分、自宅前に到着。家に人の気配はなく、近所を行き交う人の姿もない。遠くで救急車のサイレンが聞こえてきてつい耳をそばだてたが、これは気にしてはいけない……消防車のサイレンだったら、すぐに市の消防局に確認の電話を入れるようにしているのだが。

最低気温が二十度を切るようになってきて、半袖のワイシャツ一枚では涼しい。夏物のスーツでいられるのも、あと一ヶ月ぐらいだろう。冬物を用意して、新潟の寒さにも耐えられるコートを買って……と、やることは山積みだ。冬と言えば、雪の中の運転も心配である。

　気づくと七時になっていた。

　まだ峰岸が姿を現す気配はないが、ウォーキングは毎日必ず同じ時間に出て戻って来るものでもあるまい。今日は晴れて歩きやすそうな気温だし、調子に乗って普段よりも距離を稼いで……というのもおかしくはない。

　パトカーのサイレンが遠くで鳴り始めた。そう言えば先ほどは救急車が走っていった――交通事故だろう、と健介は判断した。とはいえ、念のために確認しておかないと。玄関がぎりぎり見えるぐらいの場所まで家から離れ、スマートフォンを取り出して西署へ電話をかける。まだ当直の時間帯なので、当直主任を呼び出してもらった。刑事一課長の高西《たかにし》が電話に出る。

「東日の高樹です。先ほど、救急車の次にパトカーが走っていきましたけど……西署の近くですよね？」そう話している間にも、別のパトカーのサイレンが聞こえてくる。「交通事故ですか？」

「ああ、いや――」高西の言葉は曖昧だった。「事故じゃない……と思う」

「事件ですか？」

「それは今確認中なんだ」

これはまずい。高西課長は五十歳ぐらいのおっとりしたタイプで、取り乱すところを見たことがない。しかし今は明らかに戸惑っていた。

「事件なんですか？」健介は再度訊ねた。何かでかい事件だったら、誰かに現場に出てもらわなければならない。

「まだはっきりしないんだ。署員が現場で確認中なんだが、俺もこれから行くんだよ」

「どこですか？　俺も行きます」健介はさらに突っこんだ。

「いや、まだ現場は混乱しているから。取材は勘弁してくれないか」

「それはないでしょう。現場の取材は自由だ──今、西署の近くにいるんですよ」

「こんな時間に？」

「いろいろあるんです……せっかくたまたま近くにいたんだから、教えて下さいよ」健介は粘った。

「しょうがねえな。あんたも事件の神様に好かれてるよ。新大前《しんだいまえ》駅の近くだ。西大通り、越後線の線路の近く──分かるか？」

「ええ。ありがとうございます」頭の中で地図を広げる。ここからだと車で十分もかからないだろう。

電話を切ったものの、すぐには動けない。七時十分。峰岸はただ遅れているだけかもしれない。もう少し待たないと……しかし苛立ちが募ってくる。新しいガムを口に放りこみ、きついミントの刺激で頭がはっきりすると、さらに落ち着かなくなってきた。

普段は、三十分ぐらいなら平気で待つ。三十分待って相手が来なければ初めて携帯に電話するぐらいのつもりで、ゆったり構えている。しかし今日は、どうしても気持ちが急《せ》いた。もう一度スマートフォンを手にし、登録しておいた峰岸の携帯の番号を呼び出す。呼び出し音——五回鳴っても出ないので、出られない状況だろうと考えて切ろうとしたが、その瞬間、相手が反応した。

「峰岸さんですか？」

「そちら、どなたですか」甲高い声——明らかに峰岸のそれではない。

「約束していた者なんですが」名乗るとまずい気がして、健介は曖昧に言った。峰岸がこちらの名前を登録していればバレてしまうだろうが。

「ええと……峰岸さんは今、電話に出られません」相手の声には戸惑いが感じられる。

「どちら様ですか？」健介は下手《したて》に出た。

「そちらは——」

相手がまた聞いてきたので、健介は質問に被せて質問をぶつけた。

「峰岸さんに何かあったんですか？　交通事故か何か？」

「すみませんが、それは申し上げられません」

「もしかしたら、警察の方ですか？」

向こうが黙って電話を切ってしまう。健介はすぐに駆け出した。どう考えても、峰岸に何かあったのだ。その現場は、新潟大学近く——少し離れたところに停めた自分の車までが、はるか遠くに感じられる。

現場はすぐに分かった。新潟大学前駅から、西大通りを南へ——越後線の線路をくぐったところで、路肩に停まっている数台のパトカーに気づく。救急車は見当たらない。既に怪我人を乗せて去ったのかもしれない。

パトカーの列を通り過ぎる。西大通りに面したマンションの駐車場が現場のようだ。歩道と駐車場の境に規制線が張られ、数人の制服警官が警戒している。しかしこれは大変だ。マンションからは、会社や学校へ行く人たちが出て来る時間である。駐車場で鑑識活動を行っていたら、マンションの住人は身動きが取れなくなる。

西大通りは渋滞していた。パトカーが何台も停まっていれば、何事かと警戒してスピードを落とし、確認したくなるのが人の本能だろう。取り敢えずどこかに車を停めないと……健介は坂井交差点を通過し、道路の左側にある二十四時間営業の薬局の駐車場にフォレスターを乗り入れた。勝手に停めたのが見つかったら問題になりそうだが、その際は事情を話してとにかく謝ろう。

カメラやパソコンが入った重いバッグを手に、現場へ向かってダッシュした。とはいえ、緩い上り坂になっていて、運動不足が続いている身には厳しい……途中、バッグの中から「東日」の社名が入った腕章を取り出して腕にはめる。

息を切らして現場にたどり着いたが、取材できそうな相手がいない。制服警官の一人が顔見知り——西署で見たことがある——だったので声をかけたが、「副署長に聞いて下さい」とにべもない。

「副署長はまだ出勤してないでしょう」

「だから、出てきたらお願いします」

あまりにも素っ気ないと思ったが、ここで怒っても仕方がない。そもそもこの制服警官の仕事は、現場を封鎖して保存することであり、必要以上の情報は知らないはずだ。極端な縦割りの警察の世界では、隣のデスクに座る人間が何をやっているか分からないこともある。

「現場、荒らさないでくれよ」

声をかけられて振り向くと、刑事一課長の高西がこちらへ向かって来るところだった。

「何もしてません。今来たばかりですよ」

「朝からご苦労さん」

淡々とした口調で言って、高西が規制線に近づく。高樹は本能的に彼の後を追い、すぐに横に並んだ。

「一点だけ、いいですか」

「何だ」高西が立ち止まり、首を捻って健介を見た。

「誰かが襲われたんですか？　交通事故じゃないですよね」マンションの駐車場で事故が起きる可能性もゼロとは言えないが。

「違うようだな。まだ詳細は分かっていないけど」

「被害者は、峰岸さんという人じゃないですか」

高西が、こちらに向き直る。表情は真剣――健介を疑っているようにも見えた。

「知り合いなのか？」

「会ったことはありません」

「じゃあ、何で名前を知ってる？」

ここはどう反応すべきだろう。峰岸は取材相手。取材先の名前を他人に明かさないのは、新聞記者の基本の基本である。迷っていると、高西がすっと距離を詰めてきた。普段見ない制服姿——当直主任は制服を着る決まりだ——のせいか、威圧感を覚える。

「取材相手か？」

なおも迷ったが、健介は小さな嘘をつくことにした——いや、嘘ではない。微妙に論点をずらした説明だ。

「今朝、会うことになっていたんです」

「こんな早くに？」

「向こうの指定だったので……毎朝六時からウォーキングをやっていて、その後なら会ってもいいと言われました」

「今日初めて会う予定だった？」

「そうです。でも、約束の時間になっても帰って来なくて、ちょうどパトカーのサイレンが聞こえたので……」

「あんた、耳がいいね。それで？　峰岸さんというのは何者なんだ？」

「被害者が峰岸さんだということは確定しているんですか？」

「免許証の記載ではそうなってる。まず間違いないだろうな。それより、被害者は何者なんだ？」高西の顔は、完全に刑事のそれになっていた。

「それはちょっと——取材相手なので、言えません」

「いずれ分かる話だぜ。ちょっと捜査に協力してくれよ」

「取材相手のことは明かさないのがルールなので」

「おいおい、被害者なんだぜ」

しばらく押し問答が続いたが、話はまったく前に進まない。高西は、近くを通りかかった中年の刑事を呼び止めた。

「ちょっと東日さんから事情を聴いてくれ。被害者と知り合いらしい」

中年の刑事は、眉を釣り上げた。疑っている――冗談じゃない。しかしここは、どんな風に話すか、判断が難しいところだ。

「じゃあ、ちょっと署の方へ」中年の刑事が淡々とした口調で言った。

「俺を容疑者扱いするんですか？」

「まさか」高西が真顔で言った。「警察が集まっている場所へわざわざ戻って来るマル被がいるかよ。とにかく、捜査は急を要するんだ。協力してくれ。別に、取って食おうってわけじゃないから」

これは逆らえそうにない。黙ってこの場を立ち去ってもよかったが、そうしたら後で厄介なことになりそうだ。

「分かりました。車を近くに停めてあるので、自分で運転していきます」

「署まで乗せていきますよ」

中年の刑事が言ったが、健介は首を横に振って断った。

「この先の薬局の駐車場に無断で停めているんです」

結局、警察側が折れた。それでほっと一息ついて、健介は車を停めた薬局へ向かって歩き出すと同時に、スマートフォンを取り出した。支局に電話をかけると、泊まり勤務だった県政キャップの直江美花が電話に出る。

「ちょっと厄介なことになりました」

「どうしたの、こんな朝っぱらから」

「今朝、取材で会う予定になっていた人が、襲われたんです。警察が俺から事情を聴きたがっている」

「相手は？」

「田岡事務所にいた峰岸さん」同僚にはやはり事情を話さざるを得ない。

「峰岸さんなら知ってるけど、襲われたの？」

「ええ。まだ詳細は分かりませんけど」

「どういうこと？　だいたい、こんな朝早くから何の取材？」

「田岡の件です。峰岸さん、事務所を辞めたでしょう？　長く勤めた人だし、何か事情を知っていると思って、アポを取ったんです」

健介は事情を話しながら車に乗りこんだ。できるだけ詳しく話しておきたいと思ったが、いつまでもこの場にいて警察に顔を出さないと怪しまれるだろう。仕方なく、ハンズフリーにして話し出した。ここから西署までは、車で十分ぐらいかかるから、それまでに何とかしよう。

「分かった」事情を話し終えると、美花が即座にアドバイスした。「警察には、取材する予定だった、とは言ったのね？」

「ええ」

「内容は？」

「まだ話してません」

「だったら、選挙情勢について話を聞く予定だった、と言っておいて」

「選挙情勢って……」健介は困惑した。

「金を配った話だって、選挙絡みのことでしょう？　その件を聞こうとしたんだから、選挙の取材。それは間違いないでしょう」

「ちょっと強弁過ぎませんか」

「大丈夫よ。でも、詳しい内容は一切言わないように。選挙全般に関する取材だったということで押し通して。それなら嘘にはならないから。そして、警察からできるだけ情報を搾り取って」

「何が分かるか……まだ発生から時間が経っていませんよ」

「警察なんて、現場を見た瞬間に、何が起きたか分かるものよ。だから、騙されないように気をつけて。星川君とデスク、支局長には私の方から連絡を入れておくから、事情聴取が終わったらすぐに連絡して」

「――分かりました」

「一つだけ、確認させて」

「何ですか？」

「あなたが襲ったんじゃないわよね？」

「冗談にしても笑えませんよ」

むっとして健介は電話を切ったが、今のは大人気なかったな、と反省した。新聞記者なら、まず疑ってかかるのは当たり前だろう。

署に着くと、玄関先で先ほどの中年の刑事が待っていた。よく見ると目が真っ赤で、ひどく疲れている。昨夜の当直は忙しかったのだろうか。こういう時はこちらが有利だ。集中力が切れている人間を相手にするなら楽勝である。

「申し訳ないですね、忙しいところ」刑事が下手に出る。

「いえ——でも、この件は取材中ですから、手短かにお願いできると助かります」

「まあ、それはそちらが話してくれれば……すぐに終わりますよ」

おっと、そう来たか。この感じだと厳しく突っこんできて、しかも粘りそうだ。もっとも、刑事というのはだいたいそういう人種なのだが。

刑事一課と二課が入る部屋の隣にある、小さな会議室に誘導された。取調室ではなかったので一安心する。ここは二ヶ所に窓があって明るい雰囲気だし、冷房もきちんと効いている。どちらかと言うと快適な環境と言ってよかった。しかも、応援の刑事も入ってきていない。二人一組でかかってくると、いかにも本格的な取り調べという感じになるのだが。今日はあくまで参考人に対する事情聴取ということだろう。

健介は、学生時代に遭遇した交通事故を思い出した。交差点で、まさに自分の目の前で四台の車が多重衝突事故を起こし、歩いていた小学生の女の子が巻きこまれて死亡したのだ。現場に来た警察官に、「現場を見た」と自ら進んで手を挙げ、署で事情聴取を受けたのだが、あの時も相手は一人だった。事情聴取しながらパソコンで調書を作成していったのだが、聴き方がお粗末で、かつキーボードを打つのがあまりにも遅かったので苛々させられたものだ。

今回も、荒木《あらき》と名乗った刑事は、ノートパソコンを用意してきていた。

「東日の記者さんですね……名前と住所を確認させてもらえますか」

決まり切った手続きから入る。これは隠す意味もないから、素直に話した。

「そう言えば、ここでお会いしたことはありませんね」健介は指摘した。

「あまりこっちに来ないいんじゃないですか？　西署は、記者さんたちには人気がないですからね」

「そんなこともないですけど」

苦笑してしまったが、それは事実である。市内の警察署で圧倒的に忙しいのは、中央署と新潟署である。今はどの社も警察回りの人数が減らされているから、この二つの署を回るだけで手一杯になってしまうのだ。新潟西署管内は、事件事故は少ない。学生運動華やかなりし頃は、新大の過激派監視で大忙しだったと聞くが、そんなのは五十年も前の話である。

「それで……被害者の名前は？」

「それは、現場で確認できてるんじゃないですか？　そもそも、俺が取材する予定の相手だったかどうかも確認できません」

「これは？」

荒木が自分のスマートフォンを見せた。免許証の写真——確かに「峰岸勝《まさる》」の名前はあるが、健介は会ったことがないので、写真を見せられても何とも言えない。

「そうか、傍証しかないわけですね」荒木が納得したように言った。

「一度も会ってないですから」

「取材相手で、そんなことあるのかね？」荒木が首を捻った。

「電話で話しただけですよ。それで約束して、今朝会う予定になっていた」

「もしかしたら、さっき峰岸さんの携帯に電話してきたの、あなたですか」

「ええ……」そう言われれば、電話で聞いた少し甲高い声は荒木のそれに思えてくる。

「じゃあ、間違いないんじゃないかな。記者さんが取材する相手というと、それなりに有名な人とか？」

「田岡代議士の新潟事務所で、長年スタッフをやってた人ですよ」

「あら」荒木が少し焦った声を出した。「そいつはちょっとまずいな」

「別に、政治家のスタッフは有名人とは言えませんよ。それに、もう事務所は辞めています」健介は指摘した。

「しかし、普通のサラリーマンってわけじゃない」

「勤め人をやっているような年齢なんですか？」

「あなた、そんなことも知らないの？」

「だから、今日初めて会う予定だったんです。個人データはほとんど持ってないんですよ」

「免許証によると五十九歳だな……それで、何の取材ですか」

「選挙関係です」

「選挙って、この秋の衆院選？」

「今は、選挙と言えばそれですよ」

「事務所は辞めた人なんですよね？　現役でもない人に取材？」

そういうことはよく覚えているわけだ、と健介は少し警戒した。泊まり明けで疲れて集中力がなくなっていると思っていたのに、意外にしっかりしている。これは要注意だ、と気を引き締めた。

「先代から仕えているベテランの人で、いろいろ事情を知っているらしいんです」

「らしい？」

「会っていないんだから、本当にそうかどうかは分かりませんよ。そういう情報を聞いただけで」健介が肩をすくめる。アメリカ留学時代についてしまった癖で、今でも時々出てしまう。

「選挙の何を取材しようとしてたんですか？」

「全般的な情勢です。正直言って、今日何かいい情報が出てくるとか、すぐに記事になるとかは思っていませんでした。顔繋ぎみたいなものです。ベテランのスタッフは、引退しても選挙の情勢に詳しいですし、現職でなくなったから喋れることもあるんですよ」

「そういう事情は何となく分かりますよ」パソコンの画面に視線を落とし、キーボードを叩きながら荒木が言った。「私も刑事二課の人間ですからね。そういう話はよく聞きます」

「だったらお分かりでしょう？」これなら話が早いと、健介は身を乗り出した。「会ってもすぐに記事になるわけじゃない。まずは顔繋ぎからなんです」

「まあ、そうだろうねえ」荒木が顔を上げた。「だけど、何でこんな早い時間に？　取材だったら昼間でいいじゃない」

「向こうの指定だったんですよ」朝六時からウォーキングをしているから、それが終わった後で家の前で会おう──荒木は、この説明にも納得した。

「分かりました。ウォーキングをしていたのも間違いないようですね。確かにそういう格好だった」

「どんな感じですか？」

「Tシャツに短パン。ウェストポーチ。Tシャツが、ぴたぴたのきつそうなやつでね」

「ああ、そういうの、運動するにはいいんですよ」健介もアメフトをやっていた頃、コンプレッションの効いたトレーニングウェアを常用していた。体を締めつけることで筋肉がサポートされたし、疲労の抜けも早いと言われていたのである。

「じゃあ、本格的なウォーキングだったのかね。何が本格的か分からないが」

少し軽口が出てくるぐらい緩い雰囲気だ。これならあまり追及されまい、と健介は警戒レベルを一段階引き下げた。

「それで、何が起きたんですか」逆に取材を試みる。

「歩いている途中で、いきなり殴りかかられたようだね。詳しいことは分からないけど……今、病院にうちの刑事が行って確認している」

「じゃあ、無事なんですか？」

「意識はあったという話だけど」

「犯人は？」

「それはまだ分からない。緊配はしてるけど、情報は入ってないな」

「通報したのは誰なんですか？」

「あそこのマンションの住人だ。今、うちの刑事が詳しく話を聴いてる」

「通り魔みたいなものですかね」

「どうかねえ。こんな朝早くから通り魔っていうのはあまり聞かない。ああいうのはだいたい夜だろう」

「そうでもないですよ。東京では時間に関係なく、通り魔事件は起きます」

「ここは新潟だぜ」荒木がむっとした表情を浮かべる。「東京と一緒にされても困る」

まるで東京を魔都のように言う……その感覚は分からないでもないが。

その後も、事情聴取はあくまで事務的な感じで進み、健介が追及されることはなかった。こちらの証言を疑っている様子はない。

「しばらく、峰岸さんの取材は無理でしょうね」

「怪我の具合はまだ分からないけどね」パソコンの画面を睨みながら荒木が言った。「ま、取り敢えずご苦労さんでした」

「もういいですか？」

「あなたが犯行を自供すれば別だけど」

「今日のところはやめておきます。取材に入りたいので」

荒木がニヤリと笑った。冗談も通じたわけか――緊張していた自分が馬鹿らしくなる。

一応解放されてほっとしたが、本番はこれから……現場の取材もしなければならないし、夕刊用の記事を書かねばならない。そう考えると、先ほどとは別の緊張感に襲われた。田岡事務所を辞めた人間が襲われた。これは何かの警告――あるいは彼を黙らせねばならない人間がいるということか？

例えば田岡稔とか。

2

参ったな……家を出る準備をしている時にスマートフォンが鳴り、愛海は傷害事件の一報を伝えられた。被害者の名前を聞いて、一気に鼓動が高鳴る。峰岸勝。父の――祖父の新潟事務所に長く勤めた人で、愛海も顔見知りである。その峰岸が襲われた？

ハンズフリーの電話で早出の先輩記者と話しながら、現場へ急ぐ。自宅からは相当遠い――新潟市を東から西へ横断するようなルートになるし、朝のラッシュに引っかかって所々で車が停まってしまう。焦ってはいけないと思いつつ、どうしても気が急いた。

峰岸の怪我の具合は、まだ確認できていないという。愛海は、取り敢えず現場を取材するようにと指示を受けた。カメラマンは出動済み。

気持ちがざわついていると、取材が雑になる。カメラマンの長崎《ながさき》のリードで、現場で話を聞く感じになってしまった。マンションの住人の話が取れたから、それでよしとしよう。

「男の人の悲鳴が一瞬聞こえて、怖かったけど窓から外を見てみたら、人が倒れていた。中年の男性のようだった。すぐに一一九番通報したけど、男性は全然動かないで死んでいるように見えた」

中年の女性の証言は詳細だった。全部を使うことはできないかもしれないが、それでも臨場感は伝わるだろう。

現場を歩き回っている時に、何故か健介を見かけた。今朝は誰かと会う約束があったのではないか……あるいは、急遽現場に呼び出されたのかもしれない。東日も、警察回りは二人しかいないから、何か起きればすぐに現場に投入されるのは当然だろう。

昼の全国ニュースで短く扱うかもしれない、と指示が入ってきて、愛海はすぐに新潟西署へ向かった。各社の記者に交じって副署長から話を聞き、何とか事件の概要を把握する。これで、第一報の記事は書けるだろう。本番は夕方のローカルニュースになる。捜査の進展をチェックして、場合によっては昼ニュースから全面差し替えだ。

健介は署にいなかった。今は、その存在は頭から追い出しておく。とにかく、この事件に集中しないと……急いでNBSに戻り、編集部で原稿を書き上げる。映像の編集にも立ち合い、一段落したのは午前十一時。これなら昼のニュースには余裕で間に合う。記事に入れられるかどうかは分からないが、父の新潟事務所にも話を聞いておくことにした。何か、警察も摑んでいない情報が入っているかもしれない。

編集部の自席で取材のノートを整理してから、信濃川を一望できる休憩室に行き、自動販売機でペットボトルのお茶を買って一口飲んでから電話をかける。

「愛海です」

「ああ、愛海さん」電話に出たのは、ベテランの女性スタッフ、浜口陽子《はまぐちようこ》だった。

「陽子さん？　峰岸さんのこと、聞きました？」

「今も警察の人が来てるわよ」陽子が声を潜める。「今井《いまい》さんから話を聞いてるわ」

今井は新潟事務所の所長である。長年祖父を支えた桜木の後を継いで、事務所を取り仕切っている。

「どういうことなんですか？　こっちも状況が分からないんです」

「それは、うちでも分からないわよ。峰岸さん、辞めた人だし……最近は、こっちにもまったく顔を出さないから」

「そうなんですね」辞めた人も、よく事務所を訪れては旧交を温める。ＯＢが会社に遊びに来て、後輩とお喋りしていくようなものだろう。政治家の事務所に勤めた人は、引退後も地元で様々な情報を収集しているので、事務所側としてもウエルカムなのだ。政治は、情報が生命線である。

「でも、びっくりしたわ。峰岸さんの家の辺りって、そんなに物騒なところじゃないわよね」

「静かな住宅地ですよね」確かに通り魔が出るような場所とは思えない。

「そうねえ。何があったのかしら」

「何か分かればご連絡します」

「お願いしますね。皆心配してるから……あ、それと、こちらからも電話しようと思ってたんですよ」

「何か用事でも？」

「稔先生が来てます」

「平日なのに？」普段、父は土日に現地入りしている。

「ええ。愛海さんにお話ししたいことがあるから、予定を確認しておくようにと言われてます」

「だったら、自分で電話してくればいいのに」代議士とはいえ、父は父、家族なのだから。

「事情は分かりませんけど、どうですか？　今日明日ぐらいの予定は」

「この事件の動きがなければ、今夜は空いてるけど……七時半ぐらいからなら」本当は捜査の進展を確認するために、夜回りに行かねばならないのだが。

「伝えておきます。こちらからまた電話しますね」

「ええ」

　編集部に戻り、昼のニュースを確認する。ここには十五人ほどの記者がいて、夕方のメーンのローカルニュースの時にはほぼ全員が戻って来るが、昼間は空席が目立つ。天井からは、各局を常に映しているテレビが十台ほどぶら下がっている。部屋の奥にはファクスや、SNSの情報を収集するサービスを常に表示している大型のモニター、コピー機があり、雑然とした雰囲気になっている。すぐ隣にニュース収録用のスタジオとサブコンがあって、臨時ニュースが入ると即座に、アナウンサーに原稿を渡せるようになっている。今は人が少ないせいかエアコンの効きが強く、夏になってから体が冷えて仕方がなかった。今はどこでも仕事はできるから、休憩室で立ったままパソコンに向かって原稿を書いてしまうこともある。

　ニュースはごく短いものだった。峰岸は頭を鈍器で一撃され、頭蓋骨骨折の重傷を負ったが、命に別状はない。一応、代議士の私設秘書を長年務めていたという事情があったから、全国ニュースになったのだろう。もっとも今日は、生ニュースが少ない日のようだが。

無事に放送が終わり、一息ついて休憩室に戻る。広い窓に沿って広がるカウンターについて、信濃川を眺めた。河口に近いこの辺りでは、川の流れはほとんど分からず、湖のようにも見える。この光景は悪くない——いかにも水の都という感じで、新潟の豊かな自然と歴史を感じさせた。

陽射しが強い一方、エアコンの温度設定も適切なので、ここにいると自然に眠くなってくる。実際、午後になると、カウンターに突っ伏して寝ている社員もいるのだった。

「お疲れ」軽やかな口調に振り向くと、同期入社のアナウンサー・野村玲奈が立っていた。同じ人間なのかな、と思うこともある。頭が小さくてスタイル抜群。こういう子は野心が強いから、そのうち首都圏のより大きな局——キー局ではないだろうが——に移っていくだろう。

「あ、お疲れ」愛海は軽い調子で応じた。

「朝から大変だったでしょう」玲奈が労《ねぎら》ってくれた。

「まあね」

「もしかしたら被害者、知り合いの人？」玲奈も、愛海の立場は知っている。たまに好奇の目で見られることもあった。代議士の娘が放送記者……もっとも愛海から見れば、玲奈の方がよほど特別な存在なのだが。アナウンサーの志望者は多く、しかし枠はごく狭い。

それ故アナウンサー志望者は、キー局だけでなく、全国の地方局を受験し続ける。その狭い枠を通り抜けた人間は、どこの局でもやはり特別な存在になるのだ。

「うん。そっちの伝手でも取材したけど、まだよく分からない」

「また怖い顔して……」玲奈がニコリと笑った。「ご飯でも食べない？　社食だけど」

「そうだね。食べておこうか」

二人で連れ立って、社屋の三階にある食堂に向かう。並んで歩いていると、どうしてもコンプレックスのようなものを感じてしまう。玲奈は自分より十センチ以上背が高く、ただ歩いているだけで様になるのだ。地元のおじいちゃんやおばあちゃんに「孫にしたい」と言われるタイプではないが、若い男性からの支持は圧倒的である。大学時代に、一時読者モデルをやっていたのもさもありなん、という感じだった。羨ましいとは思うが、愛海は女性としてちやほやされたいとは思わない。そもそも立場上、そんなことは無理だった。代議士の娘だと分かると、どうしても一歩引かれてしまうし。

社食はこぢんまりとしていて、この時間にはほぼ満員だった。二人とも今日の定食——揚げ物が中心でヘルシーさとは無縁だ——を頼み、窓際のテーブルに向かい合って座る。アクリル板の存在が鬱陶しいが、こういうのにもいつの間にか慣れた。最近は、換気が十分でない場所にアクリル板を置くと、空気の流れが淀んで、かえって感染の危険が高まる、と言われているようだが。

社食も悪くない。この値段でこの味——文句を言ったらバチが当たる。しかし基本的にメニューが少ないので、飽きてきたのは間違いない。ランチ用に弁当を作ろうかと本気で考えたこともあるが、いつ何があるか分からないので、諦めている。

「ランチぐらい、外で優雅に食べたいよね」玲奈が溜息を漏らす。「去年の今頃って、まだましじゃなかった？　結構、外で食べてたよね」

「そうねえ」一年前というと、新型コロナの第二波が収まりかけた頃だ。九月から十月にかけては感染者がぐっと減り、そこから年末年始にかけて第三波が襲ってきた……。「でも、この辺には、ランチを食べる場所もあまりないじゃない」

「確かにね」玲奈がうなずく。

NBSの本社は県庁の近くにあり、取材には便利なのだが、周囲には飲食店がほとんどない。この辺は、四十年近く前に県庁が移転してきてから整備が進んだ街で、全体に小綺麗で都会的なのだが、どういうわけか飲食店が少ない。県職員、県警本部職員を合わせて数千人が勤務しているのに、これはどう考えてもおかしい。これだけの人数を食べさせるために、飲食店が大挙して開店してもおかしくなかったのに。その分、県庁の食堂は充実しているのだが。

「あの、東日の県警《サツ》キャップの星川さん、知ってる？」

「うん」愛海は皿から顔を上げた。

「合コン誘われたんだけど、ヤバくない？」

「どういう意味で？」

「あらゆる意味で」玲奈がくすくすと笑った。「アウトだよね。こんなご時世に誘ってくる時点で、意識低過ぎだし……」

「そもそも玲奈を誘うのは図々しい？」結局星川は、健介ルートを頼らずに自分で声をかけてきたわけだ。

「そんなことないけど」玲奈が皮肉っぽい笑みを浮かべた。

「あの人じゃ、玲奈と釣り合わないでしょう」

「魅力的なのは給料だけかなあ」玲奈がずけずけと言った。

「東日も、今はそんなに給料はよくないみたいよ」

「へえ。愛海はその辺の事情にも詳しいんだ」

「業界研究、してるから」

「彼氏からの情報じゃなくて？」

「え？」

「とぼけないの。噂になってるわよ」

「ちょっと——」愛海は慌てた。

「高樹君？　いつの間にそんなことになったかなあ」玲奈が悪戯っぽく笑う。「彼、大きいからどこにいても目立つよね」

いったいどこで見られたのだろう。外で一緒に食事をしたのは二回だけ。コロナ禍で外出が難しくなっている今、一緒に外を歩いたこともないのに、どうしてバレてしまったのだろう？

「愛海って、ああいう大きい人が好みなの？」

「別にそういうわけじゃないけど」実際、身長が違い過ぎて戸惑うことも多い。

「それで？　いつからつき合ってるの？」

「だから、つき合ってるとかそういうわけじゃ……」

「違うの？」

「違うっていうか……」はっきり答えられない。玲奈は数少ない同期だが、本当に信用していいかどうかは分からなかった。噂大好きで軽いところがあるので、彼女に話したらあっという間に社内に話が広がってしまいそうで怖い。

「お茶しない？」玲奈が周囲を見回した。確かに話はしにくい状況……見るとすぐ後ろで社長も食事をしている。

「いいけど」玲奈は妙にしつこいところがあり、このまま解放してくれるとは思えなかった。適当に納得させるためには、差し障りのない範囲で話しておいた方がいいだろう。

二人は休憩室に戻った。愛海は先ほどまで飲んでいたペットボトルのお茶を、玲奈は紅茶を買って飲み始める。

「それで？　やっぱり取材先とかで一緒になってつき合うようになったわけ？」玲奈は追及の手を緩めない。

「そんなに一緒にならないわよ」朝は同じ現場にいたのだが、彼の方が気づいたかどうかは分からない。

「そうなんだ。じゃあ、どっちがアプローチしたわけ？」

「いや、それは……」考えると不思議だ。きっかけは、健介の車がパンクしたことである。あの時自分が声をかけたのは、別に特別な意図があったからではなく、単なる親切心……風邪を引いた時に健介が面倒を見てくれたのはどうだろう？　彼に言わせれば「心配だったから」。保護者然とした態度に納得できなかった部分もあるが、今は——素直にありがたかったと思っている。子どもの頃から何かと大事にされてきたのは間違いないものの、親の愛情とは違う愛情を感じたのは事実だ。あの気持ちはどう説明したらいいのだろう……

…玲奈に説明する気はないが。

「もしかしたら、まだつき合い始めたばかりとか？」

「だって、こっちへ来て半年も経ってないんだよ？」

「そうか、そうか。でもつき合いの長さは関係ないよね」

「まあ、そうかもしれないけど」

「でも、将来のこととか考えると大変じゃない？　愛海って、やっぱり選挙に出るんでしょう？」

「そんなの、何十年も先の話だよ」自分の状況については、社内の人間なら誰でも知っている。

「そうすると、どうなるのかな。代議士の夫……その人が新聞記者って、なかなか珍しい状況だと思うけど」

「玲奈ってさ、妄想好きだよね」

「そう？」玲奈が首を傾げる。同年代男子にいかにも受けそうな仕草……。「ちょっと考えれば、その辺が疑問になるのは普通じゃない」

「あのね、そもそも女性議員が少ないからそういうことが問題になるんじゃないの？　何十年も先には、国会議員も男女半々ぐらいになってないとおかしいわよ」

「そこまで考えてるんだ」

「いや、だから、そういう議論は今盛んでしょう」

この辺、玲奈と自分には決定的な差があると思う。玲奈の父親は商社の執行役員で、彼女自身も海外生活が長い。そしてこのルックス、女子アナというキャリア——彼女にとってはメリットしかない。一方自分は、令和の時代に「家」を背負っている。それを考えると時々押し潰されそうな感覚を抱くのだが、これは玲奈には絶対に理解してもらえないだろう。生まれた時から運命が決まっていた身。玲奈はこれからも自分の好きなように生きられる。彼女がどんな人生を望んでいるかは分からないが。

「とにかく、あまり大きな声で言わないでよ。玲奈はスピーカーだから、噂ばっかり広まっちゃうし」

「私、そんなに人の噂しないよ」

「それならいいけど」無自覚で噂を広めているとしたら最悪だ。

「でも、どういうところに惹かれたの？　ああいうワイルドなタイプが好みとか？」

「どうかな。今時流行らないわよね」

「でも、一定程度はニーズがあるかな」

「アメリカの同じ大学に留学してたのよ」

「そうなの？」玲奈が目を見開く。「その頃からの知り合い？」

「違う、違う」愛海は顔の前で手を振った。「大きい大学だったから。でも、そういう共通点があるって分かって……ほら、意外性？　そういうのって、結構響くじゃない」

「なるほどねえ。まあ、悪くないんじゃない？　東日の記者なら、よほどヘマしない限り、将来も安泰だろうしね」

そんなこともない。自分と健介の特殊な関係を考えれば、こんな関係を続けていけるかどうか、まったく分からないのだ。今はいい。しかし一年後、五年後の自分たちの姿がまったく想像できない。特にこの秋の総選挙は大きな壁だ。父は苦戦を伝えられており、もしも落選でもしたらどうなるか。次のチャレンジのために、自分をスタッフに迎え入れようと考えてもおかしくはない。そうなったら、健介とは絶対に一緒にいられない。

「愛海？」

「うん？」心配そうな声を聞いて顔を上げる。

「どうした？　顔色悪いけど」

「ああ、ごめん。いろいろ考えることがあって」

「愛海の方こそ、妄想癖があるんじゃない？」

「玲奈も、人のことはいいから、自分のこと考えなよ。星川さんの誘い、どうするの？」

「いやあ、ないわ」玲奈があっさり言った。「全然タイプじゃないし」

「確かにあの人、もっさりしてるわよね。玲奈とは合わないわ」しかも健介の説明によると、まったくやる気がないタイプなのだという。記者会見などで一緒になったことがないので分からないが、確かにやる気満々のタイプには見えない。新聞記者も、厳しく選別されていくのだろう。将来生き残るのは、やはり仕事ができてやる気に満ちた人だ。星川がそういうタイプとはどうしても思えない。

「まあ、今は断りやすい時期よね。このご時世に鑑み……っていえば、合コンは避けられるじゃない。だいたい、東京だと有名人が夜遊んでいるのがバレて叩かれたりしてるでしょう?」

「そうだよ。玲奈は新潟では有名人なんだから、気をつけないと。絶対断った方がいいよ。芸能マスコミが新潟を狙ってくるとは思わないけど、今はSNSが怖いし」

「もちろん、受けないわよ」玲奈が真剣な表情で言った。「とにかくあの人、タイプじゃないから。何だかしつこそうだし……それより今度、高樹君のこと、ゆっくり聞かせてよ」

「そんなに話すこともないけどね」こういう時、普通の人ならどうするのだろう。愛海は昔から、友人たちの恋愛話の相談に乗ることが少なくなかった。自分のことを意識的に語らないようにしてきたせいだとも思う。やはり自分の立場が気になってしまうのだ。代議士の娘、将来は跡を継ぐと期待されている人間が、軽い調子で自分の恋愛について語るのはまずいだろう。

スマートフォンが鳴った。急いで確認すると、父の事務所からだ。愛海は「ごめん、取材先から」と言って、玲奈から離れた。

「じゃ、また後で」仕事と聞いたせいか、玲奈の顔が急に引き締まった。玲奈はオンとオフの切り替えがはっきりしている。その辺はいかにもプロという感じだ。

電話は、予想した通り、父からの伝言だった。今夜午後七時半、自宅で。食事は用意しておく。

どうしてこのタイミングで父が会おうと言ってきたのだろう。嫌な予感しかしなかった。

傷害事件の捜査には進展がなく、愛海は編集部で夕方のローカルニュースを確認して一日の仕事を終えた。NBS本社から父の自宅・事務所までは車で二十分ほどだから、約束の時間には余裕で間に合う。

自宅に到着して、午後七時二十分。この時間でも隣にある事務所には灯りが点いていて、多くのスタッフが残業中だと分かる。選挙も近いから、これからしばらくは忙しい日々が続くだろう。

　事務所には顔を出さず、家に入る。父と浜口陽子がいた。しかし陽子は、食卓の用意を整えるとすぐに出て行ってしまう。寿司の出前を取ったようだ。

「取り敢えず、食べようか」

「ずいぶん豪勢なお寿司ね」食卓につきながら、愛海は言った。

「見た目はな……俺は新潟の寿司はそんなに好きじゃないんだ」父が嫌そうに言った。

「そう？」

「魚も美味い、米は当然最高、なのに何故か、そんなに美味くない。東京には絶対に敵わない。職人の腕の差だろうな」

「私は美味しいと思うけど」

「まあ……舌は人それぞれということかな」

　二人は会話少なく食事を始めた。考えてみれば、父と二人きりで夕飯を食べたことはあまりない。父は秘書時代から夜も会食で済ませることが多かった。食事といえば母と二人きり……そう考えると、何だか照れ臭い。同時に警戒もしてしまう。こんな風に呼び出したのは、何か重要な話があるからに違いない。

　忙しなく食事を終えると――父は食べるのが異常に速い――愛海はコーヒーの準備を始

めた。この家は、週のうち半分ほど使っていて、客を招くこともあるので、冷蔵庫の中身は常に補給されている。飲み物も一通り揃っていた。

話を先延ばしにするために、愛海はわざと丁寧にコーヒーを用意した。お湯を一滴一滴落とすように……父は焦る様子もなく、食後の煙草を吸っている。政治家は喫煙率が高いという話を聞いたことがあるが、それは本当かもしれない。父も五十歳近くになり、母はいい加減やめるようにとことあるごとに言っているのだが。

コーヒーを淹れ終わると同時に、愛海は覚悟を決めた。何の話か分からないが、とにかく受け止めよう——でもその前に、こちらから父に聞くことがある。

「峰岸さん、大丈夫なのかしら」

「命に別状はないようだ。まだうちの人間は会えていないが、奥さんは面会して、話もできたそうだ」

「よかった……」これで後は、犯人の捜索が今後の取材の中心になる。

「まあ、この件は心配しないでいい」

「どういうこと？」

「命に別状がないんだから、気にするな」

突き放すような父の言い方が気になった。辞めたとはいえ、祖父の代から長く事務所の主力として働いてくれた人である。その人が大怪我をした——しかも事件の被害者だ——というのに、やけに冷たい。

「それより、今日はお前の話なんだ」父が切り出した。

「私？」愛海は自分の鼻を指さした。

「お前、高樹家の孫とつき合ってるそうじゃないか」

父にもバレているのか……口元に持っていこうとしたコーヒーカップを下ろす。ここはどう反応するのが正解なのだろう？　とにかく慎重にいかないと。

「どうなんだ？」父が苦々しげな口調で聞いてきた。

「つき合ってるというほどでは……」

「つき合ってるかつき合ってないか、一かゼロ、どちらかだぞ」

「そんなに簡単に割り切れるものじゃないでしょう」

「だったらどういう関係か、お前はきちんと説明できるのか？」

「それは——」愛海は口をつぐんだ。

「お前には、高樹家との因縁を説明したよな？　五十年もの長い因縁がある。向こうはまだ、報復を諦めていないはずだ。高樹の孫が新潟にいるのも、その一環だろう」

「そんな話、向こうから聞いたことないわ」

「話すわけがないだろう。お前は騙されているんだ」

「何、それ」

「お前に接近して、うちの情報を探り出そうとしているに違いない。そういう作戦に引っかかるな」

「そんな話、一度も出てないわよ」

「タイミングを狙っているんだろう。だいたい、あの男が新潟にいるのがおかしいんだ。高樹家の三代目だぞ？　わざわざ新潟に——何らかの意図があって送りこまれてきたに違いないんだ」

「パパ、それは考え過ぎじゃない？　パパたちの世代はそういう風に考えるかもしれないけど、今時そんなの、あり得ないよ」

「どうしてそう断言できる？」

「パパは、何か具体的な話、知ってるの？」

「警戒しておいて損はないだろう。お前は、できるだけ慎重に振る舞うべきなんだ」

「私は慎重よ」

「だったら、高樹の孫とは別れろ——心配するな。お前の結婚相手には、申し分ない人間を用意するから」

「そういう言い方、どうかと思うけど」愛海は思わず反論した。

「どういう意味だ？」

「もう令和よ？　こんな時代に、家がどうの、後継がどうのなんておかしいでしょう」

「政治家の家は別だ。ゼロから始めても、まともな政治活動はできない。家があってこそ、きちんと政治に取り組めるんだぞ。お前は生まれついてのパワーエリートなんだ」

「よしてよ」話しているうちに段々むかついてきた。父は昔から、こういう風に自分の立場を鼻にかけることがある。愛海の感覚だと、たまたま政治家の家に生まれただけなのに……もしも全然関係ない家柄に生まれていたら、父は絶対に政治家などになっていなかったはずだと思う。そういう器ではない。

「しかし、お前の人生にはレールが敷かれている。政治の世界に入るのは、支援者――世間に対する義務でもあるんだ」

「私が政治家に向いているなんて、どうして分かるの？」

「第一に、その気の強いところだ」父が真顔で言った。「女性議員はまだまだ少数派だ。だからこそ、強気で押さないと、生き残っていけない」

「そうかもしれないけど、それと高樹君のことと、何の関係があるの？」

「高樹家は、お前を破滅させようとするかもしれないぞ――いや、間違いなく破滅させようとしている」

「エビデンスは？」この言葉は好きではないのだが、思わず言ってしまった。父が苦々しげな表情を浮かべる。「パパ、私に監視をつけてるでしょう？　明らかにプライバシーの侵害よ。私は一人前の社会人で、自分の生活もあるんだから」

「お前には、傷ついて欲しくないんだ」

「どうなったら傷がついたことになるわけ？」

「そんなこと、俺が言わなくても分かるだろう」

「全然分からない。こんなの、昭和の話よ」

「昭和だろうが令和だろうが、関係ないんだ。政治の世界には、脈々とつながる歴史がある」

「その歴史が、政治を駄目にしたんじゃないの？　私はむしろ、それを断ち切りたい。私が選挙に出るとしたら、過去のしがらみや旧弊を壊すことをモットーにするわ」

「愛海――」

「私の人生に口を出さないで」愛海は立ち上がり、隣の椅子に置いたバッグを取り上げた。

「愛海、相手が怪我しないうちにやめておけ」

「パパ、それは……」愛海の頭には、午前中取材した現場の様子が浮かんでいた。「何をしたの？」

「俺は何もしていない」

「パパ、自分の評判、聞いてないの？」愛海は座り直した。「事務所の人たちも困ってるのよ。焦る気持ちは分かるけど、もっと大らかに――」

「お前に何が分かる！」父が怒鳴り声を上げる。「自分の勝手で家に迷惑をかけて、それで済むと思ってるのか？」

「だからって、パパ、何をしたの？　やっていいことと悪いことが――」

「お前に何か言う必要はない。その男にも言っておけ。メッセージに気づかないような人間は、いつか転んで怪我する。そうなっても全て、自分の責任だ」

愛海は急いで家を出た。自分の車に乗りこんですぐに出発したが、家が見えなくなったところで急ブレーキを踏み、路肩に寄せて停める。背後からクラクションを鳴らされたが、無視した。ハンドルをきつく握り締め、呼吸を何とか整えようとしたが上手くいかない。過呼吸――とにかく落ち着かないと、と思うほどに呼吸が荒くなってくる。

思い切り息を吸い、ハンドルに拳を叩きつけた。

田岡の家に生まれたことを、これほど恨めしく思ったことはない。

3

その日の夜、健介は新潟西署の副署長官舎を訪れた。事件に関する明日の朝刊の記事は、「通り魔か」と曖昧な見出しがつく内容で、どうにも釈然としない。捜査幹部の見通し――本音を知っておきたかった。

午後九時半。副署長の半田《はんだ》が歩いて戻って来た。さすがに事件発生初日とあって帰りは遅い。

「おやおや、熱心だね」

「他社がサボってるだけでしょう」

「東日さんは事件好きだからねえ」

「通り魔は、社会的には大きな事件ですよ」本当に通り魔なら、だが。

「ま、上がんなさいよ。話すことは大してないけどな」

拒否されなかったのでほっとする。西署は事件が少ないので、これまで半田のところに夜回りをかけたこともなかったのだ。

副署長官舎は古びた一戸建てだが、小さな応接間というか、書庫のような部屋がある。

健介はそこに通された。

「お茶も出ないで悪いけど」

「どうぞ、お構いなく」

半田が煙草に火を点ける。「半日ぶりの煙草だよ」と言うと、表情を緩めた。

「そんなに忙しかったんですか？」

「被害者が被害者だから。念には念を入れ、ということだ」

この夜回りでどこまで突っこんで話すかは難しいところだ。こちらの手の内をあまり明かしたくはないが、少しは材料を出さないと、半田も喋ってくれないだろう。

「峰岸さん、田岡事務所は辞めていたんですよね」

「そうだね。でもその辺は、あんたの方がよく知ってるんじゃない？　田岡先生の事務所は中央署の管内だし」

管内に政治家が住んでいたり事務所があれば、所轄は警戒する。特に代議士の場合は、重点的な警戒対象になる。

「田岡さんの事務所、このところスタッフが何人も辞めているんですよ」

「ああ――」

半田が天井を見た。視線を健介に戻すと「そういう噂は聞いたことがある」と認めた。

そんなに有名な話なのかと、健介は呆れつつ言った。

「ここ一年間で、四人ほど辞めているんです」

「四人？」半田が目を細める。「そいつは多いな。峰岸さんもその一人か……定年ってわけじゃないんだろう？」

「政治家の事務所は会社ではありませんから、特に決まった定年はないみたいですね。結構いい歳の人が勤めていたりします。逆に峰岸さんは六十前――普通の会社でも、まだ定年になるような歳じゃないですよね」

「あんたは、そういう人に取材しようとしていたわけか。現職でもないのに」

さすがにこの情報は、半田のところにまで入っているのか。ただし半田は自分を疑っているわけではないようだ、と健介は判断した。話しぶりも顔つきも平常運転。

「現職じゃない方が、話してくれることもあるんですよ。責任がなくなるからかもしれません」

「しかし、あんな早い時間に取材とはね。朝駆けかい？」

「向こうから時間を指定してきたんです。俺がどれだけ本気か、試そうとしたんじゃないですかね……俺のことは言ってないんですか？」

「まだ詳しく事情聴取できていない。頭蓋骨骨折だから、しっかり話が聴けるようになるには、少し時間がかかるだろうな。まず、犯人像をはっきりさせないと」

「今のところ、どうなんですか？　あの辺、防犯カメラとか——」

「おっと、そこまでだ」半田が右手を突き出してストップをかけた。「まだ、捜査状況について話せる状態じゃない」

「動機面はどうなんですか？」構わず健介は続けた。「本当に通り魔なのか、個人的な恨みだったのか」

「その辺も捜査中。何しろこういうのは、時間がかかるんだ」

「本部の捜査一課も入ってきているんでしょう？　この手の事件にしては大袈裟じゃないですか？」

「あんた、うちを何だと思ってるんだ」半田が急に険しい表情を浮かべる。「新潟県では、これだって大事件なんだ。捜査本部にこそしていないけど、実質的には同じような体制でやってる」

「確かに西署では大事件でしょうが……」

「ま、今夜はこれぐらいしか話せないな」半田が膝を叩いた。取材終わり、の合図。

「俺に事情聴取したいなら、いつでも協力しますよ」

「今のところ、あんたから話を聴く必要はなさそうだ。今夜は枕を高くして寝てくれていいから」

「そう安心できませんけどね……会う予定だった人が、その直前に襲われたとなったら、不安ですよ」

「あんたの取材に関係あると思ってるのか？」半田の目つきが鋭くなった。

「そういうわけじゃないですけど、心配じゃないですか」

「何だったら、あんたの家の近くの所轄に言って、パトカーで警戒させるけど」

冗談なのか本気なのか分からず、健介は首を横に振った。

「警察にご面倒をおかけするつもりはありませんよ」

「ま、何とかするよ。何かあったら、記者クラブには遅滞なくお伝えするから」

記者クラブを飛ばして、個人的に教えてくれればいいのに……と思ったが、署の広報担当である副署長が、そんなことをするわけがない。個人的に情報を囁《ささや》いてもらうには、もっと下っ端――現場の刑事とコネを作らないといけないだろう。だが健介は、それほど深く警察には食いこんでいなかった。自分にはやることが――使命がある。東日新聞の特殊プロジェクトと言えるが、星川辺りは明らかに白い目で見ている。健介が警察回りとして最低限の仕事しかしないので、自分のところに余計な仕事が回ってくると不満に思っているのだろう。自分としてはむしろ、星川に手伝って欲しいぐらいなのだが……いや、あの人のヘルプを得ても、効果はないか。むしろ邪魔になるかもしれない。

歩いて五分ほどのところに停めた車に戻り、くしゃくしゃになったハンカチで汗を拭いながら運転席に乗りこむ。マスクを外した瞬間、ワイパーに封筒が挟みこんであるのが見えた。ゴミが飛んできた？　違う。封筒は真新しく、誰かが意図的に挟みこんでいったのは明らかだった。

鼓動が速くなるのを感じながら、健介は慎重にマスクをかけて外に出た。念のため、ハンカチを使って封筒を取り上げる。宛先も差出人の名前もなく、封筒は糊づけされていない。すぐに確認したくなったが、車の中で読むことにした。

落ち着け、と自分に言い聞かせ、ハンカチを使って慎重に中身を引っ張り出す。指が太いせいかもどかしく、何度も失敗してしまった……中身は、三つに折り畳まれた紙一枚だった。ゆっくり開くと、プリントアウトされた文字が目に飛びこんでくる。


どういうことか分かっているだろう。奴と同じ目に遭いたくなければ、余計なことをするな。手を引け。

一瞬恐怖が襲ってきたが、何故か笑い出してしまった。何なんだ、この古典的かつ典型的な脅迫文は？　相手は本気なのかどうか……しかしすぐに、笑って済ませられることではないと気持ちを引き締める。少なくともこの脅迫文を持ってきた相手は、自分の車を割り出している。しかもどこかから尾行してきたに違いない。それでわざわざ、この場所―副署長官舎に近い場所で脅迫文を挟みこんでいったのだから。もしかしたら半田にも迷惑がかかるかもしれないと思うと、申し訳ない気持ちにもなる。

どうするべきだろう。警察に持ちこむ？　しかしこの内容を突っこまれたら、自分が取材していることを明かさねばならないだろう。「意味が分からない」ととぼけたら、警察は真剣に捜査しないはずだし……警察に相談するのは早い、と判断した。まずは支局長に相談しよう。

健介は支局に電話を入れた。午後十時前、支局長は不在。またどこかに呑みに出かけているのかと思ったが、今日は既に、支局の上にある支局長住宅に引き揚げているという。迷わず、美智留の携帯に電話を入れた。

「急ぎ？」急ぎと言う割に、美智留の声は慌てていなかった。

「急ぎです。三十分で支局に戻りますが、話を聞いていただけますか？」

「何があったの？」

「脅迫文が届きました」

「あなたに？」

「車のワイパーに挟んでありました」

「……分かった。それじゃ、三十分後に支局で」急に美智留の声が引き締まった。

焦るなよ、と自分に言い聞かせながらも、ついアクセルを踏む足に力が入る。こんなところでスピード違反で捕まったら馬鹿馬鹿しいと思いながら、どうしても気が急いてしまうのだった。ふと思いつき、赤信号で停まったところでスマートフォンを取り出す。半田と会う前にマナーモードにしていたのだが、気づかぬ間に電話がかかってきていなかっただろうか……不審な不在着信はない。メールもメッセージもなかった。こちらの携帯までは割り出していないのか、あるいは第二の脅迫はこれからなのか。

焦るな、と自分に言い聞かせ、深呼吸する。しかし、信号が青に変わった瞬間、ストリートトレースのスタートのように、思い切りアクセルを踏んでしまった。

実際には電話を切って二十分後に、健介は支局の駐車場にフォレスターを突っこんでいた。階段を駆け上がりたいという欲望を必死に堪《こら》え、一段一段を踏みしめるように上がる。焦るな、とまたも胸の中でつぶやきながら支局に入ると、美智留は既に上階の支局長住宅から降りて来ていて、県政キャップ・直江美花と何か話しこんでいる。二人が同時に、健介に視線を向けてきた。

健介は立ったまま、バッグのポケットに突っこんでおいた脅迫文を取り出した。

「一応、指紋はつけていません」

そう忠告してから、美花のデスクの上に慎重に脅迫文を広げる。汚いものでも見たかのように、美花が椅子を後退させて距離を置いた。美智留が眼鏡をかけ、体を屈めて脅迫文に目を通す。視線を落としたまま、健介に訊ねた。

「これが……どういう状況で？」

「夜回りで路上に車を停めておいて、戻ったらワイパーに挟まっていました」

「車を停めておいた時間はどれぐらい？」

「一時間……もないですね。九時から十時前までです」

「それだけ時間があれば、これを挟みこむのは簡単だったでしょうね。誰かに尾行されている気配はなかった？」

「気づきませんでした」半田の官舎へ向かって車を走らせていたのは、午後八時半頃。それぐらいの時間だと、交通量はまだ多い。仮に尾行されていたとしても、気づくとは思えなかった。

「これ、あなたが取材している件と関係していると思う？」

「というより、今朝の傷害事件の関係じゃないでしょうか。これ以上取材を続けると、お前も叩きのめす、みたいに読めますよ」

「そうか……」美智留が顎を撫でる。

「警察に届けた方がいいと思いますか？」

「あなたはどう思う？」美智留が逆に聞いてきた。

「俺は……これはただのブラフだと思います。実際に手を出してくるつもりはないと思う」話しているうちに考えがまとまり、冷静になってきた。人は誰でも、自分一人ではまともな判断ができないものだと思う。誰でもいいから話す相手がいれば冷静になれるし、きちんと判断もできるだろう。そう、人間はコミュニケーションの生き物なのだ——。

「その根拠は？」

「同じ人間が二回も襲撃事件を起こすのは、危険過ぎます。絶対に証拠が残って逮捕されますよ」

「同じ人間とは限らないでしょう。同じグループ、かもしれない」美智留が指摘した。

「こんなことを大人数でやっていたら、それこそ絶対バレますよ」

「暴力団関係者の可能性もあるわよ。誰が企んだかは分からないけど、実行部隊は暴力団かもしれない。それも県外から来た人間とか」

「それならますます、警察が有利です。県内の暴力団員の名簿は手元にあるんですから。もしも外から入ってきたら、それはそれで目立つでしょう」

「じゃあ、警察には届けないで無視しておく？」

「そう、ですね……」健介はうなずいた。未だに最適解は見つからないが、警察に届け出るのは悪手だ、という予感がしてならない。「取り敢えず、俺に何かあったら、支局から警察に相談してもらうということでどうでしょう？　一応、これで情報共有してありますから、何とかなりますよ」

自分で自分を安心させるための楽天的な台詞だ。一々ビビっていては話にならない。

「星川君にも話しておいて」

「分かりました」それは気が重いが、仕方がない。県警キャップには、こういう時こそきちんと仕事をしてもらわなくては——仕事になったら困るが。

「ところで、峰岸さんには何を取材しようとしてたの？」美花が割りこんできた。「例の件？」

「ええ。金の話を——峰岸さんは、事務所で長く中心にいた人ですから、金の流れも摑んでいたんじゃないかと思いました」

「確かに、いろいろ知っているとは思う。狙い目としては悪くない——良過ぎたかもしれないわね」美智留が指摘する。

「良過ぎた?」

「峰岸さんに喋られるとまずい、と思っている人がいたんじゃないかな。あなたと話をさせないために、峰岸さんを襲ったとか」

「それで俺にも脅しを……」

「乱暴なやり方だけど、筋は通るわ」

「この時代にですか?」

「確かに昭和の話ね。あるいは中南米やロシアとか」美智留が鼻を鳴らした。「でも、あってもおかしくない。日本の記者は脅迫や暴力に慣れていないから、効果があるかもしれないわよ」

「やっぱり、警察には言わないようにしましょう」健介は結論を口にした。

「どうして?」

「地元の代議士事務所が何か画策していたら、警察も巻きこんでいるかもしれません。まともに捜査するかどうか分からないし、むしろ事務所と協力して、俺を排除する方向に動くかもしれない」

「取材妨害?」美花が目を細める。

「警察は何でもできますよ。何かでっち上げてでも俺を逮捕すれば、今後は取材ができなくなる」

「まさか……そこまでする？」美花が首を傾げる。

「田舎の話ですよ？　ありとあらゆるものがつながっている。その人間関係は、外から来た俺たちには見えにくい」

「ただね……田岡のために警察がそこまでするとは思えないのよね」美花が疑義を呈した。

「田岡は地元でもそんなに評判はよくないし、次の選挙も危ない。警察を黙らせるほどの権力はないはずよ」

「しかし、先代の影響力は無視できませんよ」健介は指摘した。

「さすがに昔とは違うと思うけどなあ」美花は疑わし気だった。

「とにかく、高樹君は自分の身の安全を十分考慮しながら取材を続けて」美智留がぴしりと命じた。「何か他に、人に足を引っ張られるようなこと、してない？」

「まさか」健介は思わず笑ってしまった。「あり得ませんよ」

「スピード違反とか駐車違反にも気をつけること」

「そこまで……」

「相手に些細《ささい》なきっかけでも与えたらいけないわ」美智留が言った。「公明正大、誰からも後ろ指を指されないようにしないと」

それを言えば、半田の家に行っている間は駐車違反をしていた……近くにコイン式の駐車場があったのだが、面倒でつい路上駐車してしまっていた。支局長の言う通りで、これからは十分気をつけよう。

「高樹君、ちょっと」

話は終わりかと思ったが、美智留はまだ言うことがあるようだった。支局長室へ入って行ったので、後に続く。

「ドア、閉めておいて」

ちょっとおかしい……美智留は普段から、支局長室のドアを開け放しておく。ドアを閉めるのは、本社サイドと極秘の電話をする時ぐらいのはずだ。

美智留はソファに座ると、健介にも腰を下ろすように促した。健介は慎重に、浅く腰かけた。何かあったら、スクリメージ直後のようなダッシュで逃げ出そう。

「はっきり聞くわね」

「どうぞ」こういう前置きがある時は、大抵ろくな話にはならない。健介はできるだけリラックスするようにと自分に言い聞かせた。

「あなた、NBSの田岡さん——田岡愛海さんとつき合ってる?」

健介は黙りこんだ。どう答えてもややこしい方に転がっていくだろう。しかし……そもそもどうして支局長がこんなことを知っている？

「ごめんね」美智留が頭を下げた。「あなたの周辺を探っていたわけじゃないけど、支局長なんかやっていると、いろいろなことが耳に入ってくるのよ」

冗談じゃないと思ったが、健介は反論しなかった。何か言えば、言葉尻を捉えられてしまうかもしれない。

「率直に話してくれない？これは大きな問題になるかもしれないわよ。例えばあなたが、これまで通りに特命で取材を続けていけるかどうか——その資格があるかどうかも、これにかかってくる」

そんなことを、他人にとやかく言われる筋合いはない。美智留と祖父の関係——二十五年前の一件で悔しい思いをした共通点がある——は分かっているが、自分のプライベートな部分にまで首を突っこんで欲しくはなかった。

「言いたくないのは分かるけど……」

「自分の面倒ぐらい、自分で見られます」

「もしもこれが本当なら、あなた個人で済むような話じゃないわよ。どう考えても、私たちの取材とあなたのプライバシーを分けるのは不可能でしょう。その辺、冷静に考えたこと、ある？」

「冷静になっていたら、恋愛なんかできませんよ」

美智留が黙りこむ。しかしすぐに、笑顔と言ってもいい表情を浮かべた。

「そこまで言える人、今はいないでしょうね。あなた、昭和の人みたいよ」

「今のは一般論です」耳が赤くなるのを感じながら健介は反論した。「どうでもいい話ですよ。俺は常に冷静です」

「顧問――あなたのお祖父さんの話、聞いたことある？」

「全部聞いてますよ」

「五十年前の話も？」

「ええ」

美智留がソファに背中を預け、両手を組み合わせて腹の上に置く。

「五十年前、田岡家の選挙違反事件を取材した時、顧問は奥様のご実家のことを記事にした」

「聞いています」

「それは、ぎりぎりの決断だったと思うわ。当時、顧問はまだ結婚していなかったけど、奥様との交際は家族にも認められていた。でも、奥様のお父様が選挙違反に絡んでいたことを記事にして、その結果、交際をやめるように迫られた――当たり前よね。そんな状況になってもニコニコして、娘と結婚してくれ、なんて言う親がいるわけがないわ」

「結局、うちのバアさんがジイさんのところに転がりこんできて、実家との縁が切れた――そういう話ですよね。ジイさんは武勇伝として話してました」

「時間が経つと、そんな風に話せるのね……でも、実際には相当大変だったのは、あなたにも分かるでしょう？　ご実家は新潟バスを経営する一家だったのよ？　地元の名家で、政治にも深く関わっていた。家族からすれば、裏切り者が出た感じだったわけだから。実家と切れるのを覚悟の上で結婚した――半世紀前は、まだ家というものの存在は今よりずっと大きかったんだから」

「今でもそうですよ」健介はそれを十分に理解している。だからこそ自分は、高樹家と田岡家の最終戦争に首を突っこんだのだ。自分がこの戦争を終わらせる――もちろん、高樹家の全面勝利で。

「田岡愛海さんは、田岡家の跡継ぎよ。いずれは彼女も選挙に出るかもしれない。そういう人が、あなたと本気でつき合っていけると思う？」

「それは――」

「彼女も家の事情はよく分かっているでしょう？　二人とも、どういうつもりなの？」

どういうと言われても困る。そんな将来のことまで話し合ってはいないのだ。

「彼女が家を捨てて、自分のところへ来てくれると思ってない？　でも、五十年前とは事情が違うのよ。今は、女性も背負うものが大きい。しかも彼女は、普通の人じゃない。だから……こんなことはあまり言いたくないけど、傷が深くならないうちに別れた方がいいわよ」

大きなお世話だ、という言葉を健介は呑みこんだ。ここで正面から反論すれば、全てを認めてしまうことになる。そもそも、どうして支局長からこんなことを言われなければならないのかが分からなかった。もちろん彼女が、ジイさんの「先兵」だということは分かっているのだが、これはあくまで俺個人の問題じゃないか……。

「ジイさんと話しますよ。余計なことは言って欲しくない」

「自分から事を荒立てるつもり？」

「ジイさんが何を言っているかは分かりませんけど、俺は俺です」

「それで、あなたの結論は？」美智留が冷静に訊ねる。「今まで通りに取材できると思ってる？　彼女が家族を裏切ってあなたの味方につくと思っているなら、それは今時流行らないマチズモよ。必ず女性の方が身を引いて、男性の都合に合わせる――そんなことはあり得ない。今は、令和」

「しかし――」

「逆に、あなたの方で身を引く覚悟はある？　この取材を放り出して、彼女を支えるとか……何十年か後に彼女が選挙に出る時、『候補者の夫』として支える覚悟があるの？」

「そんな先のことは、誰にも分からないでしょう」思わず吐き捨てる。立ち上がり、美智留を見下ろした。「もう一度言います。俺は、自分の面倒は自分で見られます」

「今まで、そう言って失敗した人を、私は何人も見ているわ」

「支局長の印象を、俺は覆《くつがえ》しますよ」

根拠はない。しかしここは、無理にでも強がらないといけないところだ。

4

まさか、こんなことになるとは……高樹は頭を抱えた。新潟支局長の三田美智留から連絡が入ったばかりで、まだ頭の整理がつかない。彼女もよくこんな個人的な情報を摑んだものだと感心したが、問題はそこではない。

全ての計画が根底から覆ってしまうかもしれない。利益相反というやつだ。

「どうしたの？」美智留との通話を終えると、隆子が前に座り、自分の眉間を指さした。「ここ」

「ああ」高樹は肩を上下させた。眉間を触ると、確かに深い皺ができている。「ややこしいことになった」

妻に話していいことかどうか……隆子にはずっと人生を支えてもらってきたが、数少ない例外を除いて、仕事の関係で相談したことはない。仕事と家庭は別——これが、自分たち世代の、普通のやり方だった。

しかしこれは、家の話にもなる。これまで、健介を新潟へ送りこむことを始め、全ての事情を話してきたのだから、この件を話さないわけにもいかない。

「そう……」隆子が溜息をついた。「健介もそういう年齢になったのね」

「そういう問題じゃない」妙に感慨深げな隆子に対して、高樹は釘を刺した。「相手は田岡の孫だぞ。洒落にならない」

「でも、引き裂くような真似は……それは健介が可哀想だわ」

「何を言ってるんだ。これは戦争なんだぞ」

「あなた、二人をロミオとジュリエットみたいに思ってるの？　家と家の戦争に巻きこまれた二人、みたいに？」

「これはチャンスよ」隆子の表情は明るかった。無理に明るくしている――過去には高樹を励ますためにそういうこともあった――訳ではない。

「チャンス？　何を言ってるんだ」

「田岡さんのお孫さんをうちに引き入れられたら、どう？」

「それは……」

「女性は、家を捨てることもあるわよ。私がそうしたように」

「あの時とは状況が違う」

「冷静になって」隆子が手を伸ばし、テーブルに置いた高樹の手の甲を叩いた。「こちらに引き入れれば、田岡家の跡継ぎはいなくなるのよ」

「しかし――」しかし、と反射的に言いながら、高樹はこの考えはありだと考え始めた。向こうの三代目が女性であるが故に、こちらに有利な点もある。「そうか。跡継ぎがいなくなれば、田岡家の血筋は途絶えるわけだ」

「そうしたら、あなたが計画しているような乱暴な手に出なくても、自然に決着がつくでしょう」

「君は……さすがだな」高樹の顔にようやく笑みが戻った。「策士だ」

「それは……」

「あなたみたいな人と五十年も暮らしていると、嫌でもいろいろ考えるようになりますよ」隆子が微笑む。「できるだけ多くの人が傷つかないように済ませる方法として、これはベストじゃないかしら。健介が傷つくのは、絶対に見たくないし」

「君は孫に甘いよ」

「当たり前じゃない。たった一人の孫なんだから……あなたも、少し発想を転換して。強硬策だけが全てじゃないでしょう。柔らかい方法で決着をつける——今は、そういうやり方もありじゃないかしら」

「参ったね」高樹は両手で顔を擦った。「しかし……君が言っている作戦の方が、ある意味よほど強烈だぞ」

「あなたの敵は誰？」隆子が問いかける。「田岡さん個人？　それとも田岡家？」

「もちろん、家と家との戦いだ」高樹は表情を引き締めた。

「だったらあくまで、田岡家全員を破滅させる気なの？」

「当然だ」

「でも、考えてみて」隆子がまた高樹の手の甲を叩いた。「田岡さんとその息子さんは、確かにあなたをひどい目に遭わせた。でも、お孫さんは違うでしょう？　健介と同い年だから、まだ二十三歳……社会人としても駆け出しで、これからどうなるか分からないじゃない」

「いずれは田岡家を継ぐ人間だぞ。かなり優秀だと聞いている」

「それは楽しみね」

「楽しみ？　冗談じゃない」高樹は頭に血が上るのを意識した。「あの家の人間は、必ず腐る。ああいう一家を日本の政治から蹴り出すのが俺の生涯の使命だ」

「あなたは……私はあなたのように辛い思いはしていないけど……」

「いや、君にも辛い思いをさせた。その落とし前はつけなければならない」

「ヤクザじゃないのよ」隆子が苦笑した。

「ヤクザでなくても、こういうことは大事なんだ。黙ってやらせてくれ。これが俺の人生最後の大きな戦いなんだ」誰より大事な妻に対しても、やはり譲れないことがある。

翌日の夕方、高樹は健介にメッセージを送った。手が空いたら電話するように——ただ待っているだけだと時間を持て余してしまうのだが、今の高樹にはやることがたくさんある。隆子のために夕食を用意し、風呂にも入れなければならない。健介が電話してくるのは暇になる夜九時過ぎだろうと考え、それまでに家の用事を忙しなく終える。

予想通り、九時を五分過ぎたところでスマートフォンが鳴る。ソファでＮＨＫのニュースを見ていた隆子がリモコンを取り上げて音量を下げようとしたが、高樹は目線で制して書庫へ向かった。

「一段落したか？」高樹は早速切り出した。

「ああ」

「ちょっと小耳に挟んだんだけど、お前、つき合っている娘《こ》がいるそうだな」

健介が黙りこんだ。不快な様子が伝わってくる。

「健介？」

「……俺は監視されてるのか？」

「そういうわけじゃない。そんな暇な奴はいないよ」

「そうは思えないな。支局長から、別れるように説得された」

「そうか」

「ジイちゃん……単刀直入に言ってくれないか？　どうせ反対なんだろう」

「相手は田岡の孫だな？」

「……ああ」

「真剣に考えてるのか？」

「そんなの、まだ分からない」

「つき合い始めたばかりか」孫とこんな話をしているのが奇妙な感じだった。本来ならめでたいことで、からかいながらも祝福してやる——そんな場面を想像することもあった。しかし現実は、軽々と高樹の想像を超えてきた。

「まあ、そんな感じだけど」

「上手くやれ」

「はあ?」健介が頭のてっぺんから抜けるような声を出した。「何言ってるんだ、ジイちゃん。昨日、支局長からも——」

「三田君のことはいい」高樹は健介の抗議を遮《さえぎ》った。「彼女には彼女の考えもあるし、今回の件についても一生懸命やってくれている」

「それはそうだけどさ」

拗《す》ねるような口調。この辺はまだ、大人になりきれていない証拠だと思う。自分が若い頃なら、二十三歳と言えばもう完全に大人扱いされたものだが、今は違う。中途半端な年齢で、かえって扱いが難しい。

「とにかく、上手くやれ」結局、隆子の案に乗るしかない、と結論を出していた。別れさせるよりも、向こうの娘を引き入れてしまえ——その方が、田岡家に与えるショックも大きいだろう。身内に裏切られれば、ダメージの回復には時間がかかる。いや、回復できないかもしれない。

「何なんだよ、彼女と上手くやれ」

「だから、彼女と上手くやれ」

「ジイちゃん、何言ってるんだ」

「その娘を上手く丸めこめ。うちの味方にするんだ」

「ジイちゃん、それは――」健介は言葉を失った。

「お前がどう考えているかは分かる。こういうことを戦争に利用するのは卑怯だと思っているんだろう？　しかし、戦争に卑怯も正義もないんだ。勝つか負けるか、価値観はそれだけだ」

「筋違いだ」

「いや、お前が幸せになる方法でもあるんだ。その娘が本当に好きなら、自分のものにしろ。そしてこの戦争にも勝て。どこが悪い？」

「ジイちゃん、俺も田岡家のやり方は間違っていると思う。今の政治の腐敗の多くは、田岡家の影響だろう。だから田岡家を潰す――それは分かる。でも、彼女は関係ない」

「あるさ」高樹も次第にむきになってきた。「その娘は田岡家の四代目になる。しかも聞けば、相当優秀らしいじゃないか」

「それは間違いないけど」健介が低い声で言った。少しだけ誇らしげだった。

「そういう人材は、うちに引き入れてしまった方がいい。向こうは跡継ぎを失うわけで、この戦争では、うちは一切血を流さないで勝てる」

「冗談じゃない。それとこれとは別問題だ」

「いや、根っこは同じだ」高樹は指摘した。「いいか、田岡家と戦争を続けながら、お前が向こうの四代目の娘と結婚するなどということはあり得ない。お前は望むものを手に入れろ。恋人と、この戦争の勝利だ」

「彼女の気持ちもあるだろう。実家を裏切れって言うのか？」

「裏切らせるのがお前の仕事だ。これが一番いい方法なんだぞ」

「ジイちゃん、今の俺には、そういうややこしいことを考えてる余裕がないんだ。昨日、田岡事務所を辞めた人間が襲われた。俺も脅迫を受けた」

「それは知っている」全て、新潟支局長から非公式に報告が入っている。今の段階では、「十分注意しておくように」としか言えなかったが。

「俺は、神経戦が始まっているんだと思う。ここを乗り切れるかどうかは分からない」

「実害が出るようなことはないだろう」

「だけど、俺が会おうとしていた人が、襲われたんだ！」

健介が声を張り上げる。元から声はでかい男で、そういうのは記者としてはマイナス――体が大きいこともそうだが、何かと目立ってしまうのはよくない――なのだが、今はそのでかい声にかすかな恐怖が混じっているようだった。いくら支局長たちがサポートしていても、前線でこの戦いに臨んでいるのは、実質的に健介一人なのだ。日々、恐怖を感じないはずがない。そうでなくても支局暮らしというのは、何かと不安になるものだし。田岡の孫とくっついてしまったのは、そういう不安故だろうか、と高樹は想像した。不安なのはその娘も同じだろう。父母が東京と新潟を頻繁に行き来しているはずだから、完全に一人暮らしとは言えないかもしれないが。

「落ち着け」それぐらいしか言えないのが情けない。

「――落ち着いてるよ」意地になったように健介が言った。

「ここは中南米やロシアじゃない。日本で記者が襲われるような事件はほとんど起きていないんだ。少なくともこの何十年かは」

「過去のデータなんか、役に立たない」

「だったら降りるか？　東日を辞めてこっちに戻って来てもいいんだぞ。新しい仕事を探してやる」

「いや」健介が短く否定した。「やらなくちゃいけないことは分かっている。それを放り出すつもりはない」

「それならいい。そのためには彼女を――」

「それに関しては、ジイちゃんの指示は受けない」

健介はいきなり電話を切ってしまった。高樹は思わず溜息をついたが、内心ニヤリとしていた。俺に向かって言い返すとは大したものだ。反抗されたと嘆くより、孫の成長を喜ぶべきだろう。

だが、本筋を外れてはいけない。健介は高樹家の希望の星だ。あいつが全てを終わらせ、新しい時代が始まる。

隆子が通うことになったリハビリ専門の病院は、京橋にあった。通うのに不便なことはないが、金がかかって仕方がない。まだ基本的には車椅子なので、行き帰りともタクシーが必要になる。

しかし何度目かに、隆子は地下鉄を使いたいと言い出した。

「いろいろ大変だぞ。バリアフリーになってるわけじゃないし」

「逆に、どれだけ不便か、経験してみたいわ」

「物好きなことだ」

大変なのはつき添う高樹の方なのだが……ここで文句を言うわけにはいかない。黙って車椅子を押し、地下鉄の駅では駅員に手伝ってもらいと、大汗をかいた。まあ、こちらも運動だと思えばいいだろう。

リハビリは、午前中の二時間かかる。終わったら京橋で隆子とランチを食べて帰るつもりだったが、それまでの時間を持て余してしまった。最初の一回は、いずれ自分がお世話になるかもしれないと思ってリハビリの様子を見ていたのだが、一度見れば十分だと判断した。人が苦労して動いている姿を見るだけでもきつい。

ふと思いついて松永に電話を入れると、今日は事務所に出ているという。京橋から銀座までは一駅。既に十分以上に運動したつもりになっていたが、それでも歩くことにした。この辺は道路もフラットで、散歩するのに適している。平日の午前中というせいもあって人通りは少なく、安心して歩けた。コロナ禍以降、どうしても人混みが気になるようになった。テレビのニュースなどで渋谷の雑踏を見ると、ぞっとするぐらいである。年寄りはもう、ああいう人混みには入っていけないかもしれない……。

「よう、どうした」松永はいつもの気楽な調子で出迎えてくれた。

「隆子のリハビリの病院が京橋なんですよ。今、送ってきて」

「つき合わなくていいのかい」

「とても見ていられません。きつそうでね」高樹は顔をしかめた。「あれは、アスリートのトレーニングだな」

「だけどそれを乗り越えないと、隆子さんもこの後大変だろう。ずっと車椅子——そうでなくても松葉杖が手放せなくなったら、不便だぞ」

「そうなんだけど、辛そうでねえ……」

「相変わらず奥さん思いだな」

「そんなこともないですけど」

「コーヒーでいいかな?」

「いただきます」

今日は、すっかり顔見知りになっている事務員がコーヒーを淹れてくれた。ワクチン二回接種を終えた者同士、マスクを外して気楽に喋りたいところだが、それはまだできない。マスクが人類の第二の皮膚として定着してしまうのでは、と想像することもあった。

「それで、時間を持て余して俺のところに来たわけか」

「そうはっきりとは言いませんけどね」

「まあ、いいよ。俺も今日は暇なんだ」

いつもだろうと思ったが、口には出せない。松永も自分と同じような立場なのだ。「かつての本拠地」に顔を出して後輩を鬱陶しがらせている——いや、自分の場合は計画があってやっていることなのだが。

「この前の話し合いは、上手くいったのか？」

「そう思いますけどね。まだ具体的な成果は出ていない」

「あんたの悪巧みに乗るような人とも思えないが」

「選挙に勝つためには、候補者はどんな手でも使いますよ」

「それはそうだが……」

「まあ、仕上げをご覧下さいとしか言いようがないですね」

「どうしてもやるつもりなのか」松永が心配そうに言った。

「これをやらないうちは、絶対にくたばれません」

「いい加減、嫌なことは忘れて隠居してもいい歳だぞ」

「この執念のおかげで、今でも頭ははっきりしてるんです」高樹は耳の上を人差し指で突いた。

「そいつがいいことか悪いことか、俺には分からん」松永が力なく首を横に振った。

田岡家への最終的な報復に対して、高樹は松永を「アドバイサー」として頼っていた。

松永自身は、自分を罠にかけた田岡家に対する恨みを捨て去っていた——少なくともそうしようと努力した——ようだが、それでも高樹の相談には乗ってくれた。当然、法的に問題になることを避けねばならないわけで、その辺りの線引きについて何度もアドバイスを送ってくれた。松永がこちらの作戦に完全に乗ってくれれば、これほど力強いことはないのだが……敢えて強く頼まなかったのは、これがあくまでマスコミ対政治の戦いだという意識があるからである。事態を法廷に引きずり出すことは避けたかった。もちろん事件として立件という形に持っていければベストなのだが、そこにはもう、松永の声も届かない。彼が東京地検特捜部の副部長時代に面倒を見ていた若い部下たちも、そろそろ定年の声を聞く頃なのだ。

「何だか心配事がありそうな顔をしているけど」松永が切り出した。

「世の中、予想もしていなかったことが起きるものですね」

「あんたは、そういうのが大好きだって言ってたじゃないか。火事場とか、失礼な言い方をしてたな」

苦笑しながら高樹はうなずいた。新聞社における「火事場」とは、だいたい締め切り間際の緊急事態である。大きな事件事故が飛びこんできたり、予定されていなかった特ダネの原稿が出てきたり。ほぼ完成していた紙面を全面的に作り替えねばならないなど、現場の負担は大きいのだが、それこそが新聞作りの醍醐味だと高樹は思っていた。最近の記者たちは、そういうことでは熱くならないようだが。

「火事場なら歓迎なんですが……」

高樹は健介の事情を打ち明けた。松永は唖然《あぜん》として、口元に持っていこうとしたコーヒーカップを宙に浮かしたまま話に耳を傾けた。

「何とまあ……それは確かに、予想もしてなかったことだな」

「ただし、若い人間同士ですからね。近い場所にいて、同じような仕事をしていれば、こういう風になることは予想しておくべきだったかもしれない」

「そもそも向こうの孫について、あんたは健介にどう教えてたんだ？」

「あくまで敵だ、と」

「実感しにくいのかもしれん」松永がうなずく。「田岡やその息子が敵というのは、理解も実感もできるだろう。しかしその孫娘というのは、いわばまだ何者でもない。それを敵と言われても、健介も困るだろう」

「そういうことがないように、子どもの頃から教育してきたんですけどね」

「教わるのと実際は違うよ。健介も頭のいい子だけど、女性関係については素人も同然だろう」

「さすがにそこまでは教えられませんでした」

「そもそもあんたも、その道では達人とは言えないしなあ」松永がニヤリと笑う。

「お互い様じゃないんですか？」

「確かに人のことは言えんわな」松永が、すっかり薄くなった髪を掌で撫でつけた。「しかし、難しい状況になったたな」

「ええ」高樹としてはうなずくしかなかった。

「それであんたは、健介に何か言ったのか？」

「きちんと落とせ、と」

「ああ？」

「言葉はともかく、その娘を田岡家から引き剝がしてしまえ、ということです」

「それは……」松永の顔から血の気が引いた。「残酷過ぎないか？」

「それは、健介が向こうの娘さんをどう説得できるかにかかっています」

「健介はそれを呑んだのか？」

「いや……」自分が言ったことは、それほど残酷だったか？　健介は若者らしい真っ直ぐな気持ちで、つい反発してしまっただけではないだろうか。

「かなり無理があるな。今の若い子たちは、そういう複雑なことはできない。もちろん、健介は優秀だと思うよ。取材してワルを炙《あぶ》り出す——そういうことはできると思う。しかしこれは恋愛だ。健介が、簡単に割り切ってあんたの指示に従えるとは思えない」

「だけどこれは……禁断の恋だ」

松永が声を上げて笑った。コーヒーカップをゆっくりとテーブルに戻す。

「笑うような話ですか」高樹はむっとして訊ねた。

「すまん、すまん。あんたの言い方が古くて大袈裟でな」松永が急に真顔に戻った。「確かにこれは、想定外の事態だ。それをすかさず利用しようとするあんたが怖いよ。ただ、上手くいくかどうか、俺にはまったく分からない。あまりにも残酷な指示だと思う」

「それは分かっています。しかしここを乗り越えないと、田岡家はまだのさばることになる」

「最近、思うんだが」松永が静かに続ける。「田岡稔というのは、それほど優秀な人間とは思えない。三代目にして、田岡家も急に劣化した感じがするんだ。あんたが手を下さなくても、自然に消えていくんじゃないだろうか。そもそも次の選挙も危ないかもしれない」

「俺もそれは考えましたよ。三代目は、選挙に強いタイプとも思えないし……しかし、念には念を入れ、ということもありますから、スキャンダルを使って落選させる。議席がなくなれば、政治家はただの人間です。そして一度落選すれば、田岡稔は立ち直れるとは思えない。そういう強さはないでしょう」

「なあ」松永が腕組みをして、高樹の顔をまじまじと見詰めた。「あんたの最終的な望みは何なんだ？」

「田岡家を、政治の世界から完全に消すことに決まってますよ。あの一家が日本の政治に与えている悪影響は、絶対に排除しないといけない」

「田岡稔が落選すれば、田岡家は議席を失う。しかし、田岡総司がそれに対してさらに報復してくるとは考えられないか？」

「あいつも歳ですよ」高樹はせせら笑った。「これは俺たちの最後の戦いになるでしょう。『次』はない」

「となると、やはり気になるのは孫娘だな。そんなに優秀なら、自分の手で報復することを考えるかもしれない。例えば十年か二十年後に出馬したらどうなるだろう。当選して、高樹家を潰そうと画策し始めたら……今度ターゲットになるのは健介だぞ。あんたは寝たきりのジイさんになって、手出しできないかもしれない」

「だから、健介にはその娘を丸めこめと指示したんです。危険因子を事前に刈り取ることで、向こうが反撃する力を削ぐ」

「これは戦争じゃないぞ」

「いや、戦争です。家と家との戦争です」高樹は力をこめて言った。

「死人が出ても、どちらの勝ちか分からないまま、曖昧になるかもしれないぞ。戦争はスポーツじゃない。審判がいないんだから、客観的に勝ち負けが決まらないんだ」

「松永さん、弱気になりましたね」彼の挫折は理解できている。二十五年前に完全に人生を新しくやり直した経緯もこの目で見てきた。しかし今の松永はどうしても食い足りない。彼はこの件でプレイヤーではないが、もっと力を貸してくれてもいいのではないか？

「俺は冷静なだけだ」松永の目に、一瞬検事時代を思わせる冷徹な光が宿った。「どんな戦いでも、引き返せなくなるポイントはある。しかしあんたは、まだそこまで行っていない。もう少し考えてみたらどうかな」

第五章　襲撃の後

1

深夜の県警記者クラブで、健介はこれまでの取材メモを見直していた。記事にできるような決定的な材料は、まだない。選挙に絡んで現金が行き来したという情報は悪くはないが、もう少しダーティな話でないと、記事の扱いは大きくならないだろう。田岡にとって致命傷になるとは思えなかった。

しかし……考えがまとまらない。缶コーヒーを飲み干してからガムを二粒、口に放りこむ。ミントの刺激はいつでもいい気分転換になってきたのだが、今は頭が冴えない。

考えがまとまらない原因は、祖父とのやり取りだった。愛海を丸めこめ？　高樹家の勝利のために彼女を利用しろ？　冗談じゃない。それとこれとは別問題だ……と考えると頭に血が上ってしまうのだが、だからと言って祖父との縁を切る気にはなれなかった。健介自身、愛海との関係をどうしていくべきか、分からなかったせいもある。

二人とも、この話題は避けている。避けていることを、二人とも意識しているはずだ。しかしこのまま関係が深くなれば、いずれは互いの家と衝突することになる。そんなことになったら、祖父が画策している計画は全て破綻するだろう。五十年も戦い続けてきた祖父の人生を全否定するようなものだ――自分を記者に育て上げてくれた祖父を裏切ることはできない。

しかし愛海は、これまで自分の人生には存在しなかった特別な人だ。

クソ、どうしようもない。

この問題は、今は棚上げしておくしかない。そして田岡家を潰す工作を続ける――近々、祖父が以前設置した「地雷」の具合を確認しておこうと思った。政友党の立候補予定者、三波智枝。彼女が、祖父の情報をどう利用するつもりか、自分でも確認しておきたい。動いていれば、気も晴れるだろう。ただしその先は……とつい考えてしまう。田岡稔が落選したら、愛海はどうなる？　それに、彼女の方も、家から何か言われているのではないか？

峰岸が襲われて以来、二人は忙しくて顔を合わせていなかった。一度、この辺りのことを真剣に話し合っておかねばならないのだが、今はまだその一歩を踏み出す時間も勇気もない。いつまでも放っておくわけにはいかないとはいえ、こちらから前向きな提案がなければ、彼女も困るだろう。

一瞬、祖父の提案に従ってみようかと考えた。家を捨てて俺のところへ来い――しかし彼女がどんな反応を示すか、読めないのが怖い。我ながら臆病だと思うのだが、このチャンス――彼女という人間を絶対に逃したくはなかった。

今日は取り敢えず引き揚げよう。まだそれほど遅くないから、愛海に電話してゆっくり話してもいい。彼女の状態や考え方も知りたかった。

既に記者クラブには誰もいない。灯りを消して――二十四時間施錠はされていない――出入り口に向かう。その横には県警本部の当直部屋があり、小さな窓が開いている。そこへ顔を出し、異常がないことを確認してから駐車場へ向かった。この時間だともう、ほとんど車は停まっていない。

県庁の建物を左に見ながら車を走らせる。なるべくスピードは出さないように……行動を慎むというか、誰からも因縁をつけられないような動きをするつもりだった。

しかしすぐに、誰かに尾行されていると気づく。いや、あおり運転か？　後続の車が異様に接近してきて、パッシングする。ルームミラーが爆発したように煌めき、思わずきつく目を瞑《つぶ》った。視界に星が散る――ルームミラーを見ると、後ろにいる車は、ほとんどぶつかりそうな距離にまで迫っていた。車線変更——駄目だ。両隣の車線とも埋まっている。この先、新光町《しんこうちょう》の交差点で強引に右折車線に入って逃げるか？　判断できないままでいると、いきなりがつんと衝撃を感じた。クソ、追突してきやがったか……健介は思い切りアクセルを踏みこんだ。一時は追跡してきた車を引き離したが、またすぐに追いつかれてしまう。ちょうど新光町の交差点に入るところで、信号は黄色から赤に変わった。体を強ばらせながら、さらにスピードを上げる。しかし尾行車は、ぴたりとついてきた。

クソ、冗談じゃないぞ……左側の車線に飛びこんだが、なおも尾行は続く。そのうち二度目の衝撃——これはあおり運転ではない。あおり運転だったら、自分の車を傷つけてまで嫌がらせをしようとは思わないものだ。ドライブレコーダーはきちんと動いてくれているんだろうな、と心配になったが、すぐにそういう問題じゃないと気持ちを切り替えた。死んだら、犯人が分かろうが何だろうが関係ないではないか。

右側の車線を並んで走っていた車が、一気に幅寄せしてくる。逃げるなら——健介は思い切りハンドルを左へ切った。何か大きな建物、その前の駐車場への入り口が開いている。猛スピードで突っこみ、慌ててブレーキをかけたものの、間に合いそうにない。建物に正面衝突しないように、急いで右にハンドルを切り直したが、今度は植え込みが眼前に迫っている。

がつんと大きな衝撃音が響き、車ががくがくと揺れる。割れた窓ガラスが車内に降り注ぎ、健介は右腕に鋭い痛みを感じた。しかし急いでエンジンを切り、サイドブレーキを引く。これで車は動かない……見ると、半袖シャツから突き出た右腕が血に塗れていた。アメフト時代に怪我には慣れているが、こういう鋭い痛みにはあまり縁がなかった。

何とかドアを押し開けて外に出ると、ＮＴＳ——東日新聞グループである東テレのネットワーク局だ——の敷地に突っこんでしまったことが分かった。警備員が二人、慌てて飛んできたので、気合いを入れて意識をはっきりさせる。

「大丈夫ですか！」

「すみません！」健介は右手を上げて見せた。血が細く垂れてくる。

「怪我は？」

「こんな具合です」

右腕を差し出して見せた。若い方の警備員が、慌ててスマートフォンを取り出して、ライトの光を当てた。

「ちょっと止血しますよ」五十絡みの警備員がポケットからハンカチを引っ張り出し、二の腕の上の方できつく縛った。一気に血の気が引き、感覚が薄れてくる——それだけで少し安心できた。これで死ぬようなことはあるまい。

「何があったんですか?」怪我の様子を確認しながら警備員が言った。

「あおり運転です。ぶつけられて、ここへ突っこんでしまって……すみません」

「いや、それは災難で——相手の車は?」

「撮りましたよ」

第三の男の声。見ると、出入り口から三十歳ぐらいの男が出て来た。スマートフォンを顔の高さに上げて、振っている。

「杉本《すぎもと》さん」ベテランの警備員が呼びかけて歩み寄る。

二人はしばらく、杉本と呼ばれた男のスマートフォンを確認していた。その間、健介は自分の車の被害を確かめた。駐車場から正面の出入り口に至る場所の左右に植え込みが二ヶ所あって、幅二メートルほどのアプローチのようになっている。車はちょうどその真ん中に突っこんでしまい、右側の植え込み——コンクリート製の台座に右側面を激しく擦った。前後の窓ガラスは全部割れ、ドアも大きく凹んでいる。修理にいくらぐらいかかるのか……台座も一部が欠けているので、これも弁償しなければならないだろう。

「今、救急車を呼びましたから」若い警備員が声をかけてきた。

「お手数おかけします」

「怪我、どうですか」

「まあ、痛みますけど……」今はまだショックの方が大きい感じがする。ガラスで切れたところは、いずれもっとひどい痛みになるだろう。

「ナンバー、映ってますよ」

杉本と言われた男がスマートフォンを見せてくれた。確かに……とっさにスマートフォンで撮影した割には、そこそこ綺麗に撮れている。動画だったが、一時停止するとナンバーも確認できた——地元ナンバー。普通の小型セダンのようだが、車種までは分からない。

「すみません。東日の高樹です」

「ああ、東日さん？」急に杉本がくだけた態度になった。「制作部の杉本です。ちょうど社から出て来たところでね。すごい音がして、猛スピードで走り去っていく車が見えたから撮影したんですよ」

「さすがですね」健介は笑みを浮かべようとしたが、急速に痛みがひどくなってきていて無理だった。

しかし、NTSの玄関先に突っこんでしまったのは不幸中の幸いだったかもしれない。NTSは、東日とは遠縁の関係にあると言っていい。そのせいか、取材などで協力し合うことこそないものの、普段から記者同士は仲がいい。健介にも同期入社の友人がいた。

連絡を……と思っていつもスマートフォンを入れているワイシャツの胸ポケットを叩い

たが、ない。助手席のドアを開けて中を確認すると、運転席の足元に落ちているのが見えた。右腕を伸ばして取ろうとしたが、激痛が走ってうずくまってしまう。代わりに杉本が、スマートフォンとバッグを取ってくれた。早くも救急車のサイレンが聞こえてきたので、連絡を急がなければ……支局、と思ったが、まず愛海に電話をかける。留守電になったら困ると思ったが、彼女はすぐに電話に出てくれた。

「事故に遭った」

「え？」愛海の声が固まった。

「大した怪我はしてないけど、状況が怪しい」健介は声を潜めた。「詳しいことは話せないけど、取り敢えず俺を無視してくれ」

「無視って……どういうこと？」

「今は言えない。ただ、しばらく会わない方がいいと思うんだ。こっちからまた、必ず連絡するから」

「どういうこと？」愛海が繰り返し言う。

「罠かもしれない。君を巻きこむわけにはいかない」

「もしかしたら……」

「何だ？」

「……何でもない。必ず連絡して。何時でもいいから」

「分かった」

電話を切り、一安心する。しかし彼女は何を言いたかったのだろう？　何か知っている感じがしたが……この後支局の連中に話さねばならないと考えると、また気が重くなった。意を決して、支局長の携帯に連絡を入れる。

「詳細は話せませんが、襲われました」

「襲われた？」美智留が困惑する。

「あおり運転です。ただ、明らかに俺を狙って尾行してきた」

「この前の続き？」

「可能性はあります……これからちょっと病院へ行って治療を受けます。また連絡しますから」

「怪我は大丈夫なの？」

「こうやって話せているぐらいですから、大したことはありませんよ」

ところが喋っているうちに、痛みはさらにひどくなってきた。応急で止血してもらったものの、血が止まる気配もない。まさか、こんなことで失血死してしまったら……健介は通話履歴を画面に呼び出した。何かあったら真っ先に連絡してもらいたい相手は愛海――

しかし彼女に迷惑が及ぶかもしれないと考えると不安になる。

それにしても――こんな直接的な手段に出てくるとは、相手も相当焦っているのは間違いない。俺は絶対に生き残るし、何が起きたのかも割り出して見せる。そして相手を潰す。

その相手は、愛海の父親なのだろうが。


病院できちんと止血し、傷の手当てをしてもらった。一番大きい傷は肘の真上で、十センチ近く切れている。さらにそのすぐ上にも、五センチほどの切り傷。どちらもそこそこ深かったので、縫合処置を取った。局部麻酔をかけながらだったので痛みはなかったが、見ていて気分のいいものではない。健介はアメフトで怪我に慣れていたから耐えられたが、怪我に縁のない人だったらきつかっただろう。頭を打っているかもしれないから、念のために今夜は一泊して、明日の朝、MRIで検査をすると言われた。そこで何もなければ、退院。傷自体はそれほど時間がかからず治るだろうと言われた。

処置が終わった時点で、支局から県政キャップの直江美花がやって来た。

「こういう時は、星川さんが来るもんじゃないんですか?」

「星川君は、今現場。警察から取材してるわ」

「俺に話を聞いた方が早いと思いますけどね」健介は肩をすくめた。右腕はまだ麻酔の影響下にあり、ほとんど感覚がない。指先まで痺れていた。

「警察が下まで来てるわ。ここで事情聴取になるけど、まず支局長から伝言」

「はい」健介は背筋を伸ばした。

「事故の状況については、できるだけ詳細に話して。でも、動機――犯人の狙いについては何も言わないように」

「そもそも犯人が誰か、分かってませんよ」健介は声を潜めた。

「警察はいずれ割り出すと思うわ。ＮＴＳの制作部の人からうちに電話があったのよ」

「杉本さんですか？」

「そう。その人、逃げる車を動画で撮影してたんでしょう？　さすがテレビマン……ナンバーも分かっているし、これは大きな手がかりになるわよ」

「俺の車のドラレコも使えると思います」

「だから犯人にはたどり着ける可能性がある――でも今の段階では、あなたは何も言わない方がいい」

健介は、これは手荒い警告だと考えていた。まず、取材相手の峰岸が襲われ、直後に警告文が来た。そして今度は、直接的な実力行使。メッセージは明らかである。

「私の方でもちょっと探ってみるわ」

「余計なことをすると、危ないですよ。これは間違いなく、田岡陣営の差し金です」

「たぶんね。でも、向こうもこの辺が限界じゃないかしら。あまりにも手を広げ過ぎると、失敗する」

「サツは、きちんと捜査すると思いますか？」

「時間はかかるかもしれないけど――田岡は落選すれば、ただの人になる。そうしたら、間違いなく手をつけるでしょうね。もしかしたら本人に対しても」美花が溜息をついた。

「だけどこんなの、前代未聞よ。政治家が記者を暴力的な手段で脅すなんて、日本では考えられなかったことでしょう」

「そもそもマスコミが忖度して、政治家を追い詰めないからですよ」健介は皮肉を吐いた。

「摩擦が起きなければ、こんなことをしようと考える奴はいない」

「とにかくあなたは、少し大人しくしていて。脳震盪《のうしんとう》でも起こしてくれてるといいんだけど。しばらく入院していれば、余計なことはできないでしょう」

「怪我人なんですよ？　少し気を遣って下さい」

「心配だったら、彼女にしてもらって」

「直江さん……」健介は溜息をついた。「俺にはプライバシーはないんですか？」

「東日新聞新潟支局においては、伝統的にそういうものは存在しないわね」

何ということを言うのか。健介は首を振り、美花に案内されて病院のロビーに出た。この時間、当然ロビーは無人なのだが、警察はここを事情聴取の場所と定めたようで、灯りはともっていた。応対したのは、制服姿の二人組。「交通事故」という通報だったはずで、来たのは交通課の当直員だろう。ここだと新潟署……市内のメーンの警察署の一つなので、健介も頻繁に顔を出すが、この二人には見覚えがなかった。

「怪我はどうですか」年長——三十歳ぐらいの警官が切り出した。もう一人は健介と同じぐらいの年齢で、メモ係に徹するようだった。

「基本的には切り傷だけですから、大したことはありません。念のため頭の検査をするので、今夜は泊まりみたいです」

「普通に話せますか？」

「一応、意識ははっきりしています」

健介は交通事故の現場は何回も取材しているし、学生時代に事故現場に遭遇して目撃者として警察に供述したこともあるのだが、今回は何とももどかしい……質問は行きつ戻りつし、こちらも何度も同じ答えを繰り返さざるを得ない。ただし質問の内容は自然で、向こうが健介を疑っている様子はなかった。

「映像の証拠があるので、それを確認したうえで、また事情聴取をすることになります」

制服警官が申し訳なさそうに言った。

「それは大丈夫です」

「犯人に心当たりはないんですか？」

「まったくないです」健介は即座に返答した。

「だったら、やっぱりあおり運転なんですかねえ」

「他の車の被害はないんですか？」

「ないですね。あなた個人が狙われたみたいですよ」

「まさか」健介は笑い声を上げた。我ながらわざとらしいと思ったが……。

「記者さんだから、ややこしい取材をして、人の恨みを買うこともあるんじゃないですか？」

「覚えがないですねえ」

「あおり運転は重大犯罪ですから、本部の交通捜査課も捜査に参加することになりますので」

「ご面倒おかけして」健介は素直に頭を下げた。

「いえ……お大事に。明日、またご連絡させてもらいます」

連絡が来る前に、自分から新潟署に出頭してやろうかと思った。恭順の意を示しておけば、ひどいことにはならないかもしれない。この際、警察を味方につけておくことは大事だ。

一段落して、十一時半。看護師に病室に案内されたが、健介はすぐにそこを抜け出してロビーに降りた。とにかく愛海にはきちんと話しておかないと。

「大丈夫？」愛海の声は消え入りそうだった。

「軽傷、かな。合計十針ぐらい縫ったけど」

「そんな……」

「俺の感覚だと、開放骨折までいかないと大怪我とは言わないんだ」健介はわざと軽口を叩いた。「念のため今夜は病院に泊まるけど、大したことはない」

「着替えは？」

「いや……」病院で寝巻きは貸してくれるようだ。ただし明日の朝の着替えがない。血塗れになったワイシャツを着ていくわけにはいかないだろうし、どうするか。

「持って行こうか？」

「合鍵、まだ渡してないじゃないか」

「そうか……」愛海ががっかりした口調で言った。

「何とかなるよ。この病院、コンビニが入ってるから、Tシャツぐらいは売ってるんじゃないかな。取り敢えずそれで……家まで戻れば何とかなる」

「峰岸さんが襲われた件と……」愛海が声を低くする。

「可能性はないでもないと思う。だから、君とはしばらく連絡を取らない方がいいと思ったんだ。君を巻きこんだらまずいし」

「でも」

「全体の構図がはっきりしない限り、こっちの動きを知られるわけにはいかない」実際には、健介の「敵」は全てを把握しているだろう。田岡事務所が絡んでいるとしたら……最悪の状況だと改めて思い知る。愛海は「軟禁」されてしまう恐れもあるのではないか？

「分かった」愛海は納得してくれた。しかしその背後に何かがある——。

「変なこと、しないでくれよ」

「いや、変なことって？」少しむっとした口調で愛海が聞き返す。

「いや、変なことは変なことで……明日、また連絡するよ。どうなっているかは、全部伝えるから」

「無理はしないでね」

「全然無理していない。元気だよ」笑って電話を切った。空元気だったが、それでも愛海の声を聞けただけで、確実に気力が回復してくるのを感じる。

その先にあるのは闇かもしれないが。

朝一番でＭＲＩ検査を受け、頭は異常なし、とお墨つきをもらった。念のために痛み止めの薬をもらい、タクシーで新潟署に向かう。

新潟署は県庁のすぐ近く、南高校の脇にある大規模署で、昔は新潟東署という名前だったという。大規模な市町村合併の結果、二十一世紀に入ると市内の所轄の名前は変わって、ここが「新潟署」になった経緯がある。そして「新潟東署」は、二〇一七年、東区に新設された署の名前になっている。その他にも、白根署が南署になり、かつての南署が江南署になり……古株の警察官に話を聞くと「今でも混乱する」という。

署には星川がいた。交通課に顔を出した健介を見て、驚いたように目を見開く。

「お前、大丈夫なのか？」

「無事です」とはいえ、Ｔシャツから突き出た右腕には包帯が巻かれており、明らかに怪我人である。「どういう状況ですか？」

星川は、ごく狭い記者室に健介を連れていった。他社の記者はいないので、普通の声で喋り出す。

「お前の車のドラレコと、ＮＴＳの人が撮影してくれた映像でナンバーは割れた。ただし、盗難車だった」

「そうですか」予想されてはいたことだった。

「今朝方、江南区の路上で発見されている。傷の具合から、襲撃に使われた車に間違いないみたいだな」

「じゃあ、捜査はその線で進むんですね」

「そうなるな。サツはまたお前に事情聴取したがっているけど、どうする」

「昨夜と同じ話になると思いますけど、事情聴取は受けますよ」

「怪我がひどいからっていう理由で逃げることもできるぞ。だいたいお前、ここへ顔を出すべきじゃなかったんだ」

「気になったので……」

「大人しく家に帰った方がいいんじゃないか」

「どうせ話を聴かれるなら、早い方がいいですから」

「俺も立ち会うか？」

「それは許されないでしょう」そもそも星川が立ち会っても、何の役にも立たないだろう。

「事情聴取の結果は、後で連絡します」

「お前も、本来の仕事と関係ないことばかりしてるから、こんな目に遭うんじゃないか？

お坊ちゃんだからって、勝手にやってていいもんじゃないぜ」

星川のきつい一言が胸に突き刺さる。自分はメディアの命運を担う取材をしている――しかし星川のような普通の記者にとっては関係ない世界なのだろう。日々のどうでもいい仕事を呑気にやっていてくれ……健介は気合いを入れ直した。昼間は休んでもいいが、この程度の怪我なら普通に仕事はできるだろう。

警察の事情聴取は、昨日の流れをなぞるようなものだった。やはり犯人の動機面がクローズアップされたが、健介としては言うべきことはない。本当に車を盗んだ人間があおり運転をして、自分はそれに巻きこまれただけかもしれないのだから。

昼過ぎに解放された。しかし足がない……車は警察が調べた後で、星川が地元のディーラーに連絡し、修理のために引き取ってもらっていた。頼めば代車を出してもらえそうだが、今日はさすがにそういう面倒な話をする気力がない。警察署の近くでうろうろしている気にもなれなかったので、家へ戻って何か食べて休むことにする。しかしその前に、NTSに寄ってみることにした。事件は解決していないが、昨日世話になった人たちに、最低限の礼は言っておきたい。新潟署からなら、ぎりぎり歩いて行ける距離である。意地でもタクシーは使わないつもりだった。俺は元気なんだぞ、このぐらいの怪我は何でもない――と、姿の見えない犯人に向かってアピールしたかった。

昼間なので、昨夜夜勤していた警備員はいなかったが、杉本とは会えた。ロビーに出て来た杉本に丁寧に礼を言うと、杉本は「大変だったね。早く犯人が捕まるといいけど」と言ってくれた。

「だけど、すごいですね。咄嗟《とっさ》に動画が撮れるなんて、やっぱりテレビマンですね」

「いつもスマホのカメラは立ち上げてるんだ。何が起きるか分からないから……だけど、実際に動画を撮ったのは初めてですよ」

しばらくロビーで話していたが、健介はふと誰かの視線に気づいた。中年の男がじっとこちらを見ている。健介の視線がそちらを向いているのに気づいた杉本が「報道部長の大《おお》堀《ほり》さん。知り合いですか？」と言った。

「いえ」ただし、向こうは自分を知っていそうな感じがする。大堀が、大股でこちらに近づいて来た。

「東日の高樹君だね？」

「はい」健介は頭を下げた。「昨夜は杉本さんにお世話になりまして」

「後で連絡してくれないか」大堀が名刺を渡した。「話したいことがある」

「それは――」

「俺は、君のお父さんと同期だったんだ」

気楽な話題――昔話でもしようというのだろうか。しかし大堀の顔は真剣だった。それに押されて、思わず「後で電話します」と言ってしまった。

「では、お大事に」

去って行く大堀の背中を見ながら、嫌な予感を抱く。父の同期……関連する企業の社員同士として仲がよかったであろうことは想像できる。しかし、その息子である自分に何の用事があるのだろう？

2

コンビニ弁当で空腹を満たし、少し寝ようとベッドに寝転がってみたものの、右側に寝返りを打てないので、熟睡できない。これは夜も苦しみそうだなと嫌な気分になり、結局昼寝は短めで諦めた。

洗濯でもするか……と思って立ち上がった瞬間、インタフォンが鳴る。まさか、愛海？ここで会うのはまずい――そんなことは分かっているはずなのに、わざわざ来てくれたのか？

しかしモニターを見て、健介はさらに仰天した。沈鬱な表情の父が映っている。

「父さん……どうしたんだ」

「どうしたもこうしたもない。様子を見に来たんだ」

「仕事は?」

「仕事はどうとでもなる」

「今、開ける」

父の顔を生で見て、心底驚いた。しかし考えてみれば、家族で一番近くにいるのは父なのだ。父のいる会津若松市と新潟市は、直線距離で百キロほどしか離れていない。高速道路の渋滞がなければ、一時間半ほどしかかからないだろう。しかし、平日にこちらへ来るとは思わなかった。支局長が仕事を放り出して、大丈夫なのだろうか……。

ドアを開けると、いつもと変わらぬ父がいた。健介が物心ついた頃からまったく同じ、不機嫌そうな顔立ち。子どもの頃にはこれが怖かったのだが、今ではかすかに同情していた。祖父から詳しく事情を聞き、こうなるのも仕方ないことだと納得できているのだ。立ち直る機会は、これまでにいくらでもあったはずなのに。ただ父には、もう少し毅然としていて欲しかった。

しかし父を責める気はなかった。あんな目に遭えば、どんな人でも人間不信になる。自分だってそうだろう。だから俺は絶対に失敗しない。

「片づいてるじゃないか」靴を脱ぎながら父が言った。

「寝に帰るだけだから、散らかしてる暇もないよ」

十畳ほどのワンルームで目立つ家具は、ベッドと二人がけのソファ、小さなローテーブルぐらいだ。家で食事をすることもほとんどないから、これでもまったく困らない。父をソファに座らせ、健介はベッドに腰かけた。

「怪我の具合はどうなんだ?」

「切れただけだからね。頭は大丈夫だった」

「これは……田岡の仕業なのか?」

「まだ分からない」健介は首を横に振った。「襲ってきた車は盗難車だった。車は見つかったけど、犯人の手がかりはまだない」

「事務所の連中が自分で手を出すとは思えないな。荒っぽい連中を雇ったんだろう。新潟にも、そういう連中はいるはずだ」

「ヤクザから半グレっぽい奴らまで、いろいろ取り揃えているよ」

軽口を叩いたが、父の顔に笑顔は浮かばない。この人は果たして、笑ったことがあるのだろうか。

「お前……ジイさんに言われた通りに取材してるんだな」

「もちろん。俺はそのために新潟に来たんだ」

「無理する必要はないんだぞ」

「だけどここで頑張らないと、ジイちゃんたちの恨みは晴らせない。父さんも同じ気持ちだろう」

「俺はいいんだ。二十五年前のことは、俺が軽率で経験が浅いから起きたんだから。手柄を焦ると、こういうことになるんだよ」

「俺は焦ってないし、ヘマもしない」

「だけどお前、いいのか？　田岡の娘とつき合っているそうじゃないか」

「何で知ってるんだ？　ジイちゃんに聞いたのか？」

「こんな状態でつき合っていても、上手くいくわけがない」父は健介の疑問に答えなかった。

「ジイちゃんは、彼女を丸めこめと言った。田岡家から裏切り者を出せと」

「しょうがねえな」父が舌打ちした。「今時、そんな非情なやり方が許されると、本気で思ってるのかね」

「俺も呑めない」

「じゃあ、どうするつもりだ。家の事情で別れるのか？　向こうはどう思ってる？」

「まだ話してない」

「いずれ話すことになるぞ。しかし、こんな無駄な戦いは……」

「父さんは、俺に課せられた使命を諦めろって言うのか？」

「そういう考え方もある。お前がやらなければ、ジイさんは別の人間にやらせるかもしれないが……俺は、お前に傷ついて欲しくないんだ」

「分かるけど、俺はこの戦いをやめるつもりはない」

「だったら彼女とのことはどうする」

「それは……考えるさ」

「絶対に結論は出ないぞ」父が忠告した。「向こうの意向もあるだろう」

健介は黙りこんだ。父は見舞いに来たのではないのか？　こんな説教をされたら、むしろ怪我が悪化しそうだ。この話から逃げるべく、健介は話題を変えた。

「父さん、NTSの大堀さん、知ってるか？　報道部長」

「知ってるよ。同期だ」父の顔がわずかに綻《ほころ》んだ。「今でもたまに電話で話す。大堀がどうした？」

「俺に何か用事があるみたいなんだ。心当たりはない？」

「それは分からない。最近、話してないからな」

「そうか……久しぶりに会ってみたら？」

「いや、俺は帰る」父が腕時計を見た。

「帰るって、まだ二十分しか経ってないじゃないか」

「無理に抜け出してきたんだ。母さんには俺から連絡しておく」

それをすっかり忘れていた。携帯の充電が完全にゼロになってしまって、家に帰って来てからずっと充電していて、見てもいなかったのだ。

父が立ち上がり「たまには母さんに電話ぐらいしてやれ」と言った。

「ああ……送るよ」

「いや、いい。下に車を停めてある」

「会津若松支局長」という肩書きがあっても、やっていることは普通の記者と同じだ。自分で車を運転して、取材に駆け回る。五十歳が近くなってもそういう毎日、しかも単身赴任……父は相当へばっているはずだ。

その遠因は二十五年前にある。自分が報復を完遂すれば、父の溜飲も下がるだろう。そうなったら、今からでも人生をやり直せるはず――。

「父さん」

健介は玄関で靴を履いている父の背中に呼びかけた。父がゆっくりと振り向く。

「諦めるなよ、父さん」

「お前はまだ若いな」父が寂しげな笑みを浮かべる。「人間は、負けることもあるんだ。というより、いつかは必ず負ける。お前はそれを知らないんだ」

「俺は負けないよ」

「いや、いつかは必ず負ける。そして負けた時にどう振る舞うかで、人間の価値は決まるんだ。そういう意味では、俺は最低の人間だけどな」


調子は上がらないが、健介は気力を奮い起こして午後遅くから動き始めた。まず車の修理を持ちこんだディーラーに電話をかけ、状況を確認する。ドア二枚は交換ということで、かなり金がかかりそうだった。修理には二週間ほど見て欲しいというので、代車を依頼する。幸い、軽自動車が一台空いていたのですぐに受け取りに行くことにした。

軽か……最近の軽自動車は居住性もよく、田舎で二台目の車としては十分過ぎるぐらいだが、それでも体の大きな自分が運転しているとギャグのように見えるのではないだろうか。とはいえ、新潟では車がないと移動にも困る。

車の用意ができるのを待つ間、大堀に電話をかけた。

「ちょっと会えないかな」大堀がいきなり切り出してきた。

「構いませんけど……今からですか？」

「できれば」

「三十分ほどでそちらに行けますが、どうしましょう？」NTSがあるのは官庁街、ビジネス街で、ちょっとお茶を飲むような店もないはずだが。

「外で会おう。うちの前の道路——県道一号線を渡った住宅街の中に、目立たない店がある」

店名を教えてもらったが、健介は知らない店だった。しかし、行けば何とかなるだろう。二十五分ほどで、NTSの本社近くまで来た。近くにあるコイン式の駐車場に代車を停め、店を探して歩き出す。この付近は完全に住宅街で、お茶が飲めるような店があるとは思えない——と考えながら歩いていると、民家の軒先に小さな看板が出ているのを見つけた。住居の一部を改装して店にしているのだろう、と想像する。ドアを開けると、まったく普通の民家の玄関という感じで、靴を脱いで上がるのだった。本当に大丈夫かと思った瞬間、中年の女性が飛んできて「いらっしゃいませ」と言ったので、ようやく普通の店だと確信する。

玄関を上がって右側の部屋が店になっていた。畳部屋に丸テーブルが四台置かれ、広い窓からは晩夏の陽射しが強烈に入りこんでいる。エアコンは効いているものの、窓際であの陽射しを浴び続けていたら、汗だくになりそうだ。

しかし大堀は、窓際の席に座っていた。薄青いシャツ一枚なので、襟に汗が滲んでいるのが分かる。健介に気づくと、ひょこりと頭を下げた。健介は彼の向かいに座った。大堀は既にアイスコーヒーを頼んでいたので、同じものを注文する。

「こんなところにこんな店があるんですね」

「うちのベテラン局員の隠れ家だ」大堀がニヤリと笑ってマスクを外す。「サボりたい時によく来るんだよ。若手には教えない伝統になっている」

「報道部長は、サボっている暇もないと思いますが」

「まあまあ……」大堀が煙草を取り出し「吸ってもいいかい？」と訊ねる。

「どうぞ」

大堀が煙草に火を点け、深々と煙を吸いこむ。健介は遊びでしか煙草を吸ったことはないが、日常的に吸う人たちを少し可哀想に思っている。最近は吸える場所も少なくなり、まるで迫害されているようなものだ。

「父がこっちに来ました」

「カズさんが？」

「カズさん」呼びに、健介は軽い違和感を覚えた。確かに父は「カズキ」なのだが、今まで父をそんな風に呼んだ人がいただろうか。

「息子のことが心配なんだろうな。しかし、わざわざ？　ああ、会津からなら、そんなに遠くないか」

大堀はベラベラと喋りまくった。見た目は冴えないが、押し出しが強いというか、強引なところがあるのは、いかにもテレビ記者という感じだ。

「あの、何かお話が……」健介は遠慮がちに切り出した。

「ああ」

大堀が煙草を灰皿に置いた。煙が細く立ち上って鬱陶しいが、「消して下さい」とも言えない。

「昨夜の事故だけど、あれは訳ありだな？」

「僕には分かりません」これは取材なのか？　報道部長が自ら取材してもおかしくはないのだが。

「いや、君を取材しようとしてるわけじゃない」大堀が健介の胸の内を読んだように否定した。「心配しているだけなんだ」

「どうして僕のことを……」

「二十五年前の話、君は知ってるか？　カズさんから聞いたか？」

「ええ」正式には、祖父から聞いていた。父は、昔のことをほとんど語ろうとしない。まるで封印してしまったようだった。

「君はこの街で何をやろうとしている？　まさか、田岡家に復讐するつもりじゃないだろうな」

健介は黙りこんだ。この男は何を知っている？　いかにＮＴＳが東日と関係がある――東日からは役員も送りこまれている――とはいえ、あくまで別の会社である。これは東日対民自党、いや、高樹家対田岡家の対決で、関係ない人間を巻きこむことはできない。そもそも大堀が、田岡家の回し者である可能性もある。地元局の記者は、基本的に地元出身者が多い。東京から一時的に来て仕事をしている全国紙の記者とは違い、ずっと地元との関係に絡め取られているのだ。

「あれはひどかった。当時俺たちは、東日が飛ばした特ダネを、すごいと思って見ていただけだったけど、後で真相が分かった時には、背筋が凍ったね」

「ご存じだったんですか」

「新潟のマスコミの人間だったら、誰でも知ってるよ。あれは、田岡家が仕かけた罠だ」

大堀が声を低くする。「あれで、新潟のメディアは沈黙した。田岡家に逆らえなくなった」

「当時、実態を明かして報道してくれなかったんですね。田岡家が怖くて」健介は皮肉を飛ばした。

「しょうがなかったんだよ」申し訳なさそうに大堀が言った。「田岡家は、新潟で絶大な力を持つ名家だ。それが、本気でメディアをコントロールしにきた――そうなったら、地元のメディアとしては何もできないよ」

「共同で打《ぶ》ち当たれば、何とかなったんじゃないですか?」

「マスコミはそういうことはしない――それは君にも分かるだろう」

何かあると一斉に叩く――しかしそれは、打ち合わせてのことではない。単に同じ「嗅覚」を持っているが故の結果だ。そもそも、メディアがニュースの内容について談合したらおしまいである。

「つまり、新潟のメディア全体が、二十五年前から黙らされてきたということですか」

「そうなる。しかし君たちは――高樹家は諦めていなかったんだな」

「それは、誰かに言うことではありません」この言い方だと、実質的に認めてしまっているも同じなのだが……。

「分かってる。高樹家としては、外部の人間には言えないことがあるだろう。だけど俺は、カズさんから聞いている」

「話をしているんですね？」

「たまにな。特に君の新潟赴任が決まった時には『よろしく頼む』と電話がかかってきた。俺はその意味をいろいろ考えた」

「父は心配性なんです」

「知ってる。昔から慎重なタイプだった」

「だから、俺が余計なことをしないように、大堀さんに監視を頼んでたんじゃないですか？」

「そういうことは頼まれていない」大堀が首を横に振った。「俺は俺なりに解釈して……君が、自分のやっていることを言うつもりがあるかどうかは分からないが、俺は、君が何かの核心に近づいているんじゃないかと思う」

「それは……」

「この前襲われた人――峰岸さんがいるよな？　あの人とは関係あるのか？」

「一面識もありません」それは嘘ではない。会う約束をしていただけで、実際には面会できていない。

「そうか……あのな、無理に隠し事をしなくていいんだぞ。俺はカズさんから結構話を聞いてるからな」

「父は、口が軽いタイプじゃないですよ」

「それだけ、俺が信用されていると思ってくれ」大堀がうなずく。「全ての事情を知っているわけじゃないが、概要は分かっている。もしも君が本気で田岡家と戦いたいなら、峰岸に取材しろ」

「そんなに重要人物なんですか？　もう事務所を辞めた人ですよ」

「どうして辞めたか……あの人は、田岡事務所のブラックな部分を一手に握っていた人だ。辞めたら、逆に危険人物になる」

「秘密を喋られたら――」

大堀が無言でうなずく。表情は深刻で、眉間には深い皺が寄っていた。短くなった煙草を取り上げ、忙しなくふかしてから灰皿に押しつける。

「彼はまだ入院中かな？」

「そう聞いています」

「だったら取材するチャンスは少ないかもしれない。でも、チャレンジする価値はあると思うね」

「大堀さん……どうしてそこまで気を遣ってくれるんですか？　父から頼まれたからです

か？」

「系列というせいもあるけど、カズさんとは仲が良かったんだ。将来はカズさんが役員でＮＴＳに天下ってきて、経費で美味い酒を呑もうなんていつも話していたんだけど」

「父はどんな記者だったんですか？」興味を惹かれてつい訊ねた。

「カズさんは、書斎派を自任していたんだ。特ダネを飛ばすんじゃなくて、文章力で勝負するタイプだな。社説やコラムなんかを書きたかったんだと思う。実際カズさんが地方版に書いていたコラムは、新人とは思えないぐらい上手かった。しかしカズさんは、田岡家との一件で、厳しい取材の面白さに目覚めたんだな。それで失敗した――その無念を、俺はよく知っている」

「だから協力するんですか？」

「それもある」大堀が煙草のパッケージを取り上げたが、煙草は引き抜かなかった。「ただ、地元でも田岡家に対する反発があることは覚えておいてくれ」

「田岡家は、新潟一区を完全に支配しているのかと思いましたよ」

「政治家と地元との関係は難しい。結局最後に問題になるのは、政治家の人柄なんだ。人気商売と言ってしまえばそれまでだけど、愛される人かどうかは重要だろう？　地元の代表でもあるんだからな。しかし田岡家の人は、人気の面ではどうも……地元でも苦々しい思いをしている人間は少なくないんだ」

「それでよく、ずっと議席を守れましたね」

「県政界の実力者を押さえているからな。上から下へ指示を飛ばす体制が完全にできあっているから、毎回票数は確実に計算できるわけだ」

「反乱するつもりがあるんですか？」

「残念ながら、地元メディアには限界がある。どんなに事情を知っても報じられない。俺も部下に無理強いはできない。過去の記者も皆そうだった。だから何かがおかしくなって……こういうのは、新潟だけの問題じゃないかもしれないけどな。最近は、問題を起こしも謝罪しない政治家が増えただろう？　選挙で当選しさえすれば、それで全てが許されると思っているんだよ。しかも地元の有権者は甘いから、どんなに悪いことをしても当選させてしまう。本当は、我々は是々非々で問題を伝えるべきなんだ」

「それを、俺に任せると？」

「東日だけが頼りなんだ」大堀が真顔でうなずく。「今の政治とメディアの力関係は、君にも分かるな」

「ええ」

「政治が完全にメディアを抑えこんでいる。メディア側は政治に忖度して、書くべきことを書けない。もちろんメディアには、右向き、左向きがある。だけどそういうこととは関係なく、問題があったら是々非々で書くべきなんだ。今の癒着と忖度の関係は、二十五年前の東日と田岡家の一件から始まっている。だからこそ、東日が変えなければいけない」
そう——彼の言うことは完全に正しい。健介の基本的な決心にも揺らぎはなかった。しかし自分の信念を貫こうとすればするほど、地獄が待っている。

3

健介の事故の状況は、愛海も把握した。警察が「あおり運転による事故」として広報したのだ。あおり運転は全国で問題になっているから、警察としても絶対に犯人を逮捕したいだろう。そのためには、マスコミに向けてはできるだけ詳細に情報を公開する。被害者が新聞記者ということも……ただし今のところ、健介と峰岸の関係は表に出ていない。愛海としても、原稿に盛りこむわけにはいかなかった。あくまでも、あおり運転による事故。しかしこれは間違いなく、父の差し金だ。父でなくても、事務所の誰かがやったに違いない。

昼のニュースに向けては、自分で原稿を書いた。奇妙な感じ……健介の名前が自分のパソコンの画面に浮かぶのは、非常に違和感があった。

犯人が運転していたと見られる車は、江南区で発見されていた。昼のニュース用にはその情報も盛りこんだが、その後は捜査に動きはない。盗難車ということで、捜査には時間がかかるかもしれない。

夕方のローカルニュースは、昼のニュースの詳細版として放送した。報道部の自席でそれを確認し、今日の仕事は終了。健介はしばらく会わない方がいいと言っていたが、そういうわけにもいかない。怪我をしていて、食事にも困っているかもしれないし。

しかしすぐに動く気にはなれず、休憩室に向かった。いつものカウンターについて外に目をやる。既に夜——普段は見える信濃川は闇に沈んでいる。

ちょうど夕方のニュースを終えたばかりの玲奈がやって来た。彼女はここにいることが多い。一仕事終えた後、気持ちを切り替える場所は必要なのだろう。

「愛海、大丈夫だった？」

「何が？」愛海はとぼけた。

「何がって、高樹君のこと。自分で原稿書くのって、変な感じじゃなかった？」

「別に。仕事だから」内心をあっさり見透かされていたのでうんざりする。自分はそんなに薄っぺらい——内心がすぐ顔に出てしまうような人間なのだろうか。

「本当のところ、どうなの？　こんなところでゆっくりしていていいの？」玲奈の攻めは止まらない。一見、同情しているような表情を浮かべているが、本音は単なる野次馬根性だろう。玲奈こそ、薄っぺらい感じ……。

「ちゃんと治療を受けてるから、大丈夫でしょう」

「でも、こういう時は、看病してあげないと」

「風邪とかならともかく、怪我じゃ看病できないわよ」

「顔を見せてあげれば、それが一番の看病になるんじゃない？」

「どうかな」

玲奈のしつこさがちょっと鼻につき始めた。同期とはいえ、こういう話を気軽にするような間柄ではないのだが……人間関係の距離の詰め方は本当に難しい。

愛海はペットボトルを持ってカウンターを離れた。振り向き、玲奈に向かって「お疲れ様」と短く言った。玲奈はまだ何か言いたそうだったが、今日はつき合うつもりはない。

健介に会わないと。

電話やＬＩＮＥでは「来なくていい」と言われると思ったので、直接家に行ってしまうことにした。健介の家は小さなマンションで、建物の前が駐車場になっている。いつもフォレスターを置いてあるスペースには別の軽自動車――フォレスターを修理に出して、代車を借りてきたのだろう。いずれにせよ、彼は家にいる……食べ物で一杯になったコンビニエンスストアの袋を覗きこむ。当然、ハーゲンダッツのマカデミアナッツ味も二つ。

建物に向かって歩き始めて、一瞬躊躇する。スマートフォンを取り出し、LINEでメッセージを送った。

下まで来てる。

すぐに既読になる。

マジか?

メッセージの後に電話がかかってきた。

「会わない方がいいって言ったじゃないか」健介の声は尖っている。

「尾行されないように気をつけたわ。自分の車じゃなくてタクシーで来てるし」

「だからって、安全ってことにはならない」

「ハーゲンダッツのアイス、溶けるわよ」

「……分かった」

ハーゲンダッツさえあれば、何があっても許し合ってしまう二人――何なのだろうと苦笑しながら、愛海はインタフォンを鳴らした。すぐにロックが解除される。合鍵をもらっておけばいつでも入れるのに……と思ったが、たぶん今後もそういうことにはならないという予感がある。

健介を一目見た瞬間、長袖のTシャツを着ているのかと思った。右腕だけ袖がある――しかしそれが包帯だとすぐに気づいた。

「大丈夫なの？」眉間に皺が寄るのを意識する。

「左腕は無事だから」

そう言って左手を伸ばし、袋を受け取ろうとしたが、愛海は首を横に振った。

「それぐらい、持てるけど」

「念のため。入っていい？」

「……ああ」

健介が一歩引いたので、愛海は素早く玄関に入った。その瞬間も、左右を見回してしまう。オートロックではあるが外廊下なので、外から監視できないでもない。今も見られていると思った方がいいだろう。とはいえ、あまり用心し過ぎていると何もできない。

「冷蔵庫、開けていい？」

「ああ」

愛海は取り敢えず、アイスクリームを冷凍庫に入れた。見事に何もない……ミネラルウォーターとビールぐらいしか入っていなかった。基本的に、家では食事をしないのだろう。

「ご飯は？」

「まだ」

「どうするつもりだったの？」

「まあ、適当に……デリバリーでも頼もうかな、と」

「パスタ、作れるけど……鍋とかお皿とかある？」

「あるよ。まったく使ってないけど」

「じゃあ、借りるね。座ってて」

「本当にまずいんだけど……」健介がぶつぶつと文句を言った。

「堂々としてればいいじゃない。でも、支局の人も冷たくない？　ご飯の世話ぐらいしてくれてもいいのに」

「そうもいかないよ。皆、忙しいんだ」

愛海は鍋とフライパンを用意して、まず湯を沸かし始めた。パスタといっても、そんなに本格的なものではない。麺は茹でるが、ソースはインスタントだ。嫌いなものがあるかどうか分からなかったので――何でも食べそうなタイプには見えたが――最大公約数的にミートソース。

「ミートソースだけど、大丈夫？」

「それは死ぬほど嬉しい」

振り返ると、ソファに座った健介は本当に嬉しそうな表情を浮かべていた。ほっとして料理に取りかかる。

パスタの茹で時間は九分。深い鍋があるので、ちゃんと茹でられそうだ。しかしトングなどはないので、箸でかき回してパスタを湯の中で泳がせる。しまった、塩……ガス台の上の扉を開けてみたが、食器が少し入っているだけで、調味料の類《たぐい》は一切なかった。

「何か探してる？」健介が声をかけてきた。

「うん、大丈夫」

パスタを茹でる時は塩が必須なのだが、なければないで何とかなるだろう。味は、市販のソースの塩分だけで十分なはずだ。

フライパンはやはり一度も使ったことがないようで、埃を被っていた。ちゃんと洗ってからガス台にかける。レトルトのミートソースを開けて温め、その間に皿を用意した。

「何か手伝おうか?」いつの間にか背後に立っていた健介が声をかけてくる。

「大丈夫。茹でるだけだから」

「だけど、悪いからさ……」

「高樹君、怪我人なんだから」

「そうか」

健介が愛海の肩に顎を載せる。愛海が頭をぽんぽんと二回叩くと、健介は満足したように去って行った。やっぱり大型犬の相手をしているような感じがしてならない……つい微笑んでしまったが、料理に集中する。

健介の分を多めに皿に盛りつけ、コンビニで買ってきたサラダも別の皿に入れる。フォークは……フォークがない?

「フォークとかない?」

「いや、ない……なかったかな」健介は自信なげだった。「箸ならあるけど」

「パスタにお箸でいい?」

「食べられれば何でも」

こだわりがないというか、本当にどうでもいいと思っているのかもしれない。箸はあっても、当然箸置きはない。しょうがない……皿をテーブルに運び、箸は後から持って行った。テーブルが低いので、ソファに座ったままでは食べるのが大変――結局、二人とも床に直に座った。

「美味そうだ」健介が満足そうな笑みを浮かべる。

「日本全国、どこで誰が作っても同じ味よ」調味料があれば、自分流にアレンジもできるのだが……。「それより、ちゃんと食べられる？」

「痛いのは肘から上なんだ。飯は食えるよ」

言葉通り、健介は旺盛な食欲を発揮した。しかし箸だと、どうしても啜《すす》るようになってしまうので、ミートソースが服に飛ぶ。白いTシャツが汚れても、本人は気にする様子もない。こういうのが豪快で格好いいと思っているのかもしれないが、ちゃんと教育していかないと……新聞記者というと、身なりや生活態度は気にも留めず、仕事ばかりしているようなイメージがあるが、そんなのは平成で終わりだろう。令和の時代の新聞記者は、もっと小綺麗にしないと。ある意味育てがいのある人かもしれない、と愛海は思った。

パスタの量が圧倒的に違ったのに、健介はさっさと先に食べ終えてしまった。

「ハーゲンダッツはもう少し待ってね」

「コーヒー、淹れようか?」

「できるの?」

「コーヒーぐらいはさ……朝飯がコーヒーだけってこともあるから」

健介が台所に立つ。これでよかったのかな、と愛海は少し後悔した。初めて作るご飯がパスタ。もうちょっと凝ったものの方がよかったけど、非常時だから、と自分に言い聞かせる。

お湯が沸く音が聞こえてきて、愛海の皿が空になるタイミングでコーヒーの匂いが漂い出してきた。料理しないどころか、家では食べない人でも、コーヒーだけは用意するわけね、と不思議な気分になる。愛海は食べ終えた皿を流しに運び、買ってきた洗剤とスポンジで洗い物を済ませた。しかしコーヒーを飲んでも、ドリッパーやカップを水で濯《すす》ぐだけなのだろうか。服装と一緒にこういうこともちゃんと教育しないと、と愛海は頭の中にメモした。

二人でコーヒーを飲み、デザートのアイスクリームも平らげる。健介は時々痛そうにしていたが、動くのに困るほどではないようだった。

「本当のところ、怪我は大丈夫なの?」

「痛いよ」健介があっさり言った。「右側に寝返りを打てないから困る。でも、こういうのはすぐによくなるから。今のところ、痛み止めも呑んでいない」

「そういうの、なるべく呑まない方がいいわよね」

「何とか我慢できると思う」

健介が居心地悪そうに体を揺らした。愛海と並んでソファに座っていたのだが、急に立ち上がると、テーブルの向こうに移動してあぐらをかいた。

「本当は、会わない方がよかったんだ」

「私が風邪引いた時、来てくれたでしょう。そのお返し――」

「あの時とは状況が違う」

健介が少し声を大きくしたので、愛海は黙りこんだ。彼の覚悟をひしひしと感じる。今夜、話すつもりなんだ。

「こんな話はしたくなかったけど、避けて通るわけにはいかない。君の家と俺の家が、五十年も前から戦争状態にあるのは知ってるだろう?」

愛海は無言でうなずいた。急に息苦しくなり、鼓動も速くなってくる。分かっていた。この話は避けては通れない。何も言わずに二人で呑気に一緒にいたら、そのうちもっと痛い目に遭うだろう。

「俺は、君の家をひっくり返すために、新潟へ来た」

「ひっくり返す？」思わず鸚鵡《おうむ》返ししてしまった。祖父や父から知らされてはいたが、健介本人から聞くと重みが違う。

「二十五年前、先代──君のお祖父さんが東日を引っかけて、誤報を書かせた。それでうちのジイさんや父親は痛い目に遭った。その復讐が俺に託されたんだ」

愛海は唇を嚙んだ。新潟に赴任する時にも、「東日、特に高樹には要注意」と警告を受けていた。二十五年前──さらに五十年前の出来事については、昔から聞かされていた。

しかし、本当に健介がそんな使命を負わされていたとは……。

「具体的に何をしているかは言えない。ただ……君を騙すようなことになって申し訳ないけど」

「騙してない」愛海は首を横に振った。「言ってないだけ」

「言わないのは不誠実だ」

「私があなたの立場でも言えない」愛海はソファから降りて、自分も直に床に座った。こうすると、少し見下ろされる格好になるのだが。「内容は聞かないわ。でもあなたは、うちの一家のスキャンダルを追ってる。そうよね？」

健介は反応しなかった。しかし表情は苦しそうで、自分の質問が的を射たことを愛海は確信した。そして健介なら、いつかは致命的な事実を掘り出すはずだ。

田岡家の事情について、愛海は全て知っているわけではない。知らないことの方が多いだろう。そして政治家というのは、絶対に清廉潔白な存在ではない。少し叩けば、必ず埃が出る。ましてや父は、次の選挙が危ないと言われているほど不安定な立場なのだ。当選のためにあの手この手を使って――選挙違反関係かもしれない。もしもそうなら、五十年前の出来事の再現だ。あの時は痛み分け――しかし祖父に言わせると、「田岡家の負け」だ。祖父は政治家としてのスタートが少しだけ遅れ、その影響は後々まで続いたと悔いていた。愛海は新潟に来て、古い新聞記事をひっくり返してこの件を自分なりに解釈したのだが、祖父の言い分は承服しかねた。選挙違反があったのは間違いなく、単に司法組織が祖父を追及しきれなかっただけだと思う。祖父は周りの人間に「生かされて」何とか逃げ切ったのだ。

愛海は「まだ」政治家ではない。しかし自分の中にも、そういう卑怯な血が流れているのかと怖くなることもあった。

「うちのジイさんがひどいことを言ったんだ」唇を歪ませながら健介が言った。「君とのことはバレてる。だったら君を丸めこんで、田岡家を裏切らせろって」

愛海は唇を噛んだ。ひどい話――だが、冷静になってみれば、健介の祖父の作戦はもっともだと思えてくる。仇敵を寝返らせるのは、戦争で一番古典的かつ効果的な方法だろう。

「それで……あなたは何て言ったの？」

「電話を叩き切った」

「納得できない？」

「そんな卑怯な手は使わない。やるなら……」

「正当な方法で、父を引きずり下ろす記事を書く」愛海は彼の言葉を引き取った。「お礼を言うべき？」

「でも、ジイさんが何を言おうが、君を丸めこんで——一緒にいたいと思う気持ちは本当だ」

ありがとう、と言うべきなのだろうか。そしてこれが、初めてのまともな告白らしきものだと気づく。だけど、このシチュエーションで？　自分たちが本来、恋に落ちては——出会ってもいけない二人だったのだと痛感するしかない。この先に、明るい未来は一切見えなかった。

「私は、別れるように言われた」

「誰から？」

「父から」

「よく会うのか？」

「その話をするために、わざわざ二人でご飯を食べた。人生で最悪の食事だったと思う」

「それで、何と返事を？」

「途中で出てきちゃった」

「そうか……」

「それだけじゃないの。父は私を脅迫した」

「脅迫？」

「相手が怪我しないうちにやめておけって……だから今回の件にも、父の事務所が絡んでいるのは間違いない」

二人は同時に溜息をついた。健介が「あくまで傍証だよ」と言ってくれたが、気は楽にならない。

「私は、すごく微妙な立場にあるの」愛海は打ち明けた。

「分かってる。いずれは田岡家の当主になって、議席を継ぐんだから」

「子どもの頃からそう言われていたけど、具体的な実感はなくて……新潟へ来ることが決まった時に、父の後は私だってはっきり言われた。本当は男の子がいればよかったんでしょうけど」

「婿を取るとかは？」

がみ

「あなたとか？」愛海が言うと、健介が困惑の表情を浮かべる。「さっきの話の逆ね。私があなたを丸めこむ……でもそれは、絶対にないわ。父も祖父も許さない」

「そもそも俺は、政治に興味はないよ。あくまで在野の人間だから」

「あなたは、そうでしょうね」愛海はうなずいた。そうであって欲しいと思う。健介は、この商売をやっていてこそ、輝けるタイプだろう。その輝きを奪う権利は自分にはない……逆に、自分は何をしたいのだろうと急に不安になった。子どもの頃から言われていたように、政治の道へ進むべきなのか、あるいはテレビの報道記者として努力を続けるべきなのか、それとも何かまったく違う道があるのか。

「要するに、俺たちは家と家の板挟みになっている」

「そうなることは、最初から分かっていたわよね？　言わなかっただけで、二人ともお互いの家の事情も知っていたわけだから」

「だけど、どうしようもない——止められないこともあるよな」

「気持ち」愛海は胸に両手を当てた。

「俺なんか、大した人間じゃないけど、今までの人生で一番悩んでる」

「私も同じ」

「何をやっても、どの方向に進んでも悔いが残るんだろうな」健介が溜息をついた。「やっぱり今回の件は、君の家族――事務所の警告だと思う。峰岸さんが襲われたこと、俺が襲われたこと……今、君に言うべき話かどうか分からないけど、峰岸さんはいろいろと黒い部分を請け負っていた人だったらしい」

「それはつまり、父や祖父に黒い部分があったということよね？」

「昔のことを考えれば、否定はできない」健介が目を逸らした。

「ねえ、普通に話さない？」愛海は提案した。「普通にって言うか、家のことは外して、記者同士として。この状況がどういうことなのか、まとめる必要があるでしょう」

「特定の事件について、他社の記者と話すのはどうかな」

健介の言うことももっともだ。現場の記者同士が、現在進行中の事件について話し合うことはある。ただしその場合は、自分が握っているネタは絶対に明かさず、相手の持っている情報を掘り出す探り合いになるのが常だ。今回もそうなるのか？　しかし――。

「これは、単純な取材じゃないわ」愛海はきっぱりと言った。「私たちがこれからどうなるか……どうしていくべきなのかを決めるために必要な、ブレストみたいなものだと思っていれば」

「デスクにバレたら殺されるな」健介が薄い笑みを浮かべた。

「それは私も同じ。でも、ここで話したことは絶対に表に出ないから」

「ただし、ここに俺たちがいることはバレているかもしれない。二人とも監視されている可能性が高い」

健介が左右を見回した。心配し過ぎかもしれないと思ったが、すぐに彼の懸念が愛海にも伝染してくる。そう、間違いなく自分たちの行動は監視されている。この部屋にも盗聴器などが仕かけられている可能性も……考え始めたらきりがないと、愛海は首を横に振った。

「開き直ろう？」愛海は提案した。「今話し合っておかないと、全部中途半端になってしまうから。お互いの状況が何も分からないままだと……知っていれば、打開策が生まれるかもしれないし」

「峰岸さんは」健介がいきなり話を本筋に引き戻す。「俺に会う気になっていた。実際、峰岸さんが襲われたのは、俺と会う直前だった」

「あんな早い時間に？」この前泊まった時に早起きしたのはそのためだったのか……。

「午前七時に来るように指定されたんだ。俺の本気度を試すつもりだったのかもしれないし、目立たない時間ということで午前七時を選んだのかもしれない。ただ峰岸さんは現れなかった」

「ウォーキング中に、誰かに襲われた……」

「でも犯人は、峰岸さんを殺すつもりはなかったと思う。警告で十分だという判断だったんだろう。俺に対する襲撃もそうだ」

「でも、怪我してるじゃない。一歩間違ったら、死んでたかもしれないんだよ」

「そう簡単に死ぬかよ」健介が鼻を鳴らした。「とにかく、暴力的な手段で俺を止めようとした。それで今のところ……俺の取材は止まっている」

「どうするつもり？」

「取材を進めれば、君の家族を破滅させることになる」

「——何を摑んだの？」

健介の顔に苦悶の表情が浮かぶ。話せない——話したくないのは分かる。せっかく摑んだネタをライバル社の記者に話すのは筋違い、と悩んでいるのだろう。しかしここは、聞かないと何も始まらない。

「ここで出た話は、表には出ない。私も書くつもりはない」言いながら、ひどくおかしな話になってしまったと内心首を捻った。父の事務所が——父がトラブルを抱えているのは間違いなさそうだ。それが明るみに出たら、私が書く？　家族を吊るし上げるような記事を書けるのだろうか？　もしかしたら健介はそれを期待しているのかもしれない。私に、自らの判断で家族を捨てるように、暗に望んでいるのではないだろうか。

「金の話だ」健介が唐突に打ち明けた。「次の総選挙に絡んで、金が動いているという話がある」

「選挙違反ということ？」愛海は少しだけ残っていたコーヒーを飲んだ。苦味が強く、胃が痛くなりそうだ。

「警察的に見れば、事件化できるかどうか微妙だと思う。ただ俺は、物理的な証拠も摑んだ」

「どういうこと？」

「それは……ちょっとまだ、俺の方の秘密にしておきたい」

「分かった」愛海はうなずいた。「続けて」

「その証拠を使えば、金銭の授受があったことを直接証明はできなくても、かなり強く書ける。警察が捜査していようがいまいが関係ない」

「それで、父を破滅させるつもり？」

「そこまで大きな話かどうか、判断できないんだ」健介が首を横に振った。「君の家族はしぶとい。結局今日まで、誰も倒れずに生き残ってきたんだから。俺たちがどれだけ危ない情報を摑んで書いても、逮捕でもされない限り、逃げ切れると思っているんじゃないか？」

「誰も謝らないし、責任を取らない」

「それには、いろいろ原因があると思う。野党がだらしないから、あれだけ失政続きだったのに民自党の長期政権が続いて、その結果、民自党の代議士は変な万能感を抱いてしまったんだと思う」

「自分たちだけが政権を担当できる、だから何をしても許される――」

「政友党の政権なんかになったら、日本は崩壊だ、と思ってるんだろう」健介がうなずいて後を続けた。「俺もそう思う。今の政友党が政権を取っても、絶対に長続きしない。民自党よりもひどい失敗を繰り返して、あっという間に政権から転落する可能性もあるし、その間に日本を今以上に滅茶苦茶にしてしまうかもしれない――いや、きっとそうなる。でも、このまま民自党政権が続いていいわけがないんだ。民自党が大きく変わらない限りは。そしてその可能性は低い」

「あなた、そんなに政治的な人だった？」

「そういうわけじゃない。在野の人間だから、権力者なら誰でも噛みつくだけだよ。ただ、このままだと誰が権力を握っても、傲慢さは変わらないと思う。自分たちの態度を反省して、生まれ変わってもらうためには、小さなことでも書いていくべきなんだ。悪いことをしたら謝る、責任を取って辞める、そんな当たり前のことができないとなると……俺は、民自党の長期政権の最大の問題は、日本人の倫理観を崩してしまったことだと思う」

「謝らない、非を認めない」愛海は同調した。自分の祖父や父がどうか……祖父など、その「元祖」のようなものではないだろうか。選挙違反の責任から逃げ切って、何事もなかったかのように、政治の王道を歩み続けた。

「そもそも、民自党的な謝罪は謝罪じゃないんだよ。『言い方が間違っていた』『不快感を与えたら申し訳ない』……そんなの、上辺だけの台詞だろう？　自分がやったことが悪いとは絶対に思っていない。それを見た子どもたちが、『別に謝らなくていいんだ』と考えて大人になったら、十年後はすごい社会になるだろうな」

「世直ししたいの？」

「今のは、ついで」健介が硬い笑みを浮かべる。「俺にとって、今の民自党の象徴が田岡家なんだ。目標はあくまで……」

「うちを潰す」愛海は低い声で言った。「それは、私も含めた『うち』なの？」

「君は……俺は、自分が将来どうするかなんて、ろくに考えてもいなかった。子どもの頃から二つの家の因縁を聞かされて、最終的に決着をつけるために新聞記者になった。ジイさんたちが想像しているような決着がついた後、そのまま新聞記者を続けるべきかどうかも分からない。とにかくそんなことばかり考えてきたから、将来どうするか——どんな人とつき合ってどんな人と結婚するかなんて、想像したこともない」

「じゃあ、私は何？」

「こんな風になってるのは、事故みたいなものじゃないか」

「確かに、あなたの車がパンクしてなければ、こんなことにはなってなかったかもしれない。これだけはあなたに信じて欲しいんだけど、私は何か意図や狙いがあって、あなたに声をかけたわけじゃないから」

「分かってる」健介が真顔でうなずく。

「知り合いが困ってるから助けただけ。人間として普通でしょう？」

「そこからこうなるっていうのは……想像もしてなかったけど」

「そう？」愛海はかすかに微笑んだ。「私が風邪引いた時、来てくれたじゃない？　ああいうの、計算してたからできたことじゃないの？」

「冗談じゃない」健介が声を張り上げる。「あれは、本気で心配したんだよ。コロナ禍で、自宅療養している人が亡くなる話を聞いていたから……あんなに焦ったことは、生まれて初めてだった」

「大袈裟よ」

「いや、本気だ。君にもしものことがあったらと考えただけで、死にそうになった」

「その頃から本気になってたの？」

「まあ……そうなんだろうな」

「何で？　私の何が好きになったの？」

「そんなの、自分で説明できない」健介の耳はかすかに赤くなっていた。「ハーゲンダッツの同じテーストが好きだから、ということでは？」

「そういうの、駄目」愛海は首を横に振った。「もしかしたら、許されない関係だから逆に盛り上がったとか？」

「盛り上がってはいない。苦しんでる。どう転んでも、お互いにきつい目に遭いそうじゃないか」

「……そうね」

「だけど、一瞬そういうことが頭から吹っ飛んだんだ。本当に、自分でも説明できないけど。ただ、何て言うかな……君と一緒になると自分が成長できるとか、前向きになれるとか、そういうことじゃないんだ」

「何、それ」健介の回りくどい言い方に、愛海は声を上げて笑ってしまった。

「いや、友だちとかが彼女のことを話す時も、主語はいつも『自分』じゃないか？」

「ああ、分かる」愛海はうなずいた。

「自分がどれだけ楽しいか、自分にどんなメリットがあるか、そういう視点で語るんだよな。だけど俺は違う。正直言って、俺なんかどうでもいいんだ」

「卑下してるの？」

「そういうわけじゃなくて、自分の成長や幸せを、他人に任せたくないっていうか……それに、自分が幸せになるより、相手に幸せになって欲しい。幸せになった相手を見ていると、自分も幸せになれると思う」

「もしかしたら、世話焼きタイプ？」

「自分ではそんなことないと思ってたんだけど、君を見てると……」

「私、そんなに不幸そうに見える？　面倒見てもらいたがってる、みたいな？」

「君は、普通の人に比べれば恵まれてると思う。でもその分、背負ってるものもずっと重いだろう？　ちゃんと話をする前から、俺はそういうことを知っていた」

「私を家から解放したいの？」愛海は少しだけむっとした。結局健介は、祖父に言われた通り、私を田岡家から引き剝がしにかかっている？

「それが、自分でも分からないから困る。こんなことは、家の問題とは引き離して考えるべきなんだろうけど、考えれば考えるほど分からなくなるんだ」

「どっちへ転んでも、私もあなたも不幸になる」

「結局俺も、家に縛りつけられてるんだろうな」健介が溜息をついた。「何だか情けないよ。令和の世の中になっても、まだ家のことを心配しなくちゃいけないのか……君の家ならまだ分かる。名門一家で、政治家の血筋をつないでいくのが大事だというのは、正しいとは思えないけど理解はできるよ。ただ俺の家は、守るほどの価値があるかどうか。所詮ただの新聞記者一家だからなあ」

「そういうことで卑下しなくてもいいんじゃない？　だいたい高樹君の家って、元々は男爵家なんでしょう？　うちよりずっと名門じゃない」

「このご時世に、そんなの関係ないよ。戦後何年経ってると思う？」健介が挑むように言った。「とにかく、考えるのをやめたら負けだと思うんだ。でも、何をどう考えていいか、分からない」

「正直言うと、私も同じ気持ち。私は……高樹君のこと、好きだよ。何であなたみたいな人を好きになったのか、全然分からないけど」

「ひどい言い様だな」健介が顔をしかめる。

「だって、全然タイプじゃないし」

「じゃあ、どんなのが――」

「それは、今言う話じゃないでしょう」愛海はピシャリと言った。「とにかく、自分の感情と現実に折り合いがつかない。でも、あなたの言う通りで、考えるのをやめたら負けだと思う」

「ああ」

「何とか、全部がうまく折り合える方法があるかもしれないでしょう?」

「分からないけど、判断停止したら負けだ」

「誰に?」

「お互いの家族に」

自分たちは、何という家族を背負っているのだろう。一方で、こういう家族の一員でなければ、健介とは出会っていなかったとも思う。出会えた必然、しかし一緒にいれば破滅する未来。


翌朝、愛海は目立たないように気をつけながら健介の家を出た。健介は今日から仕事に復帰するというし、愛海にも通常業務がある。

健介が先に部屋を出て、マンションの周りを警戒してくれた。張り込んでいる車や人はいない。取り敢えず昨夜は監視されていなかったようだと判断し、まず自分の家に戻ることにした。

健介が車を出してくれた。早朝のこの時間だと流しのタクシーは摑まらないし、呼んでもなかなか来ない。Tシャツに膝までの短パンというラフな格好の健介は、軽自動車の運転席で窮屈そうにしていた。本当に体が大きいのだと実感する。しかし、右腕の包帯が痛々しい……。

車中、あまり会話は弾まない。昨夜、一時過ぎまで話しこんでしまい、しかも「結論は出ない」という結論が出た翌朝だけに、会話が少なくなるのも仕方ないだろう。

自宅の前で下ろしてもらって、午前七時。念のため、健介がまたマンションの周りを回って警戒した。車に戻ってくると「大丈夫」と言ってうなずく。

「朝ごはん、食べていく？　トーストぐらい用意できるけど」

「やめておく」健介が即座に首を横に振った。「普段ここにない車が長時間停まっていると、人目につくだろう」

「慎重過ぎ……じゃないわね」愛海もうなずいた。「目立たない方がいいわね」

「これからも気をつけよう。どこで誰の目が光っているか分からないし、慎重過ぎるほど慎重でいい」

「それであなたは、どうしたいの？」たぶん二人とも、心の中では結論が出ている。それでも一歩引いて考えると、どうにもならない状態だということはすぐに分かるのだ。だから互いに、口に出せない。

今は先延ばし。無責任どころか責任放棄かもしれないが、自分たちには圧倒的に経験が足りない。だからただ頭を低くし、目立たないようにしているのが得策、という時期もあるだろう。

自宅で簡単な朝食を食べ、県警本部に向かう。健介は「所轄を回る」と言っていたから、しばらくは顔を合わせる可能性はない。最近、県警本部にご無沙汰だったので、各課を回って愛嬌を振りまいておこう。女性記者も増えたが、まだ多数派とはいえず、男社会の警察で取材していると、依然として好奇の目で見られる。特に自分の場合は立場が特殊――田岡稔の娘だということは誰でも知っているはずだ。それ故、からかわれたりセクハラめいた態度に出られたりすることはないものの、話していても何だかぎこちない感じになることが多い。相手が勝手に緊張してしまうのだ。

県警の中でも、記者が立ち入り禁止になっている部署もある。取材禁止というわけではなく、話が聞きたければドアのところにあるインタフォンを鳴らして、マスコミ担当の次長を呼び出してもらう――そういう面倒なところは避けて回っている最中で、スマートフォンが鳴った。話している途中だったので無視したが、切り上げて廊下に出てから確認すると、報道部から――部長の大杉《おおすぎ》だった。かけ直すと、大杉が遠慮がちに切り出してきた。

「今日の予定、どうなってる？」

「すみません、今のところ出稿の予定は――」

「いや、原稿はいいんだけど、取材予定は入ってるか？」

「今日はありません」

「だったら、ちょっと社に上がってきてくれないか？　昼飯でも食おう」

「はあ……」愛海は身構えた。入社して以来ずっと、「孤食」が推奨されている。外を走り回っている愛海は、実際一人で食事をすることが多い。確か部長は既にワクチンの二回接種を終えているから、あまり心配していないのかもしれないが。

「何だ、孤食を貫いてるのか」

「まだそんな感じです」先日は玲奈と社食で食べてしまったが。

「じゃあ飯はともかく、昼ぐらいの時間に来てくれ。ちょっと話がある」

「何ですか？」

「変わった話だ。でも、悪い話じゃない」

「分かりました」分かりましたと言うしかない。悪い話ではないと言われても、すぐにそれは信用できなかった。

昼前、愛海は本社に上がった。大杉は部長席にいて、パソコンの画面を見ている。愛海に気づくと顔を上げ、「座って」と命じた。愛海は荷物を自分のデスクに置くと、背筋をピンと伸ばして腰を下ろした。

「実は人事というか、君に誘いがきてるんだ」

「誘い？」

「東京へ行かないか？」

「どういうことですか？」出張だろうか？

「テレ日との人事交流の話、知ってるか」

「いえ」

説明を聞いているうちに、愛海は眉間の皺が深くなってくるのを感じた。NBSはテレ日のネット局なのだが、基本的には独立した別々の会社である。しかし近年は連携を強めている。これまでも、役員がテレ日から送りこまれてくることはよくあったのだが、今度は報道部の記者にも東京で取材経験をさせたい、ということだった。

「そんな話、あるんですか？」

「ネット各局とテレ日の方で、そういう交渉をしていたんだ。正確に言うと、ネット局側からテレ日に頼みこんでいたんだけど……たとえばうちにも、東京支社があるだろう？そこで取材している連中もいるけど、テレ日に出向という形にして、二年ぐらい、いろいろな現場を経験させたいんだ。地方には地方の、東京には東京の仕事がある。東京の仕事を、新潟の仕事にフィードバックできるということだな」

「それで——私に東京へ行け、ということですか」

「東京の仕事は、まだ若いうちに経験しておいた方がいいからな。どうだろう？　中途半端なタイミングだけど、十二月から東京へ行ってくれないか？」

「断ったらどうなります？」健介の顔が頭に浮かんだ。「局に迷惑かけますか？」

「いや、他局の記者に話が回るだけだ。東京で取材したがっている記者だって、たくさんいるんだから」

愛海は黙りこんだ。このタイミングでこの話は、どうにも怪しい。まさか、父か祖父が介入しているとか？　特に祖父は、マスコミの内部人事にまで首を突っこめるぐらいの人間なのだ。影響力は広範囲に及んでおり、自分一人を動かすぐらいは簡単だろう。電話一本かければ済むのではないか。

「——考えさせて下さい」

「いいよ。でも、悪い話じゃないぞ。君のキャリア形成のためにもなる」

自分のキャリア……今それが、大きく揺らいでいる。こうやって報道の現場で経験を積み、将来は政治の道へ進む——しかしその道には、同行してくれる健介はいないだろう。

健介と一緒に歩まない人生に、何か意味があるのか？

4

やり過ぎだ、と田岡は憤慨した。桜木からかかってきた電話で事情を知り、思わず言葉を失ったぐらいだった。

新潟事務所のスタッフが人を使い、元秘書の峰岸、それに東日の高樹健介を襲わせた。二人とも命に別状はなかったが、田岡の感覚では明らかに一線を越えている。高樹家を排除するためにはぎりぎりまで知恵を絞るべきだが、暴力的な手段だけはいけない。暴力は、とかく証拠を残しがちなのだ。

「警察は、真面目に捜査しているのか」

「捜査はしています。しかし、裏の事情まで摑んでいるかどうか」桜木も困りきった様子だった。

「峰岸の立場は警察も分かってるだろう」

「しかし、どうつながっているかまでは――」

「危険だ。それに高樹の孫に対しても、やり過ぎだ」

「あくまで脅しでしょうが……」報告する桜木は腰が引けていた。

「万が一死んでいたら、言い抜けするのが難しくなっていた——これは稔の指示なのか?」

「まさか」桜木が否定する。「稔先生が自らこんなことを指示されるはずがありません」

「俺がそっちへ行く。少し引き締めないと、これからが心配だ」

「……分かりました」

「とにかく、いろいろ情報を入れてくれて助かった。あんたみたいなしっかりした人が事務所にいないと、駄目だな。戻る気はないか?」

「隠居の身としては、これが限界です」桜木が低い声で言った。

「そうか……今回は本当に助かったよ。ありがとう」

田岡は桜木を労って電話を切った。事務所のスタッフに指示して、明日の新幹線の切符を確保させる。このところ都内のコロナ陽性者は急速に減ってきていて、緊急事態宣言こそ解除されていないものの、人の流れも徐々に元に戻りつつある。先週のシルバーウィークには近場の観光地が賑わい、高速道路が大渋滞するニュースが伝えられていた——とはいえ、県境を跨《また》いだ移動にはまだ気を遣う。

自宅に電話を入れ、尚子に事情を話す。

「大丈夫ですか？　一人で？」

「ジイさん扱いしないでくれ。まあ、スタッフは一人連れて行くよ」

「そうしてね。何かあったら大変だから」

尚子が自分の体を心配してくれているのは分かったが、それでもむっとする。まだまだ元気で頭も冴えている。稔よりもよほど頼りになるはずだ。

さて、愛海はどうか。あの子のことだから、今回の人事の裏側を見抜いたはずだ。そこでどう判断するか——東京へ戻って来るかどうかは、本当のところはどうでもいい。こちらが本気だということに気づいて、悪い夢から覚め、まっとうな道に戻ってくれればそれでいい。

家が最優先。子どもの頃からそれを叩きこまれてきた愛海には、俺が何を考えているか、当然分かるはずだ。

今回の件はスタッフの暴走だろうが、そもそも稔がきちんと愛海を説得できていれば、こんなことまでする必要はなかった。まったくあいつは、いつまで経っても頼りない。次の選挙は本当に危ないのではないか、と田岡は不安を抱いた。

新潟事務所の小さな会議室に入ると、田岡は「電話はつながないように」とスタッフに命じた。目の前には、田岡が議員を引退してから事務所に入った笹本《ささもと》という男――元々は新潟県警に勤務していたという。どういう経緯で事務所に入ったか、田岡は詳しいことを知らなかったが、今回初めて面と向かって話して、すぐに信用できない人間だという感触を抱いた。

笹本は四十絡みのがっしりした男で、眼鏡の奥の目つきが鋭い。ごつごつした両手を組み合わせ、田岡と正面から対峙する。目は逸らさない。

「いろいろ手間をかけてくれたそうだな」

「稔先生のためです」笹本がどこか自慢げに答えた。

「汚い手を使える人がいると、選択肢が増える。君は、県警では何をやっていたんだ」

「マル暴――暴力団の担当でした」

「今回も、その当時の伝手を使ったのか？」

「それは、大《おお》先生にも言えません」笹本は表情を強張らせる。「お知りにならない方がいいかと」

「そうか……無理に教えてくれとは言わない」田岡はうなずいた。「しかし、どうして峰岸を狙った？」

「警告です」笹本があっさり言った。「峰岸さんが、長年この事務所で大先生に仕えていた功労者であることは承知しています。ただ、辞めたのは……」

「稔のせいか」

「それは私の口からは申し上げられません」

「言わんでいい。迷惑をかけて申し訳なかったとは思ってる」

「大先生の責任ではないでしょう」

「いや、私の教育が悪かった」

実際今は、ひどく後悔している。稔を政治の世界に引き入れるのに、別のルートを取るべきだった——自分の手元に置いてずっと秘書をさせていたのは、結果的に甘やかしにつながってしまったのかもしれない。普通の社会人生活を送らせる、あるいは他の政治家の元で修業させたり、地方議員からスタートして泥を舐めさせる経験が必要だったのだ。結局稔は、四半世紀も自分の庇護下にいたに過ぎない。こんなやり方で、逞しい政治家が育つわけがない。

「峰岸が何をした？」

「東日の高樹記者の取材を受ける予定になっていました。高樹記者は、事務所を辞めた人間の取材を進めていたんです。その結果、非常にまずい情報が東日側に伝わってしまいました」

「……金か」

「受け渡しの現場にいた人間が、その様子を録音していたのではないかと思われます。かなり有力な証拠になりますね」

「誰だ？」

笹本が、元スタッフの名前を挙げた。稔の横暴に耐えかねて事務所を辞める——その前に、自分の身を守るための保険として、証拠を集めていたわけか。峰岸もその辺の事情は知っていた可能性が高く、高樹の孫が接触すれば、記事にできる材料を手にしていたかもしれない。

田岡は、自ら築き上げてきた城が、足元から崩れつつあるのを意識した。それにしても、稔がここまで間抜けな人間だとは思わなかった。スタッフを大事にして、しっかりした信頼関係を作らないからこういうことになる……田岡は、自分も冷たい人間だと言われていることは分かっていた。それでも、スタッフに対して感情的に対峙したことは一度もない。金も使ってきた。だからこそスタッフは、厳しい要求にもよく応えてくれたのだと思う。何も優しくしろというわけではない。理想を共有できていれば、後は人として普通に接すればいい——稔はそれさえできていなかったのだ。

「かなりまずい状況だったわけだな」

「そう判断しました」

「それでこういう暴力的な手段に出たわけか」

「今回の件は、私の一存でやったことです」笹本が頭を下げる。「責任は私にあります」

「この件は、県警には伝わっているのか？」

「誰とも話はしていません。話す必要もないでしょう」

「県警はきちんと捜査しているのか？」

「しているでしょうね。こちらから余計なことを言って、刺激する必要はないと思いますが……県警が真面目に捜査すれば、いずれはこの事務所にたどり着くでしょう」

「そうなった時、守り切れるか？」

「県警は当然、忖度するはずです」笹本がうなずく。「もしも忖度する気配がなければ、私が全て受け止めます」

「君がそこまでする理由は何なんだ？」

「私は、拾ってもらった人間ですので」

「何があった？」

「まあ、いろいろと……私自身の問題ですが、警察を辞めざるを得なくなる状況になりました。それを、稔先生が拾って下さったんです」

「あいつが自分で君をスカウトしたのか？」

「そうです」

それ自体は、悪い手ではない。元警察官をスタッフに抱えていれば、何か問題が起きた時に、トラブルシューターとして使える。しかし笹本は今回、明らかに暴走した。高樹の取材を抑えるなら、別の方法もあったはず……本人にまで手を出したとなったら、この先面倒になるのは間違いない。

「高樹に対しても、警告だったのか？」

「もちろんです。日本の記者は、物理的な危害を受けるとは思ってもいない。実際に命の危険を感じれば、もうまともな取材はできませんよ」

「実際、取材していないのか？」

「それは……」笹本の顔が曇った。

「現場に復帰したと聞いている。脅しはあまり効いていなかったようだな」

「それは……申し訳ありません」笹本が頭を下げる。

「拙速《せっそく》だったな」田岡は目を細めた。「もう少し慎重な方法を考えるべきだった。この件、稔は知らないんだな？」

「事実関係しか知りません」

　当然稔も疑っているだろうが……本当に何も知らないとしたら、それはそれで問題だ。誰も稔に本当のことを教えていない。これでは完全に裸の王様ではないか。

「今後は、余計なことはするな」田岡は釘を刺した。「私の方で、別の作戦を展開している。誰も物理的に傷つけない作戦だ」

「はい」

「万が一にも、事務所に捜査の目が向くようなことがあってはいけない。もしもそんなことになったら——間違いなく君が責任を取るんだな？」田岡は言質を取ろうと念押しした。

「お約束します」笹本がうなずく。顔面は蒼白だった。

「行っていい。通常業務に戻ってくれ」

　笹本が椅子を蹴るように立ち上がり、深々と一礼して会議室を出て行く。田岡は溜息をつき、両手で顔を擦った。稔がどういう経緯で笹本を事務所に引き入れたかは分からないが、間違いなく失敗だった。彼はこの事務所において、危険因子になってしまっている。

　スマートフォンを取り出し、電話帳をスクロールした。「か行」のところで止める。久しく話していなかったが、ずっと電話帳に登録してある名前を呼び出した。この男と話すことで視界が開ける保証はないが、マイナスもないだろう。五十年にも及ぶ因縁がある相手だが、それも今は昔……様々な裏事情を知っているから、意見を聞くには相応しい相手だと思う。

向こうがどう思っているかは分からないが。

木原《きはら》は、現役を引退してから新潟に居を構えていた。古い港町である室町《むろまち》の中では、比較的新しい家……確か六十五歳で会社勤めを辞め、その後ここに新築の家を建てて引退生活を送っている。

ある意味これは、純愛の物語だ。

元々警察のキャリア官僚だった木原は、新潟県警の捜査二課長時代、田岡と関係ができた――田岡が木原を籠絡《ろうらく》したのだ。しかし木原を使って県警の捜査を抑えようという動きは失敗し、彼は結果的に警察を辞めざるを得なくなった。田岡としては、そのまま木原を見捨ててしまってもよかったのだが、さすがに良心が咎《とが》めてゼネコンへの就職を斡旋した。結果、木原は過去を隠したまま役員にまで出世したのである。

木原を自分の懐に引き入れるのに使ったのが、女だった。当時、新潟・古町にあった高級なナイトクラブで何度も接待して女をあてがい、骨抜きにした。問題は、木原がこの女性にのぼせ上がってしまい、冷静な判断ができなくなったことである。そこから先は、田岡が想像もしなかった展開になった。木原はこの女性をどうしても諦めきれず、警察を辞めてからも暇を見つけては新潟に通い詰め、とうとう結婚してしまったのである。驚くべき執念……その後は仲睦まじく暮らしていたようだが、自身の定年を機に、この女性の出身地でもある新潟へ戻って来たのだった。木原は新潟県警から追い出された人間であり、新潟に住むのは居心地が悪いのではないかと思ったが、あの件からはもう何十年も経っていた。当時彼と対立した部下たちも、多くがこの世を去った。彼にとって不快な人間は少なくなり、意外に快適な環境で暮らしているのかもしれない。

電話をかけると、木原は家で待っていると言った。特に拒否するわけでも、歓迎するわけでもない。木原にとって田岡は、自分の人生を壊し、そして再構築した人間なのだ。田岡に対して抱いている感情は、簡単には推測できない。

事務所の車を使い、木原の自宅を訪れる。室町界隈は静かで、散策するといろいろ見どころもあるのだが、今日はそんな余裕はない。木原の自宅は、二階建てのこぢんまりとした家だった。車が停まると、すぐに玄関のドアが開いて木原が出て来る。さすがに老けた――自分より二歳年上なのだが、髪はすっかりまばらになって、腰は曲がり、杖が必要に見えるぐらいだった。

「どうも、ご無沙汰しまして」田岡は頭を下げた。

「少し歩きましょうか」

家で話すのではないのか、と田岡は訝った。それを察したのか、木原が「女房が帰って来ましてね」と告げる。それは確かに居心地が悪い。彼女も田岡を覚えているだろうし、顔を合わせるのは賢い手ではない。

二人は五分ほど歩いて、小さな公園に入った。道路より高い位置にあり、階段が……八段。手すりもなく、木原は階段を昇るのに一苦労していた。膝も悪いのかもしれない。子ども向けの遊具なども置いてあり、緑が豊かで静かな公園だった。

こんな公園があっただろうか、と田岡は首を傾げた。途中、公園の由来を記した碑文があったのでさっと目を通す。かつて新潟には「水戸教《みときょう》」と呼ばれる港の水先案内人がいたのだが、そういう人たちの活動を記念して造られた公園、ということだった。いかにも古い港町らしい話である。公園の中はさらに高台になっていて、そこへ登れば海が一望できそうだが、木原の足では坂を上がるのに苦労するだろう。

二人は、木陰のベンチに腰を下ろした。九月も終わりに近いというのに、今日は夏のように暑い。田岡はマスクをかけ直して、話を始めた。

「いろいろと面倒なことになっていましてね」

「私に何か期待されても困る」木原がモゴモゴと言った。「あなたのために、二度も仕事をした。二度とも、あまりいい記憶ではない」

木原は、二十五年前に東日を貶める作戦を展開した時にも手伝ってくれた。嫌々ながら……彼にすれば、思い出したくない出来事だろう。

「今、県警で話せる人はいますか」

「まさか」

木原が咳きこんだ。すぐに治ったが、不安になる。コロナも怖いし、この年齢になると激しい咳がきっかけで誤嚥《ごえん》性《せい》肺炎になる恐れもあるのだ。

「──失礼」木原がマスクをかけ直す。「私は新潟県警を追い出された人間だ。辞めてから、まったくつながりはありません」

「元県警の人間が、うちの事務所にいます」

「権力を引きずりこみましたか」

「私がやったわけではない」田岡は反論した。「……とにかく、そういう人物がいます。その男が、少し乱暴な手を使った」

「ほう」

「どう思いますか」

「どう、と言われても」木原が力なく首を横に振った。振ったというより、頭の重さを支えられずにぐらついてしまった感じだ。

「県警がどう出るか分からない。問題を起こして辞めた人間なので、容赦しないかもしれない」

「バックにあなたの事務所があっても？」

「それが読めないから困っている」

「あなたは……あなたたちは、五十年も経つのに、相変わらず同じようなことをしているわけですか」木原が溜息をついた。「いい加減、権力を無駄遣いするのはやめたらどうですか。他にやるべきことがあるでしょう」

「まず、自分の身を守らないと」

「多くの人は、自分の身を守るための権力を持たない。そういう力を行使することが、世間の常識からかけ離れていることに気づきませんか？」

「政治家には政治家の事情があるんですよ」この会話に早くも苛ついてきた。木原も一度は、権力中枢の階段を上がっていた男である。大昔の話だが、その時の感覚はまだ残っているのではないだろうか。政治家特有の事情も理解しているはずだ。

「分かりますが、そういうのはもう時代遅れでしょう」

「そう簡単には、事情は変わりませんよ」

「息子さんの選挙が危ないのでは？」

　田岡は黙りこんだ。新聞などでは、まだ選挙情勢は伝えられていない。日常的にそういう事情に触れる政治関係者の間ではよく知られた話だが、木原が政治活動を通じて事情を知っているとは思えなかった。

「私のように、ひっそり暮らしている人間の耳にも、そういう話は入ってきますよ。焦る気持ちは分からないでもないですが、堂々と戦うべきじゃないですか。それとも、また金が飛び交っているんですか？」

「それは失礼な言い方だな」むっとして言い返す。

「結局あなたの考えもやり方も、五十年前と変わっていないんじゃないですか？　票は金で買えると思っている」

「そんなことはない」

「そうですか……それならいいですがね」木原が膝を叩いた。「比例で復活当選ができるように、せいぜい名簿順位を上にするんですな。無駄な金を使う必要はないでしょう」

　それほど危ないのか？　金で票を買っても当選できないと？　木原は、自分が知らない危険な情報を知っているのではないだろうか。

「あなたも、いい加減身を引いた方がいい」木原が忠告した。「七十も半ばなんですから。

まだ元気で頭もはっきりしていても、いつまでも居座っていると、若い人たちが活躍できない。今の民自党の衰退の原因はそれですよ。世代交代ができていない」

「民自党は衰退していない」

「それは、次の選挙の結果を見てから言うべきですな。民自党は、大幅に議席を減らすでしょう。あなたのような長老が、いつまでも居座っているからだ」

「私はもう議員を退いた」田岡は反論した。

「しかし今でも影響力があるはずだ。息子さんの選挙が心配で、あちこちに話を持ちかけているんじゃないですか？　しかし息子さんの選挙活動は上手くいっていない。それでまた、金をばらまいているんですか？」

「選挙は、息子とそのスタッフに任せている」

「だったらあなたは、そろそろ本格的に引退を考えられた方がいい。あなたは五十年も民自党で政治活動をしてきた。もう十分でしょう。長老政治の弊害を、真剣に考えないといけないですね。これ以上続けると、あなただけではなく民自党の命脈が尽きる」

「ずいぶん政治情勢にお詳しいようだ」田岡は皮肉を吐いた。

「世間の人は、皆民自党に反発しているんですよ。コロナ対策の失政続きを見せられて、疲れ切っている。次の選挙は、本当に大変でしょうね」

「ご心配いただかなくても、危機感を持ってやっていますよ」

「それが長老政治なんです」木原が皮肉をぶつけてきた。「議席を譲っても、未だに自分が現役のように話す。口は出していないと言っても、あなたは民自党の顧問だ。党に対して未だに影響力がある。あなたの目的は何ですか？　民自党の政権を永遠に続けることですか？」

「安定した政権運営と行政の動きこそが、国民を安心させるものですよ」

「それは、その政権が腐っていなければ、という前提だ」

「民自党が腐っていると？」

「民自党と、民自党を支える官僚も、です」木原が溜息をついた。「私はね、時々自分が警察官僚のままでいたらどうなっていただろうと考えることがありますよ。自分も民自党の権力の中に巻きこまれていたか、あるいは是々非々で悪いことは悪いと断罪していたか。もちろん、警察は政治家の汚職を摘発することはない。そういうのは検察の仕事だ。そしてあなたは、政治家を諫めることができる検察とマスコミを腑抜けにしてしまった。全ては民自党を守り、権力を維持するためだ」

「それが結果的に、日本のためになる」

「果たしてそうなのか……一度立ち止まって考えたらどうですか？　自分がやってきたこ

とが本当に正しかったかどうか……少しでも間違っていると思ったら、本当に引退された方がいい。それで新潟に引っこんだらどうですか？　暇潰しには、私が碁将棋の相手になってもいいですよ」

「動ける限りは動く、それが政治家というものです」この話し合いは永遠に平行線をたどる、と悟った。いつかは定年を迎える官僚・会社員と、死なない限りは政治活動を続けられる政治家では、仕事に対するスタンスもやり方も違う。所詮この男は、政治家に踏みつけられて終わる人生を送ってきたのだし、少しでもアイディアがないかと頼ってきた自分が馬鹿だった。

「時間を無駄にして申し訳ない」田岡は謝った。

「いえ……帰りますか」木原がのろのろと立ち上がる。手を貸さねばならないのでは、と心配になるほど危なっかしかった。

二人はゆっくりと、木原の家に引き返し始めた。本当にゆっくりで、木原のペースに合わせていると、ひどく歩きにくい。

老いたくはないものだ。二度、自分の人生と交錯した男の老いを目の当たりにすると、自分がまだ元気なことを誇らしく思うと同時に、かすかな恐怖も感じる。自分も近いうちに、こんな風にヨボヨボになってしまうのではないだろうか。

「うちには子どもがいない。当然孫もいない」木原が唐突に切り出した。「この先が心配だし、不安になることもありますが、反面気楽ですよ。家を守る必要がないわけですから」

「何が言いたいんですか？」この男は稔のことを念頭に置いているのか、あるいは愛海の存在を知っているのか。

「いや、独り言です。あなたがこの五十年間やってきたのは、田岡家の名前を将来へつなげることだった。アメリカと対等の日本にしたい、とおっしゃってましたよね？　そういう夢や希望のために努力したんですか？　家を守る、それであなたが得たものは何だったんですか？　胸を張って、それを皆の前で言えますか？」

答えられない質問だった。

第六章　明日への決断

1

「東京へ？」健介は思わず声を張り上げた。しかしすぐに冷静になって黙りこむ。会話の内容が漏れたらまずい……ここは家ではなく、関屋浜海水浴場の駐車場に停めた車の中だ。家よりも、人気《ひとけ》が少ない外で会う方が安心ではないかとこの駐車場まで来たのだが、夜十時近いというのに、周りには結構車が停まっている。いつまでも夏が続きそうな陽気の中、夜の海辺へドライブしようとするカップルがたくさんいることは、想像しておくべきだった。コロナ禍で、普通に食事デートもできないのだから。

「祖父の差し金だと思う」

愛海が低い声で答える。彼女の場合は、外に声が漏れないようにしているわけではなく、怒りを抑えこもうとしているのだと健介には分かった。

「そうか……君の家は、メディアの人事にも介入できるのか」

実際、田岡はかつて東日の人事――上層部の人事にも影響を及ぼしていたそうだ。社会部人脈を排除し、聞き分けのいい政治部の人間を社長や編集局長に据えて、実質的に社論までをコントロールしていたという。しかし今はどうだろう？　現在の社長は、久しぶりの社会部出身である。田岡が議員を引退して、政界からの影響力もなくなったのだろうか。

「いきなり言われてびっくりしたけど……人の動かし方としては、上手い方法だと思う」

「栄転みたいなものだからな。断るのは難しいだろう」冷静に言ってみたものの、腸《はらわた》が煮えくり返っていた。人事で人を抑えつけるのは、今の民自党の常套と言える手口だ。それで官僚は骨抜きにされ、完全に民自党と官邸のコントロール下に入った。健介の感覚では、戦わない官僚も悪い。

「それで……君はどうする？」

「受けない」愛海が、小さいがきっぱりした口調で断言した。

「それでいいのか？」

「絶対に祖父の策略だから。あなたと私を引き離すために、もっともらしい作戦を考えたのよ」

「だけど断ったら、これから会社にいづらくなるんじゃないか？」

「私が断ったら、他局に話がいくだけよ。別に、何かペナルティがあるわけじゃないでしょう」

「だけど、人の目がある」

「高樹君がそういうことを気にする人だとは思わなかった」愛海が鼻を鳴らす。

「俺の問題だったらどうでもいい。君のことだから心配なんだ」

「そっか……」愛海がうつむく。代車の軽自動車は、フォレスターよりも助手席との距離が少し近い。彼女の体温や息遣いさえ感じられるようだった。「心配してくれるのはありがたいけど、自分の面倒は自分で見られるから」

「いろいろ我慢してまで、政治家になりたいか？」

「正直言って、今は分からない」愛海が首を横に振った。「そうなるのが当たり前だと思って育ってきたけど、そのせいで他の可能性をまったく考えてなかったから。いつ結婚するか、子どもはどうするか……不確定要素が多過ぎて、考えると思考停止状態になる」

「政治家を諦めるつもりはない？」

「あなた、本当は私を高樹家に引きこもうとしてるの？」

「正直言って、自分でも分からないんだ」今度は健介が首を横に振る番だった。「俺はここで、君が田岡家を見限る材料を出すこともできるんだけどな」

「何？　嫌な話？」

「ああ」健介は迷った。田岡稔の愛人問題──スキャンダルではあるが新聞では書けないこの問題を打ち明けたら、愛海はどんな反応を示すだろう。こんな話で父親に対する嫌悪感を植えつけようとするのは、あまりにも卑怯なやり方ではないだろうか。健介は正直に打ち明けた。「この件で、君はお父さんを見限るかもしれない。でも、見限ってもらうために話すわけじゃない」

「言ってみて。あなたが考えているよりも、私は冷静だから」

「君のお父さんには愛人がいる。証拠も押さえている」

「ああ……」愛海が気の抜けた声を出した。ちらりと横を見ると、呆れたような表情を浮かべている。「やっぱりね」

「やっぱり？　何か知ってたのか？」

「少し前から、変な感じがしてたの。家族なら、そういうこと、何となく分かるじゃない。本人は、東京と新潟を行ったり来たりで忙しくしているから、気づかれないと思っているのかもしれないけど……どこの人？」

「新潟」

「何者？」

「それは、まあ……」健介は言葉を濁した。

「水商売の人？」

「そんな感じだ」

「まったく……」愛海がシートに背中を押しつけた。「他にはバレてない？」

「それは分からない」彼女のこの反応が、健介にはイマイチ理解できなかった。

「あなたが想像しているようにはならないわね……私の気持ちは」

「家を見限ることはない？」

「今の話は予想の範囲内だったから。まあ、許し難いことではあるけど、どちらかというと私じゃなくて両親の問題でしょう」

「こういうこと、前にもあったのか？」

「私は具体的には知らないけど、あったかもしれない。何か……父はいつも窮屈そうにしているから、捌《は》け口が必要なのかも」

「夫婦仲は？」健介は一歩踏みこんで訊ねた。

「母の実家、藤島製菓なのよ」

「それは知ってる」田岡家の情報――基本的な人間関係は、既に把握している。

「今は伯父が跡を継いで社長をやってるけど、要するに母の実家が大スポンサー」

「じゃあ、頭が上がらない……」

「祖母の勧めで結婚したっていう話なんだけど、父には窮屈な結果になったかもしれないわね」

「そうか――俺には想像もつかないけど」愛海にもそういう縁ができるかもしれないが。彼女自身が出馬しなければ、いい家柄の男を掴まえて婿養子にする、という手も考えられる――いや、そんなことはあってはいけない。彼女の横にいる男は、俺であるべきなのだ。

「考えてみると私も、自分の意思でできることなんか、ほとんどない――今までは何一つ、自分で決めてこなかったかもしれない」愛海が打ち明ける。「高校も大学も就職も、親のアドバイス――アドバイスっていうと聞こえはいいけど、何となくそういう方向へ流されてしまった。こうやってあなたと一緒にいるのは、初めて自分の意思で……」

「籠の鳥、か」

「籠から出ようとして初めて、今まで自分が窮屈な思いをしていたって分かるものね」

「出ようとしてるのか？」

「あなたは大丈夫なの？」愛海は健介の質問に直接答えなかった。「あなたのお祖父さんは、私を利用しようとしている。それでうちの家を潰したら……私は用なしになるわよ」

「違う。君は、俺には必要な人だ」

「……ありがとう」

「俺も、記者でいるべきかどうか分からなくなってきたよ。君と同じで、子どもの頃からそうすべきだと叩きこまれてきて――家族に洗脳されていただけかもしれない。でも、君のお父さんの問題については、書かなくてはいけないと思う。書いたら俺たちは……」

「昔だったら、行き詰まって心中でもしてるところね」

「よせよ」この状況では洒落にならない感じだった。

「ごめん。でも、今のところ、現状を打破する手はないわ。私もあなたも、今の仕事を辞める決断はできていない。お互いの家にも縛りつけられている」

「家族の問題だから、相談できる相手がいないんだよな」零した直後、その考えは間違いだと気づく。「いや、一人だけ、相談できそうな人がいる」

「誰？」

「古い知り合い。家族同然につき合ってきて、頼りになる人なんだ」

「すぐに話せる？」

「いや、東京なんだ。どうしようかな……こんな話、電話ではできないし」

「そうか」愛海が溜息をつく。「でも、私たちだけで話し合っていても、結論は出そうにないわね。パターンはいくつか考えられるけど……一つ、私が田岡家を出て、あなたのところに転がりこむ。二つ、あなたが記事を書かないで、家の命令に逆らう。三つ、全部忘れて別れる。何もなかったことにする」次第に声が小さくなってくる。

「三つ目だけはない」健介は強い口調で言った。「ないけど……前の二つも現実味があるとは思えない」

「参ったね……」

経験の少ない二人だけでの話し合いは、この辺が限界だろう。知恵も覚悟もない。やはりどうしても、人生の先輩に相談したかった。

「一日、休みを取って東京へ行くよ。東京の陽性者数も減ってきたから、今なら動けると思う」

「私も行こうか？」

「いや、一人で行く。目立たないようにしよう。君の方、テレ日への出向の返事は、いつまでにすればいいんだ？」

「九月中には」愛海が腕時計を見た。

「分かった。だったら俺たちも、九月中に結論を出そう。何とかこの状況から抜け出すために」

「抜け出せたらどうするの？」

「それは——」そこから先を言ったら、プロポーズになってしまう。しかし、こんな状況で愛の言葉など口にできない。「その件については、ちょっと時間をくれないか？」

「何、その事務的な言い方」愛海が軽く笑った。

「いや……そう言えば、四つ目の選択肢がある」

「何？」

話した。愛海の表情がゆっくりと暗くなる。

「あなた、それ、できる？」

愛海の即座の問いかけに、健介は黙るしかなかった。たった二十三年間の人生とはいえ、これまで積み重ねてきたものを全て捨てる……そんなことができるのか？


健介は一日だけ休みを取った。その気になれば、半日あれば東京と新潟は往復できるのだが、少し時間に余裕を持つことにした。面会の時間がどれだけかかるかが分からない。久しぶりの東京。夏休みも帰らなかったから、ほぼ半年ぶりになる。新幹線が大清水トンネルを抜けて群馬県に入った瞬間、奇妙な緊張感を覚える。アドバイスをくれる人に会う時間が迫っているからではなく、コロナ禍のせいだった。首都圏に比べれば感染者が少ない新潟の人たちは、新型コロナを徹底的に警戒している。都内の企業と取り引きのある県内企業は、「東京への出張禁止」「東京からの出張受け入れ禁止」の方針を貫いているところも多い。一種の「自主ロックダウン」で、ある程度人流が抑えられたのは間違いない。もっとも神経質になり過ぎるあまり、東京で暮らす子どもたちに「絶対帰省するな」と厳命して、親子関係がぎすぎすしてしまった家族もあるようだ。

そんな中で、自分は東京へ行って帰って――新型コロナウイルスを一人で伝搬しているような気分になる。そもそも、公共交通機関に乗るのも半年ぶりなのだ。新潟はやはり、マイカー中心の街である。勤め先と家の往復をするだけのサラリーマンや学生はともかく、新聞記者のように、仕事でどこへ行くか分からない人間は、基本的に移動には車を使う。車移動自体が、新型コロナ対策でもあった。

新幹線が満席になっていないのが、まだ救いだった。東京では緊急事態宣言が続いており、県境を跨いだ移動に関して「自粛」のお願いが出ているせいだが、新幹線といえば混んでいるのが当たり前のイメージだっただけに、健介は状況の異様さを改めて感じることになった。

東京駅に着いて雑踏に紛れると、少しだけ気が楽になった。これだけ多くの人が、普通に動いて仕事をしている。自分もその中に入っていくだけだ――今日は仕事ではないが。丸の内線で銀座まで移動し、少し歩く。銀座も本当に久しぶりだったが、人の少なさに違和感を覚えた。かつて銀座を埋め尽くしていた外国人観光客の姿は、まったく見当たらない。

松永の弁護士事務所は、健介にとって懐かしい場所である。元々松永は、祖父が現役の記者だった頃のネタ元である。その頃は検事。検事を辞めてからは弁護士になり、家業である紳士洋服店が入っているビルの上階に、事務所を開設した。銀座四丁目の交差点近く――ということは、東日の本社からも遠くない。ここにいるだけで、何となく祖父に監視されているような気分になった。

午前十時半、一階の洋服店はまだオープンしていない。妙に懐かしい……実は健介も、就職祝いのスーツをこの店で作った。昔は「この店でオーダーするのが東証一部上場企業役員の矜持《きょうじ》」と言われるぐらいの高級店だったそうだが、今は若いサラリーマンでも手を出しやすいセミオーダーのスーツも扱っている。とにかく安いファストファッションの店ばかりがのさばる中、銀座で何十年も同じ商売を続けているのは、それだけですごいことだと思う。

松永の弁護士事務所には、小学生の頃からしょっちゅう来ていた。祖父のお供で……というパターンが多かったと思う。その頃祖父はまだ東日の副社長で、平日は会社へ行っていたはずだが、どうして孫を連れてこんなところへ来たのだろう？　今考えると記憶は曖味だ。

その後、一人でここを訪れたこともあった。大学生になったばかりの頃だが、子どもの頃から言われていた「新聞記者になれ」という指令をあまりにも重く感じてしまった一時期がある。別の道もあるのでは、と松永に相談しにきたのだった。具体的には、検事。健介は文学部ではあったが、法学部の大学院に進学して法曹の道に進む手もあった。松永は「やめておけ」とは言わなかったものの、終始乗り気でなかったのを覚えている。検事時代、自分が辛い思いをしたせいかもしれない。「検事っていうのはな」松永がぼそりと漏らしたものだ。「所詮は公務員なんだ。いつでも自分の思うように仕事できると思ったら大間違いだぞ」——その言葉は、検事を断念させるだけの力を持っていた。

基本的に松永は、頼りになる「大人」だった。常に冷静で余裕があり、健介の話を上手く吸収して綺麗な形で打ち返してくれた。結局法曹の道を諦め、新聞記者になろうと決めたのも、松永に「人生で一回ぐらいは家族の望みを叶えてやるのもいいぞ」と言われたからだった。ただし松永は、「復讐のため」という祖父の本音を知らなかったと思う。少なくとも当時は。

「よう、坊主。久しぶりだな」

事務所で出迎えてくれた松永は、昔と同じように健介を「坊主」呼ばわりした。思わず苦笑してしまったが、ずっと変わらないものが一つぐらいあってもいい……。

「ご無沙汰してます」

「半年ぶりか？　三月に会って以来だな。何だか、スーツも板についてきたじゃないか」

ニヤニヤ笑いながら松永が言った。

「いや、なかなか……まだネクタイを締めるのが苦手ですね」

「ちゃんとやれてるぞ」松永が、健介をざっと見て言った。「ディンプルも綺麗にできてる。長さのバランスもOKだ」

家業が洋服店ということで、松永は昔から服装にうるさかった。最近は、夏でなくてもネクタイを締めないのは普通だし、仕事場での服装もどんどんカジュアルになってきているというが、そういう状況は彼には許し難いことのようだ。初めてこの店でスーツを作った時は、松永自ら指導して、鏡の前で何度もネクタイを締めさせられたものである。松永曰く「ネクタイなしでスーツを着るのは、下着一枚で街を歩いているようなものだ」。それはあくまで、昔の常識だと思うが……。

「ま、座れよ」

松永はもう、この事務所での仕事を実質的に後輩たちに任せているようだが、今でも自分の部屋を持っている。デスクの背後には、ずらりと法律書が並んだ書棚。四人が座れる応接セットがあって、昔はここで依頼人とシビアな話し合いをしていたのだろう。

「で、今日はどうした。わざわざ休みを取って東京へ来るなんて、よほどのことじゃないか。ジイさんのところへは顔を出したのか」

「ジイさんには相談できないことなんです。それで、ここへ直行しました」

「ほう……」松永はコーヒーカップ越しに健介の顔を見詰めた。「高樹抜きで、か。となると、穏やかな話じゃないな」

「ええ」健介は指先をいじった。爪が伸びているのに気づき、慌てて両手を腿の横に下ろす。「髪と爪は常に清潔にしておけ」というのも松永の教えだった。新聞記者なんて一種の接客業なんだから、第一印象が全てだぞ。当然、風呂にも毎日入れ――。

「分かってるよ。彼女のことだろう」

「え？」健介は思い切り顔を上げた。

「聞いたよ。坊主、高樹と話したことは、全部俺へ筒抜けになってると思え」

「俺が話したわけじゃないですよ。ジイさんが勝手に探り出したんです」

「何だ、あいつ、いい歳こいて探偵みたいなことまでしてるのか」松永が鼻を鳴らした。

「いや、新潟支局長が……二十五年前にジイさんと一緒に仕事をしたんです。今回の件にも絡んでいて、向こうでの司令塔になっている」

「じゃあ、お前も迂闊《うかつ》なことはできないな」

　支局長の美智留のことは信頼している。経験豊富なベテランだし、何より二十五年前に祖父と一緒に苦杯をなめたので、気持ちも同じ方向を向いていると思っていた。しかし愛海との関係を祖父に知られてしまった時には、かすかな疑いを抱いたものだ。美智留は自分の仕事を見守るだけではなく、「監視」まで命じられていたのではないか？　ということは、自分はそれだけジイさんに信頼されていないことになる。

「行き詰まりました」

「だろうな。事情は聞いてる。どう見ても無理筋だよ、これは」

「決めつけないで下さい」健介は思わず抗議した。

「先読みして早く結論を出すのが、弁護士のやり方でね。結論ありきで始めないと、弁護の方針が立てられない。状況が変わったら、やり方を変えればいいんだ……とにかく、話してみろ。今どういう状況なのか、二人がどんな風に考えているのか」

　つき合い始めたきっかけを話しても仕方ないと思ったので、健介は彼女の立場などを説明した。松永はメモも取らずに聞いている。メモするような話でもないのだが、松永は昔から異様な記憶力の持ち主だった。七十代も後半になるのに、まだその記憶力は健在で、打ち返してくる質問は一々的確だ。

「しかし何だな、君ら最近の若い者は情熱がないな」

「はい？」

「情報ばかり集めて、ぐだぐだ悩んでいるだけじゃないか。若いんだから、思い切って動けばいいんだよ」

「どう動けばいいか分からないから、困ってるんじゃないですか」健介は口を尖らせて言った。

「恋愛経験の少ない若者は、これだから困るな」松永が鼻を鳴らした。

「恋愛経験豊富な人でも、こんな話だったらどうしようもないでしょう」

「そうか……しかし、やはり君らは熱が足りない。ジイさんの話、知ってるか？　ジイさんというか隆子さんの話だが」

「バアさんがどうかしたんですか？」

「あの二人の馴《な》れ初《そ》めさ」

「ああ……聞いたことはあります」知っている話だったが、松永に喋らせておくことにした。松永は、喋っていれば上機嫌、というタイプである。

「隆子さんは、新潟バスの社長の娘だった」

「そうですね」

「二人の交際は、隆子さんの家も認めていた。当時は、新聞記者といってもそんなに給料が高いわけじゃないし、社会的ステータスが高かったわけでもないが……しかし高樹と新潟バスの間でトラブルが起きた」

「それは──例の大型選挙違反事件に関してですよね？」

「ああ」

松永がうなずき、コーヒーを一口飲んだ。そう言えば少し声がかすれているようだが、大丈夫だろうか？　半年会っていないだけだが、松永もやはり歳を取った、と思う。

「新潟バスの社長も陣営から金を受け取っていて、高樹はそれを記事にした。当然、激怒されるよな」

「その記事は読みました」祖父の古いスクラップで確認していた。コピーして、今でも手元に持っている。「激怒するのは分かります。でも結局、ジイさんたちは結婚した──その辺の事情はブラックボックスになっていて、俺には本当のところは分かりません」

「隆子さんが、高樹のところに転がりこんだんだよ。もちろん、勘当されるのを覚悟でな。君には信じられないような話かもしれないが、これだけは分かってくれ。隆子さんはそれだけの覚悟を持って、高樹のところへ行ったんだ。つまり、家を捨てた。今から五十年も前の話だぞ？　どれだけ大変だったかは、お前にも分かるだろう」

「バアさんの場合は、守るべきものが少なかったんじゃないでしょうか」

「まあ、そうだな。お前は、難易度が五段階ぐらいアップしている」

「だから困ってるんです」

「お前な」松永がコーヒーカップをテーブルに置いて座り直した。「子どもの頃から、田岡家との因縁は散々聞かされてきただろう？　当然田岡家を許せないと思っている」

「今の政治を悪くしたのは、田岡家だと思ってますよ。個人的な――家と家との喧嘩じゃない。あの家を叩き潰さないと、日本の政治はどんどん悪くなる」

「それは、俺もそう思う。しかし実際のところ、どうなんだ？　田岡家を叩き潰したら、お前の恋人の立場はどうなる？　家を潰された後でも、お前とつき合えると思うか？　彼女には彼女で、家に対する思いもあるだろう。本気で政治家になろうとしているなら、なおさらだ」

「彼女も判断に迷っています」そこでようやく、健介はコーヒーを飲んだ。ひどく苦く、砂糖とミルクを加えたくなったが我慢する。今はこの苦さが、自分の心情に合っているような気がしていた。

「だろうな。それで、肝心のお前はどうだ？　高樹家の長年の恨みを一身に背負って、田岡家と最後の大喧嘩をしようとしている。子どもの頃から言い聞かされてきたからそうするのが当たり前だと思っているかもしれないが、こんなのは世間的には異常だぞ」

「松永さんは否定するんですか？」

「俺は……逃げた人間だ」松永が溜息をついた。

「逃げた？」

「お前に話したことはないが、二十五年前、特捜部で副部長をやっている時に、俺は田岡の罠にかかったんだ。そして高樹と一緒に沈没した」

「その話はジイさんから聞きました」

「そうか……高樹はそれでも折れなかった。報復すべく、長い時間をかけて準備してきたんだ。しかし俺は、降りた」

「諦めたんですか」

松永が無言で健介を凝視する。途端に居心地が悪くなり、健介は体を揺らした。松永が緊張を解くように長く息を吐き、一人がけのソファに背中を預ける。

「検事はな、何か問題を起こして地方に飛ばされると、その後リカバリーできないんだ。若い頃ならともかく、俺はもう五十歳を超えていて、特捜部副部長としての責任もあった。だから、いくら足掻《あが》いても検事としては復讐のチャンスは来ない――だったら、退官まで田舎で息を潜めているのは馬鹿らしいと思ったんだ」

「それで弁護士になったんですね？」

「弁護士として、田岡に対峙する手段もあるんじゃないかと思ったんだよ。しかし、その読みは甘かった」松永がまた溜息をつく。「弁護士の仕事も、真面目にやればやるほど忙しくなる。それに俺は、人間関係もあって『近田《ちかだ》事件』の弁護団に加わった」

健介は無言でうなずいた。東京で起きた殺人事件を巡っての冤罪《えんざい》裁判で、弁護団は再審を勝ち取り、最終的には被告の無罪が確定した。冤罪事件は終戦直後が多く、最近では珍しいケースと言っていいだろう。

「あれで十年近く、時間を吸い取られた。無罪が確定した時には、俺はもう六十三になっていたからな。他にも、弁護士として責任を持って取り組まなければいけない案件が増えて、田岡家のことを考えている余裕はなくなった。高樹には申し訳ないことをしたが」

「そうですか……」

「しかし俺は、高樹の暴走を心配していたんだ。そもそも、一人の人間の恨みが何十年も続くことがおかしいし、人間、歳を取れば気力も執念も失われる。高樹は今でも元気だといえば元気なんだが、こういう状態は不健康だと思うぞ」

「じゃあ、田岡家は放っておけというんですか？」

「何もしなくても、遠くない将来に自壊するんじゃないか？　今の田岡稔は、いろいろ問題を抱えていると聞いている」

「表に出ていないだけで、スキャンダルは多い人ですね」健介はうなずいた。

「しかしお前は、そのスキャンダルを明るみに出して田岡家を潰そうとしている。一方で、田岡の孫とは一緒になりたい――その状況の板挟みになってるんだな？」弁護士らしく、松永は論理的にまとめてきた。

「ええ」

「これはゼロサムゲームにはならない。お前が我を押し通して田岡家を潰し、彼女と結婚しても、お前の中には必ず澱《おり》のようなものが残る。それは一生消えないぞ」

「――覚悟しています」祖父はその辺を、簡単に考えているのだろう。しかし一足す一が必ず二になるのとは訳が違う。人間の心の動きは、綺麗に計算できるものではないのだ。

「だったら予定通り、田岡家を潰すか？　それでもその後、彼女と上手くいくとは限らない。どう転んでも、お前と彼女の得失点の合計がゼロで終わることはないんだ。必ずマイナスになる」

だから迷っているんだ――健介は、顔が突っ張るような感覚を味わっていた。結局、松永も頼りにならないのではないか？

「説教していいか？」

「松永さんの話の半分ぐらいは、いつも説教じゃないですか」

「馬鹿言うな」松永が鼻で笑った。「まあ、ジジイの繰り言と思ってもいい……俺は八十年近く生きてきて、いろいろな世代の人を見てきた。その結果としての、最近の若い人論だ。うちの孫にも言いたいような話でもあるんだが」

「はい」健介も座り直した。

「最近の若い連中は、まず『自分が』という傾向が強いんじゃないか？　二十代なんて、まだまだ自分が確立してないのに、絶対に日常を変えたがらない。生活のペースや趣味は、あくまで自分のやりたいように、ということなんだろう。恋愛や結婚に関しても同じだ。例えば結婚しても独身時代の趣味は変えたくない、同じような生活パターンを守りたいと思ってる人が多いだろう？　だからこそ自分と趣味嗜好や価値観が合う人を探し続けて、結婚に踏み切れない人が増えて、晩婚化が進んでいるんじゃないかな。自分とそんなにぴたりとくる人は、簡単には見つからない」

「それは……あるかもしれません」この前、愛海に同じようなことを言った、と思い出す。

健介も愛海との結婚を考えるが、二人でどういう風に暮らしていくのかは、まだ想像もできないのだった。健介には趣味らしい趣味もないから、そういう部分を犠牲にするようなことはないと思うが。彼女の方はどうだろう？

「お前たちよりも上の世代は、結婚すれば生活が変わるのも普通だと思っていたんだよ。俺もそうだった。まあ、俺たちぐらいの世代になると、だいたい奥さんが合わせてくれたものだけどな」

「今はそういうわけにはいきません」

「両方が歩み寄る時代——というか、本来はそれが普通なんだろう。しかし、変化するのは楽しいものだぞ。結婚は、どんな人にとっても最大の変化のチャンスなんだ」

松永が膝を叩いた。いつもはこれが「話は終わり」の合図なのだが、今日はまだ中途半端に思える。

「ちょっと早いけど、飯でも食うか。『煉瓦亭』はもう開いてるはずだ。この時間なら、あそこも並ばないで済むよ」

「いいですけど……」松永とここで会うと、いつも行列ができている老舗の洋食屋で食事をすることが多かった。松永もジイさんも食欲旺盛で、何かフライものに加えてカレーやハヤシライスを頼むのがいつものパターンだった。健介の味覚では、少しだるい——古臭い味なのだが、年寄りたちにはこれが「青春の味」なのかもしれない。

「さっき俺は、ゼロサムゲームにはならないと言った」

「ええ」

「そもそもゼロサムゲームの意味、分かるか？」

「誰かが得をすれば誰かが損をする——参加者全員の得失点の合計が常にゼロになるゲーム、ですね」

「ご名答」松永がニヤリと笑った。「二人が参加している場合だと、一人が勝てば一人が負ける——利益のプラスマイナスがゼロになる。別のパターンだと、二人とも儲けも損もないから、合計ではゼロになることもある」

「ええ」松永がどうしてここでゲーム理論を持ち出しているのか、さっぱり見当がつかなかった。

「世の中、ゼロサムゲームだけで動いているわけじゃないからな。参加者全員が得することもあるし、損をすることもある。互いにリスクを背負って、少しずつ損をする、という手もあるんじゃないか。今はきついかもしれないが、いずれいいことがあるかもしれない。今は逃げて未来を買うんだ」

「どういう……ことですか？」

「お前、貯金はあるか？」

「微々たるものですよ」まだ記者としては試用期間なので給料も低いし、夏のボーナスもささやかなものだった。

「しょうがねえな。俺が貸してやるよ」

「何で金の話になるんですか？」

「それは『煉瓦亭』で話す……ヒントは、田岡家にあるんだよ」

訳が分からない。永遠の敵にヒントがある？　松永もピントがずれてしまったのではないだろうか。

「ま、とにかく昼飯にしよう。家にいると、バアさんがさっぱりしたものしか食わせてくれないから、どうも力が出ないんだ。今日は大カツレツにチキンライスといくか。久しぶりにお前の食べっぷりも見たいしな」

松永が呻《うめ》き声を上げて立ち上がる。俺はいったい、ここへ何をしに来たんだ、と健介は頭を抱えたくなった。

2

選挙が近づいている。地方では、選挙は一大イベントであり、誰もが巻きこまれる——もっとも最近は、地方でも無党派層が増えてきて、選挙の様子も昔とは大分様変わりしているというが。

当然かもしれないが、愛海は会社から「選挙には触らないように」と厳命されていた。あくまで報道記者として取材のみに徹するように……しかし最終的に報道部長の大杉は、「選挙取材からは外す」と決めた。「選挙取材は地方記者の醍醐味だけど、君の場合は利益相反になる可能性がある」と。愛海としても命令に従うしかなかった。他の記者が集めてきた情報の整理や映像の編集作業などにはつき合うものの、自分では取材に行かない。代わりに、事件事故などの取材は一手に引き受けていた。それなりに忙しい日々が続いていたが、裏側ではさらに忙しない。

健介と話し合った末、テレ日への出向は受けると返事をした。しかし実際には、まったく別のことを計画している。多くの人を裏切る結果になるのは心苦しいが、健介の提案は全面的に受け入れることにした。ある意味すっきりしたのだが、それでも不安は残る。これで本当に上手くいくのか……物理的な問題もそうだし、自分たちの気持ちの問題もある。

愛海は、健介が立てた作戦の重要な部分を担っていた。

峰岸と健介に対する襲撃事件から一ヶ月。警察の捜査は続いていたものの、行き詰まっていた。健介を襲った車はすぐに発見されたが、盗難車で、盗んだ人間さえ特定されていない。この件では、警察は嘘をついていないと思う。健介が「当事者であり記者」という立場を利用して厳しく取材したのだが、やはり捜査に動きはないようだった。

そして愛海は、ついに峰岸に直当たりすることになった。「やる」と言ったのは愛海自身である。健介は「忠告」を受けて動きにくい立場にあるのだ。愛海なら、峰岸に取材していることがバレても、何とか言い抜けできそうな気がする。いわば身内の人間と話すだけなのだから。

峰岸はまだ入院中だった。頭蓋骨骨折は、日常生活には影響がない——退院しても問題ないと言われていたのだが、検査で糖尿病が発覚し、治療が進められていたのだ。とはいえ、話ができないほどではないようである。

タイミングはどうするか……悩んだが、あれこれ裏から手を回すのも面倒だったので、愛海は面会が許されている時間に思い切って病室を訪れることにした。愛海はいわば関係者。単なる見舞いだと思われるだろうから、怪しまれることもないはずだ。念のために、見舞いの花だけ用意した。家族がいるかどうかが心配だったが、幸い個室の病室では、峰岸一人だった。

ノックしてドアを開けると、ベッドに横たわった峰岸がこちらを見た。腹の上には本……カバーがかかっていてタイトルは見えなかった。

「愛海さんじゃないですか」峰岸がかすれた声で言った。

「ご無沙汰しています」愛海はドアのところで丁寧に頭を下げた。

「どうしたんですか」

「お見舞いです」

峰岸が目を見開く。愛海は幼い頃から新潟事務所に出入りしていたから、長年祖父を支えてきた峰岸とも当然顔見知りである。ただし、きちんと会話を交わしたことがあったかどうか……。

「わざわざどうも……」

「入っていいですか?」

「どうぞ」

峰岸も老けたな、と思う。まだ五十代だが、髪はほとんど白くなり、頬の肉も緩んでいた。愛海はサイドテーブルに花を置き、椅子を引いて座った。極端に近づかないように気をつける。

「今回は災難でしたね」

「いやあ……」峰岸の顔が歪む。「いきなりでしたから」

「犯人に心当たりはないんですか」

「ないです」

返事が早過ぎる。峰岸は「警告」を十分に受け取ったのでは、と愛海は想像した。

「峰岸さん、東日の取材を受ける予定だったんですよね」

「何でそんなことを知ってるんですか」峰岸が疑いの表情を浮かべた。

「取材していれば分かります。何を話すつもりだったんですか」

「それは、向こうの質問による」

「父のことですね？　父は選挙に向けて、いろいろ画策している。それが法に触れる可能性もあります」

「いくら愛海さんが相手でも、そういうことに答えるつもりはないですよ」

峰岸の表情が強張った。愛海はそれを無視して質問を続ける。

「峰岸さんに取材しようとした東日の記者も襲われました。それは知っていますか」

「……ええ」

「やり過ぎじゃないでしょうか」愛海は冷静に指摘した。「直接的な暴力は許されません。リスクも大きい。そこまでして、どうして峰岸さんへの取材を妨害したんでしょう」

「あなたにも話せません。これが取材なら……」

「私がここにいても、問題にはなりません」愛海は笑みを浮かべた。「峰岸さんとは顔見知りですから、見舞いに来た——そういう言い訳で押し通せます」

「参ったな」峰岸は溜息をつく。「愛海さんがご活躍なのは知っていますよ。たまにテレビでも見ますからね。しかし、あなたの取材を受けるとは思わなかった。強引ですね」

「強引でないと、テレビの報道記者はやっていけません」愛海は真面目な表情でうなずいた。

「しかし、話せることはありませんよ」峰岸が顔を背ける。

「いえ、話して下さい。そもそも、祖父の代から長く事務所に勤めた峰岸さんは、どうして辞めたんですか？　あの事務所には定年もないし、もっと歳を取っても勤めている人もいる」

「それは……」

「父が、だいぶ無茶をやっているとも聞きました。それで、この一年間だけでも、何人もの人が辞めている。峰岸さんも同じじゃないんですか？　父にパワハラでも受けました？」

「私は……そういうことはないですよ。ただ、もう続けられないと思っただけで」

「どうしてですか」愛海は追及の手を緩めなかった。「そもそも、問題があるんですよね？　だから東日の取材を受けようと思った」

「その辺の事情はともかく……愛海さんが取材に来るのは変でしょう」峰岸が指摘した。

「稔先生のことですよ？　実の親を貶めるんですか？　あなたは田岡家の跡取りなんですよ」

「それとこれとは別です」頭の中では、こういう状況を何度もシミュレーションしていた。仕事と家は別――この仕事も、田岡家が用意したものではあるのだが。「問題があれば取材する、それだけです。金の問題ですか？」

峰岸が黙りこむ。喉仏が大きく上下した。間違いなく峰岸は、裏の事情を知っている。ここできちんと話をさせれば、自分たちの計画は完成へ近づく。テレビの報道記者としては失格だが……自分はこうやってマイナスを背負いこむ。それは、健介も同じだ。二人で同じリスクを持つ――その思いを胸に、質問を続けていく。

「父が、以前から金をばらまいているという話は私も聞いています。かなりはっきりした証拠もあります」できるだけ感情を押し殺しながら愛海は言った。「あなたの証言があれば、父の――」犯罪は、と言いかけて思い直した。「父の行為は証明されると思います」

「私は、甘く見ていましたよ」

「どういうことですか？」

「こんな、物理的な被害を受けるとは思ってもいなかった。しかし稔先生は、この一年ですっかり変わってしまった。あなたは気づきませんでしたか？」

「いえ」この一年——半年前までの父はよく知っている。東京で一緒に暮らしていたのだから。コロナ禍で政治家特有の夜の会合も少なく、毎晩のように顔を合わせてもいたものの、変化には特に気づかなかった。もっとも父は、基本的に家では仕事——政治の話はしない人なのだが。

「全ては、三波の寝返りが原因です」

「寝返り？　政友党からの出馬を決めただけでしょう」

「政治の世界では、あれも寝返りと言います。あの人は本来、民自党の公認を受けるべきだった」峰岸が憤然と言った。「日本みらいの会と政友党では、目指す方向がまったく違う。民自党入りを目指すなら分かりますが、あれは変節、転向ということです」

「……それは分かりました。父の選挙が厳しい状況にあることも理解しています」

「三波には、女性を中心に根強い支持者がいる。それは馬鹿にならないんです。無党派層からも、かなりの票が三波に流れるでしょう。それは三波の政友党入りが決まった段階から分かっていたことで、稔先生が焦るのも当然だと思います」峰岸の口調は、怪我人——病人とは思えないほど力強くなってきた。

「それで金をばらまいたんですか？　今時？」五十年前の祖父の事件を思い出す。

「いつの時代でも、票は金で買うものです。結局、それが一番効果的なんですよ」

「それでもやっぱり、今時という感じはありますよ」愛海は呆れて言った。

「あなたの感覚ではそうかもしれませんが、稔先生のように岩盤支持層が弱い候補者の場合、どうしても金に頼ることになります。もちろん、無党派層を金で買うわけにはいきませんけど、投票が期待される人たち——県内の民自党の重鎮を固めることで、確実に票読みができるようになる」

「そうですか……どこに金が流れたか、峰岸さんはご存じですか」

「辞めた後の話は知りません」

「峰岸さんが辞めた後も、まだ続いていると思いますか？」

「大きな変化がなければ——ないでしょうね」峰岸が溜息をつく。

愛海は、時間をかけて金がばらまかれた先を聞き出した。民自党の県議、地元の市議………結局これは、五十年前に祖父が起こした選挙違反とまったく同じ構図だと気づく。違うのは、今回は父が自分のためにやった、ということだ。祖父は、自分の陣営——曾祖父のために動いていたわけではない。当時秘書として「修業中」で、民自党の新人候補のために奔走していたのだ。

「話してくれてありがとうございます」愛海は頭を下げた。

「いえ……この件をNBSでニュースにするつもりなんですか？」

「それはまだ決めていません」実際には、峰岸が証言する場面を映像に撮っていないと使えない。そこがテレビと新聞の差だ。テレビはやはり、映像が最優先になる。

「そうですか……」

「もう一つ質問があります。峰岸さんを襲った人に、本当に心当たりはありませんか？」

「それはまったく分かりません。しかし、こういう手を考えた人間が誰かは分かる」

「誰ですか？」

「あなたはご存じないと思いますが、去年事務所に入った人間で、笹本という男がいます」

「ええ……知りません」

「元々、県警の警察官ですよ。問題を抱えて、警察を辞めざるを得なくなった。稔先生が、それを拾ってきたんです」

「危機管理担当、ということですか」民間企業でも、警察ＯＢを雇い入れることがある。そういう人物なら黒い部分にも通じているから、企業が犯罪に巻きこまれそうになった時に、事前に「防波堤」の役割を果たしてくれるだろうと期待してのことだ。

「そうです。その男は、暴力団にも通じている。そういう連中を使って、私を襲わせた可能性が高い。事務所には、他にこういう荒っぽいことができそうな人はいませんからね」

「そうですか……」これも置き土産にできそうな話だ。「もしも今の証言を録画したいと言ったら、協力してもらえますか？」

「冗談じゃない」大袈裟ではなく、峰岸が身を震わせた。「それこそ、新潟に住んでいられなくなる。私にも生活があるんでね」

「身元は分からないように、十分配慮します。顔も隠すし、声も変える。それに、峰岸さんだと分かるような証言は全部カットします」

「しかし……」

「事前に十分にすり合わせますよ。峰岸さんが納得できるような形で放送できるようにします。そうすれば安心でしょう？」愛海は精一杯の笑顔を作ってみせた。

「それは、考えさせて下さい」峰岸が力なく首を横に振る。「しかし、どうして？　あなたは、稔先生を裏切るつもりですか？　あなたもいずれは、田岡家を継いで選挙に出る人ですよ」

「私が選挙に出るとしても、田岡家とは関係ないところから出るかもしれません」そんなことが可能かどうか分からなかったが、愛海は言った。実際、最近はそういうこともぼんやりと考えている。政治の世界へ進むなら、一度田岡の「血」を切ってリスタートすべきではないか？

「そんな無茶な話が……」

「政治の世界は、世襲が圧倒的に有利です。でも私がもっと外で勉強をして、本当に政治の世界に入りたいと思ったら、その時はゼロから始めるのも手かと思います」

「田岡家を出る覚悟なんですか」

「――場合によっては」

「私は辞めた人間だから、何とも言えない。言う資格もない。ただ、あなたの理想は理解できないでもないですよ。私も事務所を辞めて、あれこれ考えました。自分がやってきたことが正しかったのかどうか……大先生の仕事を手伝うのは、仕事であると同時に、私の人生そのものでもあった。しかし、いつも疑問はあったんですよ。その疑問が、稔先生に代替わりしてから、よりはっきりしてしまった」

「父は、そんなにひどいんですか」

「申し訳ない」峰岸が頭を下げる。「稔先生を貶めるつもりはないんです。ただし、稔先生の焦りは、やはりよろしくない。理解できないでもないんですけどね」

「そうですか？」愛海は首を傾げた。

「稔先生も、ずっとプレッシャーを受けておられたんですよ。大先生は、代議士を九期も務められ、今でも民自党顧問として力を振るうお立場にあります。そういう人が父親というのは、とんでもないプレッシャーですよ」

「ええ」

「もっと早く、地方議員としてでもスタートしていれば、状況は変わったかもしれない。しかし二十年以上、ずっと大先生の鞄持ちですよ？　屈辱もあったでしょう。それが、稔先生を歪めてしまったのかもしれない。若い頃は、素直でいい人だったんですけどね」

それがそもそもの間違いだったのではないかと愛海は思った。「素直」というのは、政治家にとっては必ずしも褒め言葉ではないだろう。自分の理想や思いを実現するために、多少は乱暴な手も使う――有権者もそれを政治家の「個性」として受け入れるのではないだろうか。父の場合、その「個性」が歪んで、金で全てを解決する方向に動いてしまったのかもしれない。

「大先生は、稔先生に対してずっと疑念を抱いていた」

「政治家としてやっていけるかどうか、ということですか？」

「アクがないというか、シビアな駆け引きもできない人ですし、大先生が疑念を抱かれるのももっともです」峰岸がさらりとひどいことを言った。とはいえ、長年一緒に仕事をし、近くで見ていた人の言葉だから信用はできる。「しかし家はつないでいかなければならない。田岡家は、新潟では大きな意味を持つ名前なんです。あなたもそうですよ。四代目が女性代議士になれば、新しい時代にもマッチしている。しかしあなたは、田岡家を壊そうとしているじゃないですか」

愛海は同意も反論もしなかった。峰岸は事務所を辞めた人間だが、まだスタッフともつながりはあるだろう。ここで何か言えば、余計な話が伝わってしまう恐れもある。こんなふうに痛めつけられても、峰岸が完全に事務所を裏切るとは思えない。

「また連絡させていただきます。退院の目処《めど》は立っているんですか」

「おそらく、来週には。これから、糖尿病の厳しい治療が待っていますが」

「襲撃された件の真相、警察に話す気はないんですか」

「それは……確証はないですからね」

「警察で問題を起こして辞めた人間が黒幕だった——それが分かれば、県警もきちんと捜査するかもしれない。そうなったらもう、身内の話とは言えないでしょう」

「それは無理でしょう。仮にも田岡事務所の人間が絡んでいたら、まともに捜査するとは思えない」

「それは、父が代議士でいたら、の話でしょう」

「当選できないと？」峰岸が眉をひそめた。

「峰岸さんの読みはどうなんですか？」愛海は逆に訊ねた。「父の選挙は非常に厳しいですよね」選挙区もそうだが、比例の名簿順位も低くなるようだ。祖父が裏で手を回しているはずだが、党への貢献度などを考えれば、優遇されないのも当然だろう。結局、戦況は候補者本人の問題に帰結していく。

父が代議士にならなかったら、と思うこともある。家を継がず、まったく別の仕事をしていたら、自分がこれほど悩み苦しむこともなかっただろう。親が政治家だからと言って、子どもが必ずその跡を継がねばならないという法律はない。むしろ世襲は批判される時代だ。昔なら「地元の名家だから」という理由で誰も疑問を持たなかったかもしれないが、今はそうはいかない。だいたい、代が下がるに連れて「劣化する」とも言われているし……父の政治家としての評判は高くはないが、自分が父より政治家に向いているかどうかは分からない。周りは「優秀だ」「大物になる」と持ち上げてくれるが、自分ではそういう評価が正しいかどうかさえ、まったく分からないのだ。

峰岸への取材は、ぎこちないままに終わった。話は聞けたが、これが正しかったかどうか……分からない。

先行きは依然として不透明だ。

3

その日の仕事を終え、愛海は一人自宅へ戻った。健介は泊まり勤務なので、連絡も取りにくい。最近、開き直ったように頻繁に会っていたので、寂しくないと言えば嘘になる。しかし、たまには一人になる時間も大切なのだ、と自分に言い聞かせた。

社食で夕飯を済ませてしまったので、軽く買い物だけしていくことにする。スーパーのスナックコーナーで、ふと目についた「新潟ソフト」を手に取った。藤島製菓の定番商品のあられで、控えめな味つけがいい。「梅味」「カレー味」など様々なフレーバーがあるが、愛海はオリジナルの「塩味」が一番好きだった。

帰ると、マンションの前に母親が立っていた。

「ママ……どうしたの」連絡もなかったし、まさか来ているとは思わなかったので、仰天して声がひっくり返ってしまう。健介が一緒でなくてよかった、と胸を撫で下ろした。

「たまにはね。今夜は暇だったから。お酒でも呑まない？」

「今から？　外で？」

「このご時世だから、家呑みよ」母がビニール袋を掲げて見せた。

「いいけど、一人？」

「娘と呑むのに、お供はいらないわよ」母親が軽く笑った。

昨日掃除しておいてよかったと思いながら、母を部屋に招き入れる。

「綺麗にしてるじゃない」

「寝に帰るだけだから」

「あなた、ご飯、食べたの？」

「社食で」

「なかなか侘《わび》しいわね」母が苦笑した。

「しょうがないわよ。自炊している元気はないし、今は皆でご飯に行くのも気が引けるし」

「いつまでも落ち着かないわねえ」

二人は、ダイニングテーブルについた。母はビールと日本酒を用意してくれていた――ビールにする。秋風が吹き、既にビール向きの気温ではなくなってきていたが、今夜は日本酒の気分ではない。

「おつまみもないけど……これ」愛海はエコバッグから「新潟ソフト」の袋を出した。

「あら、わざわざ買ってきたの？　言えば定期的に届けさせるのに」

「さすがに、食べ続けていたら太るから」

「実家の商売を悪く言わないものよ」

「別に悪くは言っていないけど……」

ビールで乾杯。新潟ソフトは、酒の肴としては塩気が足りないのだが、そんなに呑むつもりもないからこれでいい。母はビールをグラスに一杯だけ呑むと、すぐに日本酒に切り替えた。

新潟で生まれ育った母の明日花は、酒が強い。老舗菓子メーカーの娘として酒が強いのもおかしな感じがしたが、甘辛両刀使いということだろう。今もよく呑むし食べるのだが、すらりと背が高く、贅肉もついていない。毎日欠かさず五キロのウォーキングを続けている成果だろう。

「最近、どうなの」母が切り出してきた。

「別に変わらないわ。選挙が近いから報道部はばたついているけど、私は取材できないし」

「東京へ戻る準備は？」

「準備するほど物がないわ」愛海は室内をぐるりと見回した。

「家へ帰って来るでしょう？　あなたの部屋は空けてあるから」

「私の給料で東京で家を借りたら、破産しちゃうよ」普通に引っ越しの話をしているのが後ろめたい。

「その後はどうするつもり？」

「新潟に戻ると思うけど」

「先のことは考えた方がいいわね。新潟に戻る方がいいのか、東京にいた方がいいのか……パパの仕事を手伝うことも視野に入れないと」

「それは、東京にいる間に考えるわ。まず、勉強しないと」

「社会勉強、ね」

何だか馬鹿にされているような気がする。深窓の令嬢が、親が決めた結婚の前に少しだけ社会経験を積む、ような……自分は実際に社会を学んでいるとは思うが。それは、想像していたよりもずっと黒い世界だった。特に父に関しては。浮気の話は——それはここではできない。

「パパの選挙も大変よ」

「ママも、応援で大変でしょう。こんなところで、のんびりお酒なんか吞んでいていいの？」

「私は、お義母様とは違うから」母が残念そうに溜息をついた。

母の気持ちも分かる……新潟の後援会組織を引き締めていたのは祖母である。元女優の肩書きが物を言って、特に女性の有権者からの人気は絶大だったという。票の半分は祖母が取ってきた、と事務所の人たちは今でも伝説のように語る。

「尚子さんは、すごかったのよね」

「どっちが候補者か分からないぐらい」母が寂し気な表情を浮かべる。「それに比べて、私は何もできなかったわね」

「ママはママで大変だったじゃない」四年前の選挙の時、母は集会で頭を下げ、街頭演説では父をサポートし、自ら選挙カーのハンドルを握ったこともあった。独身時代からアクティブだったと周りからは聞いているが、それでも慣れない選挙運動でくたびれたはずだ。

「私がもう少ししっかりしていれば、選挙も楽だったかもしれないけど」母が頬に手を当てた。「お義母様のようにはいかないわ」

「尚子さんは特別だから」

「役に立っている実感がないのって、辛いわね」

「そんなことないでしょう。パパは、ママがいないと駄目な人だし」

不安で、娘に愚痴を零しにきたのだろうか。母親に頼られるのは嬉しくもあったが、自分に何ができるわけでもない。

「あなた、つき合っている人のことで、パパから何か言われたでしょう」

「その話だったら、拒否」愛海は口の前で人差し指を組み合わせ、バツ印を作った。

「まだつき合ってるの？」

「分かってるんでしょう？　どうせ監視してるんだから」

「パパも、心配してるのよ」

「私から何か情報が漏れないかって？　そんなこと、ない。そもそも情報なんか持ってないし」

「この件は……私はあまり口を出したくないの」

「ママは私を応援してくれるの？」

「そういうわけじゃないけど、ちょっと羨ましいとは思ってるのよ」

「何、それ」母の本音が読めず、愛海は警戒した。「パパもおじいちゃんも反対してるのよ」

「私は外から田岡家にきた人間だから、田岡家の選挙に――議席に対する執念を、本当に理解しているかどうかは分からない」

「うん」

「お見合いみたいな形で、パパと結婚したのよ」

「聞いてる」祖母の尚子が勧めたのだという。祖母にすれば、身元のしっかりした地元の名家とのつながりを作るのが大事だったのだろう。実際、藤島製菓は、田岡家にとってずっと大事なスポンサーにもなっている。

「パパはいい人だし、個人的には結婚したことは後悔していないけど、やっぱり政治家の家族は大変なの。とにかく選挙優先で、他のことは吹っ飛んでしまうから。私はもっと、家族らしいこともしたかったんだけどね」

実際、家族旅行に行った記憶もない。せいぜい父や母が新潟に行く時にくっついて……というぐらいだった。

「ママは、今の人生、後悔してるの？」

「どうかしらねえ」母が首を傾げる。「でも一つだけはっきりしていることがあるわ。私は、一つの家から別の家に移った、ということ。私が結婚したのは九〇年代の後半で、その頃だってもう『家』なんていう概念は時代遅れになってたはずだけど、実際にはまだまだあったのね。うちの実家も古い家で、長く商売を続けていたから、とにかく家を存続させることだけが目的で……それもおかしな話なのよね。別にうちが潰れたって、世界経済が混乱するわけでもないのに」

「ママ、言い過ぎ」さすがに愛海もたしなめた。

「ごめん、ごめん」母は屈託がない。「でもね、やっぱり親は家を大事にしたかったみたいで……私が子どもの頃、古い菓子屋から会社組織にして大きな工場を造って、それからはますます『家』のことを話すようになったのよね。会社だったら、何も藤島家の人間が継がなくても、優秀な人を社長にすればよかったのに」

「うん……」

「とにかく両親――特に父親が厳しくて、文字通り箱入りだったの。結婚すれば変わるかと思ったけど、実家とは別の意味で厳しくてね。田岡の家にお嫁にきたのは、何だかトレードされたみたいな感じだった」

「家から家へ」愛海は話を合わせた。

「それも仕方がないと思ってた当時の私は、世間知らずだったんでしょうね。短大を出て働いてはいたけど、やっていたのは家の仕事だし……あなたの方が、よほど世間を知ってるわね」

「ママ、結婚したこと、後悔してるの？」

「後悔は……してないわよ」そう言いながら、母の口調は歯切れが悪かった。「後悔してもどうしようもないしね」

　父母の仲は……どうだっただろう。仲のいい夫婦というよりは、同居しているビジネスパーソン同士、という感じがしないでもない。特に父が立候補を決めてからは、家でもほとんど選挙の話しかしていなかったような気がする。

父は、そういう家庭に不満を感じていたのかもしれない。だからこそ浮気した……母は気づいているだろうか。事を荒立てないために、気づいていても黙っている可能性もある。自分からは絶対に言わないようにしよう、と愛海は決めた。これは父と母の問題で、自分がそれに巻きこまれてはいけない。

「あなたは、どうするつもり？」母が唐突に話題を変えた。

「まだ分からない」愛海は首を横に振った。「選挙に出るとしても、ずっと先の話だし」

「今の仕事を続ける？　それともパパの仕事を手伝う？」

「それもまだ……東京で働いている間に考えるけど」

「そうね。あなたはまだ若いんだから、考える時間はたっぷりあるわね」

「ママは……どう考えてるの？」

「仕事のこと？　それはあなた自身の問題よ。私が手伝えるかどうか——私だって、歳を取るのよ」母が寂し気に笑う。

「それ以外では……」

「パパに言われたこと、気にしてる？」

「してる」愛海は正直に打ち明けた。「そう言われるだろうなって思ってはいたけど、実際に言われた時はショックだった」

「パパの気持ちも分かってあげて。今の厳しい状況で、あなたが向こうの家の人とつき合っていたら、パパが困るのは分かるでしょう」

「……それは分かる」

「でも、つき合い始めた。どうして？」

「どうしてって……」自分の気持ちは分析・説明できない。

「言えない？」

「言えないっていうか、分からない。ねえ、ママ？」

「うん？」

「こうやって私から話を聞き出して、やっぱりつき合うのをやめるように説得するつもり？　パパかおじいちゃんのメッセンジャー役なの？」

「違うわよ。今日は本当に、あなたと呑みたかっただけ」母が小さなグラスに日本酒を注ぎ足した。「でも、家の問題はさておいて、個人的に興味はあるわね。あなたみたいな面食いが好きになる相手――相当なものなんでしょう？」

「ああ……」愛海は苦笑いせざるを得なかった。「そんなことないけど」

「じゃあ、どんな感じ？」

「凶暴」

「本当に？」

「敢えて形容すれば、っていう話。ママはどうなの？　パパは好みだった？」

「私は特に、好みはなかったから。初めて会った時から話は合ったけどね」

「覚悟して結婚したんでしょう？」

「一応はね。でも、パパにどれぐらいの覚悟があったかどうか……パパは三代目でしょう？　どんな仕事でも、三代も続けば目標も曖昧になってくるわよ」

母から見ても、やっぱり駄目な代議士なんだ……愛海も、この仕事を始めてから父の悪評はいろいろと聞いている。自分が田岡の娘だと分かっていても、悪い評判を耳元で囁く人はいるものだ。いや、そういう人がいるということこそ、父が信用されていない証拠ではないだろうか。

「いろいろ考えたんだけど、家のことを本気で考えているのはお義父様だけじゃないかしら。騒いでいるのは身内じゃなくて、むしろスタッフとか周りの人」

「そうかなあ」

「だいたいあなた、政治の道へ進むようにパパから直接言われた？　NBSに入社するように勧めたのもお義父様でしょう」

「つまりパパは、私が跡を継ぐことに興味がないの？」

「ないことはないでしょうけど、今は自分のことで精一杯なのよ」

「ああ……」愛海はうなずいた。確かにこの四年間の父は、常にギリギリのところを歩いていた感じがする。

「職人とか伝統芸能とか政治家とか、家族でその仕事を続けていく世界はあるわよね」

「そうだね」

「それぞれに事情があると思うけど、政治家の世界はどうなのかしらね。今は世襲批判の声も大きいし、あなたが田岡家を継いだら、いろいろ言われるでしょうね」

「何が言いたいの、ママ？」

「田岡家は国民に対して大きな責任を背負っている――そういう考えもあると思うわ。だけど、それが絶対に正しいとは思えない。考えてみれば、傲慢よね」

「うん、分かる」

「あなたにはもっと考えて欲しいわ。自分の進む道は、何が正しいのか。一度政治の道に足を踏み入れたら、引き返すのは難しい。だからその前に、頭が痛くなるまで考えて」

「頭痛、嫌いなんだけど」

母が声を上げて笑った。「いいから、呑みましょう」と言ってグラスを掲げる。

ビールを一口呑み、愛海は母の顔をまじまじと見詰めた。母は何を言いたいのだろう？家を出ろ？　自由に生きろ？　自分の結婚生活が籠の鳥だと思っていて、娘にはそんな人生を送って欲しくないと思っている？

そんなことは、はっきり言わないのが花だろう。しかし、しっかり背中を押された感じがしてならなかった。

4

泊まりの日。健介は資料一式が入った紙袋を整理した。必要なデータは、全てＵＳＢメモリに入れてある。テキストデータは念のために全部プリントアウトした。結果、東日のロゴ入りの紙袋は破れそうなほど一杯になっている。

あとはこれを支局長にどう渡すかだ。明日、自分は旅立つ。少なくとも新潟を出る。その後は……一種の逃亡生活になるだろう。どこかから郵送するのがいいかもしれない。無礼だが、今は礼儀などを考えている余裕がない。

最後に、支局長宛に手紙を用意した。しばし考えた末、パソコンに向かって一気に書き出す。

三田美智留支局長

ご挨拶もしないで去ることをお許し下さい。

今回の取材に関して入手したデータは、全てＵＳＢメモリに入れてあります。金の問題についても、書けるだけの証言が集まっていますから、処置はお任せします。本人のコメントを取れば、原稿にできると思います。

支局を去る理由についてはお話しできません。完全に個人的な事情です。逃走したと思われても仕方がありません。非難は甘んじて受けます。

これまでのバックアップに、改めて感謝します。支局長の下では、様々なことを勉強させてもらいました。いずれ何らかの形で恩返ししたいと思います。

最後に、この件については、支局長には一切責任はありません。私の個人的な問題です。

これでいいだろうか……いいわけがない。具体的なことをまったく語らず、「個人的な事情」で押し通してしまったのだから。しかし美智留は事情を察するだろう。すぐに祖父に連絡し、大規模な捜索が始まる可能性もある——いや、絶対にそうなるだろう。しかし逃げ切るための作戦はちゃんと考えてある。

荷物はどうしよう、と悩んだ。支局に置いてある私物ぐらいは、持ち帰って処分するか。しかし、そんな時間はないと判断する。今の自分に必要なのは金だけだ。身一つで、新たな人生を歩み出す。

さらに、辞表を用意する。正式な辞表の書き方があるかどうかは分からないが、形だけでも書いておくのが、東日に対する義理だと思ったのだ。

一身上の都合により、会社を辞めさせていただきます。

高樹健介

画面を睨みながらしばらく考えていた。これではいくら何でも素っ気ないというか、受理されないのではないだろうか。いや、受理されるとかされないとかの問題ではないと気づく。正式に会社を辞めるなら、人事に届出を出して、様々な書類を用意しなければならないだろう。

極秘に去るのだから、そんなことはできない。形だけ、辞表があればいいだろう。最終的には「解雇」になるかもしれないが、それでもいい。プリントアウトして封筒に入れ、準備完了。

立ち上がり、支局の中を見回した。ここではろくに地方記者らしい仕事もできなかったが、半年以上過ごした場所として、改めて見ると感慨がある。

結果的に、健介が何もしなくても、田岡家は敗れた。

田岡は小選挙区では当選に届かず、比例でも落選。順位が下位に抑えられていたのが決定的な敗因だろう。三波が、祖父が提供したスキャンダルのデータを使うまでもなかったのだ。投票結果では思わぬ大差がつき、田岡家は、数十年ぶりに議席を失ったことになる。

これで全て終わりにしてもよかったのだ。しかし健介の本来の役目は、田岡稔を完全に叩き潰すことである。議席を失ったタイミングでさらに叩いて、二度と浮上できないようにする——だが健介は、その役目を捨てた。「互いにリスクを背負って、少しずつ損をする」という松永の言葉が、頭の中でずっと渦巻いている。そう、自分も何かを捨てないと、新しい人生は始められないだろう。愛海も同じだ。二十三年間縛りつけられていた家から出る。二人にとって、これほど大きな決断は初めてだと思う。

ソファに寝転がり、少しでも寝ておこうと試みる。しかし明日の行動のシミュレーションをしながらあれこれ考えているうちに、眠れなくなってしまった。明日以降は意識をはっきりさせておかないと、うっかりミスをしてしまいそうなのだが……研ぎ澄まされた神経が必要だ。

ふと気づくと、ソファの横のテーブルに置いたスマートフォンが鳴っていた。午前六時五十分……死ぬほど眠いが、起きないと。目覚まし代わりにガムを口に放りこむ。きついミント味が口中に広がり、あっという間に意識がはっきりしてきた。よし、と気合いを入れて朝のルーティーンに取りかかる。一階の駐車場まで降りて新聞各紙を取ってくる。見出しをざっとチェックして、抜かれていないことを確認してから、警察や消防に警戒の電話をかける。

今朝はついている、と健介はほくそ笑んだ。どこにも抜かれていないし、夜の間に事件事故もなかった。雑用に追われることなく、さっさと支局を——新潟を抜け出せる。

昨夜のうちに仕入れておいたサンドウィッチと缶コーヒーで朝食にする。まだ迷っていたが、結局昨夜用意した取材資料と手紙、辞表の入った紙袋は持っていくことにした。やはり郵送した方が、美智留が異変に気づくまでに時間を稼げるだろう。

九時半、デスクの花形が出勤してきた。泊まり明けの記者は、本当は夕刊の時間帯が終わるまで支局に残ってデスクの手伝いをする決まりなのだが、それはしばしば反故《ほご》にされる。

「すみません、今日、取材のアポがありまして……出ていいですか？」健介は遠慮がちに言った。

「ああ、いいよ。昨夜は？」

「異常なしです。今のところ、夕刊に送るようなネタはありません」

「分かった」

花形とは突っこんだ話をしたことがほとんどなく、今朝も会話は素っ気なかった。健介は祖父の指示で、特命を担って新潟に赴任してきた人間だが、詳しい事情は、支局長しか知らない。花形にすれば、仲間外れにされたような気分だろうし、新人記者が、しばしばローテーションから外れて勝手な取材をしていることに不満もあったはずだ。最後の最後にひどく申し訳ない気持ちになったが、それでも余計なことは言えない。自分は密かに、勝手に出ていく。これで東日との縁は切れる。

駐車場に降り、フォレスターのカーゴルームに入れておいたスーツケースを確認する。問題なし……着替えしか入っていないから、これがなくなってもどうということはないのだが。

運転席に乗りこみ、エンジンをかける。この水平対向エンジンの音が、急に愛らしく思えてきた。いい車だったよな、としみじみ思う。いい加減な形で別れるのは申し訳なかったが、仕方がない。完全に新しい一歩を踏み出すためには、それまで身につけていたものを捨てねばならないだろう。

九時半なので、朝の通勤ラッシュは既に終わっている。健介は国道一一六号線を西へ向かって走り、関屋昭和町の交差点で左折して千歳大橋を渡った。県警本部へ向かうのに何十回となく走ったルートだが、今日は当然そちらには行かない。女池《めいけ》インターチェンジから新潟バイパスに入った。北陸道へ——新潟西料金所を通過し、走行車線に入ったところで思い切りアクセルを踏みこむ。窓を開けると十一月の冷たい風が入ってきて、空気を切り裂く音で車内が満たされる。それに負けないよう、健介は大声を張り上げた。

ここからスタートだ。俺は本当の道を見つける。

それから二十四時間近くを潰すのが大変だった。行き先がバレないよう、車は上越新幹線高崎駅前のコインパーキングに放置。さらに前橋まで移動して、駅前の郵便局から支局長宛の資料と手紙、辞表を発送した。自分の居場所を少しでも混乱させるための、ささやかな陽動作戦だった。夕方には、新幹線で東京へ到着する。明日の朝は早いので、羽田空港に近い蒲田に泊まることにしていた。愛海とは電話で短く会話を交わしたのみ。どこで誰が監視しているか分からないから、最後の最後まで用心するに越したことはない。

夕方までに、何度かスマートフォンが鳴った。メールも来ている。会社支給のスマートフォンは支局に置いてきてしまったので、私用の方に連絡を試みるのは当然だろう。父と祖父からもかかってきた。まだ美智留の元には辞表も届いていないはずだが、彼女は状況を察したに違いない。実際、鋭いところがあるし……。

一切無視して、さっさと寝ることにした。蒲田名物の羽根付き餃子かとんかつ——名店が多い界隈なのだ——を食べたかったが、目立たないようにするために、夕飯はホテルのレストランでそそくさと済ませる。緊急事態宣言は解除されて人出は元に戻りつつあるようだが、ホテルもコロナ禍以前のように満室、というわけではないようだ。レストランも空いている。こういうビジネスホテルは、平日は出張族でほとんど埋まっていたはずだが。

静かだった。ベッドに横たわると、急に孤独感が襲ってくる。今日も愛海と一緒にいるべきだったのではないか？　しかしそれは危険だ。人の手と目が届かないところへ行くまでは、安心できない。そうやって自分を納得させると、今度は恐怖が襲ってきた。相手は祖父である。どこに伝手があるか分からないから、ここを割り出して踏みこんでくる可能性もある。そう考えると眠れなくなってしまったが、結局いつしか意識は消えていた。昨夜もあまり寝ていなかったせいだろう。

翌日は午前七時に目を覚まし、すぐにチェックアウトして、シャワーも浴びずに羽田空港へ向かった。空港のターミナルに入ったところで、午前七時四十五分。出発までは三時間ほどあるが、とにかく一刻も早く出国手続きを終えてしまいたかった。愛海とは、ゲートで落ち合うことにしている。

朝食を終え、新聞を読んで時間を潰す。その間も、周囲に目を配るのは忘れなかった。出国手続きを終えてしまったから、簡単には追われないはずだが、用心に越したことはない。愛海とも、朝一度だけＬＩＮＥでメッセージを交換したきりで、ぎりぎりまで連絡は取らないことにしていた。

出発の一時間前に、健介はゲートへ向かった。いくら何でも早過ぎるが、どこにいても落ち着かない。搭乗時刻の三十分前になってもゲートは閑散としていて、コロナ禍はまだまったく収束していないことを実感する。コロナ禍以前だったら、パリ行きの便はビジネスマンや観光客で一杯のはずだったが、海外渡航はまだ規制が多い。向こうへ行っても、しばらくは面倒な暮らしを強いられるだろう。しかしその先には自由が待っている――そう信じたかった。

愛海が姿を見せない。さすがに不安になってきて、何度もスマートフォンを確認する。連絡は取らない約束をしていたが、不安になってとうとうＬＩＮＥでメッセージを送ってしまった。既読にならない……立ち上がり、周囲を見回す。愛海が近くにいれば気配を感じるはず――まったくない。

搭乗時刻が迫ってきた。少ない乗客は次々に機内へ入って行く。まずい……電話をかけようと思ってスマートフォンをまた取り出したところで、愛海が必死に走って来るのが見えた。その勢いを殺さぬまま、健介の胸の中に飛びこんで来る。健介は彼女をきつく抱きしめ、安堵の息を吐いた。

「ごめん」抱きしめられたまま、愛海が苦しそうに謝る。

「捕まったかと思った」

「用心したの。用心し過ぎて、ギリギリになった」

「大丈夫だ。行こう」

二人は手をつないだまま、パリ行きのＪＡＬ便に乗りこんだ。緊張感が急速に抜けていく。この飛行機が飛び立ってしまえば、面倒なことは全て過去に置き去りになるのだ。

エコノミークラスの狭いシートに何とか体を押しこむ。小柄な愛海は楽そうだ。

「ビジネスを奢った方がよかったかな」健介は何とか楽な姿勢を取ろうと、体を動かし続けた。無理。パリに着く頃には体が固まってしまうかもしれない。コロナ禍のせいで機内はガラガラだから、後でシートを上手くアレンジしよう。

「贅沢は駄目よ。借金もしたし」

「そうだな」松永はポンと百万円を出してくれたが「金利は高いぞ」と冗談をつけ加えるのを忘れなかった。もちろん健介は返すつもりでいる。それにしても、自分と松永が同じようなことを考えていたのは驚きだった。家を捨てて二人で逃げる――。

「向こうで、何とか仕事を探さないと」

「タイミングを見て、アメリカへ渡ろう。向こうには、二人とも留学時代の知り合いがいるし」愛海を心配させないようにと、健介はできるだけ呑気な声で言った。二人とも英語は話せるから、仕事のチャンスはあるだろう。コロナ禍で、人の動きが元に戻っていないことは心配だったが、とにかく我慢して探せば、仕事は見つかるはずだ。

健介は、思い切ってアメリカの地方紙で仕事をしてみようかと考えていた。何の伝手もないし、どうやって潜りこめばいいかも分からないが、何とかしてやる――今は、気持ちはひたすら前向きだった。彼女だって、テレビの報道記者の経験を活かした仕事ができるだろう。

ドアが閉まり、飛行機がゆっくりと動き出す。ああ、これでいよいよ日本とお別れだ……健介は一瞬目を閉じたが、すぐに横を向いて愛海に問いかける。

「後悔してない？」

「意味ないよ、その質問。あなたは？」

「スッキリしてる」これは紛れもない本音だった。

「そう？」

「自分で気づかなかっただけで、俺も家に囚われていたんだと思う。それが当たり前だと思っていたけど、冷静に考えると、やっぱりおかしい」

「私ね、ちょっと前に母と話したの」

「ああ」

「母は、背中を押してくれたんだと思う。家をつないでいくことに意味があるのか、母も疑問に思っていたんじゃないかしら」

「代議士の奥さんなのに？」今は「元」代議士だと思ったが、訂正はしなかった。

「感覚の問題。はっきりとは言わなかったし……でも、私はそうだと思った。今考えると、これって家と家の問題というより、単なる祖父同士の喧嘩じゃない？」

「確かに、元々はそうだ」

「家族が増えて、巻きこまれる人間が増えて、家族同士の戦いみたいになってきたけど、本当は幼馴染みの単純な喧嘩だったんじゃないかしら」

「それに多くの人が巻きこまれて、無駄なエネルギーを使って……」

「私たちは、それを断ち切ったと思う。無駄をなくしたのよ」

「二人とも、大事だと思っているものを捨てた。新しい道を歩き出すために、諦めたものがある。痛み分けだな」

「痛み分けは、喧嘩している人の言葉でしょう」

「家同士は喧嘩していたんだから……でもとにかく俺は、スッキリしてるよ。今までは、本当に狭い視野でしか物を見てこなかった」

「遅れてきた反抗期、かな」愛海がかすかに笑った。

「そうかもしれない。でも、俺たちはもう振り返らない。一緒に前を向いて歩いていく」

「その、『俺たち』って、いいと思うわ」愛海が大きな笑みを浮かべた。

「そうか？」

「一人じゃないから。何でも一緒に考えて、決めて、行動する——お祖父さんたちの若い頃にはなかったことだと思う」

「時代は変わったんだ」いい方向に変わりつつあると信じたかった。

愛海の手を取り、そっと握り締める。華奢な彼女の手は、思い切り握ったら壊れてしまいそうだった。力の入れ方を考えて――彼女を傷つけずに一緒に歩くのが、俺の人生なんだ。

5

「そうか……迷惑をかけた」

「とんでもないです。こちらこそ、まったく気づかず、申し訳ありません」

電話の向こうの美智留は、本当に申し訳なさそうだった。ある意味、部下の行動をコントロールできなかったわけだから、支局長失格である。

「ただし、健介君はきちんと取材の資料を残してくれました。これで選挙違反に関する記事は書けます」

「水に落ちた犬を叩く、か」

「それがお望みでは？」

美智留の声にはかすかな皮肉が感じられた。田岡稔は落選した。最前線で戦っていたはずの健介は、田岡の娘と示し合わせて逃亡した——馬鹿な結末だ。美智留は、こんな状況になってもまだ記事にしたいのか、とても聞きたそうだった。

「——とにかく、そちらに伺う。あの馬鹿、部屋もそのままなんだろう？」

「そうですね」

「片づけがてら、お詫びに行くよ」

「いえ……」美智留の口調は歯切れが悪かった。「ご無理なさらないように。部屋の後始末ぐらい、こちらでやっておきます」

「これ以上迷惑をおかけするわけにはいかない」

押し引きが続いたが、結局美智留が折れた。健介を探すことも大事だが、後始末も先送りできない。これは家族で何とかするしかないだろう。

「新潟へ行くんですか」隆子が聞いてきた。

「ああ」高樹は両手で顔を擦った。「ちゃんとしてこないとな。支局長にもきちんと謝る必要がある」

「私は一緒に行けないけど……」隆子は車椅子から解放されて、今は杖だけで歩けるが、遠出は心もとない。

「二、三日面倒を見られないが」

「それぐらい、一人で大丈夫ですよ。でも、パリねえ……」隆子が溜息をついた。

様々なところに手を伸ばして、健介が支局から消えた翌日にパリに飛んだのは分かっていた。現在フランスへの入国は、ワクチン接種を二度終えているか、到着七十二時間前以内の陰性証明があれば自主隔離も必要ない。

二人は今もパリに潜んでいるのだろうか。あそこは大都会だから、摑まえるのは難しい。東日のパリ支局に動いてもらえれば何とかなるかもしれないが、そういうことで手を煩《わずら》わせるのは筋が違う。これはあくまで家族の問題なのだ。

健介は、田岡家の孫と一緒——要するに駆け落ちである。健介たちが何を考えているかは、だいたい想像がついた。シェンゲン協定の圏内では、パスポートなしで自由に移動ができる。パリをスタート地点に、どこかに生活拠点を移してしまえば、追跡から逃れられると考えているに違いない。ビザの関係などがあるから、いずれは日本との接点もできるはずだが、時間が経てば経つほど追跡は難しくなる……二人を引き剝がすのはまず無理だ。

「健介を無理に引き戻したら駄目よ」隆子が警告する。

「しかし——」

「無理に引き裂くようなこと……健介も、あちらの娘さんも可哀想でしょう」

「田岡の家の肩を持つのか？」

「そうじゃなくて、これが健介の幸せにつながるなら……孫を犠牲にしちゃいけないわよ」

隆子の言っていることは正論だ。しかしどうしてもうなずけない。

結局、健介の家の始末は、和希夫婦に任せることになった。和希もたまらないだろうな、と思う。会津若松支局での仕事を休んで、息子の尻拭い……しかし和希は、何故かさっぱりしていた。嫁の美緒も同様である。美緒は、こんなはずではなかったと後悔しているかもしれないが。新聞記者と結婚したら、経済的にも安定して暮らしていけたはずである。本人も結婚前は、専業主婦志向が強かったというし。しかし別居生活の暇潰しのような感じで仕事を再開して、結局まだ続けている。そして今、息子は出奔した。

家を片づけているうちに、また別の連絡が入ってきた。健介の車が高崎で見つかったというのだ。コイン式の駐車場に数日間放置してあったということで、連絡が回ってきたのだが……和希は「それも処理しておく」と淡々と言った。息子の不始末は、あくまで親が尻拭いするつもりか。

というわけで用無しになった高樹は、新潟支局に立ち寄った。支局長の美智留と会うのは久しぶりで、お互いに気まずい——頭の下げ合いで、会話は壁にぶつかってしまった。しかし高樹としては、謝ると同時にどうしても確認しておきたいことがあった。

「健介が取材していた件は、記事にするのか？」

「金の流れについては、記事にしようと思います。実際、もう記事にできるだけの材料は集まっているんですよ。後は本人——田岡稔のコメントが取れればいけます。数日中には記事にできると思います」

「警察は？」

「これから連絡します。記事が出るぎりぎりにするつもりですが」

「それが正解だ」高樹はうなずいた。この選挙違反について県警が把握しているかどうかは分からないが、「書くのは待ってくれ」とストップをかけてくる可能性がある。記事になったら、田岡陣営は証拠隠滅を図るだろう。捜査を進めて、しっかり証拠が固まってから記事にするようにと、取り引きを申し出てくるのではないだろうか。まあ……しかしそれは支局が判断することだ。ただの顧問である自分が、個別の記事にまで口を出すのは許されない。

「それと、健介君と田岡事務所を辞めたスタッフが襲撃された事件ですが、こちらも黒幕が分かっています」

「ほう」

「事務所の人間です。元県警の警察官で、半グレ連中を使って、警告の意味で襲わせたようですね」

「あそこには、そういうしょうもない奴がいるわけか」高樹は舌打ちした。「事務所全体の関与と考えていいのか?」

「それは何とも言えません。こちらは裏が取りにくいので、無理に書かないで県警に任せようと思いますが」

「いずれ、一本の線でつながっていることが分かるだろうな……この件、健介が自分で割り出したのか?」高樹は何も聞いていなかった。もしも健介が独自で取材を進めて真相にたどり着いたとしたら、大したものだ。まさしく、東日の近い将来のエースとして期待できる。

会社に残っていてくれたら、だったが。

「その辺についても、説明はありませんでした」

「そうか……とにかく、迷惑をかけた」高樹はまた頭を下げた。

「一応、高樹さんの気持ちは満たされたんじゃないですか?」美智留が指摘する。「田岡は落選した。しかもこれから大きなスキャンダルに襲われる。田岡家はおしまいですよ。跡継ぎもいなくなったわけですし」

「痛み分けだ」こういう言葉が正しいかどうかは分からなかったが、高樹は言った。「高樹家もこれでおしまいだ。何でこんなことになっちまったのかね」

美智留は何も言わなかった。表情がすっきりしていないのが気になる。彼女も二十五年前にひどい目に遭い、ようやくその時の憂さを晴らせたと思ったのだが、納得はしていない様子だった。

しかし今は、彼女とじっくり話す気にはなれない。高樹は丁寧に礼を言って支局を辞した。支局車でどこかまで送ろうかと美智留は言ってくれたが、断った。新潟へ来るのは久しぶりなので、少し自分の足で歩いてみたくなったのだ。

この辺の風景も変わった……中央署の前を通り過ぎ、柾谷《まさや》小路《こうじ》に出る。交通量が多いのは相変わらずだが、歩いている人は昔よりずっと少ない。高樹が赴任した五十年以上前は、新潟地震と新潟大火から立ち直った街が活気を見せていたのだが、今はどこか冷たく静かな感じがする。ビルが建ち並び、街は清潔なのだが、それだけの話――人のエネルギーが感じられない。新潟の地盤沈下は確実に進んでいるようだ。

夕方が近い。古町か本町通で一杯引っかけていきたいところだが、日本海側随一と言われたこれらの繁華街も、今はかなり寂れてしまったという。夜は早くから暗くなってしまうだろうし、昔通っていた店も、もう残っていないはずだ。東京に負けないぐらいネオンがギラギラしていた時代が懐かしい。

NEXT21——元々市役所があった場所にできた超高層ビル——の前を歩いていると、一台の車がすっと路肩に寄ってきた。ここは停車禁止じゃないかと思ってちらりと見ると、黒塗りの大型のミニヴァンだった。後部座席の窓が下がる。

「高樹」

田岡。見間違えようもない。最後に会ったのは五十年前だが、彼はその後国会議員として度々メディアに登場しているから、こちらはすぐに分かる。しかし田岡の方で、よく俺が分かったものだと不思議に思う。メディアに勤める人間だからと言って、新聞やテレビに顔が出るわけでもないのに。

「何してる」田岡がさりげなく訊ねる。

「別に」つい、子どものように素っ気ない返事をしてしまった。

「乗らないか？　少し話をしよう」

「馬鹿言うな」

「俺とは怖くて話せないか」

挑発されると、無視するわけにもいかなくなる。二度と会うつもりはなかったが、逆にこれが、本当に最後の話すチャンスかもしれない。田岡稔の疑惑について話すことはできないが、孫のことは……向こうでも言いたいことはあるだろう。大喧嘩になるかもしれないが、話ぐらいは聞いてもいいと思った。そもそも二人とも七十六歳である。摑み合いの喧嘩になっても、互いに怪我をするのがオチだ。

高樹が乗りこむと、すぐに車は発進した。高樹が迷っている間に、既に運転手に指示していたらしい。

「ここで何してる」高樹は訊ねた。

「敗戦処理だ」

「そうか」負けた、という意識はあるわけか。

会話が途切れる。車は北の方へ——市街地の狭い道路を抜けて走って行く。この辺の光景は、まったく記憶になかった。古い街並みで、店舗の看板の掠《かす》れ具合などを見ると、五十年前とあまり変わっていないかもしれない。西海岸公園の防砂林を抜け、車は狭い駐車場に停まる。かすかに見覚えのある場所だった。

「少し歩こうか」田岡がドアに手をかける。

「ここは……」

「忘れたか？　日和山《ひよりやま》展望台だよ。五十年前、お前とこの下の突堤で会った」

急に記憶が鮮明になる。タンカー「ジュリアナ号」が座礁したのが、まさにこの展望台の下の方なのだ。取材に来て、地元の県議たちと視察に来ていた田岡に再会した――。

展望台は、高さ九メートルほど。螺旋状の階段を上がっていけば、市街地が一望できるはずだが、登ろうという声はさすがにどちらからも出なかった。ジジイの足には、この階段はきつい。十一月、夕方も近いので、かなり冷えこんでいる。海に目を転じると、激しく砕ける波――その音がかすかに聞こえてくる。十一月になると日本海は急に荒れ始め、海の様相は一変するのだ。展望台の側には遊歩道が整備されており、自然に囲まれながらのジョギングやウォーキングが楽しめそうだが、今は人っ子一人いない。

「いや、もっと前だ」高樹は指摘した。「小学生の時だ」

「ああ」田岡がぼんやりした声で答える。「夏休みか。お前が溺れかけて、俺が助けた」

「今さら礼を言う気はないが」

二人は展望台の下で向き合った。

「お前は、勝ったと思ってるのか」田岡が切り出した。

「どうかな。うちも、大事な孫を失った」

「それがどっちの責任かは……」

「追及するな」高樹は首を横に振った。「若い連中が考えていることはさっぱり分からん」

「二人とも、立場は分かっていたはずなのにな」田岡がうなずく。「馬鹿としか言いようがない。どこにいるか、摑んだのか？」

「いや。捜してはいるが」ヒントを与えたくはなかった。もっとも田岡も、二人がパリに入ったことぐらいは摑んでいるだろう。

「見つけたらどうする？　連れ戻すか？」田岡が訊ねる。

「何も決めていない。お前は？」

「右に同じく、だ」

高樹は、あまり怒りを感じていない自分に驚いた。長い年月の後で恨みが水に流れたわけではないが、今は孫を失った衝撃の方が大きい。そもそも勝ったか負けたかで言えば……やはり痛み分けではないか？　いや、これが最後の戦いかもしれないと、高樹は気力を振り絞った。

「お前は、自分の罪を自覚しているか？」高樹は問いかけた。

「五十年前のことか？　もうとっくに終わった話だ」田岡が肩をすくめる。

「あれ以来、お前はメディアを目の敵にしてきた。そして俺たちの力を削ごうと画策したのが、二十五年前の一件だな」

「言うことはない」

「いや、あの一件は、お前が予想した以上の効果を挙げた」高樹としてもそれは認めざるを得ない。「東日だけじゃなくて、他のメディアも萎縮した。今はどうだ？ どこの新聞も民自党と政府に忖度して、書くべきことも書かなくなってしまった。その結果、どうなったと思う？ 監視も批判もされなくなった民自党は腐敗した。過去にないほどの腐りぶりだよ」

強烈な皮肉をぶつけたつもりだが、田岡は動じる様子もない。腐っているという自覚さえないのかもしれない。

「お前は！ アメリカと対等な日本を作ると言っていた。その目標はどうした？ 議員として、少しでも実現できたのか？」

高樹は田岡の胸ぐらを摑んだ。顔が近くなる——田岡は真っ直ぐ高樹の目を覗きこんだ。二人の視線がぶつかる。田岡が鼻から深呼吸するのが分かった。

「お前のせいで、俺はチャンスを失った！ 余計なことをして、俺の足を引っ張っただけじゃないか！ お前は、一人の政治家の崇高な目標を奪うのが記者の仕事だと思ってるのか？ 自己満足だろう！ お前も大事なものを見失ったんじゃないか？」

「お前の政治家としての仕事は、マスコミを押さえつけることだった」

「そうさせたのはお前だ！」

　田岡が声を張り上げる。逆に高樹の胸ぐらを摑もうとしたので、高樹は手を離してさっと身を引いた。田岡の手が、虚しく宙を摑む。高樹は呼吸を整えながら、胸を手で撫で下ろした。興奮と怒りは急速に引き、虚しさだけが心を埋める。高樹は声を低くして、なお糾弾を続けた。

「お前が引き金を引いた一件は、メディアを劣化させた。その後、メディア規制法を進めようとする議員も出てきたな。萎縮させるだけではなく、法律で言論の自由を奪おうとした。明らかな憲法違反だ」この一件は、民自党と日本新報の間で争われた。結果はやはり痛み分け——しかしダメージは日本新報の方がはるかに大きかったと思う。このトラブルで、外資による救済的買収の計画が流れたと噂されており、夕刊は発行停止、地方の取材拠点も次々に閉鎖され、今では実売部数は百五十万部以下に落ちているという。既に「マスコミ」と呼べるかどうか微妙な状況だ。

「今は、メディア規制法の話は俎上に載せられていない。そもそもあれは、ネットでの名誉毀損などを防ぐ——国民を守るための法律で、マスコミには関係ない」

「それがいずれ拡大解釈されて、マスコミを呑みこむのは明らかだ。しかし俺たちには、それに逆らう力もなかった。むしろ政府の——民自党の言う通りにしていれば安心だと思っている記者がほとんどだろう。しかし、そんなことが続いているうちに、メディアも民自党も劣化した」

「それはメディアだけの問題だろう」

「お前らに、劣化した自覚がないのは最悪だ。しかしそれは俺たちの責任でもある」

「国益にそぐわない報道をするのがメディアの役目か？　それは単なる私設警察だ」田岡が反論する。

「批判のための批判じゃない。原理原則で、お前たちが間違えれば正す——それができるのはマスコミだけなんだ。実際、ネットでいくら叩かれようが、政治家は何とも思わないだろう？　しかし未だに、マスコミの言説には注意を払っている。俺は……まだ諦めない。たとえ劣化しても、引き締めることはできるはずだ」

「それでどうするつもりだ？　民自党を叩いて、それで満足か？」

「民自党を叩くのが目的じゃない。政友党が政権を取っても、失政があればきちんと報じて批判する。前向きの批判だ」

「そうか……しかし、お前も歳を取ったな」田岡が寂しそうに笑う。「俺も同じだ。俺たちにできることは、もうない。田岡家も、ここで途切れるかもしれない」

「お前の作戦ミスだ」

「そうだな」うなずいて田岡が認める。「しかし孫たちのことは……あれは、俺にもお前にも責任はない」

どちらが誘ったか、ということは問題になるかもしれない。しかしどちらかに責任を押しつけることは不可能だ——今も、将来も。

「孫たちは、家よりも自分たちの幸せを選んだ。本当に幸せかどうかは分からないが……見守りたいという気持ちも、ないではない」

「跡継ぎがいなくなってもか」

高樹が指摘しても、田岡は何も言わなかった。迷っている。困っている。まさかこんな形で、田岡家の「軸」を失うことになるとは思ってもいなかっただろう。それは高樹も同じだ。東日新聞顧問の肩書きがあるとはいえ、明確な権力を持っているわけではない。健介は、孫だからこそ動かせただけだ。自分にも「手駒」がなくなった。これから自分で動いて何かをするのは……無理だ。

老いたということだ。

これまでの五十年間は何だったのだろうと思う。結局政治もメディアも劣化し、日本は沈没しつつある。それを引き戻す手は……メディアとしてやれることがあるかどうかも分からない。

「これからどうする」高樹は訊ねた。

「分からん。もう俺には、あまり時間もないだろう」

「そうか……」

「俺と手を握るつもりはないだろう？　この五十年間を水に流すことは――」

「今更何を言う」高樹は、田岡の言葉に被せて言った。

「俺も、弱気なことは言いたくない」

その一言で、田岡が弱気になっているのが分かった。ここが攻め所――しかし、攻める気になれない。自分も気力が失われていることを意識せざるを得なかった。

「もう会うことはないだろう。お前の葬式には出てやるが」田岡が暴言を吐いた。

「俺はお前の葬式には出ない」高樹は鼻を鳴らした。

「好きにしろ……どこかへ送るか？」

「いや、結構」展望台に駆け上がって飛び降り、目の前で自殺を図ったら、田岡は後悔するかもしれない。しかしそんなことで復讐したつもりになれるかどうか……。

田岡がうなずき、踵を返した。その背中を見ながら、この男もやはり老いた、と実感する。昔は常に堂々と、背伸びするように歩いていたのに、今、背中は丸まり、歩調も遅い。

足を引きずるほどではないが、いかにも体が重そうだった。

高樹は海に視線をやった。この場所から始まった田岡との因縁は、五十年経っても何の解決も見ない。自分の人生はいったい何だったのだろう――。

風が吹きすさぶ音に、スマートフォンの着信音が鳴った。電話ではなくメール……確認すると、健介だった。慌てて内容を確認する。


ジイさんや田岡が支配しているのは小さい世界なんだ。俺は小さい世界の王様で終わりたくない。自分の人生を歩く。ジイさんも、いい加減にしてくれ。


高樹は思わず声を上げて笑い出してしまった。こんな形で孫に説教される日が来るとは……自分が「いい加減にする」かどうかは分からない。田岡も同じだ。気力を取り戻し、また戦争が始まる可能性もある。

だが、家が全てではないのかもしれない。健介たちは新しい時代を作っていくだろう。二人が考えを変えて、政治やメディアの世界に戻ってくれれば、何かが変わるかもしれない。しかし自分はそれには乗れない。自分がいた小さな王国は、若者たちによって滅ぼされたのだ。

今は少しだけ寂しかった。

第三部完

解　説

ミステリ批評家
荒岸来穂

逆説的に聞こえるかもしれないが、堂場瞬一『小さき王たち』三部作という壮大なサーガは、その「壮大さ」をもって日本社会の「閉塞感」をリアルに描き出している。

『小さき王たち』は、警察小説の名手で元新聞記者である著者による、政治家と新聞記者の家系が、三代にわたって新潟の地を舞台に死闘を繰り広げる大河政治マスコミ小説であり、本書はその第三部にしてサーガの掉尾を飾る物語である。

「第一部：濁流」で、高度経済成長下の一九七一年に新聞記者の高樹治郎と衆議院議員である父の秘書を務める田岡総司という幼馴染の二人が再会するところから、サーガは幕を開ける。旧交を温める二人だが、お互いの野心と信念がその関係を変化させる。選挙で勝利するためなら手を汚すことも厭わない総司と、選挙違反を許さずスクープを狙う治郎……

…。こうして田岡家と高樹家の因縁が生まれるのである。

「第二部：泥流」は第一部から二十五年後の一九九六年、治郎と総司のそれぞれの息子である高樹和希と田岡稔が主人公となる。父も勤めていた東日新聞新潟支局で新人記者として働く和希のもとに、謎の男から選挙資金不正に関する密告が入る。本社の社会部部長となった治郎も和希からの情報をもとに部下を取材にあたらせて、スクープのために親子揃って奔走する。しかしその背後には衆議院議員となった総司とその秘書を務める稔の暗躍があった……。

そして本書「第三部：激流」では、コロナ禍に悩まされる二〇二一年という同時代を舞台に、治郎と総司から数えて三代目、高樹健介と田岡愛海を中心に物語は繰り広げられる。二十五年前に田岡家に苦汁を飲まされた治郎は、孫の健介を「高樹家の最終兵器」として、新潟支局に配属し田岡家の動向を探らせ、総司の地盤を継いだ稔のスキャンダルをスクープさせようとする。一方、健介は稔の娘で地方テレビ局の記者の愛海と偶然の出来事から接近し、やがて両家の関係を揺るがすような事態へと突き進んでいくことになる……。

このように、『小さき王たち』三部作は五十年三代にわたる高樹家と田岡家の確執を軸として、「政治とメディア」のあるべき関係性を問い直す、骨太の大河小説である。しかし、冒頭にも記したように、時間軸のスケールやテーマの壮大さに反比例するように、本作が抉《えぐ》り出すのは日本社会の「閉塞感」というせせこましい空間的イメージなのである。そのことが顕著に表れるのがこの第三部だ。

第一部で治郎のスクープによって、逮捕は逃れられたものの窮地に追い込まれた経験から、田岡総司は「メディアコントロール」を政治家としての課題に掲げ、第二部ではそれが進展するきっかけを作りだし、第三部では政治によるマスコミ支配が常態化し、政治家の不祥事をマスコミが追及しきれない状態となっている。言うまでもなく、こうしたメディア状況はフィクション内だけの物語設定ではなく、現実の日本社会を投影したものである。

注目すべきは総司の「メディアコントロール」という政治的課題が、「高樹家への復讐」という極めて私的な目標と重ね合わせられて遂行されることだ。公的な課題が私的な復讐と同化してしまう倒錯。そこには公益を第一とすべき政治の理念は失われ、私的な情念のみが残り続ける。総司はこうしたメディアコントロールと高樹家への復讐を「社会正義」という言葉で正当化しようとするが、所詮は大義名分であることが明白であり空虚なものとして響いてしまう。そもそも「メディアコントロール」という課題も、それは政治的手段であって本来の政治の目的ではないはずだ。

一方の高樹治郎も、第三部では田岡家へのリベンジという情念が先行し、新聞記者としての理念が希薄になったようにも見える。彼は田岡家を潰すことが、メディアが復権し政治家に対して正しく向き合うための第一歩であると説くが、その理路は高樹家を潰しメディアを掌握して、政治を思うように進められるようにすることが公益に適うと説く総司と同様のものに見えてしまう。治郎はその結果、健介を孫というよりも手駒のように操ろうとし、あまつさえ人を人と思わないような策を健介に提案するに至る。

ところで『小さき王たち』は政治マスコミ小説とされているが、高樹家の三人がスクープのために選挙の裏を調査取材する場面や、田岡総司が高樹家を陥れるために陰謀を企てる様子など、ミステリ・サスペンスとしても読むことができる。そして、ジャーナリストが主人公で三部作となると、スティーグ・ラーソンの〈ミレニアム〉シリーズ（ハヤカワ・ミステリ文庫）を彷彿させる〈ミレニアム〉シリーズが三部作になったのは作者の急逝という偶然によるもので、現在は別の人によってシリーズが書き継がれているが）。作者自身のジャーナリストとしての経験を活かしているという点も一緒だ。

雑誌『ミレニアム』のジャーナリストとして、巨悪を暴き報道しようとするミカエル・ブルムクヴィストの姿は、第一部の治郎や第二部の和希らに重なる部分もあり、読み心地も近いものがある。一方でこの第三部については〈ミレニアム〉シリーズとは異なる方向性を示していると言っていいだろう。先述のとおり、治郎やその手先的に動く健介の調査取材は田岡家を追い詰めることが主に成り代わっており、結果はともあれ本来的な政治報道からは逸脱してしまっているからだ。

むしろ、そうした理念を離れ私怨にとり憑かれた治郎と総司の死闘は、別のミステリシリーズを想起させる。治郎が総司に足を掬《すく》われ、相手を蹴落とすために陰謀の糸を張り巡らしリベンジしようとするさまは、ジェイムズ・エルロイの〈暗黒のLA四部作〉におけるエド・エクスリーと「あの男」の構図に似てはいやしないだろうか（健介と『ホワイト・ジャズ』のデイブ・クラインのラストもある部分で重なっている）。こうした読みは深読みかもしれないが、海外ミステリに精通している堂場瞬一が、これらの傑作大河シリーズを無意識に自作に取り込んでいる可能性もなくはないだろう。

もう少しエルロイに引き付けて話を続けよう。エルロイの場合は警察だったが、彼が描き出したのはシリーズ名のとおり、ロスアンジェルスの暗黒面、警察そして街全体の腐敗であった。警察としての正義は消失し、誰もが目的のためには手段を選ばない。マイク・デイヴィスの『要塞都市LA』という書名が端的に表すように、腐敗はロスアンジェルスの閉鎖的なものの表れであり、閉塞感の元凶となる。『小さき王たち』も公権力の腐敗がもたらす閉塞感を、日本社会のものとして描き出したと言えないだろうか。三部作を通じてフォーカスされるのは政治そのものよりも選挙とそれを巡る不正であり、第三部に至って、政治にしろマスコミにしろ理念は消滅するか大義名分と化し、家と家の争いという私的な事情が前面化してしまっている。

政治的腐敗が蔓延する中で、政治とメディアという国家・社会レベルの事柄が、たった二つの家の私的な争いに象徴されてしまう事態。それこそが『小さき王たち』という壮大なサーガから閉塞感が醸し出される最大の理由であろう。しかし、一方でそれは現実の日本の閉塞感の原因ともなっていないだろうか？　政治家が私利私欲のために動き、メディアも微温的な報道しかできない現状に、人びとは怒りを通り越して、「何をやっても政治は変わらない」という無力感、閉塞感に囚われてしまってはいないだろうか。

その点で、第三部がコロナ禍を描いたのも、単なる同時代表象という以上の意味合いがあるように思える。コロナ禍は単なる社会衛生的な問題にとどまらず、本書にも描かれるように日本の政治がいかに劣化してしまっているかを目に見える形で暴いてみせた。マスク二枚の配布であるとか（撤回されはしたものの）お肉券の配布といった、国家的危機への対策とは思えない、あまりにも場当たり的でお粗末な政治的判断は、政治家がいかに国民を舐めているか、そして政治が理念を見失ってしまっているかを物語っている。また縁故政治や裏金問題は現在進行形の問題だ。

さらに言えば、第三部の主人公である健介や愛海の世代は、そうした日本の閉塞感を常に感じ続けてきた世代と言えるかもしれない。筆者も健介や愛海と同じ年代（一九九五年生まれ）なのだが、肌感覚として日本社会が好転したと感じたことは一度もなく、まさに転がる岩のように落ちているという実感がある。経済的にも「失われた三〇年」と呼ばれる時代が人生とほぼ重なり、政治的にも参政権を得たあとの選挙は、長期政権が揺らぐこともなく、選挙に行ったところで世の中が変わるように思えない経験をし続けた。SEALDsのような市民・学生運動も起きはしたものの、結局政治は変わらなかった。マーク・フィッシャーが言うところの「再帰的無能感」というやつを常に抱えてきた世代だと言っていいだろう。

そうした世代である健介と愛海が最後に下す決断は、年長世代にあたる堂場瞬一が新たな世代に向けて希望を込めたエールが投影されているように映る。彼らの選択は、作中の五十年で築かれた構図が、そもそも何の意味もないことを突きつけてくる。第三部はこの最終場面だけでなく、この構図を築き上げた張本人である治郎と総司が己の行いを顧みることを余儀なくされるシーンがいくつもある。新聞記者が政治家（の秘書）の不正を暴くという一般的な出来事が、どうして記者と政治家秘書の社会的な緊張関係から家同士の対立になってしまったのだろうか？　過去を振り返ることで呪縛を解き、新世代が明日への一歩を踏み出せるように背中を押す。『小さき王たち』という物語が大河小説というスタイルで綴られたのは、歴史を描くことで次代へのバトンをより良い形で渡すためなのではないだろうか。適切とは言い難い政治とメディアの関係性を変えるため、過去を顧みることで未来に希望を託す。作中のこのような営みは、そのまま現実の日本社会、そしてその社会を生きていく次代への祈りとして投げかけられている。

閉塞感の中で生まれた小さな希望。それを我々は手放してはならない。

本書は、二〇二二年十月に早川書房より単行本として刊行された作品を文庫化したものです。

著者略歴　1963年茨城県生，青山学院大学国際政治経済学部卒，作家　著書『over the edge』『under the bridge』『ロング・ロード　探偵・須賀大河』訳書『キングの身代金〔新訳版〕』マクベイン（以上早川書房刊）他多数

HM=Hayakawa Mystery
SF=Science Fiction
JA=Japanese Author
NV=Novel
NF=Nonfiction
FT=Fantasy

小《ちい》さき王《おう》たち　第《だい》三《さん》部《ぶ》：激流《げきりゆう》

〈JA1580〉

二〇二四年十一月二十日　印刷
二〇二四年十一月二十五日　発行
（定価はカバーに表示してあります）

著者　堂《どう》場《ば》瞬《しゅん》一《いち》
発行者　早川浩
印刷者　草刈明代
発行所　株式会社　早川書房
郵便番号　一〇一－〇〇四六
東京都千代田区神田多町二ノ二
電話　〇三－三二五二－三一一一
振替　〇〇一六〇－三－四七七九九
https://www.hayakawa-online.co.jp

乱丁・落丁本は小社制作部宛お送り下さい。
送料小社負担にてお取りかえいたします。

印刷・中央精版印刷株式会社　製本・株式会社明光社
©2022 Shunichi Doba　Printed and bound in Japan
ISBN978-4-15-031580-1 C0193

本書のコピー、スキャン、デジタル化等の無断複製は著作権法上の例外を除き禁じられています。

本書は活字が大きく読みやすい〈トールサイズ〉です。